KB267541

독이 든 화형 법정

독이 든 화형 법정

사카키바야시 메이 장편소설 ― 이연승 옮김

毒入り火刑法廷

I

바다 위를 흐르는 구름.

구름 사이에 선 마녀가 희미한 초승달을 올려다보고 있다.

마녀의 발밑에는 지상에서 하늘까지 그녀를 데려온 가는 빗자루가 떠 있다. 자루가 당장에라도 부러질 것처럼 닳아 있어 더 이상의 비행은 견딜 수 없을 듯하다. 너덜너덜한 검은 옷이 바람에 펄럭이고 허벅지에 난 상처에서는 피가 배어 나온다.

헤아릴 수 없는 피로감이 하얀 입김이 되어 입에서 나왔다. 그래도 초승달을 똑바로 올려다보는 마녀의 눈동자는 아직 빛을 잃지 않았다.

구름 아래에서 엔진 소리가 낮게 울렸다. 이 근처에 국군 비행장이 있다는 걸 마녀는 알았다. 이 나라의 밤하늘이 마녀만의 것이 아니라는 사실도.

퍼뜩 정신을 차렸을 때는 이미 늦었다.

갑작스럽게 요란해진 엔진 소리와 함께 소형 항공기가 구름바다를 가르며 나타났다. 그 프로펠러에 마녀의 빗자루가 휩쓸려 산산조각 난다.

마녀의 몸은 구름 사이로 추락해 바람을 타고 아득한 대지로 떨어졌다.

"정신 차려!"

귓가에 울리는 고함을 듣고 마녀는 겨우 의식을 되찾았다. 눈을 뜨기 전 오른팔에서 따뜻한 체온이 느껴졌다.

"다행이다, 무사해서."

안개 낀 시야 속에 보인 것은 유난히 렌즈가 큰 안경을 쓴 검은 머리 소녀의 미소였다.

"구름 위에서 갑자기 여자애가 뚝 떨어져서 얼마나 놀랐는지 알아? 저기, 너, 혹시 마녀니?"

안경 낀 소녀는 커다란 눈을 호기심으로 반짝이며 그렇게 물었다.

◆

규칙적인 구두 소리가 창살이 늘어선 석조 복도에 울려 퍼진다.

발소리의 주인공들은 이 경찰서에서 유일하게 쓰이고 있는 감옥 앞에서 멈춰 섰다. 파란 모자를 쓴 경찰이 열쇠 꾸러미를 꺼내 철창 자물쇠에 열쇠를 꽂았다.

문이 열리자 경찰은 목청 높여 외쳤다.

"액턴 벨 컬러!"

이름이 불리자 어두운 감옥 구석에 웅크리고 있던 깡마른 소녀가 천천히 고개를 들었다.

"나와! 오늘 정오에 재판이다!"

컬러는 단단히 구속된 채 남자들에게 끌려가 경찰서 뒷문에 대기 중인 호송차에 실렸다. 평소에는 피의자를 법원이나 교도소로 이송하는 차가 오늘은 마을 외곽으로 향했다.

차 안은 무거운 침묵으로 가라앉아 있었다. 창살이 달린 차창 너머로 컬러는 앞쪽을 봤다. 호송차는 도시 너머에 보이는 검은 건축물을 향해 나아가고 있다. 그것은 마치 대지 위에 돋아난 거대한 종양처럼, 솟았다기보다 웅크리고 있다는 표현이 더 어울릴 정도로 기괴한 건축물이었다.

컬러는 그 건물의 이름을 알았다.

화형 법정. 마녀를 심판하기 위한 특별 법정이다.

마녀가 처음 사람들 앞에 나타난 건 지금으로부터 불과 십여 년 전이었다.

수많은 국가를 휩쓴 비극적인 전쟁의 폭풍이 지나가고 새

시대가 시작될 거라는 기대감이 사람들의 마음속에 자리 잡고 있던 시기. 마녀재판이나 이단 심문 같은 건 이제는 역사 속 이야기일 뿐이라고 여겨지던 무렵에 마녀는 느닷없이 인류 앞에 모습을 드러냈다.

그전까지 평범하게 살던 사람들 속에 빗자루를 타고 하늘을 날며 이능력을 구사하는 이들이 하나둘 나타나기 시작했다. 그 모습은 전설로만 전해지던 마녀 그 자체였다. 마녀라는 단어는 이능력이 발현되는 현상을 뜻하기도 했다.

신인류의 등장이라는 둥, 어떤 국가의 초능력 연구소에서 도망친 피험자들이라는 둥 온갖 추측이 세간을 떠돌았지만 결국 마녀의 힘은 여전히 정체불명이었다. 사람들의 의견이 일치한 것은 오직 마녀의 능력, 즉 마법의 구조를 현대 물리학으로는 규명할 수 없다는 사실뿐이었다.

이 초월적이고 언뜻 우화적이기까지 한 능력을 지닌 자들을 어떻게 받아들여야 할지 사람들이 갈피를 못 잡고 있을 때 마녀 범죄가 한 건 발생했다.

동기는 흔하디흔한 남녀 간의 치정 문제였다고 한다. 범인인 마녀는 항해 중인 여객선에 갑자기 빗자루를 타고 날아들어 갑판에 있는 승객 한 명을 권총으로 쏴 죽였다. 마녀는 항구로 돌아온 직후 살인죄로 체포됐다. 그러나 그때 마녀는 오히려 형사들 앞에서 당당하게 말했다.

─난 마법을 써서 살인을 저질렀다. 이 나라의 법이 마법

의 존재를 인정하지 않는 한 나를 심판할 수 없다.

마녀는 교활했다. 2백 년도 더 된 마법과 마녀술을 금지하는 법이 시대착오적이라는 이유로 폐지된 직후에 이뤄진 범행이었기 때문이다.

'여객선 마녀 사건', '모리스링크 사건'이라고 불리는 이 살인 사건의 판결에 온 나라의 주목이 쏠렸다. 변호인 측은 피고가 하늘을 날아야 범행 장소인 여객선에 도착할 수 있는데 과학적으로 그런 행동은 불가능하므로 이는 실행 불가능한 범죄, 즉 '불능범'에 해당해 죄를 물을 수 없다고 주장했다. 검찰 측은 마녀의 존재는 이미 모두가 아는 사실이라는 것을 강조하며 반박했지만, 재판부는 결국 무죄 판결을 내렸다.

마법을 구사한 범죄는, 법으로 심판할 수 없다.

이 판결은 범죄 그 자체보다 사람들의 공포를 키웠다. 수많은 도시에서 마녀 타도를 외치는 집회가 열렸고, 마녀를 자처하는 이들은 자취를 감췄다. 거기에 행동파인 시민들이 거리에 숨은 마녀를 찾아내려고 과격한 행동에 나서는 바람에 나라의 치안이 흔들리기 시작했다. '마녀사냥'이라는 단어가 또다시 현실이 된 것이다.

결국 왕국 의회는 형법에 특별 조항을 신설해 마녀 범죄에 맞서기로 했다.

화형 법정이란 마녀를 단속하는 사법 조직의 명칭이자,

마녀가 출몰한 지역에 마치 서커스 천막처럼 갑자기 나타났다가 사라지는 특별 법정을 가리키는 말이기도 했다. 중대 범죄가 발생한 후 시신 부검 과정에서 마녀가 연루되었을 가능성이 있다고 판단되면 피의자는 검찰이 아닌 화형 법정으로 송치돼 즉시 마녀를 심판하기 위한 특별 재판을 받는다.

그리고 화형 법정에서 마녀로 단정된 자는 법정에서 곧장 화형에 처해진다.

이 폭력적이고도 시대에 뒤떨어진 제도를 도입한 후 묘하게도 사회는 안정을 되찾았다. 어떤 신문 사설은 정체불명의 존재에게 맞서기 위해 인류는 결국 폭력을 사용하는 것이 최선임을 깨달았다고 쓰기도 했다.

그리고 지금 또다시 새로운 화형 법정이 열리려 하고 있다.

"걸어."

호송차에서 내린 컬러는 가죽옷을 입은 사람들에게 둘러싸여 어두운 복도를 걷고 있었다. 복도 끝에는 밝은 공간이 펼쳐져 있다.

"바로 저기가 널 심판할 법정이다."

등 뒤에 있는 남자가 위압적인 목소리로 말했다.

"지금부터 열리는 건 현대 사법 절차에 의거한 공정한 재판이다. 네가 마녀가 아니라면 겁낼 이유도 없지. 빨리 걸어라."

남자는 컬러의 발걸음이 무거운 이유가 두려움 때문이라

생각하는 듯했다.

그러나 컬러는 '아니야' 하고 속으로 중얼거렸다. 지금 그녀는 겁먹은 게 아니라 절망하고 있었다.

이제는 화형을 피할 수 없다.

왜냐하면 액턴 벨 컬러는 진짜 마녀이기 때문이다.

◆

새해가 시작되고 얼마 지나지 않은 맑게 갠 겨울날 아침.

오픈카 문을 열고 오페라 가스톨은 돌바닥 위에 내려섰다. 윤기 나는 금색 곱슬머리가 그을음 섞인 찬바람을 맞아 흩날린다. 장식이 다소 과한 드레스 정장은 그녀의 화려한 미모와 어우러져 꼭 무도회장으로 향하는 귀족 부인 같은 분위기를 자아냈다.

그러나 지금 오페라의 눈앞에 있는 것은 성도, 궁전도 아닌 화형 법정이라 불리는 기괴한 거대 건축물이다. 얼핏 보면 외벽은 대리석 같지만 이상할 정도로 광택이 없다. 꼭 대리석 사진을 인쇄해 벽에 붙여 놓은 것 같다고 오페라는 생각했다. 이곳저곳에 문과 창문이 달려 있지만 자세히 보면 층이나 기둥 구조도 맞지 않았다.

"정말 소름 끼치는 건물이네. 꼭 커다란 벌레가 건축물인 척하고 있는 것 같아."

"적절한 표현이네요, 아가씨."

오페라의 투덜거림에 함께 운전석에서 내린 여자가 동의했다. 오페라의 수행원은 사람들 앞에서도 그녀를 거리낌 없이 '아가씨'라고 불렀다.

"저도 동감합니다. 솔직히 으스스하기 짝이 없죠."

"미치루는 이제 익숙해진 거 아니었어?"

미치루라 불린 수행원이 고개를 흔들었다. 그녀는 이 나라에서는 보기 드문 동양인 여성이다. 짧게 자른 검은 머리 아래에서 검은 눈동자가 살짝 떨린다. 얼굴에는 아직 앳된 기운이 남아 있지만 미치루는 오페라와 동갑이었다.

"몇 번을 봐도 본능적으로 거부감이 들거든요."

사람들은 흔히 화형 법정을 마녀재판 때문에 임시로 세우는 법정이라고 생각하지만 실상은 전혀 다르다. 화형 법정 사무국에서 마녀재판을 열기로 결정하면 이 법정은 사건 현장 인근에 저절로 출현한다. 그리고 심리가 끝나면 다시 눈 깜짝할 사이에 사라져 버린다. 마치 마법처럼.

법정 주변을 에워싼 인파 속에서 몇몇 기자가 오페라에게 달려왔다. 오페라는 플래시 세례를 받으며 그들의 질문에 또렷하고 당당하게 대답했다.

"네, 바로 그 추락사 사건의 마녀재판입니다. 피고인은 액턴 벨 컬러. 아뇨, 전 확신하고 있습니다. 피고인이 마녀라는 걸."

기자 중 한 명이 "오늘이 화형 심문관으로서 첫 임관일인데 긴장되지는 않으신가요?"라고 물었다. 오페라는 기자를 날카롭게 째려봤다.

"제가 검사 시절 쌓은 눈부신 실적을 모르시나요? 피고인이 마녀여도 제가 할 일은 달라지지 않습니다. 이 나라 법질서의 수호자로서 그 여자의 죄를 입증해 보이겠습니다."

오페라는 어깨를 펴고 기자들 사이를 벗어나 수행원과 함께 법정 정문 앞에 섰다. 철문이 삐걱거리며 저절로 열린다. 두 사람이 법정 안에 들어선 순간 등 뒤에서 다시 카메라 플래시가 터졌다.

법정에 들어서자 방청석을 메운 사람들의 시선이 일제히 오페라에게 쏠렸다.

그곳은 법정이라기보다 꼭 원형 극장을 연상케 하는 공간이었다. 높은 돔 천장 아래에 피고인석, 변호인석, 심문관석이 같은 간격으로 배치돼 있고, 그 주변을 방청석이 둥글게 에워싸고 있다. 화형 법정에는 따로 판사나 서기관이 없어서 법정 단상도 존재하지 않는다. 의자나 책상은 기능만 간신히 갖춘 투박한 것으로, 언뜻 보면 현대 전위극 무대의 소품처럼 보이기도 한다.

방청석에는 경찰관과 법정 집행관, 피해자의 유족 같은 사건 관계자들과 사전 추첨을 통해 선발된 일반 청중이 앉아 있다. 증인을 위한 대기실이 따로 없어서 재판에서 증언하는 사람들도 방청석에 함께 있다. 심문관과 변호인에게는 별도의 대기실이 있는데 방청석 뒤편에 있는 문이 그곳으로 향하는 문으로 보였다.

머리 위에는 어두운 복도가 둥글게 뻗어 있다. 이곳이 원형 극장이라면 2층 관람석에 해당하는 그 복도에는 열두 개의 창문이 같은 간격으로 나 있다. 창문 앞에는 꼭 기차역의 열차 시간 안내판처럼 생긴 플랩 회전식 패널이 걸려 있다. 저곳이 바로 배심원석, 즉 피고인의 운명을 결정하는 심판들이 앉는 자리일 거라고 오페라는 짐작했다. 창문 안쪽에는 어둠만 가득하고 배심원의 모습은 보이지 않았다.

"후우……."

오페라는 몸을 살짝 떨었다. 지금껏 화형 법정을 방청한 적은 몇 번 있지만 심문관으로 이 자리에 서는 건 처음이다. 어깨에 묵직한 중압감이 내려앉았다.

오페라가 심문관석에 앉았을 때 피고인 소녀가 집행관과 함께 모습을 드러냈다. 웅성이던 방청석이 순식간에 조용해지고 긴장감 섞인 침묵이 내려앉았다. 피고인은 자리에 앉자마자 고개를 숙이고 꼼짝도 하지 않았다. 모든 걸 포기했는지, 아니면 공포에 떨고 있는지는 오페라가 앉은 자리에서는 알아볼 수 없었다.

"변호인이 안 보이네요."

옆에 앉은 미치루가 오페라에게 속삭였다.

"보통은 피고인과 함께 입장할 텐데."

오페라는 손목시계를 힐끗 봤다. 재판 시작까지 이제 몇 분 남지 않았다.

"미치루, 사무국에 확인해 줄래?"

미치루가 책상에 비치된 수화기를 들었다. 그녀는 두어 마디의 짧은 통화를 마치고 "아가씨" 하고 뭔가 곤란한 얼굴로 오페라를 봤다.

"변호인과 연락이 안 돼서 사무국도 난처해하고 있다고 합니다. 그냥 늦는 것일 수도 있다지만……."

오페라는 눈살을 찌푸렸다. 화형 법정은 변호인과 심문관 사이의 사전 협의가 제도화돼 있지 않다. 따라서 법정에서 직접 상대를 맞닥뜨리고서야 비로소 상대의 주장을 처음 알게 된다.

"이번 변호인은 피고인이 사적으로 의뢰한 인물이지? 본명인지 별명인지 모를 이상한 이름이던데……. 뭐였더라?"

"아, 그게 아마……."

그때 어디선가 낮은 종소리가 울려 퍼졌다. 재판 시작을 알리는 종소리인 듯했다.

"오. 드디어 시작인가."

등 뒤에서 느긋한 중얼거림이 들렸다. 돌아보니 방청석에 앉은 금발 소녀가 종이봉투에서 튀김을 집어 들어 입에 넣고 있었다.

오페라는 짧게 한숨을 내쉬고 자리에서 일어나 법정 가운데로 걸어갔다.

"신사 숙녀 여러분. 오늘 본 법정에 참석해 주셔서 대단히 감사합니다. 지금부터 피고인 액턴 벨 컬러의 심리를 시작하겠습니다. 재판의 진행은 저, 화형 심문관 오페라 가스톨이 맡습니다. 모쪼록 잘 부탁드립니다. 아울러 법정 안에서는 음식물 섭취가 금지돼 있으니 유의해 주시기 바랍니다."

오페라는 고개를 돌려 빈 변호인석을 봤다.

"오늘은 변호인이 조금 늦는 것 같습니다만, 화형 법정은 일반 형사 법정과 달리 변호인 출석이 필수는 아닙니다. 앞으로 제가 증거에 기반해 펼칠 주장을 배심원분들께서 받아들일지 그 여부만이 중요합니다. 그리고…… 집행관?"

오페라는 방청석에서 컬러를 데려온 집행관을 찾아 손짓으로 피고인석을 가리켰다.

"피고인의 구속을 풀어 주시기 바랍니다. 규정상 그렇게 돼 있을 겁니다."

집행관은 "하, 하지만……" 하며 머뭇거렸고 방청석도 웅성거리기 시작했다. 중대 범죄를 저지른 것으로 알려진 마녀를 자유롭게 풀어 주자고 하니 불안해하는 것이 당연하다. 오페라는 "여러분, 안심하십시오" 하고 말투를 누그러뜨렸다.

"만약 이 자리에서 마녀가 마법을 사용하려 들면 그 즉시 마녀 판결이 내려져 자동으로 화형이 집행됩니다. 또 구속을 풀어도 피고인은 이 법정에서 도망칠 수 없습니다."

정확히 말하면 화형 법정에 한번 발을 들인 자는 경찰 관계자든 증인이든 최종 판결이 내려질 때까지 퇴장할 수 없다. 법정의 문은 들어오려는 사람에게는 열리지만, 나가려는 사람에게는 굳게 닫힌다. 오페라가 직접 시험한 건 아니지만 화형 법정 사무국에서 그렇게 말했으니 틀림없을 것이다.

"그럼 먼저 피고인의 혐의 인정 여부부터 진행하겠습니다. 작년 연말, 즉 12월 29일 밤 피고인은 빗자루를 타고 하늘을 날아 해럴드 베너블즈 가의 저택에 창문을 통해 침입했습니다. 굳이 말할 것도 없이 빗자루를 타고 하늘을 나는 건 평범한 인간에게는 불가능한 일입니다. 저는 이 사실 하나로도 피고인이 마녀라고 주장합니다. 피고인, 인정하십니까?"

피고인석에 앉은 소녀는 고개를 들지 않고 침묵을 지켰다.

"피고인, 지금 당신이 마녀인지 묻고 있는 겁니다. 대답해 주시겠습니까?"

조금 더 강하게 물어도 컬러는 아무 반응을 보이지 않았다. 오페라는 "흥" 하고 코웃음을 쳤다.

"묵비권을 행사하시겠다면 그것도 좋습니다. 전 사실을 입증하기만 하면 되니까요. 그럼 검찰 측 증인을 소환하겠습니다."

무심코 '검찰'이라는 단어를 쓴 것을 깨닫고 오페라는 속으로 혀를 찼다. 정신 차리자. 이곳은 법정 같지만 법정이 아니다. 판사가 없고 재판은 전적으로 심문관인 자신이 주도해야 한다.

오페라가 마음을 가다듬는 동안 집행관이 방청석 뒤에서 중년 남자를 데려와 증언대 중앙에 세웠다.

"성함과 직업을 말씀해 주십시오."

"패트릭 윌슨이라고 합니다. 이 도시에서 운송 업체를 운영하고 있습니다."

운송업자치고는 다소 왜소하고 연약해 보이는 윌슨은 공손하게 자신을 소개했다.

"이번 사건의 피해자인 해럴드 베너블즈 씨와 어떤 관계십니까?"

"예, 그게, 베너블즈 씨는 저희 회사 고객이십니다. 최근 이삿짐 운송을 의뢰하셨죠. 지난 12월 29일, 그러니까 사건 당일 전 부하 직원 두 명과 함께 그분의 집에서 작업하다가 그 끔찍한 사건을 직접 목격하게 됐습니다, 예."

"그렇군요."

오페라는 주변을 둘러보며 입을 열었다.

"자, 여러분. 우선 이 윌슨 씨께 사건의 개요를 객관적으로 설명해 주실 것을 요청하고자 합니다."

윌슨은 조용히 고개를 끄덕이고 말을 이어 갔다.

"예, 알겠습니다. 베너블즈 씨 저택은 몬머스강 강변에 있는 플라츠 맨션 3층에 있습니다. 저희가 맡은 일은 그곳에 이삿짐 가구를 반입하는 것이었고요. 듣기로는 카슨 부인이라는 분과 그분의 따님이 베너블즈 씨 댁에 이사를 오실 거라고 하더군요. 저희는 해 질 무렵부터 작업을 시작했는데 당초 예상한 것보다 작업이 길어졌습니다. 그리고 겨우 일단락됐을 무렵 카슨 부인께서 쓰지 않는 가구들을 빈방으로 옮겨 달라고 지시하셨습니다.”

“그 빈방이란 사건 현장을 말씀하시는 거겠죠?”

“예, 그렇습니다. 하지만 부인의 안내를 받아 그 빈방에 들어가 보니 내부가 낡고 아주 지저분해서 가구를 들이기 적절하지 않다고 느꼈습니다. 또 작은 창문이 활짝 열려 있었는데 녹슨 탓에 잘 닫히지도 않아서 어찌나 춥던지요. 그래서 전 부인과 복도로 나와 ‘오늘은 이미 늦었으니 가구 배치는 다음에 하시죠’라고 말씀드렸습니다. 그때 밤 9시를 알리는 종소리가 울렸던 게 기억나네요. 그렇게 복도에 서서 10분쯤 상의하고 있는데, 갑자기 빈방 문이 끼익 소리를 내며 열렸습니다. 고개를 돌리니 열린 문 틈새로 빗자루의 끝부분이 튀어나온 게 보이더군요. 속으로 이상하다 싶었습니다. 바로 조금 전 제가 그 방에서 나올 때는 안에 아무도 없었으니까요.”

월슨이 피고인석에 있는 소녀를 힐끗 봤다.

“그 문이 열린 직후에 베너블즈 씨가 ‘어이, 거기서 뭐 하는 거야!' 하고 호통치는 소리가 들렸습니다. 그 고함에 놀란 것처럼 방문이 다시 쾅 닫혔고 곧이어 식당 쪽에서 베너블즈 씨가 달려와 그 정체불명의 인물을 쫓아 빈방으로 들어가셨습니다."

오페라는 "말씀 도중 죄송합니다" 하고 윌슨의 말을 끊었다.

"침입자를 목격하셨을 때 정확히 어디 계셨는지 알려 주시겠습니까?"

오페라는 몸을 돌려 "현장 지도를 가져다주세요" 하고 미치루에게 지시했다. 미치루가 가방에서 지도를 꺼내려던 찰나, 오페라의 발밑 바닥이 갑자기 스르륵 움직이더니 무대 장치처럼 좌우로 갈라졌다.

"앗!"

오페라가 깜짝 놀라 구석 쪽으로 몸을 피하자 거의 동시에 바닥 아래에서 거대한 흑단 책상이 솟아올랐다. 책상 위에는 사건이 일어난 저택 3층 구역의 모형이 있고 피해자와 피고인을 본뜬 인형까지 놓여 있었다.

"이…… 이걸 사용하라는 건가요?"

오페라의 말에 대답하는 사람은 없었다. 생각해 보니 화형 법정에서는 재판에 필요한 모든 도구를 빠짐없이 준비해 준다는 이야기를 사무국에서 들은 적이 있었다.

"으음, 아무튼."

오페라는 자세를 가다듬었다.

베너불즈 저택

N
서재
창고
앨리스의 방
화장실
주방
거실
식당
빈방
뒷길
몬머스강

"수상한 인물이 나타난 빈방이 바로 여기군요. 그리고 증인과 카슨 부인은 복도에서 그걸 목격하셨고요."

오페라는 설명하며 직접 인형을 들어 모형에 배치했다.

"예, 예. 맞습니다."

"베너블즈 씨가 빈방에 들어간 뒤에는 어떻게 됐습니까?"

"저와 카슨 부인이 한동안 복도에서 상황을 지켜보는데 얼마 지나지 않아 빈방에서 비명이 들리더군요. 동시에 뭔가 무거운 게 쿵 하고 떨어지는 듯한 소리도 났고요. 뭔가 심상치 않다 싶어 곧장 방 안으로 뛰어들었습니다."

윌슨은 호들갑스럽게 두 팔을 감싸며 부르르 떨었다.

"그러자 빈방 안에는 낯선 소녀, 즉 피고인이 우두커니 서 있었고 베너블즈 씨의 모습은 어디에도 보이지 않았습니다. 베란다 문이 열려 있는 걸 보고 등골이 오싹해졌던 게 기억나네요. 그 베란다는 난간이 부서져서 아주 위험했거든요. 조심스레 베란다에 나가 아래를 내려다보니, 오, 세상에 이럴 수가. 뒷길 돌바닥 위에 베너블즈 씨의 시신이……!"

법정 분위기가 달아오르자 오페라는 "네, 됐습니다. 그 정도면 충분합니다" 하고 윌슨의 말을 이어받았다.

"그 뒷길에는 심야까지 영업하는 술집이 있어서 베너블즈 씨가 추락하는 모습을 취객분들이 목격했습니다. 술집 직원의 신고를 받아 출동한 경찰은 윌슨 씨와 이삿짐 업자분들의 진술을 듣고 피고인을 체포, 구금했고요. 구금 이유는 베너블즈 씨가 빈방에서 추락할 당시 피고인이 같은 공간에 있었음에도 진술을 전면 거부했기 때문입니다.”

법정의 모든 시선이 피고인석을 향했다. 컬러는 여전히 고개를 푹 숙이고 있다.

“하지만 지금 이 법정에서 다뤄야 할 주제는 ‘빈방에서 베너블즈 씨에게 무슨 일이 있었는가’가 아닙니다. 그보다 앞선 상황, 즉 ‘피고인은 어떻게 그 빈방에 나타났는가’죠. 증인, 그 빈방의 베란다나 강가 쪽 창문으로 사람이 들어오는 게 가능했습니까?”

“글쎄요, 어렵지 않을까 싶네요. 처음 그 방에 들어갔을 때 베란다 문이 조금 열려 있어서 제가 확실히 닫고 잠갔거든요. 자물쇠도 꽤 튼튼했으니 베란다로 방에 침입하는 건 어려웠을 겁니다. 방 남쪽 창문은 열려 있긴 했지만 외벽으로 3층까지 기어오르는 건 평범한 인간의 능력으로는 불가능할 테고요.”

오페라는 흡족한 것처럼 고개를 끄덕였다.

“아주 좋습니다. 자, 그럼 다음 증인을 모시겠습니다.”

뒤이어 증언대에 선 사람은 통통한 체격의 중년 부인이었다. 오페라가 이름과 직업을 묻자 그녀는 빠르게 대답했다.

“글래디스 미들턴이라고 해요. 직업? 글쎄요, 공회당 청소원이라고 하면 될까요. 건물 주변을 청소하고 게시물을 교체하고…… 그런 잡일을 맡고 있답니다.”

"공회당은 사건 현장 근처에 있는 알마잭 기념 공회당을 말씀하시는 거겠죠?"

"네, 네. 거기요."

미들턴 부인은 고개를 연신 끄덕이고 추운 것처럼 장갑 낀 두 손을 비볐다.

"사건 당일 밤에 뭘 목격하셨는지 말씀해 주시겠습니까?"

"네. 검사님은 지금 피고인석에 있는 저 아이에 대해 물으시는 거죠?"

검사가 아닌 심문관이라고 정정하고 싶지만 미들턴 부인이 쉴 새 없이 말을 이어서 타이밍을 놓쳤다.

"그날은 평소보다 일찍 일을 마치고 서둘러 집에 가고 있었어요. 남편이 감기에 걸려 앓아누워서 얼른 가 봐야 했거든요. 아무튼 그렇게 공회당에서 나와 종종걸음으로 골목길을 걷는데 길모퉁이 너머에서 웬 여자아이가 휙 뛰어나와 저와 부딪힌 거예요. 그때 넘어지며 허리를 삐끗했는데 어휴, 얼마나 아프던지……. 그런데도 그 애는 절 거들떠보지도 않고 골목 안쪽으로 달아나 버렸답니다."

"그 소녀가 지금 이곳에 있습니까?"

"네."

미들턴 부인이 피고인석을 가리켰다.

"바로 저 아이예요."

"틀림없습니까?"

"그럼요. 왜냐하면 요즘 들어 공회당 근처에서 저 아이를 자주 봤거든요. 저 아이가 설마 마녀였다니……. 다음 날 아침 신문에서 사건 기사를 읽고 얼마나 놀라고 무서웠는지 몰라요."

"피고인과 부딪힌 시간을 기억하십니까?"

"네. 그때 마침 9시를 알리는 종이 울렸거든요. 정말이지, 어휴……."

부인은 손을 계속 비비고 있다가 갑자기 "아야!" 하고 몸을 움찔했다.

"왜 그러시죠?"

"아, 제가 손도 좀 다쳐서요. 오늘 아침 공회당에 갔더니 게시판 덮개 유리판이 산산조각 나 있더라고요. 그걸 치우다 손가락을 베었지 뭐예요. 아야야……. 마녀재판도 좋지만 도시의 치안도 좀 살펴봐 주세요, 검사님."

오페라는 속으로 '그런 건 경찰에 말해' 하고 투덜거렸다.

"네, 잘 조치하겠습니다. 방청석으로 돌아가셔도 됩니다."

추위 때문에 덜덜 몸을 떨며 퇴장하는 미들턴 부인을 끝까지 지켜본 뒤 오페라는 "자, 여러분" 하고 다시 목소리를 높였다.

"이번 사건의 사실 관계는 방금 여러분께서 들으신 대로입니다. 피고인은 사건 당일 밤 9시에 공회당 골목에서 목격됐습니다. 그리고 약 10분 후 이번에는 베너블즈 저택의 빈방에 갑자기 출몰했죠. 이건 상식으로는 설명할 수 없는 그야말로 기이한 이동이 아닐 수 없습니다."

방청석 이곳저곳에서 낮은 탄성이 터졌다.

"피고인. 반대 신문을 하겠습니까?"

절차상 묻기는 했지만, 아니나 다를까 소녀는 묵묵부답이었다.

"뭐, 좋습니다. 그럼 뒤이어 사건 현장에 있었던 다른 목격자 한 명을 증인석에 부르겠습니다. 메리다 카슨 부인, 증언을 부탁드려도 되겠습니까?"

오페라는 방청석 맨 앞줄에 조각상처럼 앉아 있는 검은 드레스 차림 부인에게 시선을 향했다.

"얌전히 있어, 알겠지?"

메리다 카슨은 몸을 일으키며 옆에 앉은 딸에게 말했다. 윽박지르듯 날카로운 목소리였다.

증언대에 선 어머니가 심문관의 요청에 따라 증언하는 모습을 앨리스 카슨은 우울한 눈빛으로 바라보고 있었다.

피고인이 마녀라는 사실이 차근차근 입증되고 있다.

앨리스의 하나뿐인 친구는 지금 생기 없는 눈동자로 피고인석 바닥만을 응시하며 화형의 순간을 묵묵히 기다리고 있었다.

◆

　구름 사이로 희미하게 햇살이 스며드는, 이 도시치고는 드물게 밝은 겨울 아침. 거리와 지붕에 소복이 쌓인 눈이 오랜만에 비치는 아침 햇빛을 받아 반짝였다.

　오른손에 커다란 바구니, 왼손에 책가방을 든 앨리스는 어수선한 뒷골목을 빠르게 달려갔다. 대로는 깔끔하게 제설돼 있지만 뒷길은 쌓인 눈이 얼어붙어 몇 번이나 미끄러질 뻔했다. 사람들의 눈을 피하려고 일부러 뒷길을 택했지만 이 정도로 길이 험할 줄 몰랐다.

　알마잭 기념 공회당 뒤에 도착한 앨리스는 뒷문 옆 창고에서 사다리를 꺼내 외벽에 조심스레 세웠다. 공회당 2층 테라스에 내려서서 자물쇠가 고장 난 문을 살며시 열고 어둠이 살짝 깔린 복도로 미끄러지듯 몸을 들였다.

　지난 세기 말에 건축된 이래 공회당은 도시의 상징물로 시민들에게 사랑받아 왔다. 준공 후 반세기가 흐른 지금도 매주 다양한 행사나 모임에 활용되고 있으며 건물에 딸린 레스토랑 역시 손님들로 늘 북적인다. 그러나 오래된 거대 건축물이 대개 그러듯 좀처럼 사람들이 드나들지 않는 구역도 있다.

　그런 구역 중 하나인 2층 창고방 손잡이를 앨리스는 신중하게 돌렸다.

문 너머에서 숨을 삼키는 기척이 느껴졌다. 깨어 있는 듯하다. 그녀가 놀라지 않게 앨리스는 천천히 방 안으로 들어갔다.

커다랗고 둥근 창으로 들어오는 겨울 햇빛 속에서 허름한 금속 침대에 앉은 소녀가 앨리스 쪽을 보고 있었다. 나이는 앨리스와 비슷한 10대 중반 정도일까. 검은 곱슬머리도 앨리스와 비슷하지만 몸이 깡말랐고 눈빛은 겁에 질렸다. 그래도 어젯밤 눈보라 속에서 만났을 때와 비교하면 다소 생기가 돌아왔다. 앨리스가 갈아입힌 하얀 실내복도 어제 입고 있던 까만 누더기에 비하면 훨씬 깨끗하고 위생적으로 보였다.

"안색이 좀 나아진 것 같아서 다행이야. 어제 열이 있었던 것 같은데 지금은 어때?"

그러자 소녀는 당황한 얼굴로 "그, 그게……" 하고 말을 더듬었다.

앨리스는 바닥에 어지럽게 널린 나무 상자와 서류 더미를 피해 침대에 다가갔다. 발밑에서 먼지가 피어올랐다.

"괜찮니? 무슨 일이 있었는지 기억해?"

말없이 잠자코 있는 소녀의 얼굴을 들여다보며 앨리스는 조금 걱정됐다. 소녀는 한동안 멍하니 있다가 문득 뭔가 떠올린 것처럼 고개를 들었다.

"하늘에서…… 떨어졌는데…… 네가 날 구해 줬니?"

앨리스는 "응, 응" 하고 고개를 끄덕였다.

"배 안 고파? 이거 먹어도 돼."

앨리스는 들고 온 바구니를 협탁에 올려놓고 샌드위치와 물통을 꺼냈다. 샌드위치를 보자마자 소녀의 눈빛이 달라졌다. 문득 허기를 자각한 듯했다.

"……정말 먹어도 돼?"

"그럼. 너 주려고 가져온 거야."

소녀는 조심스레 샌드위치에 손을 뻗었지만.

"읏!"

갑자기 고통스러운 것처럼 얼굴을 찡그리며 다리를 손으로 눌렀다.

"괘, 괜찮아?"

앨리스는 소녀에게 다가가 "미안" 하고 소녀의 치맛자락을 살짝 들췄다. 허벅지에 서툴게 감은 붕대가 보인다. 붕대 일부에 검은 얼룩이 있지만 다행히 상처가 더 벌어지지는 않은 듯했다.

"미안, 어제는 경황이 없어서 이 정도밖에 못 했어. 병원에 데려가는 게 나았으려나?"

소녀가 고개를 흔들었다. 하늘에서 떨어진 사실만 봐도 뭔가 심상치 않은 사정이 있는 게 분명해 보였다.

"그래도 붕대는 갈아야겠어. 조금만 기다려 줘. 지하 구호실에 붕대랑 약이 있거든. 훔치는 건 안 되지만…… 지금은 상황이 상황이니까.”

앨리스는 문을 열고 복도로 나가려다가 아직 소녀에게 이름도 알려 주지 않았다는 걸 깨닫고 돌아왔다.

“난 앨리스야. 잘 부탁해.”

소녀는 침대 위에서 샌드위치를 베어 물고 있었다. 돌아온 앨리스를 보며 황급히 샌드위치에서 입을 떼더니.

“난…… 컬러.”

그렇게 말하고는 다시 입에 넣은 빵 조각을 천천히 우물거렸다.

베너블즈 저택 식당에 포크와 나이프질 소리가 울렸다.

앨리스는 평소 어른들 앞에서 착하고 싹싹한 아이로 통하지만, 일주일에 한 번 어머니인 메리다와 베너블즈 저택을 찾을 때는 조용히 앉아 있기만 하고 거의 입을 열지 않았다. 해럴드 베너블즈는 어머니와 사이가 무척 좋지만 앨리스에게는 생면부지 타인이었다. 적어도 아직까지는.

“올해, 그러니까 내가 편집장으로 취임한 뒤부터 ‘데일리 레코드’의 발행 부수가 늘고 있어. 앞으로도 상승세를 탈 거야. 역시 내 방침이 틀리지 않았다는 증거지.”

“어머, 정말 대단하세요.”

식사를 마치면 해럴드는 일 이야기를 자주 늘어놓았다. 메리다는 신문을 읽지 않았지만 사랑하는 사람의 이야기에 맞장구를 치는 데는 능했다.

"전임자는 마녀 관련 기사를 싣고 싶지 않아 했어. 종교적 신념 때문이라던데 그런 건 시대착오적이잖아. 지금은 어디서 마녀가 나타났다더라, 이런 마법을 썼다더라 하는 뉴스에 다들 열광하는 시대니까."

앨리스는 일부러 밥을 천천히 먹으며 해럴드의 장황한 이야기를 흘려들었다. 단도직입적으로 앨리스는 해럴드가 마음에 들지 않았다. 머지않아 그가 자신의 양아버지가 되리라는 것도 무엇보다 우울한 일이었다. 하지만 적어도 해럴드와 메리다 두 사람은 깊이 사랑하고 있고, 해럴드는 앨리스의 학비를 내주는 등 모녀를 경제적으로 돕고 있다. 앨리스가 할 수 있는 일이라고는 분위기를 흐리지 않고 얌전히 있는 것뿐이었다.

"특히 '위치포드의 마녀' 기사는 정말 대단해. 그 소동이 벌어진 날 마침 우리 신입이 우연히 위치포드에 나가 있었거든. 그리고 결정적인 순간을 사진에 담았는데, 이게 또 걸작이지."

해럴드는 자리에서 일어나 벽 앞 선반에서 신문 한 부를 꺼내 1면에 실린 사진을 보여 줬다. 거무스름한 옷차림을 한 작은 마녀가 빗자루를 타고 막 날아오르려는 모습. 그 빗자루의 솔 끝을 남자 여러 명이 놓치지 않으려고 붙잡고 있는데 그중 몇몇은 발이 허공에 떠 있다. 어떻게든 마녀를 붙잡으려는 기세가 느껴지지만 왠지 우스꽝스러운 사진이었다.

"마녀는 결국 하늘로 도망쳤고 빗자루를 붙잡고 있던 사람들은 바닥에 떨어져서 다쳤다고 해. 그 신입 기자가 말하기를 희극의 한 장면 같았다더군."

"어머나, 무서워라."

메리다는 입가를 가렸다.

"그래서 이 마녀, 결국 잡혔나요?"

"아니. 그 난리가 났던 게 지지난주 금요일인데 여전히 목격 정보가 없어."

앨리스는 심장이 덜컥 내려앉았다. 지지난주 금요일. 컬러가 이 도시에 나타난 게 그 무렵 아니었나. 사진 속 마녀는 챙 있는 모자를 깊이 눌러써서 얼굴이 보이지는 않지만 체격이 컬러와 비슷해 보였다.

"사람들의 관심이 식기 전에 얼른 붙잡히면 좋을 텐데 말이야. 대체 어디로 달아난 건지, 원. 위치포드는 여기서 그리 멀지 않으니 어쩌면 아직 근처에 숨어 있을 수도."

해럴드는 농담하듯 씩 웃었다.

앨리스가 다니는 프린스 존 칼리지에서는 학생 지원 정책의 일환으로 식당에서 남은 음식을 학생들에게 무료로 나눠 줬다. 정작 학생들 사이에서는 배급품 같다며 평이 좋지 않지만 경제적으로 여유가 없거나 앨리스처럼 사정이 있는 학생들에게는 고마운 제도였다.

그날도 앨리스는 학교를 마치고 돌아가는 길에 창고방에 들렀다. 컬러는 둥근 창문 너머로 저녁 거리 풍경을 가만히 내려다보고 있었다. 한동안 맑은 날씨가 계속됐지만 그늘진 구석마다 아직 녹지 않은 눈이 남아 있어 겨울의 깊이를 느끼게 했다.

방 안이 쌀쌀해서인지 컬러는 양털 스웨터에 짙은 남색 외투를 걸치고 있었다. 앨리스와 처음 만났을 때 입은 누더기는 접어서 머리맡에 뒀다.

문 앞에 나타난 앨리스를 보고 컬러는 "안녕" 하고 힘없이 인사했다.

"안녕. 자, 이거."

앨리스는 학교에서 가져온 빵과 우유를 바구니에서 꺼내 협탁에 내려놓았다.

"미안, 오늘도 양이 얼마 안 되네."

"아니, 이걸로 충분해. 처음 보는 마녀한테 이렇게 잘해 주다니, 정말 고마워. 또 이런 멋진 옷까지."

컬러는 두 팔을 벌려 앨리스가 입은 옷과 같은 디자인의 외투를 내려다봤다. 왼쪽 가슴에 황소를 본뜬 학교 휘장이 새겨져 있다.

"편하게 입어도 돼. 어차피 예비 교복 같은 건 입을 일도 없을 테니까."

"네가 없었다면 난 진작 길가에 쓰러져 죽었을 거야."

앨리스는 조용히 웃음을 터뜨렸다. 처음에는 컬러를 과묵한 아이라고 생각했지만, 성격이 극도로 소심하고 조심스러울 뿐이지 날이 갈수록 말수가 늘고 있다. 아직 완전히 마음을 터놓은 건 아닌 듯하지만 적어도 앨리스를 대할 때 경계심은 눈에 띄게 옅어졌다.

컬러는 침대에 걸터앉아 빵으로 손을 뻗었다.

앨리스가 "아, 맞다" 하고 다시 입을 열었다.

"이번 주말, 이 공회당에서 시장이 주최하는 파티가 열릴 거래. 먹을 게 잔뜩 나온다고 하니 조금씩 주워 먹기만 해도 배부를 거야."

"파티……?"

컬러는 빵을 입에 집어넣은 손을 멈추고 불안한 기색을 드러냈다.

"아, 괜찮아. 어차피 들킬 일 없어. 이 창고방은 내 비밀 아지트거든. 뒤쪽으로 아무도 모르게 드나들 수 있고 나름 아늑하기도 하잖아. 학교 가기 싫은 날에는 여기서 몰래 땡땡이치기도 해."

앨리스는 침대 주변을 천천히 걸었다. 가방이 발에 닿아 쓰러졌지만 먼지가 날리지 않는다. 자세히 보니 선반과 창문도 깨끗하다. 컬러가 청소한 듯했다.

"저…… 이미 몇 번이나 물어본 거지만."

컬러는 조심스럽게 입을 열었다.

"왜 이렇게 잘해 주는 거야? 나한테."

"아니, 뭐, 글쎄."

앨리스는 쑥스러운 것처럼 말을 흐렸다. 정면에 있는 컬러를 마주하지 못한 채 쑥스러움을 감추려고 둥근 창문 밖으로 시선을 돌렸다.

"그냥 작은 모험이라고 할까? 이렇게 말하면 이상하겠지만 나 말이지, 하늘에서 떨어지는 널 처음 봤을 때 가슴이 좀 설렜어. 이런 극적인 일은 흔하지 않으니까. 그리고 도와줘 보니 네가 나쁜 애도 아닌 것 같고, 그럼 내 비밀 아지트를 빌려줘도 되겠다고 생각한 거야. 자세한 사정은 모르겠지만 네가 뭔가 굉장히 곤란해 보이기도 했고."

등 뒤에서 컬러는 아무 반응이 없다. 빵을 먹는 기척도 느껴지지 않는다. 고개를 살짝 돌리니 컬러는 앨리스의 책가방을 빤히 보고 있었다. 쓰러진 가방에서 노트와 신문 기사 스크랩이 보였다.

"아……."

앨리스는 몸이 굳었다. 신문 기사에는 '마녀, 위치포드에서 도주'라는 제목이 큼지막하게 적혀 있었는데, 컬러는 그 아래에 있는 '위치포드의 마녀' 사진을 말없이 응시하고 있었다.

"이렇게까지 관심 가져 주지 않아도 되는데."

컬러가 눈을 살짝 가늘게 떴다.

"'위치포드의 마녀'라니. 멋진 별명까지 붙어 버렸네."

앨리스는 어떻게 반응해야 할지 몰라 침을 꿀꺽 삼켰다.

◆

"메리다 카슨이라고 합니다."

증언대에 선 메리다는 침울하게 자기 이름을 댔다. 야윈 볼과 움푹 팬 눈 때문에 그녀가 선 것만으로 법정이 장례식장처럼 느껴졌다.

"피해자와 어떤 관계셨습니까?"

"아내입니다. ……아니, 아내가 될 예정이었죠. 그런 일만 없었다면……!"

메리다는 떨리는 목소리로 중얼거리고 손수건으로 눈가를 가렸다. 증언대에 손을 얹고 흐느끼며 콧물을 훌쩍인다.

"진심으로 위로의 말씀 드립니다."

오페라는 조심스럽게 말을 건넸다.

"힘드시겠지만 사건의 진실을 밝히기 위해 피해자와의 관계에 대해 조금만 더 증언해 주시겠습니까?"

"증언하고 말 것도 없어요!"

메리다는 대뜸 버럭 소리를 치며 피고인석의 소녀를 가리켰다.

"저 마녀가 해럴드를 죽인 거예요!"

"네, 심정은 이해합니다. 조금만 마음을 가라앉히세요."

흥분해서 어깨를 들썩이던 메리다는 곧 평정을 되찾고 차분하게 증언을 이어 갔다.

"반년 정도 전에 남편을 잃었어요. 군인이던 전남편은 오세아니아 어딘가에 부임해서 근무했는데 몇 년간 아무 소식이 없었죠. 그러다 갑자기 군에서 순직했다는 소식이 전해진 거예요. 딸인 앨리스와 둘이 살아갈 앞날을 생각하니 얼마나 막막하던지요. 유족 연금이 조금 나오기는 했지만 그것만으로는 생활이 여의치도 않고요."

왠지 남의 일 이야기를 하는 듯한 말투다. 오페라는 문득 속으로 '이 여자는 전 남편이 순직했다는 소식을 들었을 때도 지금만큼 슬퍼했을까?' 하고 생각했다.

"그때 제게 도움의 손길을 내밀어 준 사람이 바로 해럴드예요. '데일리 레코드' 지 편집장인 그와는 군인 유족 취재 과정에서 처음 알게 됐죠. 정말 자상한 남자였고 제 처지를 진심으로 안타까워해 줬답니다. 얼마 안 돼 저희는 깊은 사이가 됐고, 해가 바뀌면 정식 가족으로서 새로운 삶을 시작하자고 약속했어요. 앨리스에게도 분명 좋은 아버지가 돼 줬을 사람인데, 그렇지, 앨리스?"

메리다는 방청석에 앉은 딸에게 시선을 향했다. 앨리스는 동의하는지 아닌지 알 수 없는 모호한 표정을 지었다.

"증인은 피해자와 대단히 각별한 사이셨던 것 같은데, 그렇다면 혹시 그분이 마녀에 대해 어떤 이야기를 들려준 적은 없습니까?"

"기자로서 그쪽에 무척 관심이 많은 것 같더라고요. '위치포드의 마녀'에 대해 쓴 기사가 반응이 아주 좋았다고 했죠. 그리고 해럴드는 '위치포드의 마녀'에 대한 특종을 하나 더 쥐고 있다면서, 아직 사실 확인 단계지만 나중에 폭로하면 엄청난 이슈가 될 거라고도 했답니다."

"그렇군요."

오페라는 '위치포드의 마녀'에 대해 청중들에게 설명했다.

"피고인과 '위치포드의 마녀'가 동일인인지는 불분명하지만, 만약 동일인이라면 동기에 관한 가설을 세워 볼 수 있겠습니다. 가령 피고인에게는 외부에 폭로되기를 원치 않는 어떤 비밀이 있었고, 그와 관련된 증거를 없애기 위해 베너블즈 저택에 침입했을 수 있습니다. 아니면 처음부터 피해자를 살해할 목적으로 그 집에 들어갔을 가능성도……."

오페라는 순간 흠칫하며 말을 멈췄다. 증언대에 선 메리다가 얼굴이 새파래져서 당장에라도 쓰러질 것처럼 몸을 부들부들 떨고 있었기 때문이다.

"이런, 실례했습니다. 피고인이 베너블즈 저택에 침입한 동기가 무엇이든 간에 본 법정의 쟁점은 피고인이 마녀인지 아닌지 여부입니다. 증인과 앨리스 양 모두 사건 당일 밤 현장에 계셨지요. 윌슨 씨 증언에 혹시 틀린 부분은 없습니까?”

메리다는 숨을 깊게 내쉬며 마음을 가라앉히고는 “네” 하고 조용히 대답했다.

“저도 윌슨 씨와 함께 저 마녀가 빈방에서 나오는 걸 똑똑히 봤어요.”

“그때 앨리스 양은 어디 있었나요?”

“자기 방에 있었죠. 잠시 후 집 안이 소란스러워지자 복도로 나왔는데 곧 다시 들어가라고 했어요. 앞으로 더 시끄러워질 테니 방에서 얌전히 있으라고 하고요.”

오페라는 앨리스 인형을 모퉁이에 있는 방에 배치했다.

“추가로 하실 말씀 있습니까?”

그러자 메리다는 단호히 고개를 저었다.

“아뇨. 지금은 그저 한시라도 빨리 정의가 실현되기를 바랄 뿐이에요.”

오페라는 메리다에게 “방청석으로 돌아가셔도 됩니다” 하고 정중히 말했다. 만약 이것이 형사 재판이라면 메리다의 눈물 어린 호소가 양형에 영향을 미칠지 모르지만, 화형 법정에서 그런 건 일절 고려되지 않는다. 그러니 감수성이 풍부한 증인은 최대한 증언대에 세우지 않는 편이 좋겠다고 생각했다.

다음으로 증언대에 불려 나온 사람은 체격이 건장한 여자였다.

"시 경찰청 범죄 수사과 소속 경감 스텔라 바이콘이다."

바이콘 경감은 여성으로 경감 자리에 오른 몇 안 되는 실력 있는 경찰관이다. 왠지 어둡고 차가운 분위기를 풍기며 묘하게 낮고 쩌렁쩌렁한 목소리를 지녔다.

"난 이번 사건의 수사 지휘를 맡아 12월 30일 현장에 출동했네. 사건은 그 전날 밤에 일어났지만 내가 도착하기 전까지 부하 경찰들이 현장을 잘 보존 중이었지. 그 김에 수사도 같이 해 줬으면 좋으련만 요즘 젊은 경찰들은 영 센스가 없어서."

"그렇군요. 경감님의 소견은 어땠습니까?"

"사고사인지, 아니면 피고인의 손에 떠밀려 떨어진 것인지는 아직 판단하기 어렵지만 어차피 화형 법정에서 피해자의 사인 같은 건 중요한 게 아니지 않나. 중요한 건 피고인이 빗자루를 타고 하늘을 날았는지 여부지. 현장인 빈방에 빗자루가 떨어져 있어서 압수 후 조사를 지시했네. 어이, 가져와 봐."

부하로 보이는 제복 경찰이 경감에게 빗자루를 건넸다. 빗자루는 크기가 상당해 솔 부분 길이만 경감의 허리 너비보다 길었다. 경감은 빗자루를 흑단 책상 모형 옆에 내려놓았다.

"빈방에서 발견된 건 이 빗자루 하나인데, 참고로 여기서 피고인의 지문은 검출되지 않았네."

"체포 당시 피고인은 검은 장갑을 끼고 있었습니다. 이번 사건에서는 지문이 단서가 될 수 없습니다."

바이콘 경감은 "그래, 그렇지" 하고 담담하게 동의했다.

"피고인이 현장에 침입한 경로를 경감님은 어떻게 추측하고 계십니까?"

"창문으로 들어왔겠지. 어차피 그 대답을 듣고 싶은 거 아닌가?"

"아뇨, 그런 뜻은 아닙니다."

오페라는 단호하게 받아쳤다. 아무래도 경감이 자신을 조금 얕잡아 보는 듯하지만 저자세로 나갈 수는 없다.

"그 밖의 다른 가능성이 없다고 단정할 수 있을지 담당 수사관님의 의견을 듣고 싶은 겁니다."

"우선 이 구역의 정식 출입구는 현관뿐이지만 현관으로 들어왔을 가능성은 없네. 이삿짐 업자들이 가구를 들일 때 문단속을 철저히 했고, 사건 전후에는 그 집 고용인이 현관을 청소하고 있었으니까. 정식 출입구가 아니면 베란다를 통한 침입이 가장 수월했겠지. 평소에는 베란다 문을 잠그지 않는다고 하고, 베란다까지 침입할 경로도 많으니. 하지만 사건 당시에는 베란다 문이 잠겨 있었던 건 사실 같더군. 윌슨 씨가 직접 잠그는 걸 카슨 부인이 봤고 자물쇠에서는 윌슨 씨의 지문도 검출됐네."

바이콘 경감은 두꺼운 조서 뭉치를 넘기며 담담히 말했다.

"밖에서 베란다 자물쇠를 열고 방에 들어갈 수 있었을까요?"

"그건 윌슨 씨 견해에 나도 동의해. 베란다 자물쇠는 파손된 흔적이 없고, 남쪽 강가 쪽 창문에도 외벽을 타고 올라온 흔적은 확인되지 않았으니까."

"창문으로 침입하는 것도 사실상 불가능하다는 말이군요. 하늘이라도 날지 않은 한."

"판단은 귀관의 몫이지."

"네, 그렇겠죠. 자, 그럼 여러분, 신뢰할 만한 바이콘 경감님의 증언을 통해 빈방에 침입하는 방법은 오직 비행뿐이었다는 게 확실해졌습니다. 이것으로 저는 피고인이 마녀라는 사실이 입증됐다고 판단합니다."

그때 타닥타닥 타자기를 두드리는 듯한 기계음이 들렸다. 2층석을 올려다보니 벽에 설치된 열두 장의 패널이 차례차례 뒤집히며 '액턴 벨 컬러는 마녀'라는 글자가 나타났다.

법정 안이 술렁였지만 오페라는 단호하게 "정숙해 주십시오"라고 외쳤다.

"화형 법정에서는 중요한 순간순간에 배심원의 판단이 내려지고, 변론 종료 시점에 '마녀' 판정이 과반수를 넘으면 피고인은 그 즉시 화형에 처해집니다. 보아하니 제 입증에 대체로 동의해 주신 듯하군요."

배심원석 패널 열두 장 중 총 아홉 장이 '마녀'를 표시하고 있다.

피고인석을 힐끗 보자 컬러는 핏기 없는 얼굴로 패널을 올려다보고 있었다.

"피고인. 바이콘 경감에게 질문할 게 있습니까?"

물어봐야 무의미하다는 걸 알면서도 오페라는 형식상 컬러에게 물었다. 반응이 없는 걸 확인하고 고개를 끄덕이며 다시 경감을 향해 말했다.

"이제 돌아가셔도 됩니다."

"아뇨, 있고말고요."

그때 갑자기 법정 안에 낯선 여자 목소리가 울려 퍼졌다.

"증인에게 질문? 예, 당연히 있습죠."

오페라는 법정을 두리번거리며 목소리의 주인을 찾았다.

"방금 발언하신 분이 누구죠? 심리를 방해하면······."

말이 끝나기도 전에 오페라의 귓가에 여자의 속삭임이 들렸다.

"소인이라면 여기 있습니다."

오페라는 "히얏!" 하고 비명을 지르며 뒤로 펄쩍 물러섰다. 오페라 뒤에 선 사람은 연미복과 검은 모자로 남자처럼 꾸민, 오페라보다 키가 훨씬 큰 여자였다. 무도회 복장을 연상케 하는 격식 있는 차림새지만 옷깃에 넥타이 대신 작은 방울이 달려 있다. 모자챙에는 양의 뿔을 본뜬 장식이 있는데, 얼굴 전체를 뒤덮은 짙은 화장과 어우러져 마치 희극 배우 같은 느낌을 자아냈다.

"지, 집행관! 어서 이 여자를 끌어내세요!"

오페라가 여자를 가리키며 외치자 넋이 나가 있던 집행관들이 정신을 차리고 여자에게 달려들었다. 그러나 여자는 우스꽝스러운 몸놀림으로 그들을 가볍게 따돌리고는 "아이고" 하고 어깨를 으쓱였다.

"너무하시는군요. 저는 오페라 님께서 소인을 애타게 기다리신 줄 알았는데."

확성기라도 쓰는 건가 싶을 만큼 잘 울리는 목소리다. 말투에서 왠지 외국인 같은 억양도 느껴지지만 그조차 자연스러워서 진짜인지 연기인지 헷갈렸다.

"아니면 이 나라의 법조계는 이처럼 난폭한 환영이 전통인지요? '전통은 비합리적이다'라는 멋진 명언이 있습니다."

"뭘 그렇게 혼자 주절거리는 거예요! 당신, 대체 누구예요?"

"소인은 독양毒羊이라고 합니다. 만나 뵙게 되어 영광입니다, 심문관님."

이상한 이름의 여자는 모자챙을 붙잡고 고개를 숙였다.

"독양……?"

오페라는 그 이름을 기억했다. 화형 법정 사무국에서 받은 사전 자료에 액턴 벨 컬러의 변호인으로 등재된 이름이었다.

"설마, 변호인?"

"그렇습니다. 소인, 마녀재판의 전문 변호인으로 본 심리의 변호를 맡게 되었으니 아무쪼록 잘 부탁드립니다. 하찮은 사적 용무 때문에 늦게 도착한 점을 실로 송구하게 생각합니다. 그러나 이렇게 함께하게 된 이상 소인은 전력을 다해 컬러 양을 변호할 생각입니다. 지금부터는 그냥 편하게 '양'이라고 불러 주십시오."

그녀는 두 손으로 머리 옆에 뿔 모양을 만들더니 "매에, 매에" 하고 양 울음소리를 냈다.

"뭐, 뭐예요! 이런 수상한 변호인이 어딨어요!"

"화형 법정에서 변호인 자격 같은 건 필요 없고 피고인이 인정하기만 하면 된다고 알고 있습니다. 그렇다면 단순 명쾌하게 피고에게 물으면 되겠지요. 컬러 양, 소인에게 변호를 맡겨 주시겠습니까?"

컬러는 조심스럽게 고개를 끄덕였다. 태도로 보니 두 사람은 서로 아는 사이인 듯하다. 양은 만족한 듯 헛기침을 한 번 하고는 서류 가방을 컬러에게 맡기고 다시 오페라 쪽으로 돌아섰다.

"괜찮으시겠습니까, 오페라 님. 이제 시작해도 될까요?"

오페라는 노골적으로 짜증을 드러내며 "뭘요?" 하고 물었다.

"물론 반대 신문입니다. 조금 전 바이콘 경감님의 증언은 실로 허점투성이였습니다. 고작 그런 이유로 피고인이 하늘을 날았다고 단정하다니, 논리의 비약이 심각하다고 할 수밖에 없습니다."

양의 도발에 오페라보다 바이콘 경감이 먼저 반응했다.

"허점이라. 실례되는 말이로군. 어떤 점이 그렇게 못마땅했는지 들어볼 수 있겠나?"

"물론이지요."

양은 모형 앞으로 성큼성큼 다가가 작은 주택을 꼼꼼히 살폈다.

"경감님은 사건 당일 누군가 외벽을 기어올라서 남쪽 창문으로 빈방에 들어간 흔적이 없다고 하셨지만, 컬러 양이 지붕 위에서 밧줄을 타고 내려왔을 가능성도 배제할 수는 없지요."

경감은 잠시 말을 멈추고 오페라를 힐끗했다. 실제로 이번 사건에는 밧줄이 등장하지만 그것이 컬러의 침입과 무관하다는 건 이미 판명됐다. 굳이 그 이야기를 다시 꺼낼 필요는 없다.

"지붕 위에는 사건 전날 내린 눈이 쌓여 있었는데 누군가 눈을 밟은 흔적 같은 건 없었네."

"지붕이 어렵다면 위층 방 창문에서 내려왔을 가능성은 어떨까요? 플라츠 맨션은 4층 건물입니다. 컬러 양은 먼저 4층에 침입한 뒤 3층으로 내려온 거겠지요."

"흐음."

경감은 잠시 숨을 고르고 말을 이었다.

“물리적으로는 가능할지 몰라도 정황상 불가능하다는 걸 우리가 이미 확인했네. 사정이 다소 복잡해 일부러 언급하지 않았지만 변호인이 요구한다면 어쩔 수 없겠지. 심문관?”

갑자기 부른 탓에 오페라는 “네?” 하고 맥 빠진 듯 대답했다.

“증언을 들어보도록 하지. 4층에 사는 케어리 부인의 증언을.”

“아, 네, 그게 좋겠네요.”

오페라의 지시를 듣고 말쑥한 차림의 젊은 여자가 증언대에 섰다. 그녀는 엘자 케어리라고 자신을 소개하며 플라츠 맨션 4층에 가족과 거주 중이라고 밝혔다.

“사건 현장 바로 위가 케어리 부인 댁의 자녀 방이라고 들었습니다. 그날 누군가 집 안에 들어왔거나 창문으로 나간 일은 당연히 없었겠죠?”

케어리 부인은 “네, 없어요” 하고 부인했다.

부인을 방청석으로 돌려보내고 오페라는 도발적인 눈빛으로 양을 봤다.

“자, 어떻습니까?”

“대단히 훌륭합니다. 그렇다면 피고인은 역시 베란다로 침입한 것이겠네요.”

양은 여전히 자신감 넘치는 목소리로 말했다.

"지금까지 나온 이야기를 제대로 들으신 거 맞나요? 아까 베란다 문은 윌슨 씨가 잠갔다고……."

"아뇨, 아뇨. 그분이 베란다를 잠근 건 사건 바로 직전이 었습니다. 그전까지는 계속 열려 있었으니 누구나 자유롭게 들어올 수 있었죠. 예를 들어 계단 층계참에 있는 창문에서 3층 베란다까지 뛰면 빈방에 들어가는 건 식은 죽 먹기입니 다. 이렇게요."

양은 모형 위에서 두 손가락을 다리처럼 움직였다.

"흥! 무슨 말씀을 하시는가 했더니."

오페라는 비웃는 투로 맞받았다.

"윌슨 씨가 베란다 문을 잠갔을 때 방 안에는 아무도 없었 다고 했습니다."

"숨어 있으면 되지요. 예를 들어 이 책상 같은 곳에."

양은 모형 속 빈방에 있는 책상을 들어 보였다.

"이 정도면 소녀 한 명쯤은 충분히 숨을 수 있지 않겠습니 까? 윌슨 씨, 혹시 귀하께서는 이 책상 아래에 누가 숨어 있 는지도 확인하셨습니까?"

"……아, 아뇨. 거기까지는."

윌슨은 마지못해 인정했다.

"아무리 그래도 침입은 불가능해요! 윌슨 씨가 베란다 문 을 잠근 건 오후 9시가 되기 전이고, 오후 9시에 공회당 골목 에서 피고인을 봤다는 미들턴 부인의 증언이……."

"으응? 소인이 언제 피고인이 침입했다고 했던가요?"

양은 책상 모형을 오페라 앞에 들이밀었다.

"오후 9시에 이 안에 있던 인물은 사건과는 전혀 무관한 제삼자입니다. 그는 윌슨 씨가 베란다 문을 잠근 후 책상 아래에서 기어 나와 다시 베란다 문을 열고 도망쳤지요. 그리고 그와 교대하듯 컬러 양이 베란다를 통해 빈방에 들어간 겁니다. 그럼 아무 모순이 없죠."

"말도 안 되는 궤변을! 그럼 그 제삼자를 데려오세요!"

"네에, 물론 데려왔습니다. 증언대로 모시겠습니다."

양이 손가락을 딱 튕기자 법정이 술렁이기 시작했다. 어두운 방청석에서 키 작은 사람이 조심스럽게 걸어와 증언대에 섰다. 양은 그 소녀를 향해 공손히 고개 숙여 인사했다.

"증인. 이름과 직업을 말씀해 주시지요."

"……다레카. 다레카 드 발자크. 프린스 존 칼리지 학생이에요."

소녀는 일부러 눌러서 짜낸 듯한 묘한 목소리로 자신을 소개했다. 그녀의 긴 금발을 오페라는 본 적이 있었다. 재판이 시작되기 전 방청석에서 튀김을 입에 넣던 소녀다. 하지만 지금은 어째서인지 그 튀김 봉투를 머리에 푹 뒤집어쓰고 있었다.

"……누구시라고요?"

"다레카. 다레카라고 합니다."

종이봉투에 뚫린 구멍에서 두 눈이 깜빡였다.

"그 봉투는 뭐죠?"

"요즘 유행하는 패션이에요."

오페라는 속으로 '이건 또 무슨 헛소리야?' 하고 의아해했다.

"자, 여기 계신 다레카 양은."

양은 싱글벙글 웃으며 다레카의 두 어깨에 손을 올렸다.

"칼리지에 다니는 학생이면서도 또 하나의 얼굴을 지녔습니다. 자, 증인, 어젯밤부터 오늘 아침까지 어디서 뭘 하셨는지 말씀해 주시겠습니까?"

"그게…… 그러니까…….'

다레카는 머뭇거리며 쥐구멍을 찾는 듯 주위를 두리번거렸다. 양의 손가락이 그녀의 어깨를 파고들었다.

"즈, 응, 인?"

다레카는 마지못해 진저리를 내듯 대답했다.

"경찰서요. 빵집에서 도둑질을 하다가 붙잡혀서 조금 전까지 경찰서에서 조사를 받았어요."

"그렇군요. 좋습니다."

양이 다레카의 어깨를 툭툭 두드렸다.

"자, 보시다시피 이 증인은 어디 내놓아도 부끄럽지 않은 진짜배기 좀도둑입니다. 그런 증인이 사건 당일 밤에도 한 건 해 보겠다고 눈여겨본 곳이 바로 그 베너블즈 저택이었지요. 처음 계획한 대로 빈방에 무사히 침입하기는 했지만 이게 웬걸, 그곳에는 윌슨 씨 같은 집안사람도 아닌 외부인이 어슬렁거리고 있었습니다. 그래서 이건 위험하다 싶어 결국 아무것도 훔치지 않고 베란다로 도망친 것입니다. 맞지요?"

"마…… 맞아요."

양은 만족스럽게 고개를 끄덕이더니 다레카의 어깨를 밀어 오페라 쪽으로 돌려세웠다.

"자, 심문관님. 반대 신문을 하시겠습니까?"

"……."

오페라는 화를 참지 못하고 심문관석 책상을 두 손으로 쾅 내리쳤다.

"당연하죠! 사건 당일, 그것도 피고인이 침입하기 직전에 그 방 안에 좀도둑이 있었다고요? 그런 우연이 일어날 리 있겠습니까?"

"하지만 그런 우연이 실제로 일어나고 만 겁니다. 이 도시에 마녀는 드물어도 좀도둑은 지천에 널렸으니까요."

"궤변입니다! 그리고 애초에 왜 굳이 3층에 침입한 거죠? 답하세요, 증인!"

오페라가 정면에서 손가락질하며 외치자 다레카는 "그, 그게……" 하고 주춤거렸다. 그 틈을 놓치지 않고 양이 끼어들었다.

"1층에는 '대로 잡화점'이라는 가게가 입점해 있지만, 장사가 잘되지 않아서 훔치러 갈 가치가 없었을 겁니다. 4층 베란다에는 위를 덮는 것이 아무것도 없는 탓에 눈이 그대로 쌓여 있었고요. 발자국을 남기는 걸 좋아할 도둑이 있을 리 없지요. 또 2층에는 어떤 젊은 남자가 사는데, 사건 당일 밤 친구들을 초대해 밤새 파티를 벌였다더군요. 그러니 자연스러운 소거법으로 3층을 노리게 된 게 아닐까요?"

막힘없는 양의 대답을 들으며 다레카는 꼭두각시 인형처럼 고개를 연신 끄덕였다.

"큭……."

오페라는 이를 악물었다. 이대로 신문을 이어 가 봐야 양의 페이스에 휘말려 시간만 허비할 것이다. 차분히 생각하면 궤변이 배심원들에게 통할 리 없다.

"심문관."

그때 바이콘 경감이 끼어들었다.

"방금 부하한테 들은 이야기인데 다레카라는 이 아가씨는 일대에서 꽤 유명한 비행 청소년이라는군. 비행이라고 해도 술을 마시거나 밤늦게 거리를 돌아다닌 것 정도지 절도로 붙잡힌 건 이번이 처음 같지만."

"……그렇군요."

오페라는 양에게 날카로운 시선을 던졌다.

"아, 이게 바로 양 변호인님의 수법이군요. 하늘을 나는 게 아닌 다른 침입 루트를 만들어 보려고 만만한 문제아 한 명을 협박하거나 돈으로 매수해서 있지도 않은 증언을 얻으려 하신 건가요?"

"호오, 지금 증인의 증언을 위증이라고 주장하시는 겁니까?"

"이 증인이 마지못해 위증하고 있다는 건 누가 봐도 명백해요."

"그 말씀은 즉."

양은 히죽 웃었다.

"오페라 님께서는 철저히 자신의 주관에만 의지해 재판을 끌고 가시겠다는 뜻이군요. 허허, 거 참 큰일입니다. 아무리 화형 법정이라지만 법정이라는 이름이 붙은 곳에서 객관적 사실을 경시하시다니. 뭐, 좋습니다!"

양이 유쾌하게 손가락을 딱 튕겼다.

"그럼 여기서 하나, 소인이 직접 가르쳐 드리겠습니다."

"뭘요?"

양은 다레카를 방청석으로 돌려보내고 변호인석 앞을 천천히 걷기 시작했다.

"오페라 님. 혹시 '빅토고 규칙'을 알고 계십니까?"

물론 알지만 오페라는 일부러 청중들을 위해 정중하게 설명했다.

"네. 마녀가 세상에 출몰하기 시작하자 왕립 학회는 과학적으로 마녀의 존재를 규명하려고 조사에 착수했죠. 그렇게 마법의 근원을 밝히지는 못했지만, 마법의 한계를 규정하는 데는 성공했습니다. 마녀가 할 수 있는 일과 할 수 없는 일. 그걸 간결하게 글로 정리한 게 바로 빅토고 규칙이라 불리는 문서입니다."

"맞습니다. 단 세 쪽짜리 짧은 문서지만 그 안에 마법의 모든 것이 담겨 있지요. 현대판 마도서라 불리는 이유이기도 합니다. 화형 심문관님이시라면 당연히 그 내용도 외우고 계시겠지요?"

"당연하죠."

오페라는 규칙 조항을 설명했다.

"제1장 비행. '마녀는 빗자루를 타고 날 수 있다'. 제2장 변신. '마녀는 고양이로 변신할 수 있다'. 제3장 감응. '마녀는 타인의 감정을 조종할 수 있다'."

양이 박수를 짝짝 쳤다.

"역시. 훌륭합니다, 훌륭해요. 자, 변신과 감응은 이번 사건과 관계없으니 제쳐 놓고 문제는 바로 비행입니다. 규칙에는 '마녀는 빗자루를 타고 날 수 있다'라고 명시돼 있습니다. 즉, 마녀라고 해도 빗자루 없이 날 수는 없다는 뜻입니다."

"그런 건 상식이에요. 사건 당시에도 피고인 근처에 빗자루가 떨어져 있었습니다. 그 빗자루를 타고 날아왔겠죠."

양은 "흐음, 흐음" 하고 의미심장하게 고개를 끄덕였다.

그러고는 방청석을 휙 둘러보고 메리다 카슨 바로 뒤에 앉은 젊은 여자에게 시선을 향했다.

"자, 여기서 새로운 증인의 이야기를 들어보고자 합니다. 아네트 양, 앞으로 나와 주세요."

증언대에 선 소박한 차림의 여성이 자신을 아네트 스미스라고 소개했다. 나이는 스물 전후로 혈색이 좋고 머리카락에도 윤기가 감돌지만 어딘가 사연 있는 여자 같은 분위기를 자아냈다.

"베너블즈 가에서 일하고 있습니다. 얼마 전부터……."

"얼마 전부터?"

"네. 사실…… 저희 집은 원래 부잣집이라 지금껏 그럭저럭 여유 있게 살았어요. 그런데 최근 경기가 확 나빠져서 어쩔 수 없이 저도 일을 나가게 됐죠. 마침 아버지의 오랜 지인이라는 베너블즈 씨께서 집에서 일할 새 고용인을 구하고 계시다는 소식을 듣고……. 조만간 가족이 늘어날 예정이라 집에서 일할 하녀가 더 필요하다고 하시더라고요. 그래서 아버지께 부탁드려 베너블즈 저택에서 일하게 된 거예요."

아네트가 깊숙이 한숨을 쉬었다. 슬픔보다 당혹감이 섞인 표정이었다.

"파란만장한 인생이군요. 직접 일해 보시니 어땠습니까?"

"엉망이었죠. 그전까지 청소 같은 건 한 번도 해 본 적이 없어서 이것저것 잔소리를 듣고……. 심지어 일을 시작한 첫날에 베너블즈 씨께서 돌아가신 거예요. 경찰 수사 때문에 이틀간 저택에 들어가지도 못했어요."

"그러셨군요. 그 후 다시 저택에 들어가셨을 때 뭔가 전과 달라진 점은 없었나요?"

"아, 맞아요. 빗자루가 하나 없어졌더라고요."

"네?"

오페라는 입을 떡 벌렸다. 불길한 예감이 들었다.

"그래서 선배한테 네가 잃어버린 거 아니냐고 엄청 깨졌어요. 분명 창고에 잘 넣어 놨는데……."

"그 빗자루라는 게 혹시."

양이 흑단 책상 앞으로 다가가 증거물인 빗자루를 집어 들었다.

"이겁니까?"

"네. 맞는 것 같아요."

"잠깐!"

허겁지겁 오페라가 끼어들었다. 사건 현장에서 발견된 빗자루가 베너블즈 가의 물건이라면 상황이 복잡해진다.

"그건 베너블즈 가에 있던 빗자루가 아니라 피고인이 타고 온 빗자루예요! 잘 보세요!"

"네? 그래요?"

아네트는 천천히 고개를 갸웃거렸다.

"증인, 이 빗자루를 어디서 사셨는지 기억하시나요?"

"네. '대로 잡화점'이에요. 플라츠 맨션 1층에 있는. 이 근처에 사는 사람들은 모두 그 가게에서 생필품을 산다고 들었어요."

"아, 그렇군요. 그럼 간단하네요. 피고인이 하늘을 날 때 사용한 이 빗자루와 베너블즈 가에서 사라진 빗자루는, 같은 가게에서 산 서로 다른 빗자루인 겁니다."

"네? 그런데 정말 비슷하게 생겼는데……."

아네트가 눈살을 찌푸리며 빗자루를 관찰하는 사이 양은 검은 가죽 가방을 가져와 안에서 하얀 장갑을 꺼냈다.

"뭐, 실제로 같은 가게에서 산 빗자루를 구분하는 건 어렵겠죠. 일단 한 가지를 과학적으로 확인해 봅시다."

양은 장갑을 끼고는 컬러에게 맡긴 서류 가방에서 손바닥만 한 유리판을 꺼냈다. 유리의 한쪽 면을 천으로 닦고 "손 좀 빌리겠습니다" 하더니 정중하게 아네트의 손을 붙잡고 유리판에 꾹 눌렀다.

"자, 모두 주목해 주십시오!"

양은 과장된 몸짓으로 가방에서 작은 병을 꺼냈다. 병뚜껑을 열어 하얀 가루를 유리판에 골고루 뿌린 후 솔로 가볍게 가루를 털고 조명에 유리판을 비췄다.

"흐음. 비전문가가 했는데도 꽤 괜찮게 나오네요. 경감님."

양은 증언대에서 상황을 지켜보던 바이콘 경감에게 유리판을 내밀었다.

"빗자루에서 지문을 조사했다고 하셨죠. 그 지문에 아네트 양의 지문이 포함됐는지 확인해 주시겠습니까?"

바이콘 경감은 수상쩍은 눈으로 양을 흘겨보더니 유리판을 받고 조서의 한 페이지와 꼼꼼히 대조했다. 경감의 두 눈이 살짝 커졌다가 잠시 후 이해할 수 없다는 듯이 다시 가늘어졌다.

"……이게 어찌 된 일이지. 정확히 일치하잖아."

"말도 안 돼!"

오페라는 증언대로 달려가 경감의 손에 들린 조서를 들여다봤다. 경감에게 돋보기를 빌려 유리판에 찍힌 지문과 빗자루에서 채취한 지문 사진을 대조했다.

말문이 막혔다.

"이 사실이 뭘 의미하시는지는 잘 아시겠죠?"

양은 승리를 확신한 것처럼 당당하게 외쳤다.

"이 빗자루는 사건 당일 아네트 양이 실수로 빈방에 두고 간 상태로 줄곧 저택 안에 있었던 겁니다. 따라서 컬러 양이 비행 때 쓴 빗자루는 이 빗자루가 아닌 다른 빗자루여야 합니다. 하지만! 컬러 양 주변에 그 밖의 다른 빗자루 같은 건 단 한 자루도 없었죠. 설령 컬러 양이 마녀여도 하늘을 날아 베너블즈 저택에 침입하는 건 애초에 불가능한 일이었던 겁니다!"

"으……."

오페라는 주춤했지만 곧 다시 바이콘 경감 쪽으로 몸을 돌렸다.

"경감님, 현장에서 다른 빗자루가 사라졌을 가능성은 없을까요?"

경감은 언짢은 듯 고개를 저었다.

"……아니. 윌슨 씨는 경찰이 올 때까지 방을 떠나지 않았다고 했고, 수사가 시작되기 전까지는 경찰 두 명이 현장을 보존하고 있었네."

"그럼 아네트 양의 지문이 묻은 빗자루는 원래 저택 밖에 있었고 피고인이 그걸 타고 날아온 거겠죠. 아네트 양은 빗자루를 창고에 확실히 돌려놨지만 경찰이 철수한 후 누군가 훔치거나 해서……."

"잊으셨습니까? 아네트 양은 그전까지 청소라고는 한 번도 해 본 적이 없다고 했습니다. 또 사건 당일이 첫 정식 출근이었죠. 그날 처음 빗자루로 청소할 때를 제외하고는 빗자루에 지문이 묻을 기회가 전혀 없었습니다."

양의 말에 아네트는 고개를 연신 끄덕였다.

"으윽……. 그, 그렇다면 이런 건 어떤가요? 피고인은 전혀 다른 빗자루를 타고 날아왔는데 베너블즈 씨와 실랑이를 벌이는 도중에 그 빗자루를 베란다에서 떨어뜨렸다……. 그리고 누군가가 그 빗자루를 가져가 버렸다. 경찰은 아네트 양이 두고 간 빗자루를 마녀가 사용한 것으로 착각한 거고요."

"참으로 기발한 상상력이십니다. 감탄, 또 감탄이네요. 그러고 보니 뒷길 술집의 손님들이 베너블즈 씨의 추락사를 목격했다고 했지요. 그러니 만약 누군가 시신 옆에서 빗자루를 가져갔다면 그걸 본 사람도 당연히 있을 터. 바이콘 경감님, 어떻습니까?"

경감은 고개를 끄덕이더니 방청석에서 마른 체구의 대머리 남자를 불렀다. 남자의 이름은 가이 하딩. 사건 당시 처음 신고한 술집 직원이라고 한다. 그는 경찰이 도착할 때까지 그 누구도 시신 근처에 다가가지 않았다고 증언했다.

"좋습니다."

"그럼 창문에서 강으로 던졌을 가능성은……."

"오호, 그리고 그대로 강물에 떠내려갔다는 말인가요? 아파트에서 강까지의 거리는 몇 야드. 웬만한 힘으로는 강가의 눈 위에 흔적 하나 남기지 않고 곧장 강물까지 던지는 건 쉽지 않을 겁니다. 설령 가능했다고 해도 컬러 양은 대체 왜 빗자루를 그렇게 온 힘을 다해 강물에 버려야 했을까요?"

오페라는 아무 대답도 할 수 없었다. 그런 오페라를 보며 양은 옅게 미소 지었다.

"자, 여러분. 피고인이 베란다로 침입했을 가능성은 이제 충분히 설명된 것으로 보입니다. 반면, 빗자루를 가지고 있지 않은 피고인이 하늘을 날아 저택에 침입하는 건 명백히 불가능하다는 게 밝혀졌지요. 자, 이와 같은 사실을 바탕으로 배심원 여러분에게 새로운 판단을 부탁드리고 싶습니다.”

양이 말을 끝마치기도 전에 2층 배심원석 패널이 잇달아 움직여 배심원단의 평결이 공개됐다. ‘마녀’ 패널은 열두 장 중 총 다섯 장. 배심원단은 무죄 쪽으로 기울고 있었다.

“후후. 중대한 진전입니다. 자, 오페라 님. 반대 신문을 계속하시겠습니까?”

오페라는 애써 양의 도발을 무시하듯 심문관석 책상에 손을 얹고 고개를 숙였다. 뭔가 반박해야 한다는 조바심에 사로잡혔지만 머릿속에는 한 가지 의문만 끝없이 맴돌았다.

빗자루에 왜 아네트의 지문이. 왜. 대체 어떻게.

검사로 화려한 경력을 쌓아 오는 동안 오페라의 직감은 한 번도 틀린 적이 없었다. 그리고 지금도 그 직감을 믿으며 재판에 임하고 있다. 액턴 벨 컬러는 마녀라는 직감을.

평소 오페라였다면 그 직감에 반하는 증거가 제시돼도 침착하게 고찰해 진실에 다가갈 수 있을 것이다. 하지만 지금 그녀의 사고는 제자리를 뱅뱅 맴돌기만 할 뿐 빗자루의 모순이라는 굴레에서 도무지 벗어날 수 없었다.

내가 왜 이러지. 화형 법정이라는 이 일상적이지 않은 공간이 발산하는 힘에 휩쓸려 평소의 모습을 잃어버린 걸까.

“흐으음.”

정적에 잠긴 법정 안에 맥 빠진 목소리가 울려 퍼졌다. 아네트의 목소리였다.

"제가 빈방에 빗자루를 두고 간 건가요……?"

"빈방에 들어간 적은 있었겠죠?"

양이 묻자 아네트는 "네, 그건 그런 것 같아요" 하고 어정쩡하게 고개를 끄덕였다.

"그래도 빗자루는 창고에 분명 제대로 돌려놓은 것 같은데……."

"착각일 겁니다. 시간이 꽤 흘렀으니까요. 그렇죠?"

양은 왠지 이 문제를 더 깊게 파고들지 않으려는 듯했다.

오페라는 떠올렸다. 양의 이런 태도로 미루어 볼 때 역시 빈방에 있던 빗자루는 아네트의 것이 아닌 컬러가 타고 온 빗자루일 가능성이 크다. 그럼 왜 그곳에 아네트의 지문이 묻어 있었을까.

"……증인."

오페라는 몇 분 후 입을 열었다.

"경찰을 제외하고 최근 며칠 사이 증인에게 이야기를 들으러 온 사람이 있었습니까?"

"네? 아, 그러고 보니 사건 다음 날 밤에 길가에서 갑자기 모르는 여자가 말을 걸어 왔어요. 처음에는 그냥 가볍게 잡담하는 줄 알았는데 어느새 저도 모르게 제 이야기를 전부 털어놓고 있더라고요."

"어떤 사람이었습니까?"

"글쎄요. 검정 후드를 깊게 눌러쓰고 있어서 얼굴은 거의 안 보였어요. 키는 저와 비슷했고 여자치고는 목소리가 좀 낮았던 것 같은데…….”

오페라는 다시 숙고했다. 키로 봐서는 변호인인 양은 아니다. 양의 심복일까. 양은 심복에게 지시해 정보를 캐낸 뒤 아네트를 잘만 이용하면 빗자루와 관련된 위증을 꾸밀 수 있겠다고 깨달은 게 아닐까.

그리고 애초에 컬러는 그 빗자루를 어디서 가져온 걸까.

“……미들턴 부인. 그날 밤 9시 골목에서 피고인과 마주쳤을 때 피고인은 손에 뭔가를 들고 있었습니까?”

“아뇨, 빈손이었어요.”

미들턴 부인은 앉은 채로 통통한 어깨를 으쓱였다. 그렇다면 컬러는 공회당 근처에서 빗자루를 손에 넣은 셈이다.

문득 지문이 묻은 유리판에 시선을 떨궜다. 새삼 다시 보니 유리가 한쪽 면만 이상하게 지저분하다. 또 네 개의 가장자리도 묘하게 울퉁불퉁했다.

이건 마치…….

오페라는 순간 깜짝 놀라 고개를 번쩍 들었다.

“앗!”

충동적으로 책상을 두 손으로 퍽 내리쳤다.

“알겠다! 확실히 알았습니다!”

“갑자기 큰 소리 치지 마.”

얼굴을 찌푸린 바이콘 경감에게 오페라는 침착하게 지시

를 내렸다. 경감은 미심쩍어하는 반응을 보였지만 곧 준비에 착수했다.

"하마터면 변호인이 깐 덫에 걸릴 뻔했습니다! 정말이지 간교한 사기꾼 같은 분이군요."

"무슨 말씀이신지?"

오페라는 지문 묻은 유리판을 양 앞으로 들이밀었다.

"이건 아네트 양의 지문이 아닙니다!"

"네? 조금 전 눈앞에서 직접 채취해 보여 드리지 않았습니까?"

"시치미 떼지 마시죠! 변호인, 당신은 처음부터 다른 사람의 지문이 묻은 유리판을 가져온 겁니다. 그리고 유리 뒷면에 아네트 양의 손을 찍고 그걸 슬쩍 뒤집은 후 앞면에 가루를 뿌려서 꼭 아네트 양의 지문이 검출된 것처럼 꾸민 거예요!"

양이 반박하려고 입을 연 순간 바이콘 경감이 끼어들었다.

"지문 대조를 마쳤네. 심문관의 예상대로 양이 준 지문은 미들턴 부인 것이었어."

바이콘 경감 뒤에서 미들턴 부인이 손에 묻은 지문 채취용 잉크를 천으로 닦고 있었다.

"역시! 피고인은 공회당 골목에서 미들턴 부인과 부딪힌 후 공회당 창고에 있던 빗자루를 타고 하늘을 날아간 겁니다. 그건 미들턴 부인이 일할 때 쓰는 빗자루였으니 부인의 지문이 묻어 있는 게 당연하죠."

"과연, 그렇군요."

양은 말과 달리 비웃는 듯한 표정으로 고개를 끄덕였다.

"무슨 말씀을 하시려는지 이해했습니다. 하지만 소인이 대체 언제 미들턴 부인의 손을 유리판에 찍을 수 있었을까요? 소인의 손재주가 좋기는 합니다만, 미들턴 부인에게는 손끝 하나 건드리지 않았습니다."

"흥!"

오페라는 콧방귀를 뀌었다.

"미들턴 부인이 직접 말씀하셨죠. 오늘 아침 공회당 게시판의 덮개 유리판이 산산조각 나 있었다고요. 변호인은 게시물 교체를 담당하던 부인의 지문을 얻기 위해 덮개 유리를 잘라낸 후 나머지는 증거 인멸을 위해 부쉈습니다. 유리판의 한쪽 면만 지저분했던 것도 그 유리가 외부에 노출된 부분이었기 때문이죠. 즉, 이는 변호인이 비열하게 날조한 증거물인 겁니다!"

오페라의 외침에 방청석이 술렁거렸다.

"어떻습니까! 부정할 수 있다면 해 보시죠!"

오페라가 기세 좋게 다가서자 양은 차분한 표정으로 생각에 잠기더니 잠시 후 입꼬리를 쓱 올려 말했다.

"그렇군요. 뭐, 그런 일도 있었을 수 있겠네요."

목소리 톤이 다소 가라앉아 있다.

"아직도 발뺌하시는 거예요?"

"소인이 그만 유리판의 앞뒷면을 헷갈렸던 것 같습니다. 엉뚱한 오해를 불러일으킨 점, 모쪼록 너그러이 헤아려 주시면 감사하겠습니다."

양은 전혀 미안한 기색도 없이 어깨를 으쓱였다.

"하지만 뭐, 덮개 유리판에 대해 알아차리신 것만으로도 오페라 님에게는 훌륭한 성과겠지요."

"큭!"

싸구려 도발에 머리끝까지 화가 치민 오페라를 아랑곳하지 않고 양은 유유히 피고인석을 돌아봤다. 불안한 얼굴로 논쟁을 지켜보던 컬러를 향해 눈을 찡긋한다.

"그리 겁내실 것 없습니다, 컬러 양. 소인은 다음 대책도 확실히 준비해 뒀습니다."

"흥! 다음 대책이라니. 또 날조된 증거물을 슬그머니 들이밀려는 건가요? 아니면 증인을 돈으로 매수하기라도 했습니까?"

"호오. 그럼 다음은 세상에서 가장 신뢰할 수 있는 분을 증인석에 모셔 보도록 할까요."

양은 비꼬듯 말하고는 심문관석으로 쓱 다가가 오페라의 손을 잡았다.

"뭐, 뭐예요!"

"안내해 드리겠습니다, 아가씨. 저쪽으로 가시겠습니까?"

양은 당당하게 증언대를 가리켰다.

◆

새해가 코앞으로 다가온 12월 30일, 차가운 겨울 하늘 아래.

휘몰아치는 바람 속에서 오페라 가스톨은 코트 옷깃을 여몄다. 하얀 입김을 뿜으며 눈앞의 공동주택을 올려다본다. 조지안 양식*의 획일적인 테라스 하우스가 늘어선 대로변에서 이 플라츠 맨션은 유난히 화려해 눈길을 끄는 건물이다. 입주자도 대부분 형편이 여유로운 사람들이었다.

바로 어젯밤 사람이 떨어져 죽은 현장치고 지나치게 조용하고 차분하다. 그것이 오페라가 느낀 첫인상이었다.

그때 경찰차 한 대가 길가에 멈춰 섰다. 수사관이 찾아왔나 싶었지만 차량에서는 소년과 그의 어머니로 보이는 여자가 내렸다.

어머니는 운전석에 앉은 경찰을 향해 몸을 돌려 말했다.

"경찰 아저씨께 인사 안 할 거야?"

엄하게 나무라지만 소년은 뾰로통한 얼굴로 입을 꾹 다물고 있다.

"로버트, 대체 언제까지 그렇게 사람들한테 민폐 끼치고 다닐 거니?"

"괜찮습니다, 부인. 그럼 전 이만."

* 18세기부터 19세기 초 영국과 아일랜드에서 유행한 건축 양식.

경찰은 쾌활하게 말하고는 차를 몰고 떠났다. 어머니는 지친 듯 한숨을 쉬고 로버트의 손을 억지로 잡아끌며 플라츠 맨션 현관으로 사라졌다.

그들과 엇갈리듯 현관에서 여자 한 명이 나왔다. 어깨가 유난히 넓어 위압적인 분위기를 풍긴다. 지금껏 수많은 범죄자를 검거해 온 베테랑 여성 경감이 오페라를 향해 한 손을 들었다.

"오, 검사 아가씨 아닌가. 아니, 지금은 심문관이지."

"오랜만이에요, 바이콘 경감님."

바이콘 경감은 검사 시절 법정에서 몇 번 마주친 적 있지만 사건 현장에서 만나는 건 이번이 처음이다. 경감은 오페라와 악수를 나누고 퉁명스럽게 물었다.

"그런데 무슨 일로 왔지?"

"이번 사건을 맡게 돼서요. 현장을 보고 가려고."

그러자 바이콘 경감은 못마땅한 것처럼 혀를 찼다.

"위에 보고도 아직 안 했는데 벌써 화형 법정으로 넘겨졌다는 말인가?"

"네. 일정은 잡히지 않았지만 이르면 다음 주쯤에 화형 법정이 열릴 예정이에요. 용의자가 마녀라면 당연한 수순이죠."

"용의자. 용의자라……."

바이콘 경감은 뭔가 할 말 있는 사람처럼 중얼거렸다. 오페라가 현장을 보여 달라고 다시 청하자 경감은 마뜩잖은 얼굴로 고개를 끄덕였다. 검사 시절 오페라는 경감보다 지위가 높았지만 지금은 화형 심문관과 경찰 중 누가 위인지 애매해 대화가 시종일관 어색하게 흘렀다.

"마녀 사건만 아니었다면 기껏해야 상해 치사로 끝났을 사건이지. 용의자가 입을 다물고 있고 범행 동기도 불분명하지만 그래도 교수형까지 갈 사안은 아니야."

경감은 계단을 오르며 혼잣말처럼 중얼거렸다.

"그런데 마녀재판이 열리면 판결은 화형 혹은 무죄뿐. 혹시 그 점이 마음이 안 드시는 건가요?"

오페라의 말에 경감은 대답하지 않았다. 바이콘 경감은 누구보다 준법 의식이 높은 사람이라 현행 법체계에 의문을 제기하는 발언을 남 앞에서 입에 올릴 리 없었다.

3층 구역에서 감식반원들이 분주하게 움직이고 있었다. 모두 지역 경찰 소속으로 다른 사건들과 동일하게 수사를 진행하고 있다. 직접 증거가 없는 이번 같은 마녀 사건에서는 화형 법정도 경찰의 수사 능력에 의존할 수밖에 없다.

"여긴가 보네요."

컬러가 체포된 빈방은 구역 남서쪽 모퉁이에 있었다. 오페라는 방 문손잡이에 손을 올렸다가 "응?" 하고 눈썹을 치켜세웠다. 손잡이에 손을 대기만 했는데도 문이 스르르 움직인 것이다.

"아, 그 문은 망가졌네. 볼트 위치가 어긋나서."

바이콘 경감의 말대로 망가진 탓인지 문은 완전히 닫히지 않았다.

"피해자가 들던 것만큼 형편이 좋지는 않았나 보네요. 이런 것도 그냥 놔뒀다니."

빈방은 이름 그대로 먼지가 수북한 책상 하나만 덜렁 놓인 휑한 공간이었다. 경찰들이 작업을 멈추고 오페라에게 경례했다.

"계속해. 검사님은 신경 쓰지 말고."

오페라는 남쪽 창문으로 시선을 향했다. 창문은 유리를 위아래로 움직이는 슬라이딩 창이고 폭은 오페라의 어깨너비 정도밖에 되지 않는다. 창문 밖으로 얼굴을 내밀자 건물 뒤편에 쌓인 하얀 눈 너머로 유유히 흐르는 몬머스강이 보였다.

"마녀는 이 창문으로 들어왔군요."

"단정할 수는 없네. 하지만 당시 베란다 문은 잠겨 있었고 복도에 있던 부인과 이삿짐 업자는 소녀가 빈방에 들어가는 모습 같은 건 못 봤다고 증언했지."

"그럼 거의 확정 아닐까요? ……응?"

오페라는 문득 창문 바로 아래를 응시했다. 쌓인 눈 위에 작은 발자국이 나 있다. 발자국은 창문 아래에서 시작돼 건물 외벽을 타고 동쪽으로 이어졌다.

오페라는 발자국을 더 자세히 보기 위해 창밖으로 몸을

내밀었다.

"앗!"

하마터면 균형을 잃고 떨어질 뻔했다. 경감이 오페라의 팔을 붙잡고 확 끌어당기는 바람에 그만 바닥에 엉덩방아를 찧었다.

"아야……."

"저 발자국은 사건과 무관해. 아니, 엄밀히 말하면 저것도 저것대로 사건이긴 하지만."

경감은 담담하게 말을 이었다.

"이 건물 4층에는 케어리라는 가족이 사는데 이 위층이 아이 방이거든. 로버트 케어리라는 열두 살짜리 소년의 방이지."

"혹시 아까 현관에서 본 그 모자인가요?"

"그래. 저 발자국은 바로 그 로버트가 남긴 거야. 평소에 부모님과 사이가 안 좋은지 대뜸 혼자 살겠다며 집을 나갔다더군. 결국 자정 무렵 순찰 중이던 경찰이 아이를 발견해 데려오긴 했지만. 아마 지금쯤 위에서 부모님한테 된통 혼나고 있지 않을까."

"집을 나갔다고요? 자, 잠깐만요. 설마 그 소년이 4층 창문에서 뛰어내려 집을 나갔다고 하시는 건가요?"

"나도 처음 들을 때는 기가 막혔어. 하지만 실제로 로버트는 긴 밧줄을 창틀에 묶고 4층에서 1층까지 밧줄을 늘어뜨린 후 그걸 타고 외벽을 내려왔다더군. 평소에도 꿈이 모험가라고 하던데, 하마터면 하룻밤 사이 추락사 시신이 두 구나 생길 뻔했지. 그날 밤 바람이 전혀 안 불었다는 게 천만다행이었달까."

오페라는 조심스럽게 창문으로 다시 고개를 내밀어 까마득한 아래를 내려다봤다.

"그게 몇 시쯤 일어난 일이죠?"

"정확한 시간은 알 수 없지만 소년이 말하기를 저녁을 먹고 한동안 기다렸다가 탈출을 감행했다고 하니 아마 8시 30분에서 9시 사이 아닐까. 물론 더 이르거나 늦었을 수도 있고. 참고로 케어리 부부는 경찰에서 연락이 오기 전까지 아들이 집을 나간 줄도 몰랐다고 해."

그렇다면 컬러가 3층 구역에 나타났을 당시에도 이 창문 밖에 밧줄이 매달려 있었을 가능성이 크다.

"……응? 혹시 그 밧줄을 타고 내려갈 수 있었다면 반대로 올라오는 것도 가능하다는 말 아닌가요?"

외벽을 타고 올라올 수 있었다면 마녀의 비행을 증명해야 하는 오페라가 불리해진다. 그러나 경감은 "아니" 하고 고개를 흔들었다.

"그건 걱정하지 않아도 돼. 외벽에 남은 흔적이 그 가능성을 부정하고 있으니까. 이 아파트 외벽에는 로버트가 내려갈 때 찍힌 신발 자국이 남아 있지만 그 밖의 다른 흔적은 없었지. 아무리 창밖에 밧줄이 걸려 있다고 해도 벽에 흔적 하나 남기지 않고 올라가는 건 불가능하다는 게 우리 판단이야. 또 애초에 눈 위에는 로버트의 발자국밖에 없었으니 컬러는 밧줄 근처에 갈 수도 없었네. 하늘을 날지 않은 이상.”

경감의 이야기는 더할 나위 없이 타당했다. 그런데도 오페라는 창밖의 밧줄이 초래하는 묘한 불안감을 떨칠 수 없었다.

◆

“그렇군요. 창밖에는 정말 밧줄이 매달려 있었나 보네요. 실로 흥미롭습니다.”

양이 팔짱을 끼고 호들갑스럽게 고개를 끄덕였다.

떠밀리듯 증언대에 선 오페라는 사건 다음 날 현장에서 보고 들은 걸 빠짐없이 진술하고 있었다.

“그다음에는 3층의 모든 방을 둘러봤습니다. 먼저 빈방 옆에 있는…….”

설명을 이어 가려던 찰나에 양이 말을 끊었다.

“자, 좋습니다, 거기까지. 실로 주도면밀한 수사에 감탄을 금할 길이 없네요. 검사의 솜씨를 발휘해서 사건과 무관해 보이는 곳까지 철저히 확인하셨군요.”

“그래서? 지금 제 증언에서 뭘 끌어내시려는 거죠?”

"물론 컬러 양은 하늘을 날지 않았다는 결론입니다."

"뭐라고요?"

오페라는 이맛살을 찌푸렸다. 좀처럼 양의 속내를 읽을 수 없었다.

"심문관님, 당시 현장의 풍경을 다시 한번 떠올려 주시기 바랍니다. 그 창문의 폭은 기껏해야 20인치 정도입니다. 왜소한 피고인이 아슬아슬하게 통과할 수 있을 너비죠. 하지만 밧줄은 그 창문의 한가운데에 드리워져 있었습니다. 아무리 하늘을 나는 마녀여도 이 창문을 지날 때는 밧줄에 닿을 수밖에 없습니다."

"그게 뭐 어쨌다는 겁니까? 밧줄에 조금 닿는 게 무슨 문제가 된다고. 그리고 그걸 떠나 밧줄이 정말 창문 한가운데에 매달려 있었는지도 확실치 않잖아요."

"아차차, 소인이 또 실수를."

양이 자기 이마를 찰싹 때렸다.

"실례했습니다. 너무 앞서갔네요. 사실 소인은 그 밧줄을 직접 봤다는 사람을 증인으로 모셨습니다."

"어차피 로버트 케어리 소년은 경감님께서 직접 조사하셨다고 들었어요. 경감님, 그 아이가 뭐 중요한 증언이라도 했나요?"

경감이 입을 열려는 순간 양이 손을 들어 제지했다.

"소년이 아닙니다. 어엿한 숙녀분이지요."

양이 신호를 보내자 젊은 여자가 증언대에 나섰다. 머리가 소년처럼 짧고 똑똑해 보이며 어딘가 중성적인 느낌이 풍긴다. 언뜻 봐서는 대학생 정도지만 수수한 옷차림만으로는 무슨 일을 하는 사람인지 도통 알 수 없었다.

"소개하겠습니다. 앤더슨 씨입니다. 이분은……."

"잠깐만요."

여자가 대뜸 양의 말을 가로막았다.

"앤더슨이 아니에요. 안데르센이라고 읽어요."

"이런, 실례. 그럼 안데르센 씨. 소개를 부탁드려도 될까요?"

"안데르센은 제 성이에요. 풀네임은 안데르센 스타니스와프. 직함은 따로 없어요."

그녀는 성과 이름이 바뀐 듯한 독특한 이름을 댔다.

"그럼 안데르센 양."

양은 증인을 마주 보고 입을 열었다.

"귀하는 사건 당일 밤 아파트 2층에서 열린 모임에 참석하셨다고 들었습니다."

그러자 안데르센은 유쾌하게 고개를 끄덕였다.

"네. 그곳 2층에 혼자 사는 조이스라는 젊은 남자가 주말마다 작은 모임을 열거든요. 친구끼리 모여 먹고 마시며 밤새 수다를 떠는, 뭐 그런 자리예요."

증언을 들으며 오페라는 손에 든 자료 페이지를 넘겼다. 2층에 사는 P.D 조이스라는 청년은 금융업에 종사하는 부유한 부모 밑에서 부족함 없이 자란 청년으로, 스물세 살이 된 지금도 일하지 않고 유유자적 산다고 적혀 있었다.

"조이스 씨와 증인은 어떤 관계시죠?"

"글쎄요. 저희는 서로가 어떤 사람인지에 대해서는 관심 없어요. 그냥 어쩌다 보니 죽이 맞아서 알게 됐으니까요. 문학적으로 표현하자면 '아무것도 아닌 인간들의 집합체'라고 할 수 있겠네요."

"흐음. 요즘 시대에 어울리는 쿨한 관계라는 뜻이군요."

"네. TEMPUS FUGIT*. 그러니 지금 이 순간을 즐기라는 말도 있잖아요."

안데르센은 어디선가 들어본 듯한 라틴어 문구를 입에 담았다. 오페라가 그 말의 의미를 떠올리는 동안 양이 질문을 이어 갔다.

"12월 29일 밤에 혹시 뭔가 다른 이상한 일은 없었습니까?"

"있었죠. 이게 또 걸작인데요. 조이스네 집은 남서쪽에 있는 방 두 개를 터서 파티룸으로 써요. 사건 당일 밤에도 그 방에 다들 모여 시끌벅적하게 놀고 있었는데, 한 8시 45분쯤이었을까요? 잠시 무리에서 벗어나 창가에 가서 바람을 쐬고 있는데, 이게 웬일! 갑자기 창문 한가운데쯤에 별로 굵지 않은 밧줄이 쑤욱 내려오더니 키 작은 모험가가 외벽을

---

* '세월은 유수와 같다'라는 의미의 라틴어.

타고 스르르 내려오는 게 아니겠어요? 그 꼬마는 저와 눈이 마주치자 귀엽게 "앗" 하며 놀랐고, 아이를 본 다른 사람들도 다가와 이것저것 말을 거는 통에 하마터면 미끄러져 떨어질 뻔하기도 했어요. 그 나이 또래 애들에게 술 취한 어른들만큼 무서운 존재가 없잖아요. 아무튼 꼬마는 그대로 도망치듯 밧줄을 타고 내려가 아파트 뒤쪽 눈밭에 사뿐히 착지한 후 달아나 버렸어요."

"꽤나 진기한 구경거리였겠군요. 그 뒤로는?"

안데르센은 잠시 숨을 고르더니 겸연쩍은 표정으로 오페라에게 말했다.

"이다음 이야기는 심문관님께 조금 불리할 텐데, 괜찮을까요?"

"그런 건 신경 쓰지 말고 일단 이야기해 보세요."

"네, 그럼 솔직히 말씀드릴게요. 이후에는 조이스와 창가에 서서 시시한 잡담을 나눴는데, 그때도 전 계속 밖을 신경 쓰고 있었어요. 혹시라도 아이가 나간 걸 눈치챈 부모의 통곡 소리라도 들리는 게 아닐까 싶어서요. 그런데 아무리 시간이 지나도 소란은커녕 밧줄이 다시 거둬질 기미조차 없더라고요. 그래서 슬슬 신경 꺼야겠다 싶을 무렵 갑자기 뒷길 쪽이 술렁이기 시작했죠. 누군가가 추락했다는 소리가 들려서 곧장 베란다에 나가 상황을 살폈어요. 그때 제가 목격한 뒷길의 처참한 광경은 굳이 설명하지 않아도 되겠죠?"

"오호라, 이거 정말 흥미롭군요!"

양이 기뻐하며 끼어들었다.

"한 번만 더 확인하겠습니다. 8시 45분부터 해럴드 씨가 추락한 9시 10분까지 창문 앞에 매달려 있던 밧줄에는 어떤 움직임도 없었던 겁니까?"

"네, 꿈쩍도 안 했어요."

"그럼 증인이 보시기에 그 시간대에 피고인이 빗자루를 타고 하늘을 날아와 3층 남쪽 창문으로 집에 침입했다는 심문관님의 고견은 성립 가능한 이야기일까요?"

안데르센은 유감스럽다는 듯이 고개를 절레절레 저었다.

"말도 안 되죠. 제가 3층 창밖을 스물네 시간 감시한 건 아니지만, 마녀가 그 창문으로 들어가지 않았다는 건 자신 있게 단언할 수 있어요."

이날 가장 큰 술렁거림이 법정을 뒤덮었다. 양은 천천히 심문관석으로 다가갔다.

"증인 신문은 이상입니다. 자, 그럼."

양이 2층 배심원석을 봤다. 달각달각하는 작은 기계음과 함께 배심원들의 패널이 하나씩 뒤집힌다. 양의 논증이 배심원의 판단을 바꾼 것이다. 결국 '마녀' 패널은 이제 두 장밖에 남지 않았다.

"이런, 이런. 피고인의 무죄 가능성이 점점 커지는군요. 자, 오페라 님. 반대 신문 하시겠습니까?"

양은 천진난만하게 만면에 미소 지으며 오페라를 봤다. 이제는 도전을 받아들이지 않을 수 없다. 오페라는 안데르센을 똑바로 마주하고 "그럼" 하고 반대 신문을 시작했다.

"피고인은 비교적 체구가 작은 소녀입니다. 밧줄 하나 정도는 피해서 창문을 통과하는 것도 가능하지 않았을까요?"

"아뇨, 어림없어요."

안데르센이 단호하게 부정했다.

"그 창문 폭은 기껏해야 제 어깨너비 정도예요. 게다가 밧줄이 그 한가운데를 딱 가로막고 있다고 생각해 보세요. 아무리 비쩍 마른 아이여도 그렇게 좁은 틈새로 어떻게 들어갈 수 있겠어요?"

"흐음……. 그럼 마법을 썼다고 생각하는 건 어떻습니까? 마녀는 고양이로 변신할 수 있지요. 고양이라면 밧줄에 닿지 않고도 창문을 통과할 수 있었을 텐데……."

"어이쿠."

양은 호들갑스럽게 고개를 기울였다.

"마녀가 비행과 변신, 그 두 가지 마법을 동시에 구사할 수 있었던가요? 빅토고 규정에 그런 기술에 대한 언급은 한 줄도 없는 것으로 기억합니다만. 재판 중 멋대로 규정을 추가하는 건 예의가 아니겠지요. 그리고 심문관님. 설령 공중에서 고양이로 변신할 수 있었다고 해도 그럼 빗자루는 어떻게 되는 거죠?"

양은 증거물인 빗자루를 들어 보였다.

"심문관님 말씀대로라면 피고인은 이 빗자루를 창문 너머 빈방까지 가져갔다는 말이 됩니다. 하지만 빗자루는 보시다시피 제법 크죠. 자루는 그렇다 쳐도 솔 부분까지 밧줄에 닿지 않고 창문을 통과하는 건 불가능합니다."

양은 빗자루를 내려놓고 "아니, 그보다" 하고 덧붙였다.

"심문관님도 한번 상상해 보십시오. 피고인이 빗자루를 타고 창문으로 침입을 시도한다. 그런데 창문 앞에는 의문의 밧줄이 드리워져 있다. 이럴 경우 보통은 밧줄을 손으로 치우고 들어가지 않겠습니까? 밧줄이 흔들리지 않게 애쓸 이유가 대체 어디 있단 말입니까?"

"흐음……."

"증인."

그때 바이콘 경감이 낮은 목소리로 안데르센을 불렀다.

"내가 자네를 조사할 때 자네는 가출하는 로버트 소년을 봤다고 했지만 밧줄을 줄곧 지켜봤다고는 안 했지. 일부러 숨긴 건가?"

"에이, 설마요. 묻지 않으시길래 대답하지 않았을 뿐이죠. 또 그때는 이번 사건에 마녀가 엮여 있을 줄은 상상도 못 했어요. 그저 어린아이 한 명이 가출한 일이 이런 어마어마한 사건과 관련 있다고 누가 생각하겠어요?"

그러고는 안데르센은 유쾌한 듯 양을 봤다.

"아, 그래도 그 후에 시커먼 후드를 뒤집어쓴 여자가 저에게 다가와 밧줄에 대해 물었을 때는 솔직히 다 말하기는 했어요. 아, 죄송해요. 웃을 일이 아니죠. 경찰분들도 고생 많으실 텐데."

경감은 얼굴을 찌푸렸지만 더 이상 입을 열지 않았다. 뒤처진 것에 대한 분함이 엿보인다. 검은 후드를 쓴 여자는 분명 아네트에게 접근했던 자와 같은 인물로 양의 수하일 것이다.

"덧붙여 말씀드리면, 소인은 사건 당일 밤 조이스 씨 집에 있던 다른 분들도 찾아가 이야기를 들었습니다. 그날 밤 파티룸에는 무려 여덟 명이나 되는 젊은이가 모여 있었지만, 그중 창가에서 증인과 대화했다는 조이스 씨를 포함해 밧줄이 움직인 걸 봤다고 증언한 사람은 한 분도 안 계시더군요. 그래서 소인은 마침내 확신을 가지게 된 것입니다. 자, 심문관님. 의견을 들려주시지요."

오페라는 말문이 막혔다. 뭔가 대답해야 한다는 조바심이 머릿속을 더 하얗게 만들었다. 이제 심문관 측이 불리해졌다는 건 누가 봐도 확실한 상황이다. 그날 창문은 밧줄로 막혀 출입할 수 없었다. 심문관의 주장이 무너진 동시에 방에 숨어 있던 좀도둑이 베란다 문을 열고 나갔다는 양의 주장이 점점 진실이 되고 있다.

뺨을 타고 식은땀이 흘렀다.

아네트의 빗자루와 마찬가지로 창밖의 밧줄 문제에도 어

떤 식으로든 양의 날조가 있을 것이다. 하지만 그 날조가 무엇인지 지금은 짐작조차 할 수 없다.

설마 컬러는 정말 마녀가 아닌 걸까……?

순간 오페라의 가슴에 화형 심문관에게는 치명적인 의문이 싹텄다.

양은 시치미 뗀 얼굴로 회중시계를 꺼내더니 "어이쿠" 하고 고개를 흔들었다.

"지금 심문관님께서는 무려 3분 30초 동안이나 침묵을 지키고 계시네요. 이견이 없으시다면 더 이상 심리를 길게 끌고 갈 이유가 없을 것 같습니다. 슬슬 최종 변론으로 넘어갈까요?"

"기다려요!"

황급히 제지했지만 효과적인 반론은 떠오르지 않았다. 그래도 이대로 재판이 끝나는 건 결단코 막아야 한다.

"……심문관에게는 재판 종료 시간인 오후 6시 전까지라면 언제든 재판을 중단할 수 있는 권한이 있습니다."

"네, 네. 그러시지요. 사흘이든 일주일이든 푹 쉬고 돌아오셔도 좋습니다."

양의 느긋한 말투가 오페라를 자극했다.

"……본 법정은 지금부터 30분간 휴정합니다. 그동안 법정 밖으로 나갈 수는 없으니 모두 제자리에 앉아서 기다려주시기 바랍니다."

방청석 여기저기서 불만 섞인 목소리가 터졌지만 오페라
는 개의치 않고 심문관 대기실로 향했다.

◆

오페라가 떠나자 법정 안 분위기가 느슨해졌다. 방청객들
은 저마다 재판이 어떻게 흘러갈지에 대해 토론을 주고받고
있다. 지금으로서는 증거물이 피고인에게 유리하게 작용하
고 있다. 또 그토록 자신감에 찼던 화형 심문관이 무기력하
게 퇴장한 모습이 그런 인식을 더 굳혔다.

양은 피고인석 뒤 기둥에 몸을 기댄 채 따분한 듯 모자를
손가락으로 빙빙 돌렸다.

"저, 양 선생님."

누군가 조용히 불러서 양은 목소리가 들린 쪽을 돌아봤다.

"오, 이제 말을 할 수 있게 된 건가요?"

피고인석에 앉은 소녀가 고개를 끄덕였다.

"네. 아직 목이 조금 칼칼하긴 하지만……."

"안심하십시오. 소인이 드린 건 후유증 같은 건 없는 약물
이니."

양은 천연덕스럽게 말했다. 컬러는 눈앞에 있는 남장미인
을 수상쩍은 눈빛으로 올려다봤다.

이 여자는 적어도 지금까지는 내 편인 듯하다. 그러나 컬

러는 아직 그녀를 전적으로 신뢰하지 않았다. 무엇보다 이 여자를 만난 지 아직 몇 시간도 되지 않았다.

오늘 아침 경찰서의 차디찬 유치장 바닥에서 몸을 덜덜 떨며 마녀재판을 기다리던 컬러 앞에 양은 불쑥 모습을 드러냈다. 국선 변호인에게 자리를 넘겨받았다고 했지만, 아무리 봐도 변호사로 보이지 않는 행색이었다.

컬러는 사선 변호인 비용을 감당할 수 없어서 거절하려고 했지만.

"보수 같은 건 필요 없습니다. 소인이 바라는 건 정의의 실현입니다."

그럴싸한 한마디에 휩쓸려 정신을 차렸을 때는 이미 그녀의 제안을 받아들이고 말았다.

그 후 양은 진정제라며 어떤 알약을 컬러에게 먹이고 조용히 자리를 떴다. 목소리가 나오지 않는다는 걸 깨달은 건 재판이 시작된 이후였다.

"제 입을 닫게 한 건 그 밧줄 문제 때문인가요?"

컬러가 묻자 양은 씩 웃으며 고개를 끄덕였다.

"역시 총명하시네요. 네, 그 말씀이 맞습니다. 그 밧줄은 재판의 승리를 보장하는 특급 티켓이지만, 동시에 아주 허술하기도 하니까요. 아가씨께서 무심코 던진 한마디에서 진실이 새어 나올 수 있고, 소인은 다른 볼일 때문에 재판 시작 시각에 맞춰 도착하지 못할 것이 뻔했기에 조금 거친 수를 써서라도 아가씨의 입을 막아야 했습니다. 적에게 힌트를 주지 않기 위해서라도 아가씨께서는 당분간 침묵을 지켜 주시기 바랍니다."

컬러는 고분고분하게 고개를 끄덕였고 양은 "좋습니다" 하고 고개를 끄덕이고 모자를 깊이 눌러썼다.

"오페라 님은 겉보기에 그저 활달하고 철없는 아가씨처럼 보이지만, 검사 시절 꽤 유능한 검사로 이름을 떨친 재원입니다. 만약 그분이 이 트릭을 간파하면 곤란해지는 건 오히려……."

◆

화형 법정 방청석 뒤에는 심문관 전용 대기실이 있다. 천장에 전구 하나만 덜렁 달려 있어 빈말로도 안락하다고 할 수 없는 그 공간에 오페라는 홀로 틀어박혀 있었다.

어두운 방 안에서 무릎을 꿇고 기도하는 오페라의 모습은 옆에서 보면 신에게 매달리는 인간과 다름없었다. 그러나 그녀는 무신론자였다. 오히려 신 같은 건 존재해서는 안 되며, 인간 사회에서 일어나는 모든 일은 인간의 이치로 설명되어야 한다는 게 신념이었다. 기도하는 시늉을 하는 건 이런 자세로 묵상을 하면 영감을 얻기 쉽다는 가설에 의한 루틴이었다. 하지만 재판 도중 이렇게 할 만큼 궁지에 몰린 건 처음이었다.

가슴 앞에 깍지 낀 두 손에 힘이 들어갔다. 어떻게든 답을 찾아야 한다.

확실한 건 두 가지. 액턴 벨 컬러가 마녀라는 것, 그리고 양이 위증을 하고 있다는 것이다.

로버트 소년의 밧줄, 안데르센의 증언, 문이 잠긴 베란다. 빈방을 닫힌 공간으로 만드는 이 세 가지 조건 중 어딘가에 허점이 있을 것이다. 전부 의심스럽다고 하면 의심스럽지만, 조작으로 단정할 정도로 부자연스럽지도 않다. 그토록 거창하게 아네트의 지문을 위조한 양이라면 예상치 못한 트릭을 숨겨 놓았을 게 분명하다.

아니, 잠깐.

아네트의 지문 위조는 양의 과장된 퍼포먼스 덕에 방청객들에게 강렬한 인상을 남겼다. 그러나 냉정히 생각하면 그 증거가 정말 그토록 위력적이었을까. 미들턴 부인이나 아네트의 지문을 재확인하면 곧장 들통날 조작이 정말 통할 거라고 양은 진심으로 믿었을까.

혹시 첫 번째 입증은 일종의 눈속임이고, 진짜 노림수는 따로 있는 게 아닐까.

예를 들어 빈방에는 비밀 입구 같은 게 있어 컬러는 그곳을 통해 방 안에 침입했다. 그리고 양은 그 비밀 입구의 존재를 들키지 않기 위해 일부러 증거물에 모든 의심이 쏠리도록 유도했다. 그게 지문 위조의 진짜 노림수였다면.

"비밀 입구라……."

입에 담아 보니 지나치게 진부하게 들렸다. 경찰이 그런 걸 놓쳤을 리도 없다.

오페라는 고개를 흔들며 일어서서 기지개를 켰다. 문득 문 쪽을 봤다가 이맛살을 찌푸렸다. 문 아래 틈새에 작은 종잇조각이 끼워져 있었다. 주워 보니 회색 편지지에 짧은 글이 필기체로 적혀 있다. 그 내용을 읽고.

"……설마."

오페라는 깜짝 놀라 숨을 집어삼켰다.

옆에 둔 서류철을 뒤적여 사건 현장의 평면도를 꺼냈다. 경찰에게 받은 현장 사진을 바닥에 내려놓고 엎드린 채 두 가지를 빠르게 대조했다.

이런 일이 정말 가능하다는 말인가. 만약 그렇다고 해도 윌슨과 메리다는 왜 이걸 눈치채지 못했을까.

윌슨은 분명 이렇게 말했다. "갑자기 문이 열렸고, 빗자루의 끝부분이 보였다"라고.

"빗자루의 끝부분……."

오페라는 다시 몸을 일으켜 비틀거리며 대기실 문을 열었다.

어두운 복도 끝에 서 있던 수행원이 안색이 좋지 않은 오페라를 보며 걱정스러운 듯 말을 걸었다.

"아가씨, 혹시 편찮으신 데라도……."

"미치루. 계속 거기 서 있었어? 혹시 누가 이 방 앞에 온 거 못 봤어?"

오페라는 다그치듯 물었다.

"아뇨. 잠깐 자리를 비우긴 했는데…… 저, 무슨 문제라도……?"

오페라는 몸을 움츠리는 미치루를 노려보며 날카롭게 외쳤다.

"윌슨을 데려와! 지금 당장!"

미치루는 용수철처럼 튀어 나갔다가 금세 윌슨과 함께 돌아왔다.

"뭐죠? 무슨 일입니까?"

"한 가지 확인할 게 있어서요. 아까 빈방에서 피고인이 나올 때 빗자루 끝부분이 보였다고 하셨죠?"

오페라의 날 선 질문에 윌슨은 다소 기가 눌린 듯 고개를 끄덕였다.

"네. 옷 같은 것도 언뜻 보였던 것 같지만 워낙 순식간에 사라져서……."

"끝부분이라는 게 자루 쪽 끝을 말씀하시는 건가요? 아니면 바닥을 쓰는 부분?"

"바닥을 쓰는 부분입니다. 솔이라고 하죠?"

"그렇군요……."

흥분한 오페라는 달아오른 얼굴로 새 추론의 앞뒤가 맞는지 한 번 더 검토했다. 뻔뻔하게 위증을 늘어놓은 양의 속셈, '빗자루의 솔 끝'이 보였다는 사실, 그리고 베너블즈 저택의 구조. 이 모든 위화감은 하나의 착오를 암시하고 있다.

오페라는 주먹을 꽉 쥐었다. 마침내 변호인의 속임수를 꿰뚫었다는 확신이 느껴졌다.

"아직 재판 재개까지 시간이 남았으니 잠깐만 혼자 있게 해 주시겠어요?"

윌슨과 미치루를 보내고 오페라는 홀로 작전을 재정비했다. 일시적으로 궁지에 몰렸지만 양의 속임수를 간파한 이상 우위에 서는 건 시간문제다.

오페라의 눈은 반격의 의지로 불타올랐다.

이번에는 내 차례다. 그 기만의 요새를 산산조각 낼, 진실로 향하는 열쇠를 반드시 찾아내고 말겠다!

법정에 돌아온 오페라의 얼굴을 보며 양이 "흐음" 하고 표정을 흐렸다. 휴정 직전만 해도 그토록 궁지에 몰린 듯 보이던 오페라가 그 어느 때보다 공격적인 눈빛을 하고 있었기 때문이다.

"오래 기다리게 해서 죄송합니다."

오페라가 힘 있게 목소리를 높이자 썰물 빠지듯 법정의 웅성거림이 잦아들었다.

"지금부터 액턴 벨 컬러의 심리를 재개하겠습니다. 변호인,

준비되셨습니까?"

"네. 물론이지요."

오페라는 모형 앞으로 걸어 나갔다.

"변호인 측 주장에 반대 신문 중이었습니다만, 더 이상의 신문은 필요 없습니다. 증인은 돌아가셔도 좋습니다."

"호오. 마침내 소인의 주장을 인정하시는 겁니까?"

"네. 일부는 인정하죠. 그날 밧줄을 건드리지 않고 창문으로 침입하는 건 분명 불가능했습니다."

방청석에 의문과 당혹감이 번졌다.

"무슨 소리야?"

"변호인의 주장을 정말 인정한 건가?"

"설마 패배 선언?"

그러자 오페라는 쿵, 하고 심문관석 책상을 주먹으로 내리쳤다.

"물론 집 안에 이미 침입해 있던 좀도둑이 베란다 문을 열고 나가고, 마치 바통 터치하듯 피고인이 들어왔다는 건 말도 안 되는 이야기입니다. 피고인은 역시 빗자루를 타고 날아와 빈방으로 침입한 게 확실합니다."

양은 무표정한 얼굴로 한숨을 내쉬었다.

"또 그렇게 말씀하신다면 소인도 묻지 않을 수 없습니다. 컬러 양은 대체 어디를 통해 빈방에 들어갔다는 겁니까?"

"창문은 밧줄 때문에 닫혀 있는 거나 마찬가지였고 베란다도 잠겨 있었습니다. 그렇다면 복도 쪽 문으로 들어갔다고 보는 게 자연스럽겠죠.”

“호오, 그렇다면 윌슨 씨와 메리다 부인은 왜 피고인을 눈치채지 못했을까요?”

“그 답을 알기 위해 다시 한번 윌슨 씨의 증언을 들어보고자 합니다.”

오페라는 윌슨을 불러 조금 전 대기실 앞 복도에서 했던 증언을 한 번 더 부탁했다.

“자, 이해하셨습니까? 윌슨 씨의 증언에 따르면 그때 갑자기 열린 문 너머로 빗자루의 ‘솔 끝’이 보였다고 합니다. 그런데 곰곰이 생각하면 이상하죠. 보통 빗자루를 한 손에 들고 걸을 때는 자루 부분이 앞쪽에 오고 솔이 뒤에 가기 마련이니까요.”

오페라는 직접 빗자루를 들고 법정 안을 거닐었다.

“이런 상태로 문을 열었다면 문틈으로 보여야 하는 건 빗자루의 자루 끝부분입니다. 하지만 그날은 솔 끝부분이 보였습니다. 즉, 그날 윌슨 씨가 목격한 것은 피고인이 빈방에서 나가는 모습이 아니라 빈방으로 들어가는 순간이었던 겁니다.”

오페라의 주장에 정작 윌슨 본인이 어리둥절한 표정을 지었다.

“네? 그럴 리가요. 전 문이 안쪽에서 열리는 걸 봤습니다.”

“아뇨. 우리는 바로 그 부분을 착각한 겁니다. 피고인은 복도 쪽에서 방문을 열었습니다. 그 모습이 보이지 않았던 건 피고인이 복도 천장의 들보 뒤에 숨어 있었기 때문이고요. 그 빈방의 문은 고장 나서 꼭 손잡이를 돌리지 않아도 열 수 있었습니다. 피고인은 문 윗부분에 손을 대서 문을 열고, 바로 그 문 때문에 만들어진 사각지대 안에 내려섰습니다. 그리고 곧장 다시 문을 닫은 것입니다. 그 모습을 목격한 윌슨 씨는 ‘방 안에서 누군가 복도로 나오려다가 급히 다시 들어간 것’이라고 오해하셨을 거고요.”

“설마요! 그럼 피고인은 처음부터 저택에 들어와 있었다는 말인데, 대체 어디로 들어왔다는 겁니까?”

오페라는 모형의 거실 부근을 가리켰다.

“사람들 눈에 띄는 정문으로 들어왔다고 보기는 어렵고, 복도 끝에 있는 창문도 너무 작습니다. 따라서 이 거실에 있는 창문으로 침입했다고 보는 게 가장 자연스럽겠죠. 그날 피고인은 어떤 목적을 가지고 베너블즈 저택의 거실로 침입해 식당에 들어갔습니다. 그리고 그때 베너블즈 씨가 거실에 들어왔을 겁니다. 피고인은 베너블즈 씨에게 들키지 않으려고 식당에서 복도로 도망치려고 했습니다. 그러나 복도에서는 메리다 부인과 윌슨 씨가 서서 대화를 나누고 있었죠. 들키면 안 된다고 판단한 피고인은 천장 들보 뒤 아주 작은 사각지대를 비행해 조용히 빈방의 문을 열었고, 바로 그 순간 베너블즈 씨가 거실에서 피고인의 모습을 발견합니다. 그래서 피고인은 황급히 빈방 안에 들어가 베란다를 통해 도망치려 한 거고요. 바로 이것이 이번 사건의 진상입니다. 아마 변호인은 자신의 심복까지 동원해 사건을 조사하다가 이런 진상을 파악했고, 윌슨 씨와 메리다 부인의 착각을 잘만 활용하면 마녀재판에서 승리할 것으로 판단해 마녀 변호를 자처했을 겁니다. 정말이지, 이런 식으로 사람을 우롱하는 변호는 듣도 보도 못했습니다. '독양'이라고 하셨나요? 당신은 '피고인이 창문으로 침입했다'라는 우리의 착각을 최대한 활용하려고 일부러 처음부터 빗자루 이야기를 꺼냈습니다. 빗자루 지문에 대한 조작을 저에게 간파하게 해 밧줄이라는 진짜 증거마저 변호인 측의 날조라고 믿게 만들다니, 이런 기만이 또 어디 있을까요!"

양은 쓴웃음을 지으며 "이런, 이런" 하고 어깨를 으쓱였다.

"아무튼! 거실 창문으로 침입하는 방법이 오로지 하늘을 나는 것뿐이었는지는 아직 조사가 부족해서 확실하지 않지만, 윌슨 씨에게 들키지 않고 빈방 문을 열려면 천장 근처에 떠 있었어야 합니다! 결국 복도로 들어왔더라도 피고인은 역시 그날 하늘을 날았다는 뜻이 되는 겁니다! 자, 어떻습니까? 변호인의 교활한 속셈도 여기까집니다! 변호인, 더 할 말 있습니까?"

오페라는 쐐기를 박으려는 듯이 손가락을 들어 양을 가리켰다.

"소인은 그에 대해서는 더 드릴 말씀이 없습니다. 훌륭한 추리였다고만 해 두지요."

양은 조용히 숨을 마시고 모자를 깊숙이 눌러썼다. 등 뒤 피고인석에 앉은 작은 마녀는 불안 때문에 표정이 흐려져 있었다.

"……으으."

컬러가 몸을 덜덜 떨고 있는 것을 알아차린 양은 그녀를 안심시키듯 부드럽게 말을 건넸다.

"괜찮습니다. 지금은 심문관 측 주장이 다시 부상했을 뿐 변호인의 주장이 부정된 게 아닙니다. 논의가 원점으로 돌아갔을 뿐이지요."

"흥! 원점이라고요?"

오페라는 다시 책상을 내려치고 가슴을 쭉 폈다.

"다음은 제 차례입니다! 각오하시죠! 전 이미 찾았습니다! 당신이 꾸민 그 얄팍한 가설을 산산조각 낼 절대적 증거를요!"

◆

공회당의 싸늘한 창고 안에 평소와 다른 긴장감이 감돌고 있었다.

"'위치포드의 마녀'라니. 멋진 별명까지 붙어 버렸네."

앨리스가 떨군 신문 기사를 보며 컬러는 침묵에 잠겼다.

앨리스는 깊이 후회했다. 이 신문 기사를 가져온 건 혹시라도 컬러의 사연을 조금이라도 들을 수 있을까 기대해서였다. 컬러는 왜 이 도시로 도망쳐 온 걸까. 위치포드에서는 무슨 일이 있었던 걸까. 그런 궁금증을 억누를 수 없었다. 하지만 타인의 속사정을 들추려는 행동은 앨리스가 혐오하는 해럴드가 하는 짓과 다를 바 없었다.

"……미안. 기분 나빴지?"

앨리스는 신문을 다시 가방에 넣으며 사과했다. 컬러는 얼버무리려는 것처럼 "아니" 하고 고개를 흔들었다.

"아니. 오히려 내가 미안해. 이렇게 신세 지면서 아무것도 말하지 않는 게 이상하지. 나만 일방적으로……."

컬러가 말끝을 흐리자 다시 어색한 침묵이 찾아왔다.

앨리스는 둥근 창문으로 큰길을 내려다봤다. 마을의 중심 가답게 해 지는 시간인데도 거리가 여전히 붐비고 있다. 인도를 걷는 여자가 갑자기 멈춰 서서 앨리스 쪽을 돌아봤다. 앨리스는 깜짝 놀라 얼굴을 다른 데로 돌렸다.

"저기, 사실 나, 모레 이사 가. 엄마가 재혼할 사람 집으로."

앨리스는 일부러 밝게 입을 뗐다.

"여기서 아주 가까운 곳이라 널 만나러 오기 더 편해질 것 같아. 게다가 새 아빠는 부자라서 이것저것 도움을 받을 수도 있을 것 같고. 아, 물론 네 이야기는 비밀로 할 거야."

“미안.”

컬러는 뭔가 굳게 결심한 사람처럼 사과하고 앨리스의 눈을 똑바로 봤다.

“빠른 시일 내에 이 도시를 떠나려고 해.”

“뭐?”

“어제 공회당 앞을 걸을 때 게시판에 내 사진이 붙어 있는 걸 봤어. ‘위치포드의 마녀를 발견하면 신고해 주세요’라는 문구와 함께. 그동안 웬만하면 외출을 하지 않았지만 이 마을에 내가 있는 걸 이미 눈치챈 사람이 있을지도 몰라. 그러니 이제는 떠날 때가 된 것 같아.”

“떠난다니……. 어디로 가게?”

“글쎄. 어딘가 먼 도시로 도망치려고 해. 도망만큼은 자신 있기도 하고.”

컬러는 자포자기한 듯 말하며 모든 것을 내려놓은 사람처럼 힘없이 미소 지었다.

이틀 뒤 앨리스는 어머니와 함께 베너블즈 저택으로 이사했다. 아침부터 먹구름이 드리우고 눈과 바람도 멎어서 마치 온 세상의 시간이 멈춘 듯한 날이었다.

저녁 식사 후 앨리스는 자기 방에서 짐을 풀었다. 저택은 어머니와 둘이 살던 작은 집과 비교도 되지 않을 정도로 으리으리했지만 전혀 들뜨지 않았다. 오히려 오래전부터 이곳의 안주인이었던 것처럼 굴며 요리사나 하인들에게 이것저것 시키는 어머니의 모습을 보며 점점 더 불편함을 느끼고 있었다.

짐을 어느 정도 풀고 화장실에 가려고 복도로 나갔다. 불 켜진 서재 앞을 조용히 지나갔다. 새아버지인 해럴드는 자기 전 꼭 서재에서 그날 남은 일을 한다고 했다. 그 일이 친구를 점점 더 곤경에 빠뜨리고 있다고 생각하니 마음이 괴로웠다.

문득 복도에 있는 작은 창에 시선이 갔다. 어두운 하늘에서 공회당 탑 그림자가 보였다. 컬러는 아직 저기 있을까. 아니면 이미 다른 곳으로 떠나 버렸을까.

그때 창밖으로 검은 그림자가 휙 하고 스쳐 갔다. 앨리스는 화들짝 놀라 창문으로 달려갔다. 골목 어둠 속에 몸을 숨기듯 빗자루를 타고 하늘을 날던 작은 마녀가 앨리스를 보며 환하게 웃었다.

복도의 작은 창은 사람이 드나들 크기가 아니기에 앨리스는 옆방인 거실로 가라고 컬러에게 몸짓했다.

"다행이다. 여기가 맞았구나."

거실 창문 앞에 온 앨리스에게 컬러는 흐트러진 머리를 정리하며 말했다.

"대체 어떻게 된 거야? 마을에서 그렇게 날아다녀도 괜찮아?"

컬러는 고개를 흔들었다.

"괜찮지는 않지만 상관없어. 어차피 사진이 찍혔으니까. 아마 날 쫓는 기자겠지. 이제는 정말 떠날 때야. 아, 그동안 창고방에 살았던 건 들키지 않은 것 같으니 안심해. 네 비밀 아지트는 계속 활용할 수 있을 거야."

컬러는 어깨짐을 내려놓은 듯 홀가분한 표정으로 말했다. 왜 이런 표정을 짓는 걸까. 앨리스는 괜히 불안해졌다.

"근데 여기는 왜 온 거야?"

"고맙다는 말을 전하고 싶었어. 그리고, 작별 인사도."

컬러는 조심스럽게 앨리스의 손을 붙잡았다.

"앨리스, 정말 고마워. 위치포드를 떠날 때만 해도 모르는 마녀에게 이렇게까지 신경 써 주는 사람이 있을 줄은 상상도 못 했어. 정말 기뻤어."

싸늘한 컬러의 두 손에서 희미한 떨림이 전해졌다. 컬러는 먼 도시로 도망칠 거라고 했지만 앨리스에게는 그게 그다지 현실적인 미래처럼 느껴지지 않았다.

"컬러……."

그때 복도 쪽에서 누군가 다가오는 발소리가 들렸다. 앨리스는 컬러의 손을 잡아끌며 재빨리 옆 식당으로 달려갔다. 곧 거실 문이 열리더니 남자들이 들어왔다.

"아, 참. 저기 있는 피아노 좀 옮겨 주게."

해럴드의 지시에 남자가 "알겠습니다"라고 대답했다. 이삿짐 업체 직원이 거실에서 작업을 시작하는 듯했다.

앨리스는 어떡해야 할지 머리를 굴렸다. 지금 당장 컬러를 도망치게 해야 하지만 거실 창문으로 나갈 수는 없다. 현관까지는 멀다. 그렇다면.

"컬러."

앨리스는 목소리를 낮췄다.

"여기서 나가면 나오는 복도 끝에 빈방이 있어. 아무도 없을 테니 그 방 베란다로 도망쳐."

컬러는 고개를 끄덕이고 앨리스의 어깨를 부드럽게 감싸 안았다. 귓가에 컬러의 가냘픈 목소리가 닿았다.

"고마워. 앞으로도 잘 지내."

앨리스는 반사적으로 대답했다.

"응, 다시 만나자. 꼭."

힘주어 말했다.

복도로 나간 컬러는 빗자루에 앉아 천천히 허공에 떠올랐다. 복도에서는 메리다와 이삿짐센터 직원이 서서 대화를 나누는 듯했다. 컬러는 능숙하게 천장 들보 뒤에 몸을 숨긴 채 빈방 문을 열었다.

바로 그때.

"어이, 거기서 뭐 하는 거야!"

앨리스의 등 뒤에서 고함이 들렸다.

고개를 돌리자 해럴드와 눈이 마주쳤다. 그는 컬러와 앨리스를 번갈아 보며 당황한 표정을 지었다. 그 틈을 타 컬러는 빈방 안으로 몸을 숨겼고, 해럴드는 서둘러 그 뒤를 쫓았다.

해럴드가 빈방에 들어갈 때 문을 닫는 바람에 이후 방 안에서 무슨 일이 벌어졌는지는 앨리스도 알지 못했다.

◆

결국 앨리스는 아무것도 몰랐다. 컬러의 사정, 그리고 그날 밤 해럴드에게 어떤 일이 있었는지도. 모든 게 눈앞에서 벌어졌지만, 앨리스는 줄곧 겉돌기만 했다.

피고인석에서 몸을 웅크리고 있는 컬러를 보고 있으니 지금 당장에라도 뛰쳐나가 컬러를 법정 밖으로 데리고 나가고 싶은 충동에 휩싸였다. 물론 그런 건 불가능하다. 이곳은 법정, 힘이 아닌 논리로 사람의 운명이 결정되는 곳이다.

재판이 재개되자마자 오페라 화형 심문관이 숨을 크게 들이마셨다.

"마지막 증인을 부르겠습니다!"

오페라의 요청에 가이 하딩이라는 대머리 남자가 증언대에 올랐다. 그는 이미 한 번 증언대에 섰지만, 앨리스를 포함한 대부분의 사람들은 그의 이름과 직업을 기억하지 못했다.

"증인은 플라츠 맨션 옆에 있는 술집 직원이시죠?"

오페라가 한 번 더 남자를 소개했다. 직원은 맥 빠진 목소리로 "아, 네……" 하고 대답했다. 이제 와서 뭘 다시 물으려는지 의아해하는 기색이었다.

"사실 재판 내내 제 머리에는 작은 의문 하나가 떠올라 있었습니다. 변호인 측 증인, 즉 다레카 드 발자크라는 소녀에 대한 의문입니다. 머리에 종이봉투를 뒤집어쓰고 증언대에 선 그 소녀 말입니다. 저는 본 재판이 시작되기 전 방청석에서 간식을 먹던 다레카 양을 봤습니다. 그때 그녀는 종이봉투를 뒤집어쓰지 않았고, 증언할 때처럼 인위적으로 억누른 듯한 목소리도 아니었습니다."

"대체 무슨 말씀이십니까? 다레카 양의 독특한 패션은 그녀만의 개성 아닐까요? 왈가왈부할 일이……."

양의 제지에도 오페라는 아랑곳하지 않고 말을 계속 이어 갔다.

"다레카 양은 왜 종이봉투를 쓰고 있었을까요? 그건 얼굴을 보이고 싶지 않기 때문이겠죠. 하지만 그럼 재판 시작 전부터 쓰고 있어야 하지 않을까요?"

앨리스는 방청석을 둘러보며 금세 종이봉투를 쓴 소녀를 찾았다. 다레카는 어두운 방청석 안쪽에 움츠리고 있었다. 종이봉투 너머에서도 눈빛이 흔들리는 게 보였다.

"전 이렇게 추측했습니다. 그녀는 얼굴을 보이고 싶지 않은 누군가가 이 자리에 있다는 것을 재판이 시작된 후에야 알아채고 급히 변장해야 했던 게 아닐까. 미리 대비하지 못했기 때문에 저렇게 우스꽝스러운 방식으로 얼굴을 가릴 수밖에 없었던 게 아닐까 하고요. 하지만 그러면서도 자기 이름이 불리는 건 전혀 개의치 않았습니다. 그렇다면 다레카 양이 얼굴을 보이고 싶지 않은 상대는 '다레카 드 발자크'의 이름은 모르지만 얼굴과 목소리는 기억하는, 그런 인물이라는 뜻이겠지요. 여기서 전 문득 떠올렸습니다. 다레카 양이 평소 지적받은 문제 행동 중에 음주가 포함돼 있었다는 사실을요."

"그건 이미 예전 일입니다. 다레카 양은 현재 열일곱 살이라 위스키를 마시든 보드카를 마시든 법적으로 문제 될 게……."

"조용히 하세요."

오페라는 양의 말을 차갑게 자르고 다시 증인에게 고개를 돌렸다.

"그럼 증인에게 묻겠습니다. 하딩 씨. 사건 당일 밤 가게에는 손님이 여러 명 있었다고 들었습니다만, 그중 다레카 양처럼 보이는 소녀도 있었습니까?"

"아아, 그런 이야기였군요."

하딩은 찬찬히 다레카를 훑어봤다.

"사실 조금 전 저분이 증언대에 섰을 때 속으로 '어라?' 싶었습니다. 사건 당시 가게에 있던 아이 목소리가 비슷해서."

"다레카 양. 증인이 얼굴을 볼 수 있게 그 종이봉투를 벗어 주시겠습니까?”

다레카는 어쩔 줄 몰라 하며 도움을 청하듯 양을 봤지만 양은 어깨만 으쓱일 뿐이었다.

오페라는 결국 화를 참지 못하고 목소리를 높였다.

“다레카 양! 어차피 경찰서에는 다레카 양의 얼굴 사진이 보관돼 있다고 들었습니다. 지금 당장에라도 사진을 가져오게 할 수 있습니다!”

그러자 결국 다레카는 체념한 것처럼 종이봉투를 벗었다. 눈빛이 험하지만 나이에 비해 아직 앳된 소녀의 얼굴이 법정에 공개됐다.

하딩이 손뼉을 짝 쳤다.

“아, 역시. 그 아이가 맞네요. 밤늦게 혼자 위스키를 마시는 여자는 드물어서 기억에 남았거든요.”

“저분이 몇 시부터 몇 시까지 가게에 있었는지 기억하십니까?”

“자세한 시간은 기억 안 나지만, 사건이 일어났을 때도 카운터에서 술을 마시고 있었던 건 분명합니다. 꽤 취해 있었으니 적어도 한 시간은 넘게 마셨던 것 같네요.”

“그렇군요. 그걸로 충분합니다!”

오페라는 승리를 확신한 표정으로 양에게 검지를 내밀었다.

“잘 들으셨습니까? 다레카 양은 사건 발생 한 시간 전부터 쭉 술집에 있었습니다! 어라? 그럼 이상하죠. 변호인님께서는 오후 9시 시점에 다레카 양이 빈방에 숨어 있었다고 주장하셨으니까요! 하지만 다레카 양에게는 확실한 알리바이가 있었습니다! 결국 그녀가 베너블즈 저택에 침입했다는 변호인의 주장은, 누구나 알 만한 새빨간 거짓말에 터무니없는 언어도단이라는 말입니다!"

앨리스를 둘러싼 청중들이 오오 하고 환호성을 질렀다.

"하지만 다레카 양의 알리바이를 아마 변호인도 몰랐을 겁니다. 알았다면 조금 더 적합한 다른 좀도둑을 증언대에 세웠을 테니까요. 설마 다레카 양이 현장 근처 술집에서 술을 마셨고, 그걸로 모자라 그 술집 직원이 재판에 증인으로 출석할 줄은 상상도 못 했겠죠. 참으로 운이 없으시네요. 어쨌든 다레카 양의 알리바이가 확인된 이상 당시 베란다 문을 열 수 있었던 사람은 없었고, 이로써 피고인이 베란다로 침입했다는 가설도 완전히 무너졌습니다! 이제 남은 건 거실에서 저택으로 침입해 복도 쪽 문으로 빈방에 들어가는 경로뿐! 자, 반박할 수 있다면 해 보시죠!"

오페라의 목소리가 법정 안에 쩌렁쩌렁 울려 퍼졌다. 그에 맞선 양은 팔짱을 끼고 불만 가득한 표정으로 있다가 잠시 후 지친 것처럼 한숨을 쉬고 고개를 흔들었다.

"이것 참, 정말 바보 같은 재판이네요. 가장 중요한 해럴드 씨의 죽음은 거들떠보지도 않고 다 큰 성인들이 만만한 소녀 한 명을 두고 괴롭히는 데만 골몰하다니요. 기가 막혀서 말도 나오지 않습니다.”

오페라의 눈꼬리가 바르르 떨렸다.

“변호인! 상황이 불리해졌다고 해서 그 무슨 망발입니까! 신성한 법정을 계속 모욕한다면 더 이상 변호인의 말에 귀 기울일 사람은……!”

“신성? 흐음, 신성한 법정이라. 평소에도 흔히 쓰는 표현이지만 사실 오래전부터 의문이었습니다. 대체 이 법정의 어디가 신성하다는 말인가요? 신명 재판 시절이면 모를까, 지금은 인간이 법으로 다른 인간을 심판하는 시대입니다. 하물며 이곳은 화형 법정. 성서에 대한 선서조차 생략되는 이단의 회의장 아닌가요?”

“말 돌리지 마세요!”

어물쩍 판결을 미루려는 듯한 변호인의 태도에 오페라의 분노는 극에 달하려 하고 있었다.

양은 대체 무슨 속셈일까. 조마조마하게 상황을 지켜보던 앨리스 뒤에서 갑자기 여자 목소리가 들렸다.

“어이, 꼬마 아가씨. 내 목소리 들리나?”

깜짝 놀라서 돌아본 앨리스는 어느새 바로 뒷좌석에 낯선 여자가 앉아 있는 걸 발견했다. 머리에 검정 후드를 깊이 눌러썼고 실루엣마저 흐릴 만큼 온몸을 검은 옷으로 감싼 여자였다.

"네가 컬러의 친구라는 건 아직 알려지지 않았어. 지금 네가 입을 열면 그건 피해자의 지인으로서 하는 증언이 되는 거야. 무슨 뜻인지 알겠어?"

속삭임에 가까울 정도로 낮고 알아듣기 어려운 목소리였다.

앨리스는 '그러고 보니' 하고 기억을 더듬었다. 지금껏 나온 여러 증언 속에서 검은 후드를 쓴 여자가 언급됐다.

"혹시 당신이 양 변호인님의 심복……?"

조심스레 묻자 검정 후드 아래로 보이는 얇은 입술이 불쾌한 것처럼 일그러졌다.

"내가 저 자식의 심복이라고? 웃기는 소리 마. 난 그냥 알려 주러 왔을 뿐. 친구를 구하고 싶다면 네가 대신하라는 걸."

'대신'이라는 그 말이 앨리스의 가슴에 묵직하게 내려앉았다.

그때 달칵거리는 기계음이 머리 위에서 들렸다. 깜짝 놀라 고개를 들자 법정 안에 있는 모두가 2층 배심원석을 올려다보고 있다. 패널이 탁탁하고 한 장씩 뒤집혔다.

'액턴 벨 컬러는 마녀', '마녀', '마녀'…….

오페라의 얼굴이 승리에 대한 확신으로 빛났다.

'마녀', '마녀', '마녀'…….

양은 표정을 감춘 채 패널을 바라봤다.

'마녀', '마녀', '마녀'…….

컬러는 고개를 숙이고 조용히 숨 쉬고 있다.

‘마녀’, ‘마녀’…….

마지막 한 장이 넘어가기 직전에 앨리스는 충동적으로 자리에서 일어났다.

“잠깐만요!”

자신도 놀랄 정도로 큰 소리가 나왔다. 법정 안의 시선이 일제히 앨리스에게 쏠렸다. 머릿속이 새하얘지려는 찰나.

“나가.”

검정 후드가 등을 퍽 미는 바람에 앨리스는 휘청거리며 조명 속에 뛰어들었다. 심문관의 당황한 시선, 변호인의 의미심장한 미소, 피고인의 경악과 약간의 기대 섞인 눈빛이 앨리스에게 쏟아졌다.

“응?”

오페라가 당황한 것처럼 입을 열었다.

“당신은…… 앨리스 카슨 양이죠? 메리다 부인의 따님이신.”

“네…… 맞아요.”

“심문관이나 변호인이 증인으로 부르지 않는 한 방청객에게는 발언이 허용되지 않습니…….”

오페라가 조심스럽게 앨리스를 제지하려고 했지만 양이 “아뇨, 잠깐만요” 하고 끼어들었다.

“앨리스 양께서 뭔가 하시고 싶은 말씀이 있는 듯합니다. 그렇다면 마다할 수 없죠. 변호인 측 증인으로 증언대에 서 주시겠습니까? 자, 이쪽으로 오시지요.”

양은 공손하게 앨리스의 손을 잡고 증언대로 안내했다. 그러고는 자연스럽게 앨리스의 귀에 입을 대고 남들은 듣지 못할 정도로 나직이 속삭였다.

"용기에 감사드립니다."

양은 재빨리 증언대에서 물러서며 "자, 그럼 말씀해 보시지요" 하고 앨리스의 말을 기다렸다. 앨리스는 마른침을 꿀꺽 삼켰다. 숨을 크게 한 번 들이마시고 용기 내어 첫마디를 꺼냈다.

"저예요."

"네?"

"그러니까, 그 빈방 베란다 문을 연 사람은…… 저예요."

한 번 입을 떼자 꼭 미리 대본을 읽고 온 것처럼 말이 술술 쏟아져 나왔다.

"그날 밤 전 생각보다 짐 정리가 일찍 끝나서 이사 온 저택 내부를 혼자 둘러보고 있었어요. 그러다 들어간 빈방 분위기가 제가 전에 살던 집과 비슷해서 그 안에서 조금 쉬고 있는데, 갑자기 복도 쪽에서 발소리가 들려서 저도 모르게 책상 밑으로 숨었죠. 왜 그런 행동을 했는지는 잘 모르겠지만…… 어쨌든 윌슨 씨가 빈방에서 나가고 다시 제 방으로 돌아가려고 했는데, 복도에서 윌슨 씨가 어머니와 서서 계속 대화를 나누고 계시는 거예요. 왠지 들키고 싶지 않아서 어쩔 수 없이 베란다 문을 열고 베란다를 통해 제 방으로 돌아갔어요. 그 후 복도가 시끌벅적해져서 방 밖에 나갔더니 어머니가 방에 들어가 있으라고 하셨고요.”

앨리스는 일단 말을 멈추고 주변 반응을 살폈다. 오페라는 입을 다물고 고개만 갸웃거릴 뿐 새로운 증인의 등장을 어떻게 받아들여야 할지 아직 감을 못 잡는 듯했다.

“이야, 이거, 이거, 훌륭합니다!”

양이 손뼉을 짝 치며 호쾌하게 웃었다.

“결국 빈방에 도둑질을 하러 들어갔다는 다레카 양의 말이 새빨간 거짓말이었다는 뜻이군요. 이럴 수가. 그러고 보니 다레카 양 같은 불량소녀의 말을 곧이곧대로 믿다니, 소인도 참 부끄럽기 짝이 없습니다.”

“……말도 안 돼.”

오페라는 거의 혼잣말처럼 중얼거렸다.

“앨리스 양은 피고인과 어떤 관계도 아닐 텐데……. 더군다나 가족이 살해된 당사자인데도 피고인에게 유리한 증언을…….”

순간 앨리스는 ‘그렇구나’ 하고 내심 깨달았다. 자신은 피고인의 의붓딸이 될 예정이었다. 속마음이 어떻든 객관적으로는 위증을 할 가능성이 작은 입장인 것이다.

“어쨌든 이것으로 제 주장과 심문관님 주장이 둘 다 성립할 수 있음을 확인했습니다. 앨리스 양, 귀중한 증언을 해주셔서 깊이 감사드립니다.”

양은 앨리스에게 증언석으로 돌아가도 된다고 손짓했지만 앨리스는 고개를 흔들었다.

"사실 증언하고 싶은 게 하나 더 있어요."

양이 "음?" 하고 눈썹을 치켜세웠다.

이다음 증언은 아마 양, 그리고 검정 후드 여자도 예상하지 못했을 것이다. 앨리스는 이미 알고 있었다. 심문관의 주장에 반박할 수 있다는 걸.

"오페라 심문관님께서 말씀하신 침입 경로는 아마 현실에서는 쓸 수 없었을 거예요."

"뭐라고요?"

오페라가 깜짝 놀란 것처럼 되물었다.

"이삿짐을 다 들이고 이삿짐센터 직원분들이 각 방의 가구 배치도 바꿔 주셨거든요. 마침 수리를 맡긴 피아노가 돌아왔다며 피아노를 거실로 옮길 때 직원분들이 피아노를 들어서 정확히 거실 창문이 가려지는 위치에 내려놓으시는 걸 봤어요. 그러니 그곳 창문으로는 누구도 들어올 수 없었을 거예요."

"잠, 잠깐만요. 그럴 리 없습니다."

오페라는 황급히 모형 앞으로 달려갔다. 거실 피아노는 창문에서 떨어진 위치에 놓여 있었다.

"보십시오. 제가 현장에 갔을 때 피아노는 이 위치에 있었습니다."

“그거, 나중에 옮긴 거예요. 해럴드 씨가 창문을 막는다며 불편하다고 하셨거든요. 윌슨 씨, 그렇죠?”

앨리스는 방청석에 있는 윌슨을 돌아보며 물었다. 윌슨은 옆에 앉은 부하들에게 빠르게 확인했다. 이야기를 다 듣고 나서는 고개를 갸웃거리며 발언을 요청했다.

“네. 앨리스 양의 말이 맞다고 합니다. 피아노는 창문을 가리는 곳에 있었는데 밤 9시가 지날 무렵 베너블즈 씨가 요청해 둘이 함께 피아노를 옮겼다고 하네요. 그 직후 베너블즈 씨가 피고인을 알아채고 빈방으로 달려가 사건이 일어난 것 같다고 합니다.”

“저, 정말 창문이 막혀 있었다고요……?”

오페라는 어안이 벙벙한 표정으로 앨리스를 봤다.

“……혹시 누군가 안에서 피아노를 옮겨 피고인을 들였을 수도…….”

오페라의 눈에는 이미 앨리스를 향한 의구심이 싹트고 있었다. 하지만.

“아뇨. 아무리 그래도 그건 어려울 겁니다.”

윌슨이 의문을 제기했다.

“그 피아노는 저희 직원도 둘이 간신히 옮겼다고 합니다. 그걸 옮기는 것으로 모자라 다시 제자리에 돌려놓기까지 했다면 적어도 한 사람의 힘으로는 불가능합니다.”

“그럴 수는…….”

오페라의 목소리에서 점점 힘이 빠졌다.

부디 오페라가 눈치채지 못하기를 앨리스는 속으로 간절히 빌었다. 오페라만 진실을 눈치채지 못하면 양의 주장이 곧 결론이 된다. 컬러를 구할 수 있다.

괜찮아, 절대 눈치챌 리 없어.

내가 피아노를 옮긴 방법을, 오페라가 알아챌 리 없어.

◆

불과 3주 전, 눈송이가 흩날리던 차디찬 밤.

앨리스는 추위에 떨며 입김으로 두 손을 녹이고 있었다. 어머니가 갑작스럽게 새로운 연인과 어디론가 떠나는 바람에 집에 들어가지 못해 집 앞 계단에 앉아 멍하니 하늘을 올려다보고 있었다.

두텁게 드리운 먹구름. 잠시 후 그 구름 사이를 뚫고 작은 점 하나가 떨어져 내렸다. 깜짝 놀라 계단에서 일어나 급히 뛰어 내려갔다. 그 점은 분명 사람 그림자였다.

정신없이 달려갔기에 어떻게 타이밍에 맞춰 도착했는지는 기억나지 않는다. 정신을 차려 보니 앨리스는 오른손으로 하늘에서 떨어진 소녀의 팔을 붙잡고 있었다. 팔은 나무토막처럼 차갑고 뻣뻣했다. 소녀의 입에서 "으……" 하는 미약한 신음이 새어 나왔다.

"저기!"

그렇게 여러 번 부르자 소녀가 간신히 의식을 되찾았다. 앨리스는 가슴을 쓸어내리며 소녀의 몸을 부축했다. 앨리스와 별반 다르지 않은 체격인데 놀라울 정도로 가벼웠다.

소녀는 아연실색한 얼굴로 앨리스를 응시했다. 자신에게 무슨 일이 일어났는지 이해 못 하는 표정이었다.

"너, 혹시 마녀니?"

굳이 물어볼 것도 없었다. 빗자루를 타고 하늘을 날지 않고서야 하늘에서 떨어질 리도 없으니까. 칠흑 같은 밤하늘에 떠오른 빗자루 위에서 앨리스는 태어나 처음 만난 동족에게 미소 지으며 말했다.

"후훗. 나도 마녀야."

앨리스가 처음으로 하늘을 난 건 다섯 살 생일이 지난 다음 날이었다.

생일 선물로 아버지에게 그림책을 받았다. 귀여운 마녀가 활약하는 모험담이었는데 처음 펼쳐 든 순간부터 책에서 눈을 떼지 못했다.

책을 다 읽고 장난삼아 집 안 빗자루에 올라탄 채 '날고 싶다'라고 간절히 바라자 문득 두 발이 바닥에서 떨어졌다. 곧장 천장에 머리를 부딪쳐 바닥에 떨어졌지만 앨리스는 기뻐서 몸을 부르르 떨었다. 그대로 거실에 달려가 신문을 읽는 아버지 앞에서 빗자루 위에 올라탔다.

"아빠. 이것 봐! 나, 날 수 있어!"

아버지는 앨리스가 허공에 떠오르는 모습을 보며 우습다는 듯이 웃었다. 군인치고 성격이 온화하고 느긋했던 아버지는 그때 어떤 심정으로 허공에 뜬 딸을 봤을까.

아버지는 앨리스를 다시 부드럽게 바닥에 앉히고는 허리를 숙여 딸과 눈을 맞췄다.

"우리 앨리스는 마녀였구나. 멋진걸."

앨리스는 우쭐해서 가슴을 폈지만 아버지는 "하지만 말이지" 하고 조용히 말을 이었다.

"나 말고 다른 사람 앞에서는 절대 하늘을 날면 안 된다. 알겠지?"

"왜?"

"앨리스만 하늘을 날면 다른 사람들이 부러워서 샘낼 테니까. 엄마처럼 마녀를 무서워하는 사람도 있고. 그러니 앨리스, 아빠랑 약속하자. 정말 어쩔 수 없는 상황이 아니면 하늘을 날지 않기로."

평소 아버지 말을 잘 따르던 앨리스는 하늘을 날지 않겠다는 약속도 잘 지켰다. 아버지가 다른 나라로 파병되고 몇 년 후 부고 소식을 접했을 때도 앨리스는 빗자루에 타지 않았다.

하지만 하늘에서 떨어지는 사람 그림자를 봤을 때 처음으로 아버지와의 약속을 어겼다. 아버지가 덧붙인 '어쩔 수 없는 상황'이 바로 이럴 때라고 느꼈다.

창고방에서 지내는 동안 컬러는 종종 앨리스에게 물었다. 왜 알지도 못하는 마녀를 도왔냐고. 근본적인 이유는 아마 같은 마녀이기 때문일 것이다. 하지만 그렇게 말하면 너무 매정한 것 같아 앨리스는 늘 웃음으로 얼버무렸다.

이제 와서 생각하면 컬러를 배려한답시고 지나치게 거리를 둔 것인지도 모른다. 컬러는 곧 먼 도시로 떠나겠다고 했다. 누구의 도움도 없이, 오로지 혼자 힘으로. 만약 함께 지내는 동안 자신이 아주 조금이라도 마음을 열었다면 이런 이별을 피할 수 있지 않았을까. 베너블즈 저택으로 이사 간 날 밤에 앨리스는 그런 뒤엉킨 감정에 사로잡혔다.

그래서 저택 창밖에서 컬러의 모습을 본 순간, 앨리스는 어떻게든 다시 진심을 전해야겠다고 생각했다.

거실 창문은 수리를 마친 지 얼마 안 돼 포장재에 싸인 피아노 때문에 막혀 있었다. 앨리스는 주위에 아무도 없는 것을 확인하고 벽에 세워진 빗자루에 올라탔다. 마녀가 빗자루를 타고 하늘을 날 때의 부력은 인간의 힘을 아득히 뛰어넘는다. 앨리스는 '위치포드의 마녀'가 수많은 남자들에게 붙잡힌 상태에서도 끝내 날아오른 장면을 떠올렸다.

괜찮아, 나도 할 수 있어.

피아노를 포장한 끈에 빗자루의 자루 부분을 걸고 신중히 허공에 떠올랐다. 그러자 앨리스의 체중보다 몇 배는 무거운 피아노가 천천히 바닥에서 들어 올려졌다.

◆

법정 안에 마른 박수 소리가 울려 퍼졌다.

"이야, 참으로 훌륭합니다."

양의 말투는 여느 때처럼 연극적이었지만 앨리스를 응시하는 눈빛에는 진심 어린 찬사가 담겨 있었다.

"설마 피아노가 창문을 막고 있었을 줄이야. 소인의 조사가 거기까지 미치지 못했다는 게 부끄러울 따름입니다. 어쨌든 증인의 증언이 사실이라면 컬러 양이 거실 창문으로 저택에 침입하지 않은 것이 확실해졌습니다. 그럼 심문관님. 더이상 반대 신문이 없다면 최종 변론을 시작하고자 합니다만."

오페라는 양의 제안을 뿌리칠 이유를 찾을 수 없었다.

모든 증거가 도마 위에 올랐고 증인도 퇴장했다. 심문관과 변호인은 법정을 사이에 두고 마주 섰다.

먼저 심문관 측에서 장시간에 걸친 심리의 결론을 낭독했다.

"피고인은 사건 당일 밤, 빗자루를 타고 하늘을 날아 저택의 거실 창문을 통해 저택에 침입했습니다. 비행 중 교묘히 몸을 숨기며 빈방에 들어간 것입니다. 피아노와 관련된 증언은……."

오페라는 가장 굴욕적인 말을 선택할 수밖에 없었다.

"……뭔가 착오가 있다고 볼 수밖에 없습니다."

뒤이어 변호인이 결론을 설명했다.

"컬러 양은 거실 창문이 아닌 베란다를 통해 저택에 들어갔습니다. 그 과정에서 하늘을 날았다는 증거는 전혀 없으며, 따라서 그녀를 마녀로 단정할 근거 또한 무엇 하나 존재하지 않습니다."

배심원단이 최종 판결을 내리는 동안 오페라와 양은 꼼짝하지 않고 결과를 기다렸다. 달칵달칵하는 소리가 간헐적으로 들렸다. 얼굴이 보이지 않는 배심원들이 결론을 내리기까지 시간이 꽤 걸릴지도 모른다. 컬러는 2층을 똑바로 올려다보며 숨을 죽였다.

잠시 후 소리가 멎더니 아무 예고도 없이 배심원석 패널이 일제히 열렸다.

모두 깜짝 놀라 숨을 들이마셨다. 그리고 잠시 후 오페라가 낮은 목소리로 선언했다.

"피고인, 액턴 벨 컬러는…… 마녀로 인정되지 않는다."

화형 법정이 경악의 소용돌이에 휩싸였다. 메리다는 순간 정신을 잃은 것처럼 얼굴이 창백해졌고, 바이콘 경감은 허탈한 표정으로 어깨를 으쓱였다. 방청석의 반응은 제각각이었는데 어떤 사람은 결과에 분개했고 어떤 사람은 감격의 눈물을 흘렸다.

혼란 속에서 한 소녀가 자리에서 벌떡 일어섰다. 소녀는 방청석 사이를 뛰어가 증언대에 우두커니 서 있는 소녀에게 달려들어 안겼다.

"컬러!"

귓가에 대고 연신 사과하는 앨리스를 컬러는 조용히 부둥켜안았다.

"이것으로 화형 법정을 폐정합니다!"

심문관의 외침과 함께 오페라의 첫 번째 마녀재판이 막을 내렸다.

법정 주변을 에워싼 보도진이 법정에서 나온 소녀들에게 플래시 세례를 퍼부었다. 컬러와 앨리스는 얼굴을 가린 채 빠져나가려고 했지만, 기자들은 어떻게든 한마디라도 듣기 위해 소녀들 앞을 막아섰다.

법정 옆 길가에 선 하얀 소형차의 운전석에서 독양은 마녀와 기자들의 실랑이를 시큰둥하게 바라보고 있었다. 겁에 질려 움츠러든 소녀들의 모습에서는 승리의 기쁨 같은 건 느껴지지 않았다.

그때 누군가 운전석 창문을 똑똑 두드렸다. 창문을 열자 검정 후드를 쓴 여자가 허리를 숙여 차 안을 들여다봤다.

"괜찮을까요? 저 애들, 힘들어 보이는데."

"으응? 어린 마녀들을 걱정하시다니. 보기와 달리 정이 많으신 분이었군요, 배드마 양."

갑자기 이름이 불린 검정 후드 여자가 깜짝 놀라 주위를 두리번거렸다. 양은 키득거리며 다시 컬러와 앨리스 쪽으로 시선을 돌렸다.

"화형 법정에서 살아남은 마녀는 흔치 않으니 당분간은 세상의 관심을 견뎌야 할 겁니다."

그때 법정에서 바이콘 경감이 나왔다. 소녀들이 완강하게 침묵을 지키자 기자들은 경감에게 화살을 돌렸다. 경감은 거리낌 없이 재판의 경위를 설명하기 시작했다.

그때 몸집이 작은 소녀가 경감 옆을 지나 살금살금 법정을 빠져나갔다. 불량소녀 다레카였다.

"결국 쟤는 뭐 한 거예요?"

"딱히 한 게 없기는 하죠."

양은 어깨를 으쓱거리며 고개를 흔들었다.

"하지만 뭐, 인생이란 게 원래 그런 거니까요."

간신히 기자들을 따돌리는 데 성공한 컬러와 앨리스가 손을 맞잡고 골목 안으로 뛰어갔다. 양은 차갑지도 따뜻하지도 않은 눈빛으로 그들의 뒷모습을 잠자코 바라봤다.

"소인 같은 실력으로 마녀재판의 전문 변호인이라니, 간판만 번지르르했고 실속이 없다는 게 밝혀졌지요. 컬러 양을 구한 건 결국 앨리스 양의 우정과 용기였습니다.”

“무슨 소리예요. 그런 앨리스를 움직이게 만든 게 바로 당신인데.”

양은 그 말을 무시하고 차에 시동을 걸었다.

“저 두 소녀에게 평온과 행복이 함께하기를 바랄 뿐입니다. 물론……..”

양은 핸들에 손을 얹고 중얼거리듯 말했다.

“앞으로 어찌 될지는 아직 모르지만.”

배드마는 흥 하고 코웃음 치고 성큼성큼 어디론가 사라졌다. 양은 가속 페달을 밟아 차를 출발시켰다.

II

시실리 알마잭 시의원이 마호가니 책상 위에서 두 손을 모으고 입을 열었다.

"무슨 말인지는 충분히 이해했습니다."

소매 끝에 달린 커프스단추부터 생기 넘치는 밤색 머리를 단정히 묶은 머리핀까지, 몸에 걸친 모든 것이 명품인 알마잭 여사는 책상 앞에 나란히 선 두 소녀를 날카로운 눈빛으로 바라봤다.

"아시다시피 알마잭 기념 공회당은 시민을 위한 공공시설입니다. 그 일부를 허가 없이 거주지로 쓰는 건 법에 저촉될 뿐 아니라 공회당 건설을 위해 사재를 들인 알마잭 자작의 뜻을 모욕하는 행위이기도 합니다. 이해하시나요?"

앨리스는 말없이 고개를 끄덕일 수밖에 없었다.

컬러의 재판이 끝나자마자 모든 신문사는 앞다퉈 컬러라

는 소녀에 대한 보도를 쏟아냈다. 다행히 컬러가 이 도시에 오기 전까지의 행적을 밝힌 기자는 없었지만, 앨리스와의 관계나 그녀가 지금 공회당에 머물고 있다는 사실은 순식간에 세간의 이목을 끌었다.

상황이 이렇게 된 이상 공회당에 계속 머무를 수는 없다. 그저 쫓겨나기만 하면 다행이고 자칫하다가는 법적 문제로 발전할지도 모른다. 그런 앨리스의 우려와 달리.

"그렇긴 하지만."

알마잭 여사는 표정을 누그러뜨렸다.

"만약 조부님께서 생존해 계셨다면 갈 곳 없는 아이를 추운 거리로 내쫓는 건 결코 용납하시지 않았을 겁니다. 컬러 양을 숨겨 준 앨리스 양의 선의 또한 방법에 대한 옳고 그름을 차치하고 존중받아야 마땅하다고 봅니다."

예상치 못한 말에 앨리스와 컬러는 놀란 얼굴로 서로를 마주 봤다.

알마잭 여사는 지난 세기 도시 발전을 위해 헌신한 버넌 알마잭 자작의 손녀딸이다. 사회학 박사 학위를 가진 급진 자유주의자이자 불가지론자로, 직함을 부풀리듯 공회당 관리 단체 회장과 프린스 존 칼리지의 이사직까지 겸하고 있다. 공회당 탑 꼭대기에 알마잭 여사의 집무실이 있다는 건 앨리스도 알았지만 그곳에 들어온 건 이번이 처음이었다.

"그래서 제안드리고 싶습니다."

알마잭 여사가 선명한 립스틱을 바른 입술로 온화하게 미소 지었다.

"컬러 양이 앞으로도 공회당에 머물며 공회당에서 일하는 건 어떨까요? 마침 레스토랑에 일손이 부족하다고 들었습니다. 그곳에서 일한다면 창고방을 컬러 양의 정식 거처로 허가해 드리고자 합니다."

"레스토랑요?"

컬러는 어안이 벙벙한 얼굴로 중얼거렸다.

"전 청소나 설거지 정도밖에 할 줄 모르는데……."

"그걸로 충분합니다. 부당한 의심을 받게 한 것에 대한 사과의 의미도 포함돼 있다고 생각해 주세요."

알마잭 여사는 뒤에서 대기 중이던 젊은 여자를 돌아보며 말했다.

"리나, 이 아이의 거주 등록 절차를 부탁할게요."

"알겠습니다."

비서처럼 보이는 여자가 정중하게 고개를 숙였다.

"그리고 슈노 양 초빙 건은 잘 진행되고 있나요?"

"네, 그쪽에서 흔쾌히 승낙했습니다. 이제 곧……."

시의원과 비서가 다른 업무 이야기를 시작해서 컬러와 앨리스는 조용히 집무실을 빠져나왔다.

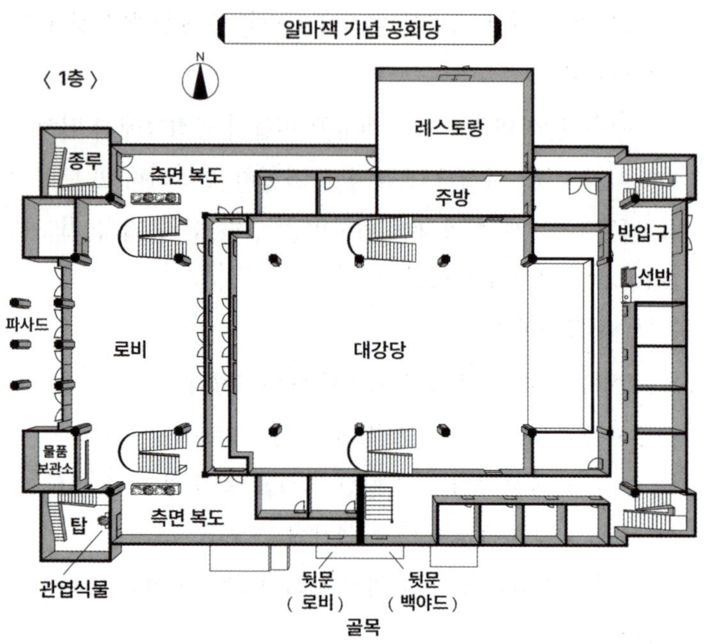

알마잭 기념 공회당
〈 1층 〉
N
레스토랑
종루
측면 복도
주방
반입구
선반
파사드
로비
대강당
물품
보관소
탑
측면 복도
관엽식물
뒷문
(로비)
뒷문
(백야드)
골목

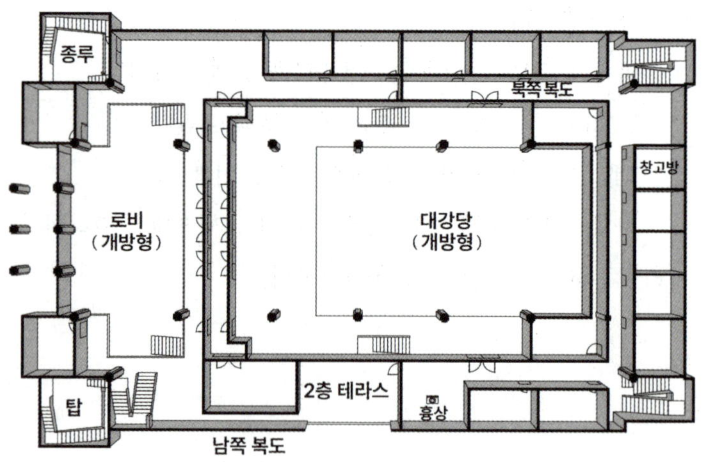

〈 2층 〉
종루
북쪽 복도
창고방
로비
(개방형)
대강당
(개방형)
탑
2층 테라스
흉상
남쪽 복도

〈 3층 〉

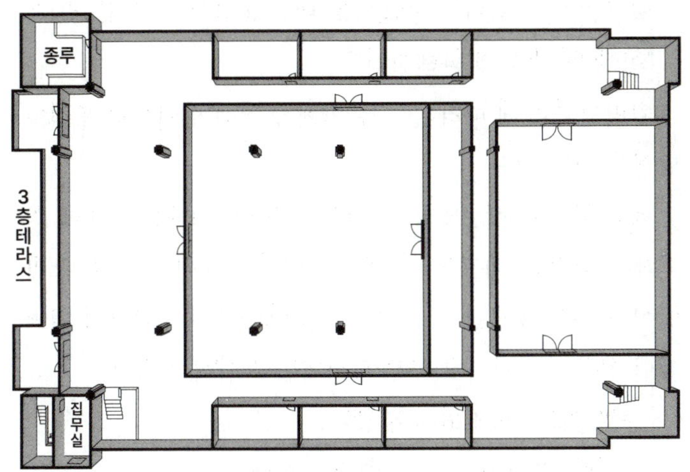

〈 지하 〉

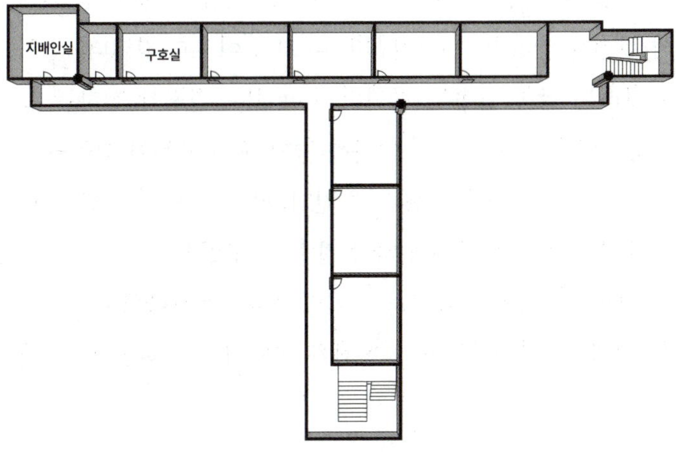

창고방 문을 두드리자 잠시 후 문이 열렸다.

"어서 와, 앨리스."

얼굴을 내민 컬러는 방문객을 보고 표정을 누그러뜨렸다.

"이야. 방이 훨씬 환해졌네!"

컬러의 손짓에 따라 창고방 안에 들어선 앨리스는 무심코 탄성을 터뜨렸다.

예전 창고방에는 조명이 하나도 없어서 밤에는 달빛에 의지해야 했지만, 지금은 천장에 갓 달린 전등이 달려 있어 방 안이 따스한 빛으로 가득 차 있다. 바닥에 어수선하게 널려 있던 짐들도 사라지고 마루는 반짝반짝 닦여 있었다.

"공회당분들이 정리해 주셨어."

"좋겠다. 이제 내 방보다 훨씬 근사해."

화형 법정 재판이 끝난 지 일주일이 지났다. 거리에서는 여전히 베너블즈 사건 이야기가 끊이지 않고, 앨리스는 길을 걸을 때마다 사람들의 호기심 어린 시선을 받았다. 그래서 컬러를 만나러 가는 시간은 늘 저녁 이후로 정했다.

컬러는 날이 갈수록 안색이 좋아졌다. 컬러가 일하는 공회당 레스토랑에서 매끼 식사를 챙겨 주기 때문일 것이다.

"지금 생각하면 무모했던 것 같아. 나 혼자 널 숨기겠다니."

앨리스는 스툴 의자에 앉아 한숨을 쉬었다.

"아니. 난 너한테 감사하고 있어. 물론 양 씨한테도."

"근데 그 양 씨는 결국 정체가 뭐였어? 그 후로 연락 온

적 있어?"

그러자 컬러는 "아니" 하고 고개를 흔들었다.

'독양'이라고 자신을 소개한 그 수상한 여자는 재판 직전 컬러가 있는 감옥 앞에 불쑥 나타났다. 이미 변호 준비를 마쳤는지 컬러에게는 간단하게 사실 확인만 했다고 한다.

"신문에도 독양의 정체는 수수께끼라고 적혀 있었어. 왜 무보수로 변호를 맡았는지 불분명하대."

"궁금하니?"

그때 어디선가 소녀 목소리가 들렸다.

앨리스는 화들짝 놀라 하마터면 의자에서 굴러떨어질 뻔했다. 급히 목소리의 주인을 찾았지만 창고방 안에 앨리스와 컬러 외에는 아무도 없었다.

"알려 줄 테니 3층 테라스로 오렴."

또다시 목소리가 들리더니 곧이어 창고방 문이 끼익하고 열렸다. 고개를 돌리자 작고 검은 그림자가 복도로 나가는 모습이 보였다.

2층 남서쪽 계단을 올라 유리문을 밀자 1월의 싸늘한 밤바람이 앨리스와 컬러의 검은 머리칼을 흔들었다.

그곳은 파사드 위에 자리한 3층 테라스였다. 맑은 낮에는 멋진 전망을 즐길 수 있는 인기 장소지만 지금은 하얀 눈만 쌓인 쓸쓸한 공간이었다.

"저기요…… 저……."

앨리스가 어둠에 대고 말을 걸어도 주변에는 인기척이 없다. 옆에서 컬러가 추운 듯 두 손을 비볐다.

"잘못 들었나……?"

"앨리스."

그때 컬러가 문득 뭔가를 떠올린 듯 입을 열었다.

"생각해 봤는데 아까 그 목소리, 그 사람 아니었어? 있잖아. 내 재판 때 양 씨가 데려온 종이봉투를 뒤집어쓴 사람."

"아, 그 도둑! 흐음…… 이름이 뭐였더라?"

그때 어디선가 하아아 하는 요란한 한숨 소리가 들렸다.

"지금 장난해? 누구 덕에 무죄로 풀려났는데."

사각사각 눈을 밟는 발소리가 들리더니 테라스의 흉벽 위로 검은 고양이 한 마리가 폴짝 뛰어올랐다. 건물에서 비치는 희미한 빛 속에서 검은 고양이의 입이 움직였다.

"내 이름은 다레카. 잘 외워 둬."

소녀의 목소리였다.

앨리스와 컬러가 어리둥절하게 굳어 있자 고양이는 "엥?" 하며 작은 머리를 갸웃거렸다.

"뭐야, 그 반응. 너희, 마녀 아니야? 말하는 고양이 처음 봐?"

그 말을 듣고 앨리스는 전에 읽은 신문 기사를 떠올렸다. 마녀의 특징을 정리한 논문, 즉 '빅토고 규칙' 제2장에 마녀의 변신에 관한 내용이 있었다.

“우와, 진짜 마녀 고양이다! 처음 봐!”

앨리스도 어릴 적 몰래 변신 마법을 시도해 본 적이 있었다. 하지만 몇 번을 해도 실패로 끝났다.

“정말 고양이로 변신할 수 있구나……. 어떻게 하는 거예요? 전 아무리 해도 안 되던데.”

신이 나서 다가오는 앨리스에게 검은 고양이는 “궁금해?” 하고 사람처럼 미소 지었다.

“쉽지는 않아도 몇 가지 요령은 있어. 예를 들어 이렇게, 온몸을 꾹 움츠리는 이미지를 떠올리면서…….”

그 순간 어둠 속에서 사람 손이 쭉 뻗어 나오더니 고양이의 뒤통수를 후려쳤다. 날카로운 비명과 함께 고양이가 굴러떨어졌고 잠시 후 눈 위에 엉덩방아를 찧은 소녀가 보였다. 보기만 해도 추워 보이는 짧은 치마에 반소매 블라우스 차림의 그 소녀는 컬러 재판에서 좀도둑으로 증언대에 선 다레카 드 발자크였다.

“아야…….”

“얼른 본론이나 말해. 추운 데서 쓸데없는 소리 하지 말고.”

투덜대며 불빛 속으로 모습을 드러낸 사람은 검정 후드로 얼굴을 가린 여자였다. 검고 긴 롱코트로 온몸을 감싼 모습이 밤의 어둠에 절반쯤 섞여 있다.

“아! 오랜만이에요!”

앨리스는 반갑게 외쳤다.

"지난번에는 정말 감사했어요. 그…… 검은 후드 씨라고 부르면 될까요?"

"하하, 검은 후드 씨래."

다레카가 재미있다는 듯이 웃음을 터뜨렸다.

"좋아. 앞으로 이 사람을 검은 후드 씨라고 부르자. 그쪽도 괜찮지? 익명의 조력자 검은 후드 씨."

다레카는 몸을 일으켜 손으로 엉덩이를 털었다. 똑바로 서니 앨리스와 컬러보다 키가 작지만 자세만큼은 누구보다 당당하다. 검은 후드와 나란히 선 모습은 분위기나 계절감 모두 극명하게 대조적이었다.

"아무튼 그래서 말인데."

다레카가 화제를 돌렸다.

"너희, 양 씨가 왜 컬러의 변호를 맡았는지 궁금해했지? 간단해. 내가 부탁했거든. 귀여운 동료가 위기에 빠졌으니 도와달라고."

"동료, 말인가요?"

"그래. 보다시피 난 마녀야. 물론 이 녀석도."

다레카는 엄지로 검은 후드의 얼굴을 가리켰다.

"그랬군요……."

앨리스는 조용히 중얼거렸다. 지금껏 외로움과 불안에 떨며 마녀라는 사실을 숨기고 살아온 앨리스 앞에 잇달아 세 명이나 되는 마녀가 나타났다. 동료를 찾았다는 안도감과 함께 지금껏 당연하게 여겨 온 현실이 무너지는 감각이 뒤섞여 도무지 마음이 놓이지 않았다.

"이상하게 많다니까, 이 도시에는."

앨리스의 마음을 읽은 것처럼 다레카가 고개를 연신 끄덕였다.

"마녀 출몰 이야기는 전국적으로 듣기 힘든데 말이야. 실제로도 마녀는 의외로 많을지도. 다들 숨기는 데 능숙할 뿐."

"혹시…… 양 씨도?"

"양 씨? 흐음…… 글쎄. 그 사람은 아마 그냥 변호사일걸."

앨리스는 묘한 분위기를 발산하던 양을 떠올렸다. 절대 평범한 변호사로는 보이지 않았다.

"사건 날 밤에 난 뒷길 술집에서 실컷 술을 마시고 있었어. 근데 술집 앞 거리에 갑자기 사람이 뚝 떨어진 거야. 얼마나 놀랐는지 알아? 급히 나가서 올려다보니 3층 베란다에서 술집 쪽을 내려다보는 여자아이가 보였어."

다레카는 컬러에게 눈길을 돌렸다.

"너, 그때 빗자루를 들고 있었지? 곧장 다시 안에 들어갔지만 그걸 보고 단번에 마녀라고 확신했어. 그래서 서둘러 집에 가서 독양의 사무실에 전화를 건 거야."

"양 씨 사무실에요?"

"그래. 작년 말이었나. 방에서 라디오를 듣는데 지명 수배 중인 마녀에 대한 정보가 나오더라고. 그래서 집중해서 들었는데 갑자기 음성이 뚝 끊기더니 묘하게 활기찬 여자 목소리가 흐르기 시작했어. '당신을 화형에서 구해 드립니다. 마녀재판에 설 위기에 처하셨다면 독양 변호사 사무소로 연락하세요'. ……그 사람이 라디오 방송 전파를 멋대로 가로채 광고를 내보낸 거야. 수상하기 짝이 없는 광고였지만 혹시 모르니 일단 연락처를 메모해 뒀던 거고."

"그렇군요."

"그 사람은 사건 다음 날 바로 이 도시에 나타났어. 실제로 만나보니 정말 별종 중의 별종이더라. 나한테도 의뢰인의 책임이 있다면서 변호에 협력하라는 거 있지? 너희는 나한테 감사해야 해. 좀도둑을 연기하려고 실제 도둑질까지 했으니까."

"네? 도둑이라는 것도 거짓말이었어요?"

다레카는 발끈한 얼굴로 "당연하지!" 하고 목소리를 높였다.

"덕분에 난 전과자가 됐다고. 진짜 기가 막힌다니까."

"결국 아무짝에도 쓸모가 없었지만. 네 일생일대의 범죄는."

검은 후드가 코웃음을 치자 다레카가 이를 바드득 갈았다.

"고맙습니다."

앨리스 뒤에서 컬러가 조용히 감사 인사를 건넸다.

"뭘. 괜찮아."

다레카는 대수롭지 않다는 듯이 손사래를 쳤다.

“검은 후드 씨는요?”

“얘도 마찬가지야. 심문관이 말했잖아. 양의 심복이라고.”

“심복은 무슨 놈의 심복.”

검은 후드는 말없이 다레카의 정강이를 걷어찼다. 다레카는 비틀거리더니 벽에 기댄 채 고통을 참았다.

“이 녀석은 어릴 적 때 알고 지내던 친구 마녀라서 흔쾌히 도와준 거야.”

“흔쾌히는 무슨 놈의 흔쾌히.”

검은 후드가 다시 다레카를 걷어차려고 했지만 다레카는 아슬아슬하게 피했다.

“협박했으면서. 마녀로 소문나고 싶지 않으면 재판을 도우라고. 젠장, 이런 녀석에게 약점을 잡히다니, 나도 참 한심하지.”

“그, 그래도 컬러를 위해 두 분 다 힘써 주신 거잖아요.”

후드 안에서 번뜩이는 눈이 앨리스를 날카롭게 쏘아봤다.

“미리 말해 두는데 너희도 나랑 똑같아. 이 자식이 선의로 너희를 돕는다고 착각하지 마. 마녀라는 게 세상에 알려지면 우리는 끝장이야. 요즘 같은 시대에 마녀는 최악의 꼬리표니까. 다레카는 그걸 약점 삼아 너희를 마음대로 조종하려는 속셈인 거야.”

“보자 보자 하니 말이 너무 심하네.”

다레카는 선량한 사람인 척하는 목소리로 말했다.

"난 그냥 함께할 동료가 필요했을 뿐인데. 잘 들어. 혹시 내가 뭔가 실수를 저질러서 붙잡히기라도 하면 너희도 무슨 수를 써서든 날 구해 줘야 해. 그러지 않으면 난 너희 이름을 전부 까발릴 거니까. 물론 이건 다른 동료들한테도 똑같이 적용돼. 예를 들어 앨리스가 붙잡힌다면 난 앨리스가 화형 법정에서 무사히 빠져나올 수 있게 최선을 다할 거야. 저번 재판에서 내가 얼마나 진심이었는지는 너희도 봤지?"

앨리스는 내심 '그렇구나' 하고 고개를 끄덕였다. 생판 모르는 컬러를 구하기 위해 도둑질까지 했다는 건 단순한 선의로는 설명되지 않는다. 만에 하나 자신이 붙잡혔을 때를 대비한 보험이라고 생각하면 이해가 된다.

"만약 화형 법정에서 승산이 없어 보이면 해외로 도망치는 걸 돕는 등 할 수 있는 일은 얼마든지 있어. 우리 마녀는 도망치는 것만큼은 누구보다 잘하니까."

다레카의 제안은 앨리스와 컬러에게도 나쁘지 않은 이야기로 들렸다. 마녀 한 명의 힘은 미약하다. 그러니 굳건한 동맹까지는 아니어도 이해관계가 일치하는 동료가 있는 건 큰 힘이 된다.

"어느 정도 이해했어요. 일종의 동맹 같은 거네요."

"동맹이라. 적절한 표현이네. 그래, 마녀 동맹이라고 하자. 그럼 잘 부탁해, 동지 여러분."

다레카는 앨리스와 컬러의 손을 붙잡고 억지로 악수했다.

저지대 지역인 '롤랜드'의 중심 도시인 이곳에는 주변 도시에서 수많은 사람과 물자가 모여든다. 시내에 있는 학교는 대부분 부모와 떨어져 지내는 학생을 위한 기숙사를 갖췄고, 앨리스처럼 집에서 통학하는 학생은 소수였다.

앨리스는 이른 아침 교문을 지나며 유니폼 차림의 경비원에게 인사를 건넸다. 이곳 프린스 존 칼리지는 설립 3백 년을 맞이하는 유서 깊은 학교로 신분 높은 집안의 자제들이 많이 다닌다. 해럴드의 지원이 없었다면 입학조차 어려웠을 앨리스는 학교 안에서 늘 어딘가 마음이 불편했다.

교실에 들어서자 반 친구들이 곧장 고개를 들었다.

"안녕, 헬렌, 제인."

평소처럼 인사했지만 헬렌은 조용히 답례하고 입을 다물었고 제인은 아무 말 없이 고개를 홱 돌렸다.

그제야 교실 분위기가 사뭇 평소와 다르다는 것을 눈치챘다. 화형 법정 직후에는 이야기를 들으려고 앨리스 주변에 모인 반 친구들이 오늘 아침에는 앨리스와 눈도 마주치려 하지 않았다.

결국 그날 점심은 혼자 먹었다. 교내 식당이 학생들로 북적거렸지만 모든 시선이 자신에게 쏠리는 것 같아 앨리스는 내내 마음이 불안했다.

오후 수업을 들으려고 학교 안뜰을 걷고 있을 때였다.

"마녀가……."

그냥 지나칠 수 없는 단어가 들려 앨리스는 그 자리에 멈춰 섰다.

학교는 안뜰을 학생들의 휴식 공간으로 만들기 위해 예산을 투자했다. 그곳 분수대 가장자리에 모여 시끄럽게 떠드는 여학생들의 눈에 띄지 않게 앨리스는 조심스레 뒤에서 분수대에 다가갔다.

"말도 안 돼! 못 믿겠어!"

날카롭게 소리친 사람은 금발의 여학생이었다. 건장한 남학생에게 몸을 바짝 붙이고 있고, 두 사람 주변에는 또 다른 여학생들이 무리를 이루고 있었다.

"앨리스 카슨이 마녀라니!"

앨리스는 움찔 몸이 굳었다.

"몰랐어? 지금 온 동네가 난린데."

남학생은 거만한 자세로 벤치에 앉아 조끼 안주머니에서 신문을 꺼냈다.

"지난 화형 법정에서 앨리스 카슨이 마녀를 도왔대. 왜냐고? 그 녀석도 마녀니까. 읽어 봐, 비."

"어?"

'비'라고 불린 여학생은 남학생이 내민 신문을 거들떠보지도 않고 고개를 갸웃거렸다.

"그 컬러라는 애, 무죄로 풀려난 거 아니었어? 역시 마녀였던 거야?"

"그래. 판결이 잘못됐어. 앨리스 카슨이 변호사랑 짜고 심문관을 속인 거지. 너도 알지? 마녀는 빗자루를 타고 날 때 무거운 것도 들어 올릴 수 있다는 걸. 재판에서 문제 된 그 피아노도 앨리스가 빗자루를 타고 옮겼다고 해."

"그렇구나! 로저, 역시 대단해."

"참, 나."

로저는 비웃으며 비의 턱을 손으로 쓰다듬었다.

"어린애들도 다 아는 이야기인데 모르다니. 비도 그렇고 너희도 평소에 신문 좀 읽어."

"응."

여학생들이 아양을 떨며 웃는 사이 앨리스는 최대한 발소리를 죽이며 그 자리를 떠났다. 복도를 걸을 때 자연스레 고개가 숙여졌다. 이제는 전교생, 아니 모든 시민들이 자신이 마녀라는 걸 알고 있다. 그런 사실이 소름 끼칠 정도로 무서웠고, 딛고 선 땅이 흔들리는 듯한 기분이 들었다.

그때 누군가가 앨리스의 어깨를 톡 두드렸다. 깜짝 놀라 돌아보니.

"안녕."

교복을 입은 다레카가 서 있었다.

"앗, 어? 저……."

놀라서 입을 뻐끔거리는 앨리스를 다레카는 우습다는 듯

이 바라봤다.

다레카는 복도에 서서 이야기하기 조금 그렇다며 앨리스를 인기척 없는 학교 건물 뒤편으로 데려갔다.

"다레카 씨, 저희 학교 선배셨군요."

앨리스는 다레카의 교복을 새삼 뚫어지게 쳐다봤다.

"무슨 소리야. 화형 법정에도 이거 입고 나갔는데."

"아, 그렇군요. 죄송해요, 종이봉투를 뒤집어쓴 모습밖에 기억이 안 나서."

"그런 건 얼른 잊어버려. 그보다 문제는 내가 아니라 너야, 너."

다레카는 건물 외벽에 기댄 채 앨리스의 얼굴을 손으로 가리켰다. 때마침 건물 창문 너머에서 여학생들의 대화 소리가 들렸다.

―있지, 너도 들었어? 우리 학교에 마녀가 다닌대.

―아, 나도 들었어. 저번 재판에서 마녀가 이긴 것도 개 덕분이라며.

다레카는 짜증스러운 듯이 혀를 찼다.

"누가 신문사에 투고했대. 심문관이 주장한 컬러 마녀설이 앨리스 카슨이 마녀라면 성립된다는 식으로."

"그런…… 대체 누가요?"

"글쎄. 아, 설마 나라고 의심하는 건 아니겠지?"

앨리스는 황급히 고개를 저었다.

"설마요. 그런 의심 안 했어요."

"목소리 낮춰. 사실 누군가가 진실에 도달했어도 이상할 건 없어. 네가 컬러를 감싸는 건 누가 봐도 뻔했고, 마녀가 빗자루로 무거운 걸 옮길 수 있다는 것도 '빅토고 규칙'에 명시돼 있으니. 그 귀족 아가씨 심문관은 속였을지 몰라도 세상에는 더 눈치 빠른 사람도 많다는 뜻이야."

앨리스는 고개를 떨군 채 말없이 침묵했다. 생각해 보면 컬러는 살면서 줄곧 이런 상황에 몰려 있었다. 뒤늦게 컬러를 향한 공감과 연민이 피어올랐다.

이 도시에서는 시내를 흐르는 몬머스강이 시민들의 삶의 방식을 양분하고 있다. 서쪽 강변에서는 고풍스러운 거리에서 담소를 나누는 부유층의 모습을, 동쪽 강변에서는 하루하루 버티기 위해 매일같이 땀 흘리는 서민들의 모습을 볼 수 있다. 부유한 집안 자녀들이 많이 다니는 프린스 존 칼리지는 서쪽에 있고, 수업 후 강을 건너 집에 돌아가는 학생은 거의 없었다.

"하아암. 오늘도 피곤해."

몬머스강에 걸린 돌다리를 건너며 다레카는 크게 기지개를 켰다. 겨울의 낮은 석양빛이 강물에 반사돼 다리 기둥에 복잡한 무늬를 그리고 있었다.

"그나저나 너도 힘들겠다. 매일 이 거리를 걸어서 다닌다니."

옆에서 걷는 앨리스에게 다레카가 말했다.

"다레카 씨도 마찬가지잖아요."

"난 어차피 학교에 가끔 나가니까. 지나치게 성실하면 손해 보기 마련이야. 뭐든."

다리를 건너 동쪽 강변 중심가에 들어섰다. 이 일대는 동쪽 지역에서도 유독 치안이 나쁘다. 한겨울에도 길바닥에서 술판을 벌이는 사람들이 있고, 골목 뒤에는 수상쩍은 패거리들이 어슬렁거린다. 고요한 밤에 경적 소리가 요란하게 울리는 일도 일상다반사였다.

앨리스는 저녁 어둠 속에 자연스럽게 섞이려는 듯 고개를 숙인 채 걸었다.

"그렇게 움츠리고 다니지 마."

다레카가 위로하듯 말했다.

"마녀인 게 죄는 아니니까. 오히려 죄를 따지면 내가 죄인이지. 좀도둑 주제에 이렇게 당당하게 거리를 걸어 다니고 있으니까. 너도 이런 배짱을 좀 본받을 필요가 있어."

"죄인이라뇨. 다레카 씨가 도둑질한 건 재판에서 컬러를 도우려고 그런 거잖아요."

"그거 너도 마찬가지잖아. 컬러를 위해 증언하지 않았으면 마녀라는 소문도 안 돌았을 테니까. 혹시 증언한 걸 후회해?"

"그런 건……."

"그럼 당당하게 지내."

다레카의 말이 앨리스의 가슴을 깊이 파고들었다. 과거로 다시 돌아가 재판을 치르더라도 자신은 컬러를 위해 증언했을 것이다. 올바른 일을 한 결과라고 생각하면 소문 같은 건 별것 아니다.

"그래도 주변은 조심하는 게 좋아."

다레카가 갑자기 목소리 톤을 낮췄다.

"마녀를 눈엣가시처럼 여기는 사람들이 가끔 실제로 과격한 행동에 나서기도 하니까. 기억하지? 유명한 마녀가 반마녀파에게 목숨을 위협받은 사건."

"유명한 마녀요?"

다레카는 "응?" 하고 의외라는 듯이 눈썹을 치켜세웠다.

"모르나? 슈노."

"슈노……."

어디선가 들어본 이름이다. 알마잭 시의원과 비서의 대화 속에서 등장했다.

다레카는 멈춰 서서 가방을 뒤지더니 작은 책자를 꺼냈다.

"한번 읽어 봐. 세상에서 가장 유명한 마녀 이야기가 적혀 있으니까. 마녀 정보를 수집할 때 산 건데 난 달달 외울 만큼 읽었으니 너 줄게."

"고맙습니다."

앨리스는 조심스레 책자를 받아 들었다. 표지에는 조명이 비치는 화려한 무대 위에서 노래하는 아름다운 여자 사진이 인쇄돼 있다.

"난 이쪽이니 다음에 봐."

다레카는 작별 인사를 하고 포장이 되지 않은 좁은 골목 길 안으로 사라졌다. 앨리스는 이 도시에서 가장 가난한 사 람들이 사는 구역이 그 길 너머에 있다는 걸 알고 있었다.

해럴드 사건 이후 앨리스와 어머니 메리다는 베너블즈 저 택에서 쫓겨났다. 해럴드가 남긴 유산이 막대할 것으로 예 상됐지만, 해럴드와 메리다는 아직 혼인 신고를 하지 않았 고 정식 유언장도 없기에 모녀 앞으로는 한 푼도 떨어지지 않았다.

앨리스가 이사한 곳은 동쪽 강변 시가지에 있는 낡은 공 동주택이었다.

"다녀왔습니다."

현관문을 열고 전등 스위치를 켰다. 이사한 집은 전체를 다 합쳐도 베너블즈 저택에 있던 앨리스의 방보다 좁았다. 메리다는 빈민가 봉제 공장에서 일을 구해 매일 아침부터 밤까지 일해서 모녀가 함께 보내는 시간은 극히 적었다.

앨리스는 외투도 벗지 않고 식탁에 앉아 다레카에게 받은 책자를 펼쳤다. 수도에 있는 고급 나이트클럽의 전단이다. 표 지를 장식한 아름다운 여자의 이름은 슈농소 드 빅토고, 통 칭 '슈노'라는 예명으로 활동하는 간판급 가수이며 현재 이 나라에서 유일하게 자신이 마녀라는 사실을 공개적으로 밝힌 인물이기도 하다.

슈노는 수도 빈민가에서 태어나고 자랐다. 싸구려 술집에서 노래하며 하루하루 먹고사는, 어디에나 있는 평범한 하층민 출신 가수 중 한 명이었다. 그러던 어느 날 슈노는 자신이 마녀라는 사실을 당당히 밝히고 무대 위를 날아다니며 노래하는 퍼포먼스를 선보이기 시작했다. 그녀의 공연은 큰 인기를 끌었지만, 가게에는 연일 반마녀파의 항의가 빗발쳤고 경찰이 출동하는 일도 드물지 않았다.

슈노는 사람들의 반감을 누그러뜨리려는 듯 사회 공헌 활동에도 적극 나섰다. 자신을 실험체 삼아 마녀의 마법을 과학적으로 분석해 달라고 왕립 학회에 직접 요청한 것이다. 학자, 특히 물리학자들에게 마법 규명은 오랜 숙원이었기에 왕립 학회는 당대를 대표하는 연구자들을 마녀 연구에 투입했다. 그 결과 슈노는 여왕의 이름 아래 보호받는 신분이 됐고, 그녀를 향한 배척의 목소리도 점차 줄었다. 지금도 연구는 진행 중이고 현재까지의 연구 성과는 '빅토고 규칙'이라고 불리는 논문에 정리돼 있다.

"앨리스!"

뒤에서 현관문이 벌컥 열리더니 얼굴이 붉게 상기된 메리다가 뛰어 들어왔다. 앨리스는 깜짝 놀라 책자를 등 뒤로 숨겼다.

“어, 엄마. 무슨 일이야. 일찍 왔네.”

메리다는 대답 없이 몸을 부들부들 떨며 딸 앞에 다가와 앨리스의 두 어깨를 강하게 붙들었다.

“대답하렴, 앨리스.”

메리다의 눈에는 핏발이 서 있었다. 해럴드가 세상을 떠난 뒤 메리다는 줄곧 불안정했지만 이렇게까지 살벌한 표정을 지은 적은 없었다.

“왜…… 왜 그래?”

메리다는 한 글자 한 글자 또박또박하게 물었다.

“너…… 마녀 같은 거 아니지?”

앨리스는 숨을 삼켰다. 반사적으로 “아니야”라고 부정했지만 목소리가 떨린다는 걸 스스로도 느꼈다. 메리다의 표정이 일그러지는 걸 보니 거짓말이 역시나 들통난 듯했다.

앨리스는 한 걸음 뒤로 물러섰다. 메리다의 이글거리는 눈빛이 앨리스가 등 뒤에 감춘 책자로 향했다. 그 표지를 장식한 사람이 유명한 마녀라는 것을 깨닫고 메리다는 “아아” 하고 오만상을 지었다.

“세상에…….”

앨리스의 어깨를 붙든 메리다의 손에 힘이 들어갔다.

“아야! 아파!”

“그랬구나. 소문이 사실이었구나, 앨리스……. 해럴드 씨를 죽인 마녀를 도우려고…… 넌 엄마를 배신하고……!”

등골이 오싹해졌다. 어깨를 파고든 손가락이 그대로 목덜미를 조일 것 같아 메리다를 밀치자 메리다는 잠시 비틀거리다 힘없이 바닥에 주저앉았다. 마른 입술 사이에서 알아들을 수 없는 원망 섞인 신음이 새어 나왔다.

앨리스는 가방을 들고 서둘러 집을 뛰쳐나갔다. 섬뜩한 공기로 가득 찬 집 안에 일분일초도 있고 싶지 않았다.

집 근처 시민 공원은 낮에는 사람들로 북적이지만 해 질 무렵이 되면 썰물 빠지듯 인적이 사라졌다. 낮 동안 누군가가 만든 눈사람이 불안정한 자세로 밤을 맞이하고 있었다.

앨리스는 공원 벤치에 홀로 앉아 망연자실하게 있었다. 결국 집에 돌아가야 한다는 걸 알지만 어머니와 다시 얼굴을 마주하는 게 무서워 몸이 도무지 움직이지 않았다.

"참나. 공권력에 굴복하다니, 다들 언론 정신이 땅에 떨어졌다니까."

"괜찮지 않을까요? 마녀 때리기보다 세계 스타 초청 쪽이 뉴스 소재로도 더 건전하고요."

둥글둥글 살이 오른 중년 남자와 왜소한 젊은 남자가 수군거리며 공원 산책로를 걸어왔다. 젊은 남자가 길가에 있는 가로등 스위치를 켜자 앨리스 주변이 환해졌다. 남자들은 앨리스를 알아차리고는 조용히 뭔가 속닥거리고 성큼성큼 다가왔다.

"실례지만 앨리스 카슨 씨 맞으시죠?"

살찐 남자가 수첩을 펼치며 낮은 목소리로 말을 걸었다.

"'데일리 배너'의 마이클 해벅이라고 합니다. 잠깐 이야기 좀……."

앨리스는 말없이 고개를 흔들었다. 그러자 젊은 남자가 대뜸 가방에서 카메라를 꺼내더니 플래시를 터뜨렸다. 순간 '위치포드의 마녀' 기사가 앨리스의 머리를 스쳤다. 설령 하늘로 도망친다고 해도 이 기자들은 끝까지 쫓아올 것이다.

용수철처럼 일어나 곁눈질하지 않고 곧장 내달렸다. 발소리가 뒤따라왔다. 공원 문을 지나가도 기자들은 포기하지 않았다.

좁은 골목 모퉁이를 돌 때 갑자기 누군가 앨리스의 팔을 붙들었다. 앗, 하고 짧은 비명을 지르는 사이 앨리스의 몸이 건물 안에 끌려 들어갔다. 재빨리 뒤에서 문이 닫혔다.

어둠이 눈에 익자 음식점 같은 곳에 있다는 걸 깨달았다. 바닥과 테이블에는 먼지가 가득해 오랫동안 영업하지 않은 흔적이 역력했다.

"아슬아슬했네."

여자 목소리가 들리고 앨리스의 팔을 붙잡은 손이 떨어졌다. 고개를 들자 낯익은 젊은 여자가 환하게 미소 짓고 있었다. 며칠 전 화형 법정 증언대에 선 증인 중 한 명이다. 사건 당시 아파트 2층에서 열린 파티에 참석했다고 들었는데 이름이 기억나지 않았다.

"이쪽이야."

여자는 카운터를 가볍게 뛰어넘으며 말했다.

"가게는 3년 전 망했지만 뒷문이 다른 골목과 연결돼 있거든. 지름길이 생긴 셈이지."

여자는 카운터 안쪽 문을 열어 앨리스에게 손짓했다. 앨리스는 허리를 숙여 카운터를 지나 문 안으로 들어갔다. 어둡고 긴 통로를 빠져나가자 처음 보는 거리가 눈앞에 펼쳐졌다.

"자, 이제 괜찮아."

여자는 모자를 고쳐 쓰며 말했다.

"아까 그 기자들도 이 길은 모를걸. 오래된 길거리는 지저분하고 치안도 안 좋지만 이럴 때는 제법 쓸모도 있어."

"도와주셔서 정말 감사합니다. 그게, 어……."

여자는 입꼬리를 올려 미소 지었다.

"안데르센. 안데르센 스타니스와프. 외우기 어려운 이름이지? 다른 건 몰라도 이 마을 지리에는 밝아."

안데르센은 앨리스의 손을 붙잡고 걷기 시작했다. 그러면서 쉴 새 없이 입을 움직였다.

"이렇게 순진한 소녀를 졸졸 쫓아다니다니, 정말이지 천박한 남자들은 질색이라니까. 천박한 신문 기자들은 더 최악이고. 그런데 뭐, 그런 부류는 새 먹잇감이 나타나면 금세 그쪽으로 방향을 틀게 돼 있으니 다음 희생양이 나타날 때까지 조용히 집에 틀어박혀 기다리는 게 좋을 거야.”

“……집에 가는 건…….”

메리다의 무시무시한 얼굴이 떠올라 대번에 마음이 무거워졌다. 기자에게 붙잡혀 질문 공세에 시달리는 것과 그 집에서 어머니와 단둘이 있는 것 중 어느 쪽이 나을까.

말없이 있자 안데르센은 “흐음” 하고 앨리스의 속마음을 꿰뚫어 본 것처럼 한숨을 내쉬었다.

“미안. 그쪽 사정은 생각 못 했네. 네가 마녀라는 소문이 사실이건 아니건 마녀 손에 연인을 빼앗겼다고 믿는 어머니 곁으로 돌려보내는 건 현명한 수가 아니겠지.”

“……죄송합니다.”

“아니, 사과할 필요 없어. 그런데 이걸 어쩌나.”

안데르센은 모자챙을 검지로 툭 쳤다.

“이 안데르센 님도 잠자리까지 챙겨 줄 수는 없어서 말이야. 내가 친절하기는 해도 특별한 사람이거나 부자인 건 아니거든.”

안데르센은 앨리스의 손을 잡고 거리 모퉁이를 돌았다. 앨리스에게도 익숙한 큰 길이 펼쳐졌다.

“그나마 내가 해 줄 조언은, 힘들 때는 친구에게 의지하라는 거야.”

안데르센이 길 끝을 가리켰다. 저물어 가는 남색 하늘 아래로 공회당 탑이 보였다.

창고 문 앞에 나타난 앨리스를 컬러는 아무것도 묻지 않고 맞아 줬다.

컬러는 자신이 먹을 저녁밥을 앨리스에게 나눠 줬다. 레스토랑의 직원용 메뉴가 양이 많아 그동안 혼자 먹기 힘들었다고 했다.

"도와줘서 고마워."

식사를 마친 앨리스가 고마움을 전하자 컬러는 쑥스러운 듯 시선을 피했다.

"괜찮아. 애초에 네가 날 도와줬으니 나도 지금 여기 있을 수 있는 거잖아. 넌 과거 너에게 도움을 받은 셈이야."

"뭐야, 그게. 웃기다."

앨리스는 조용히 웃음을 터뜨렸다. 체온을 빼앗긴 몸이 서서히 온기를 찾아 갔다.

누군가 몸을 뒤척이는 소리에 앨리스는 눈을 떴다. 둥근 창으로 비치는 아침 해가 눈 부셔서 눈을 비비며 침대에서 몸을 일으켰다.

"아, 안녕."

옆에서 함께 일어난 컬러가 인사했다. 같은 침대에서 같은 시간에 잠든 두 사람은 검은 머리카락이 똑같이 헝클어져 있었다.

“좋은 아침이야, 커…….”

앨리스는 이름을 말하다 말고 하품이 터졌다. 베너블즈 저택, 동쪽 강변의 공동주택, 공회당 등 요즘 들어 잠자리가 정신없이 바뀌었지만 오늘 아침처럼 평온하게 하루를 맞이한 적은 없었다.

컬러는 재빨리 앞치마를 걸치더니 “잠깐만 기다려 줘” 하고 방을 나가 두 사람 몫의 빵과 수프를 담은 쟁반을 들고 돌아왔다.

“자, 먹자.”

작은 식탁에 차려진 아침 식사는 소박했지만 식욕을 돋웠다.

“레스토랑에서 가져온 거야? 나, 돈 없는데…….”

“괜찮아. 먹은 만큼 월급에서 알아서 빠지는 구조야.”

그 말을 들으니 괜히 더 미안해져 앨리스는 음식에 손을 댈 수 없었다.

“나도 일하는 게 좋을까?”

“넌 학생이잖아. 공부에 집중해야지. 오늘은 일요일이지만.”

컬러답지 않은 상식적인 말에 앨리스는 친구를 바라보는 인식을 조금은 고쳐야겠다고 생각했다.

“부담 갖지 마. 받은 돈을 원하는 데 쓰는 것뿐이니까. 적어도 여기 와서 네가 나한테 베풀어 준 친절 정도는 보답하고 싶어. 딱히 돈 쓸 데도 없고.”

그렇게까지 말하니 호의를 더는 거절할 수 없었다.

앨리스는 빵을 한입 가득 베어 물며 문득 벽에 붙은 포스터를 봤다. 빗자루를 타고 하늘을 나는 마녀가 그려져 있고 구석에 ‘만찬회’라는 글자가 인쇄돼 있었다.

“아, 그거.”

컬러는 앨리스의 눈길을 알아차리고 말했다.

“유명 가수를 이 도시에 초청했대. 슈노라고, 혹시 알아?”

“슈노! 알아. 자기가 마녀인 걸 공개적으로 밝힌 사람이잖아.”

“응. 3월에 공회당에서 성대한 만찬회를 여는데 거기서 노래를 몇 곡 부를 예정이래. 제법 큰 행사인 것 같아.”

“아, 그러고 보니.”

앨리스는 바닥에 떨어진 가방을 열었다.

“이거, 어제 다레카 씨한테 받았어.”

전단을 내밀자 컬러는 “와아” 하고 신난 것처럼 받아 들었다.

“흐음…… 미국에서도 음반이 팔리는구나. 정말 대단하네…….”

컬러는 전단 페이지를 넘기며 열기 섞인 숨을 내쉬었다. 방에 포스터까지 붙일 정도이니 평소에도 슈노를 동경하고 있는지 모른다. 앨리스는 ‘컬러한테 이런 면도 있었구나’ 하고 옆모습을 빤히 쳐다봤다.

"그러고 보니 전에 알마잭 시의원님도 슈노 이야기를 했지?"

"응. 슈노를 초청하자고 제안한 사람도 알마잭 시의원님이라고 해."

"그렇구나. 혹시 알마잭 시의원님이 널 내쫓지 않은 것도 이것 때문이려나."

컬러는 "그게 무슨 말이야?" 하고 전단을 보다 말고 고개를 들었다.

"생각해 봐. 재판에는 이겼지만 아직도 널 마녀로 믿는 사람이 많잖아. 그런 상황에서 널 공회당에서 내쫓으면 마녀를 배척한 모양새가 되니 슈노를 초청하기 어려워질까 봐 그런 건가 싶어서."

"아아, 그렇구나."

컬러는 꼭 남의 일처럼 맞장구를 쳤다.

"그럼 난 슈노 씨한테 감사해야겠네."

"나도."

앨리스는 장난스럽게 대화를 주고받고 다시 식사를 이어갔다.

그날 이후 창고방에서 두 사람만의 소박한 공동생활이 시작됐다.

앨리스는 공회당에서 학교에 다녔다. 교내에서는 여전히

호기심 어린 시선을 종종 받지만, 가출 문제가 친구들이나 선생님 입에 오르지는 않았다.

컬러는 휴일에도 레스토랑에서 일했다. 레스토랑은 만찬회에 대비해 주방 확장 공사를 진행 중인데, 영업하면서 설비를 증설해서 매일 정신이 없다고 했다. 그래도 일과를 마치면 둘이 함께 수다를 떨며 긴 밤을 보냈다.

컬러는 지금 자신이 머무르고 있는 이 도시에 대해 궁금해했다. 앨리스는 컬러가 묻는 족족 자신이 태어나고 자란 곳의 이야기를 들려줬지만, 정작 컬러의 출신지 이야기는 대화 도중 한 번도 나오지 않았다. 컬러에 대해 앨리스가 아는 것이라곤 컬러가 자신과 동갑이라는 것, 위치포드라는 마을에서 왔다는 것 정도가 전부였다.

2월 중순 일요일. 앨리스가 창고를 청소할 때였다.

"헤헤. 둘이 사이좋게 지내고 있니?"

다레카가 불쑥 두 사람을 찾아왔다.

"다레카 씨! 오랜만이에요."

의자에 털썩 앉은 다레카는 싱긋 웃으며 둥근 탁자에 팔꿈치를 괬다.

"집을 나왔다며?"

"……네. 여러 가지 일이 있었어요."

"힘들었겠네."

다레카는 주머니에서 작은 꾸러미를 꺼내더니 "자" 하고 앨리스에게 던졌다. 허둥지둥 꾸러미를 받아 든 두 손에 묵직한 감촉이 느껴졌다.

"당분간 돈이 필요할 테니 받아 둬."

꾸러미를 연 앨리스는 깜짝 놀라 눈을 크게 떴다. 꾸러미 안에는 앨리스가 지금껏 보지도 못한 거액이 들어 있었다.

"이렇게나 많이요? 안 돼요. 못 받아요."

"괜찮아. 나중에 내가 힘들 때 그만큼 도와주면 돼."

앨리스가 보기에 다레카의 행동은 지나치게 충동적이었다. 제아무리 마녀 동맹의 결속을 위한 것이라고 해도 과했다. 무엇보다 다레카 정도 나이의 소녀가 쉽게 구할 액수의 돈이 아니라 앨리스의 마음에 불안이 스며들기 시작했다.

"이 돈, 어디서 나셨어요?"

"부모님 돈."

다레카는 금발 끝부분을 만지작거리며 태연하게 말했다.

"이래 봬도 내가 부잣집 외동딸이거든. 부모님 돈을 조금 슬쩍해도 양심의 가책을 느끼지 않을 만큼 불량하기도 하고."

부잣집이라는 말에 앨리스는 의아해졌다. 며칠 전 다레카와 함께 집에 갈 때 다레카는 빈민가가 있는 방향으로 걸어갔다. 평소 다레카의 태도에서도 부유한 집안 출신다운 느낌은 없었다.

앨리스의 미심쩍은 눈빛을 알아차리고 다레카는 손을 휘휘 내저었다.

"됐어. 신경 쓰지 마. 애초에 그렇게 깨끗한 돈도 아니야."

언짢은 듯 창밖으로 고개를 돌린 다레카의 옆모습에서는 앨리스를 돕고 싶다기보다 어서 이 돈을 없애고 싶은 마음이 더 크게 느껴졌다.

그날 오후 앨리스는 변신 마법을 연습하며 시간을 보냈다. 다레카의 화려한 변신을 눈앞에서 보고 마음속 깊이 봉인돼 있던 마법을 향한 동경이 조금씩 되살아났다.

"사람들 앞에서는 절대 쓰지 마. 마법은 정말 위급할 때만 써야 해."

다레카는 그렇게 신신당부하며 변신 마법의 기본을 친절히 가르쳐 줬다. 하지만 침대 위에서 아무리 폴짝폴짝 뛰어도 앨리스에게는 전혀 성공할 기미가 보이지 않았다.

"아니. 그렇게 힘줄 필요 없어. 그리고 위험하니 안경은 벗고 해."

앨리스는 안경을 협탁에 내려놓고 침대에 몸을 던졌다.

"전 재능이 없는 걸까요……."

"요령만 알면 간단한데 말이야. 뭐랄까, 춤추기 직전의 '이제부터 시작이다!' 같은 기세가 필요하다고 할까……."

의자에서 일어난 다레카는 둥근 탁자를 향해 가볍게 뛰어오르는가 싶더니 순식간에 검은 고양이로 변신해 탁자에 가뿐히 착지했다.

“이렇게.”

앨리스는 침대에 누운 채로 부러움 섞인 한숨을 쉬었다.

“휴…… 정말 대단하세요. 그나저나 몸에 걸친 옷까지 함께 바뀐다는 게 신기해요.”

“그야 변신을 풀었을 때 홀딱 벗고 있으면 곤란하잖아.”

다레카는 별로 논리적이지 않은 이유를 내세웠다.

“뭐, 조급해하지 마. 나도 처음 배울 때는 잘 안됐어.”

“다레카 씨도 다른 마녀에게 배운 거예요?”

“응. 검은 후드를 쓴 교관한테.”

“네?”

앨리스가 고개를 들었다.

“신기하게도 걔가 마법에 소질이 있거든. 변신 마법 소문을 듣고 시험 삼아 해 봤더니 한 번 만에 성공했다는 거야. 비행과 감응도 잘해. 그렇게 뭐든 척척 해내는 애들 보면 괜히 얄밉지 않니?”

다레카는 어깨를 움츠렸다. 그야말로 고양이답지 않은 그녀의 몸짓을 보며 앨리스는 위화감을 느꼈다.

“저, 다레카 씨랑 검은 후드 씨는 대체 어떤 사이예요?”

그동안 궁금했던 걸 묻자 다레카는 “글쎄. 동료?” 하고 대수롭지 않게 대답했다.

“오래전부터 걔는 마녀일 거라고 의심했는데 어느 날 한 번 가볍게 떠 보니 순순히 실토하더라. 그때만 해도 검은 후드는 완전 허당이었어. 자기 일생일대의 실수였대.”

“흐음. 대체 어떤 분인지 감이 잘 안 와요……. 아, 그렇다
고 의심하거나 못 믿는 건 아닌데.”

“뭐, 궁금해할 만도 해. 이상한 차림새에, 이상한 말투에.”

그건 다레카도 만만치 않다고 느꼈지만 굳이 입 밖에 내
지 않았다.

“그리고 실제로도 이상한 여자야. 마녀 동맹이니 뭐니 해
도 전에는 나랑 어울리는 것조차 알려지고 싶지 않은지 단
둘이 있을 때도 그 옷과 말투를 고수했거든. 평소 모습을 보
면 너도 깜짝 놀랄걸. 완전 딴사람이니까. 그 말투가 연기인
지, 아니면 그게 개의 본모습이고 평소에는 다른 사람을 연
기하는지는 나도 모르겠어. 이중인격이라고 해도 놀라지 않
을 것 같아. 예전 같았으면 그것만으로도 마녀 취급을 받았
을 텐데.”

“마녀…….”

문득 앨리스의 머리에 다른 사람이 떠올랐다.

“그러고 보니, 안데르센 씨와는 아는 사이세요?”

“응? 누구?”

“안데르센 스타…… 인가 뭔가 하는 분이요. 컬러 재판 때
증언대에 섰던 여자분.”

다레카는 기억이 날 듯 말 듯한 얼굴로 “아아” 하고 중얼
거렸다.

"아니, 그 사람은 몰라. 왜?"

앨리스는 기자에게 쫓기던 중 안데르센에게 도움받은 일에 대해 들려줬다.

"알지도 못하는 저를 그렇게 도와주신 걸 보니 혹시 같은 마녀인가 싶어서요."

"흐음, 그건 아닐걸? 내가 몇 년이나 마녀에 대한 정보를 수집해 왔는데, 그런 이상한 이름은 듣도 보도 못했어. 게다가 이 도시에 마녀가 또 있다고? 말도 안 돼."

그때 창고 문 앞에 앞치마를 두른 컬러가 모습을 드러냈다. 다레카가 와 있는 걸 보고 조용히 인사를 건넨다. 컬러는 아직 다레카와 조금은 거리를 두는 느낌이었다.

"······무슨 일 있어?"

침대에 축 늘어진 앨리스를 보며 컬러가 눈살을 찌푸렸다. 변신 마법을 연습했다고 하자 컬러는 어이없다는 듯이 말했다.

"하루 종일 연습한 거야? 힘들었겠다."

"근데 컬러, 넌 변신할 수 있어?"

컬러는 "글쎄······" 하고 고개를 살짝 기울였다.

"한번 해 봐. 몸을 작게 웅크리고 고양이를 상상하기만 하면 된대."

그다지 내키지 않는 듯하지만 컬러는 순순히 앞치마를 벗고 고개를 숙인 채 몸을 웅크렸다. 잠시 후 아무 전조도 없이 컬러의 몸이 눈앞에서 사라지고 바닥에 검은 고양이가 앉아 있었다.

"……됐다."

고양이는 놀란 얼굴로 자기 몸을 바라봤다.

"말도 안 돼. 지금까지 내 노력은 대체 뭐였던……."

앨리스는 어깨를 축 늘어뜨리며 풀이 죽었다.

"좋아하기는 일러. 인간으로 다시 돌아갈 때는 또 다른 요령이 필요한데……."

다레카가 말을 끝마치기도 전에 고양이는 다시 눈 깜짝할 사이에 컬러로 돌아왔다. 컬러는 어리둥절한 듯이 앨리스와 다레카를 바라봤다.

"쳇. 얘도 재능형이었네."

다레카는 못마땅한 것처럼 혀를 찼다.

◆

쟁반에 올린 유리잔에서 우유가 넘치지 않게 조심스레 한 걸음씩 계단을 내려갔다. 깊은 접시에 가득 담긴 토마토 수프에서는 허기를 자극하는 향기가 피어올랐다. 이 식사는 저택 주인 일가에게 제공된 점심 중 남은 음식이지만 남자 하인의 눈에는 충분히 호화롭게 보였다.

복도 끝 문 앞에 도착한 그는 쟁반을 한 손에 들고 다른 손으로 자물쇠를 풀었다. 문을 열자 지하라고는 믿기 힘들 정도로 밝은 공간이 펼쳐졌다. 천장 가까이 있는 채광창에서 쏟아지는 따뜻한 햇살 아래, 작은 침대에 앉아 있던 소녀가 고개를 들었다.

"좋은 아침이야, 액턴."

아직 열 살도 되지 않은 소녀가 앳된 목소리로 하인에게 인사했다. 얼굴이 인형처럼 단정하고, 잘 빗은 검은 머리카락은 쏟아지는 빛을 받아 반짝이고 있다. 액턴이라고 불린 남자 하인은 잠시 넋을 잃고 한 폭의 그림 같은 풍경을 바라보다가 입을 열었다.

"좋은 아침입니다. 컬러 씨."

고개를 숙이고 지하실 안에 들어섰다.

이렇게 서로 인사를 주고받기까지 오랜 시간이 걸렸다. 액턴은 감회에 젖었다. 이 지하실에 사는 소녀는 평소에 감정을 원체 드러내지 않아서 속마음을 읽기가 쉽지 않다. 하지만 몇 년을 함께하는 동안 소녀의 내면에 누구보다 풍부한 감정이 깃들어 있다는 걸 액턴은 알게 됐다.

"그래서, 전에 말한 그 여자랑은 어떻게 됐어?"

소녀는 빵을 한입 베어 물며 액턴에게 물었다.

"먹으면서 말하면 안 된다고 했죠."

'컬러'는 액턴이 소녀에게 붙여 준 애칭이었다. 평소 소녀가 만나는 사람은 오직 액턴뿐이기에 어느 순간부터 액턴은 그것이 소녀의 진짜 이름처럼 느껴졌다. 어쩌면 소녀 자신도 그렇게 느낄지 모른다.

"그럼 조용히 먹을 테니 계속 이야기해 줘."

호감 있는 여자에 대한 이야기를 무심코 털어놓은 걸 액턴은 내심 후회했다. 컬러는 지하실 밖에서 일어나는 모든 일에 관심을 보이지만 집에서 일하는 하인의 연애사까지 이렇게 몰입할 줄은 몰랐다.

"아무 일 없었어요. 매일 아침 가게 앞에서 인사만 주고받을 뿐이죠."

"표정이 왠지 밝아진 것 같은데? 잘되고 있는 거 아니야?"

액턴은 무심코 고개를 돌렸다. 사실 그 여자와는 이미 몇 번 데이트를 했다. 상대도 나에게 호감을 가져 주기를 바라지만 진짜 속마음은 알 수 없다.

"좋아 보여, 액턴."

어느새 컬러의 얼굴이 바로 눈앞에 있었다.

"어른을 놀리면 안 됩니다."

그렇게 타일러도 컬러는 태연하게 우유를 홀짝였다.

"별 이야기를 해 줘."

밥을 다 먹은 컬러는 침대에 앉아 다리를 흔들며 말했다.

"액턴은 말을 잘하고 아는 것도 많으니 별이 뜬 밤하늘 아래에서 별 이야기를 들려주면 그 사람도 분명 가슴이 설렐 거야."

컬러는 아는 척하며 어른들의 연애에 훈수를 뒀다.

"어른 흉내 내지 마십시오. 컬러 씨는 아직……."

'너무 어렵니다'라고 하려다가 집어삼켰다. 이 아이 앞에서 미래를 언급해서는 안 된다. 몇 년 전 저택 주인이 액턴에게 그렇게 신신당부했다. 저택 주인은 앞으로도 영원히 딸을 세상에 내놓을 마음이 없는 것이다.

그러니 컬러가 성인의 사랑을 알게 될 날은 오지 않는다. 액턴은 컬러 앞에서 함부로 입을 놀려서는 안 된다고 새삼 스스로를 다잡았다.

컬러는 침대에 앉은 채 높은 천장을 올려다보며 중얼거렸다. 십자 문양이 새겨진 채광창에서 네 갈래로 나뉜 빛이 벽에 비치고 있었다.

"분명 기뻐할 거야."

소녀의 시선은 아득히 저 먼 곳을 응시하고 있었다.

◆

햇볕에서 조금씩 온기가 느껴지기 시작하는 3월 초. 오랫동안 거리를 뒤덮은 눈이 서서히 녹아내리자 회색기러기 떼가 시민 공원에 있는 큰 연못을 제 집처럼 드나들기 시작했다.

겉으로 보기에는 앨리스도 평온한 일상을 보내고 있었다. 안데르센이 예언한 대로 앨리스를 향한 세간의 관심이 이제는 거의 사라져 거리를 걸어도 호기심 섞인 시선을 받지 않았다.

하지만 어느 날 밤, 컬러가 대뜸 외식을 하자고 제안했을 때는 앨리스도 망설일 수밖에 없었다.

"난 그렇다 쳐도 네가 거리에 나가도 괜찮을까? 거기에 돈도……."

"외식이라고 해 봐야 공회당 레스토랑이잖아. 거기 직원분들과는 평소에도 알고 지내니 손님으로 들어가도 별일 없을 거야. 그리고 돈은 신경 쓰지 마."

컬러는 책상 서랍에서 얇은 주머니를 꺼냈다.

"어제 첫 월급을 받았어. 기왕이면 이 돈으로 너랑 맛있는 걸 먹고 싶어서."

그렇게까지 말하니 차마 거절할 수 없었다. 둘이 함께하는 외식에 앨리스도 조금 들뜬 게 사실이었다.

공회당 레스토랑은 중산층을 위한 이른바 대중식당이었다. 오늘 밤은 평일이라 손님도 별로 없어 한산했다. 컬러는 익숙하게 추천 메뉴를 알려 줬고, 그렇게 나온 음식들의 맛은 모두 앨리스의 기대를 훨씬 뛰어넘었다.

"처음 와 봤는데 좋은 곳이네."

앨리스는 입을 닦으며 레스토랑 안을 둘러봤다.

"낮에는 훨씬 시끄럽고 정신없어. 가끔 이상한 손님들도 오고."

컬러는 그렇게 투덜거렸지만 앨리스는 컬러가 이 레스토랑에서 일하는 걸 싫어하지 않는다고 느꼈다. 불과 석 달 전 빗자루 하나만 들고 도시에 흘러 들어온 컬러가 이제는 나름대로 이곳에 적응한 것처럼 보이기도 했다.

두 사람의 몫을 계산하는 컬러의 뒷모습이 왠지 눈부셨다. 다음에는 자신이 컬러에게 식사를 대접하고 싶지만 과연 언제 그럴 수 있을까.

두 사람은 나란히 레스토랑을 나섰다. 밤하늘이 구름 한 점 없이 맑았고 은은한 달빛이 포장된 도로에 두 개의 그림자를 드리웠다. 앨리스는 컬러를 돌아보며 흡족하게 미소 지었다.

"맛있었어."

그리고 '고마워'라고 말을 이으려던 찰나.

"위치포드까지 가면."

갑자기 어딘가에서 심상치 않은 단어가 들려서 퍼뜩 다시 집어삼켰다.

"거기서 하룻밤 묵어야겠지. 여기서 차로 반나절은 걸리려나?"

"아니, 더 걸려. 기차면 당일치기도 가능할지 모르지만."

앨리스와 컬러에 이어 레스토랑에서 나온 중년 여자 두 명이 가게 지붕 밑 벤치에 앉아 큰소리로 수다를 떨고 있었다.

"역시 일가친척이 많으면 힘들다니까."

두 사람 중 풍채가 좋은 부인이 한숨을 푹 쉬었다.

"재작년에는 숙부님 장례식, 작년에는 조카딸 결혼식, 올 해는…… 관계가 어떻게 되더라. 액턴이라는 젊은 남자 장례식이라던데, 이름도 처음 들어."

액턴이라는 이름이 들린 순간 앨리스 옆에서 컬러가 어깨를 움찔했다.

"누군지 알지도 못하는 사람의 장례식을 굳이 갈 필요 있어?"

"아니, 가야 해. '친인척 경조사에는 반드시 참석하라'가 벨 가문의 가훈 같은 거라."

그때 길 건너편에서 소형차가 달려와 레스토랑 앞에 멈춰 섰다. 두 부인은 수다를 떨며 차에 올라탔고 잠시 후 차는 매연을 남기고 사라졌다.

액턴과 벨. 둘 다 흔한 이름이기는 하다. 하지만 재판에서 컬러가 밝힌 이름, 즉 '액턴', '벨', '컬러'와 겹치는 게 단순한 우연일까. 거기에 위치포드라는 지명은.

앨리스는 조금 전부터 침묵 중인 친구를 돌아봤다. 그리고 달빛에 비친 컬러의 얼굴을 본 순간, 숨이 멎을 정도로 소스라치게 놀랐다.

컬러는 입꼬리를 올린 채 두 눈을 부릅뜨고 웃고 있었다. 누가 봐도 웃는 얼굴이었다. 그러나 결코 우스워서라거나 조롱, 혹은 체념 섞인 미소 같은 건 아니다. 섬뜩하고도 정체를 알 수 없는 그 표정은 마치 인류 누구도 경험하지 못한 감정에 직면한 듯한, 아직 이름조차 붙여지지 않은 표정처럼 보였다.

앨리스는 그제야 비로소 깨달았다.

알게 된 지 석 달이 지났는데도 자신은 지금껏 한 번도 컬러의 웃는 얼굴을 보지 못했다는 걸.

다음 날 아침 앨리스는 침대에서 몸을 뒤척이며 눈을 떴다. 평소보다 쌀쌀하다 싶어 옆을 보니 함께 있어야 할 컬러가 보이지 않았다. 벽에 걸린 학생복 외투 한 벌도 사라져 있었다.

의아해하며 침대에서 일어나 원형 탁자를 봤을 때 위에 쪽지 한 장이 놓여 있었다.

─잠깐 다녀올게. 걱정하지 마. 컬러가.

쪽지를 본 순간 어제 봤던 컬러의 그 섬뜩한 웃는 얼굴이 뇌리에 되살아났다.

앨리스는 황급히 옷을 갈아입고 창고방을 뛰쳐나갔다. 걱정하지 말라는 쪽지를 보니 되레 불길한 예감이 밀려왔다.

대로로 나갔지만 어디로 가야 할지 막막했다. 기댈 사람이라곤 마녀 동맹 동료들밖에 떠오르지 않아서 결국 빈민가 쪽으로 발길을 향했다.

이 나라 대도시에는 주로 바람이 향하는 쪽에 빈민가가

형성돼 있다. 그것은 근세 공업이 발전함에 따라 공장의 매연이 향하는 지역의 땅값이 떨어지기 때문이라고 앨리스는 학교에서 배웠다. 이곳도 예외는 아니어서 빈민가의 붉은 사암 외벽은 매연에 그을린 것처럼 칙칙한 빛깔이었다. 길가에 있는 우체통을 보니 여왕 이름이 새겨진 부분이 거칠게 깎여 있어 치안이 나쁘다는 게 피부로 체감됐다. 앨리스는 발걸음을 재촉했다.

구불구불한 골목길을 절반쯤 지난 곳에서 멈춰 섰다. 길가 쓰레기 집하장에서 검은 고양이 한 마리가 쓰레기를 뒤지고 있었다. '다레카가 변신한 고양이도 저 정도 크기였는데' 하고 생각하며 다가가려던 찰나.

"뭐 하고 있어, 앨리스."

등 뒤에서 다레카의 목소리가 들렸다. 앨리스는 깜짝 놀라 비명을 질렀지만 고양이는 아랑곳하지 않고 계속 쓰레기를 뒤졌다.

"그냥 내버려둬."

앨리스의 이야기를 듣자마자 다레카는 그렇게 딱 잘라 말했다.

"컬러도 뭔가 사정이 있을 수 있잖아. 당사자가 걱정하지 말라고 하면 걱정하지 않는 게 도리야."

"하지만…… 걱정되는걸요."

다레카는 한숨을 폭 내쉬고 어이없다는 듯 팔짱을 꼈다.

"걱정해 봐야 어디 갔는지도 모르는데."

그 순간 앨리스는 고개를 번쩍 들었다.

"위치포드."

"응?"

앨리스는 지난밤에 엿들은 부인들의 대화 내용을 설명했다. 전에 컬러가 자신을 '위치포드의 마녀'라고 했다는 사실도 덧붙였다.

"컬러는 그 사람들 이야기를 굉장히 신경 쓰는 눈치였어요. 그래서 분명……."

"위치포드에 갔다는 거지?"

다레카는 시종일관 시큰둥했지만 결국 마지못한 듯이 "시간도 남으니" 하고 앨리스를 돕겠다고 나섰다. 두 사람은 역에 가서 위치포드로 향하는 열차에 올라탔다. 대수롭지 않게 주머니에서 지폐를 꺼내 두 사람 몫 요금을 내는 다레카에게 앨리스는 연신 고맙다며 고개를 숙였다.

열차에 몸을 맡긴 채 창밖 풍경을 우두커니 바라봤다. 열차가 도시를 벗어나자 정비되지 않은 황무지 풍경이 끝없이 펼쳐졌다. 넓은 하늘에 회색 구름이 낮게 깔려 있어 해가 어딨는지 알아보기도 어려운 흐린 날씨였다.

도시 밖에 나가는 게 얼마 만일까. 어릴 적부터 여행을 좋아했지만 지금은 컬러가 걱정돼 전혀 들뜨지 않았다. 다레카와도 거의 말을 섞지 않아서 시간만 무심히 흘렀다.

불안한 몇 시간을 보낸 후 앨리스와 다레카는 위치포드역의 아담한 승강장에 내렸다. 소박한 광장과 상점 몇 개가 전부인 역 앞 풍경이 이곳이 얼마나 작은 마을인지 말해 주는 듯했다.

앨리스는 역무원에게 다가가 자신과 같은 교복을 입은 소녀가 열차에서 내렸는지 물었지만 젊은 역무원은 고개를 가로저었다.

"오늘은 평소보다 승객이 많기는 했지만 그런 아가씨는 못 봤는데."

"혹시 열차에서 검은 고양이가 발견되지는 않았나요?"

옆에서 다레카가 묻자 역무원은 "오, 어떻게 알았지?" 하며 표정을 누그러뜨렸다.

"희한한 일도 다 있지. 오늘 아침에 열차에서 검은 고양이 한 마리가 이 역에 뛰어내렸거든. 사람이 키우는 고양이 같지는 않았으니 어디선가 우연히 열차에 올라탔다가 여기까지 왔겠지."

컬러는 확실히 이곳에 왔다. 하지만 역무원은 이후 고양이의 행방까지는 알지 못했다.

앨리스와 다레카는 역 대합실에 들어가 벽에 걸린 위치포드 마을 지도를 봤다. 작은 마을이라고 해도 아무 단서도 없이 검은 고양이를 찾아다닐 수는 없다. 두 사람이 향후 계획에 대해 상의하고 있을 때 맞은편에 앉은 말끔한 차림새의 노부부가 나누는 대화가 자연스레 귀에 들어왔다.

"기대돼요. 슈노 씨, 노래 실력이 정말 대단하다던데."

"이런, 벌써 잊었나? 벨 씨네 집에서 열린 파티에서 함께 음반을 들었잖소."

"음반으로 듣는 것과 직접 듣는 건 전혀 다르다고들 하잖아요."

앨리스는 용기 내어 노부부에게 다가가 말을 걸었다.

"저, 실례합니다. 혹시 그 벨 씨라는 분은 이 마을에 사시는 분인가요?"

"응? 아, 맞아요. 아니, 아닌가."

노부인은 기묘한 대답을 했다.

"그 도련님 일 때문에 벨 씨 부부는 먼 도시로 이사하게 됐어요. 오늘 장례식을 마치고 내일 마을을 떠날 거라고 해요."

옆에 있는 노신사가 진지한 표정으로 고개를 끄덕였다.

"안타깝지. 액턴 군 일은 나도 정말 가슴이 아파."

다레카와 앨리스는 서로 마주 봤다.

노부부의 이야기에 따르면 액턴 벨은 이 마을에서 태어나고 자란 청년으로 마을 명문인 리드 가 저택에서 고용인으로 일했다. 그러나 얼마 전 그는 자택에서 스스로 목숨을 끊었고, 그 무렵 마을에 이런 소문이 돌았다. 액턴 벨은 악을

섬기는 이단자이며, 작년 말 마을을 떠들썩하게 한 '위치포
드의 마녀'도 그가 숨겨 주고 있었다고. 결국 그 소문 때문
에 액턴 벨은 약혼녀와 파혼하게 돼 절망 끝에 스스로 죽음
을 택했다는 이야기였다.

액턴의 장례식은 오늘 낮에 치러질 예정이라고 했다. 앨
리스와 다레카는 노부부에게 교회 위치를 듣고 그곳으로 향
했다.

낡은 가옥이 늘어선 포장도로를 걸었다. 거리를 오가는
사람은 드물었고, 다레카와 앨리스가 집 앞을 지날 때면 갑
자기 집 안 창문 커튼이 휙 닫히기도 했다.

"뭔가 기분 나쁜 동네네."

다레카가 조용히 빈정거렸다. 앨리스는 아무 말도 하지
않았지만 다레카의 기분이 이해가 됐다. 조금 전 그 노부부
도 액턴에게 동정심을 보이기는 했지만, 말투에서는 '어쩔
수 없는 일이다'라는 감정이 배어나는 느낌이었다.

어쩔 수 없는 일이다. 마녀와 손잡은 자는 불행해지는 게
이 세상의 섭리다.

숲길을 벗어나자 길 끝에 위압적인 분위기가 물씬 풍기는
고딕 복고 양식의 저택이 보였다. 아마 리드 가문 저택일 것
이다.

두 사람이 저택 앞을 지날 때 갑자기 대문이 열리더니 중
년 남자가 모습을 드러냈다. 품위 있는 옷차림과 여유 있는

태도로 보아하니 리드 가문의 가장인 듯했다. 남자는 문 앞 길을 살피더니 다시 저택 창문을 돌아보며 입을 열었다.

"없어. 잘못 봤을 거야."

남자가 큰 소리로 외쳤다.

"정말요?"

창문 안쪽에서 겁먹은 여자 목소리가 들렸다.

"분명 있었어요. 오싹하게 생긴 검은 고양이가. 집 안쪽을 빤히 들여다보고 있었는데."

검은 고양이라는 말에 앨리스는 문득 발걸음을 멈췄다. 그때 앨리스와 다레카를 발견한 남자가 "오"하며 시선을 돌렸다. 앨리스는 다레카의 등 뒤로 몸을 반쯤 숨겼다.

"처음 보는 얼굴인데. 혹시 장례식 조문객?"

다레카가 얼버무리듯 "아, 네" 하고 대답하자 남자는 길 건너편을 가리키며 말했다.

"교회는 저기야. 이미 매장이 진행되고 있을 테니 서두르는 게 좋을걸."

남자의 얼굴을 정면에서 보고 앨리스는 놀란 듯 입을 벌렸다. 말없이 길가에 선 낯선 소녀가 수상하다는 듯이 남자는 눈을 흘겼다.

"가자."

다레카가 소매를 잡아끌어서 앨리스는 정신을 차렸다. 남자에게 고개 숙여 인사하고 두 사람은 서둘러 리드 가 저택 앞을 떠났다.

위치포드 교회는 검게 우거진 수풀 속에 마치 숨어 있는 것처럼 세워져 있었다. 교회 뒤편에 있는 묘지에 검은 상복을 입은 사람들이 잔뜩 모여 있다. 그들 중 어젯밤 공회당에서 만난 부인들도 있을 테지만 서로 바짝 붙어 선 조문객들이 한데 뒤섞여 누가 누군지 알아보기는 어려웠다.

앨리스와 다레카는 숲속에서 장례식을 지켜봤다. 조문객들은 대부분 장례식이 얼른 끝나기만 바라는 표정이었고, 진심으로 죽은 이를 애도하는 듯한 사람은 관 앞에 선 부부뿐이었다. 아마 저들이 벨 부부일 것이다.

그때 누군가 앨리스의 어깨를 툭 두드려서 돌아보니 다레카가 교회 담장 위를 가리키고 있었다.

"앗!"

무심코 소리쳤다. 담장 위에 검은 고양이가 한 마리 앉아 왠지 경건하게 묘지를 내려다보고 있었다. 액턴 벨의 시신이 땅에 묻히는 모습을 보며 무슨 생각을 하는지 고양이의 표정만으로는 짐작이 안 됐다.

그때 고양이가 앨리스 쪽으로 고개를 돌려서 앨리스는 무심코 나무 뒤로 숨었다. 고양이는 담장에서 폴짝 뛰어내리더니 소리 없이 두 사람을 향해 달려왔다.

"돌아가자."

나무 뒤에서 사람의 모습으로 돌아온 컬러는 그 한마디를 끝으로 등을 돌리고 빠르게 걷기 시작했다.

"뭐, 어쨌든 찾아서 다행이네."

다레카도 가볍게 말하고 컬러를 따라갔다. 두 사람 뒤에서 앨리스는 친구에게 어떤 말을 건네면 좋을지 고민했다.

인간의 모습으로 돌아온 컬러의 표정은 마치 고요한 호수처럼 차가웠고, 그 안에서 속내 같은 건 읽히지 않았다.

컬러는 챙 넓은 모자를 깊숙이 눌러쓰고 두툼한 보라색 머플러로 얼굴을 가린 채 열차에 올랐다. 세 사람이 나란히 앉은 객실 칸에 침묵이 흘렀다. 열차에 몸을 맡긴 컬러는 천천히 어두워지는 창밖에 고개를 돌리고 있지만 그 시선은 허공을 맴돌 뿐 아무것도 담아내지 못하는 듯했다.

언덕 아래에 있는 대형 역에 열차가 멈췄을 때 앨리스는 무심코 "어?" 하고 중얼거렸다.

"왜 그래?"

"아, 아뇨. 왠지 승강장에서 아는 사람을 본 것 같아서요. 전에 알마잭 시의원에게 불려 갔을 때 시의원 옆에 계시던 여자분인 것 같아요."

"비서 말인가? 여기서 뭘 하는 거지."

다레카가 흥미가 생긴 듯 창밖으로 몸을 기울였을 때 마침 열차가 움직였다.

잠시 후 통로 쪽에서 뭔지 알 수 없는 왁자지껄한 소리가 들렸다.

"뭐야, 시끄럽게."

다레카는 혀를 차며 통로를 슬쩍 보더니 곧장 "제기랄!" 하고 고개를 쓱 집어넣었다.

"오? 누군가 했더니, 다레카 아니야?"

쾌활한 남자 목소리가 근처에서 들렸다. 앨리스와 컬러가 고개를 숙였을 때 젊은 남자가 맞은편에서 얼굴을 들이밀었다.

"우연치고는 신기하네. 혹시 우리를 따라온 건가?"

귀에 익은 목소리. 앨리스가 다니는 학교 선배다. 경찰서장의 아들이라고 했나. 잘생긴 얼굴 덕에 학교 안에서 늘 여학생을 옆에 여럿 거느리고 다니는 사람이었다.

"로저, 로저."

그중 로저에게 유독 찰싹 달라붙어 있는 금발 여학생이 아양 부리듯 입을 열었다. 화려한 코트를 걸쳤고 고급스러워 보이는 가방을 어깨에 메고 있다. 학교에서도 자주 본, 로저가 가장 아끼는 여자다. 이름이 분명…….

"얼른 가자. 나, 빨리 앉고 싶어. 피곤해."

"비. 넌 항상 엄살이 너무 심해."

로저와 여학생들은 신난 듯이 떠들며 옆을 지나갔다. 그들이 멀어질 때쯤 무리 중 한 명이 "아, 그러고 보니 말인데"

하고 화제를 돌리는 소리가 들렸다.

"열차 맨 뒤에 있는 특별 객차, 엄청 호화롭더라. 아까 역무원이 말하길 거기에 슈노가 타 있대."

그 말에 컬러가 고개를 번쩍 들었다.

"슈노……."

다레카는 성가시다는 듯이 2인용 좌석에 벌렁 드러누웠다.

"그러고 보니 만찬회가 내일이었나. 아, 그렇군. 그 시의원 비서도 슈노를 맞으러 아까 그 역에 왔나 보다. 그나저나 당대 최고의 마녀가 우리 마녀 동맹과 같은 열차에 타다니. 이 열차는 마녀들을 불러 모으는 향이라도 피웠나?"

"만나보고 싶어."

컬러는 그렇게 중얼거리자마자 곧장 객실을 뛰쳐나갔다.

"앗!"

"잠깐, 컬러!"

다레카와 앨리스도 허겁지겁 컬러를 쫓아 통로로 나갔다. 컬러는 거의 뛰는 속도로 통로를 쓱쓱 나아갔다.

"저 바보. 뭐가 저리 무모해."

다레카가 독설을 뱉을 때쯤 컬러는 이미 객차 연결문 너머로 사라진 상태였다. 서둘러 뒤쫓았지만 마침 가족 승객이 맞은편 객차에서 우르르 몰려드는 바람에 좁은 통로가 막혀 버렸다.

◆

열차 맨 뒤에 있는 객차는 귀빈을 태우는 특별 차량이었다. 왕족들이 쓰는 차량은 대개 외관을 소박하게 꾸미는데, 이 차량은 귀족이나 졸부들이 재력을 과시하는 용도로 써서인지 외양부터 지나치게 호화로웠다. 객차 대부분을 차지하는 특별 객실은 호텔 스위트룸이라 착각할 정도로 인테리어에 공을 들여서 심지어 앤티크 소파나 화장대까지 마련돼 있었다.

바로 그 화장대 앞 의자에 한 여자가 앉아 있었다. 조명이 켜진 화장대 아래에서 책장을 넘기고 있다. 마치 시집을 읽는 듯 우아하고 차분한 몸짓이지만 책등에는 '법의학'이라는 금박 글자가 묵직하게 새겨져 있었다.

여자는 활자를 좇는 것을 멈추고 책을 화장대에 내려놓은 뒤 자리에서 일어섰다. 참나무 문에 달린 작은 창을 열어 복도를 살핀다.

"부탁드려요."

앳된 여자 목소리가 들렸지만 객차 입구를 굳건히 지키고 선 경비원의 거구에 가려져 목소리의 주인이 보이지 않았다.

"어떻게 안 될까요?"

"안 돼. 돌아가."

경비원은 위압적인 목소리로 단호히 말했지만 소녀는 물

러설 기색이 없었다.

"들여도 돼요, 블룸 씨."

여자가 문을 열고 말하자 경비원이 깜짝 놀라 돌아봤다. 그 너머에는 보랏빛 머플러를 두른 검은 머리카락의 소녀가 보였다.

"하지만……."

"그 아이와 여기서 만나기로 약속했어요. 자, 얼른 비켜 줘요."

경비원이 마지못해 비켜서자 소녀는 조심스레 객실에 들어왔다.

"어서 와요, 아가씨. 편히 앉아요."

객차 문을 닫은 여자는 작은 창으로 경비원이 멀어진 걸 확인하고 소녀 쪽으로 몸을 돌렸다. 소녀는 꼿꼿이 서서 여자를 올려다보며 물었다.

"슈노 씨?"

"네. 그리고 그쪽은 액턴 벨 컬러 양이죠."

컬러가 놀라서 눈을 휘둥그레 뜨자 슈노는 온화하게 미소지었다.

"놀랄 거 없어요. 당신 얼굴 사진이 이미 모든 신문에 실렸으니까요. 그럴 만하죠. 다른 곳도 아닌 화형 법정에서 살아남았으니. 액턴 벨 컬러라는 이름은 이미 이 나라의 마녀사에 한 줄로 새겨졌답니다."

슈노는 "그래서" 하고는 맑고 투명한 남색 눈동자로 컬러를 똑바로 쳐다봤다.

"저를 왜 만나러 왔나요?"

가만히 눈을 마주치고 있기 힘든 것처럼 컬러는 시선을 피했다.

"슈노 씨와 이야기를 나눠 보고 싶어서요."

슈노는 한동안 컬러의 얼굴을 물끄러미 바라봤다. 마녀가 다른 마녀를 보는 시선이라기보다 스타가 자신을 동경하는 소녀를 보는 듯한 다정한 눈빛이다. 분명 소녀는 하고 싶은 말이 많을 테지만 막상 동경하는 사람을 눈앞에 마주하니 긴장해서 말이 잘 안 나오는 듯 보였다.

오랜 침묵 끝에 컬러가 간신히 입을 열었다.

"어떤 이유로 스스로 마녀라는 걸 밝히신 건가요?"

진지한 질문이었다.

"슈노 씨가 나서기 전까지는 마녀를 보는 사람들의 시선이 지금보다 훨씬 차가웠어요. 핍박받을 수도 있다는 걸 예상하셨을 텐데."

슈노는 말없이 고개를 끄덕이고 우아하게 화장대 의자에 앉았다. 그러고는 왠지 겸연쩍은 미소를 지어 보였다.

"제가 마녀라고 밝힌 이유에 대해 세상 사람들, 그리고 컬러 양도 오해하고 있는 것 같네요."

"오해요?"

"이 나라에서 최초로 마녀라는 걸 공언한 만큼 뭔가 거창한 뜻이 있을 거라 예상했겠죠. 마녀의 지위 향상을 바란다거나, 마법을 써서 이 세상을 변혁시키려 한다거나……. 사람들은 저에게 그런 기대를 품더군요. 하지만 전 단 한 번도 마녀의 권리를 주장하지 않았고, 제가 마녀들의 수호자가 될 거라고 말한 적도 없답니다. 그런데도 어떤 이들은 제가 결국 마녀들을 이끄는 선동가가 될 거라고 굳게 믿고 있어요. 이상하죠?"

컬러는 이야기의 요점을 파악하지 못하고 조용히 숨을 내쉬었다.

"컬러 양도 그렇지 않나요? 제가 어떤 특별한 신념 때문에 마녀인 걸 공언했다고 믿고 이렇게 저를 만나러 온 것 아닌가요? 하지만 어린 마녀 씨. 현실은 다르답니다. 저는 필요해서 그렇게 했을 뿐이니까요. 굶지 않고 먹고살기 위해 노래와 마법 쇼로 돈을 벌 수밖에 없었다. 정말 그뿐이랍니다. 제 쇼가 어느 정도 자리를 잡고 몇 년쯤 지났을 때 과격한 반마녀파의 습격을 받아 죽을 뻔한 적이 있어요. 그때 문득 이런 생각이 들더군요. '지금 여기서 죽어도 내가 마녀인 걸 밝히지 않고 살았다면 더 일찍 죽었을 테니 역시 내 선택은 틀리지 않았어'라고."

언뜻 자조하는 말처럼 들리지만 그 안에는 깊은 확신이 담겨 있었다.

"노래 하나로 살아갈 수 있다면 얼마나 행복할까요. 하지만 안타깝게도 저는 재능도, 운도 턱없이 부족했답니다. 그런 제가 앞으로도 계속 무대에 서려면, 무대 위에서만큼은 다른 누가 아닌 유일한 존재여야 해요. 그래서 할 수 있는 건 다 해 보자고 마음먹은 거예요. 사실 무대에 서는 마녀가 여럿 있었다면 저는 분명 눈에 띄지 않았을 거예요. 그만큼 제 마법 실력이 뛰어나지도 않으니까요. 물론 절 싫어하는 사람들 중에는 제가 감응 마법을 써서 관객들을 홀리고 있다고 떠들고 다니는 사람도 있지만요."

슈노는 마치 무대 위에 선 것처럼 환하게 웃었다.

"그건 말도 안 돼요."

컬러는 날카롭게 반박했다.

"슈노 씨의 음반은 미국에서도 많이 팔렸잖아요. 감응은 목소리가 닿는 범위에 있는 사람들에게만 영향을 끼칠 수 있다고 들었어요."

슈노가 박수를 짝짝 쳤다.

"멋진 변론 고마워요. ……네. 그러고 보니 할 수 있는 건 다 해 봤다는 건 엄밀히 따지면 거짓말이겠네요. 감응만은, 다른 사람의 마음을 조종하는 그 마법만은……."

슈노의 목소리가 갈수록 작아졌다. 슈노는 말없이 화장대 위에 있는 책을 조용히 쓰다듬었다.

"……어쨌든 저는 어두운 뒷골목에서 비참하게 객사하기

싫어서 제가 가진 카드를 전부 꺼낼 수밖에 없었어요. 그리고 거창한 사상이나 신념 같은 게 있는 건 아니지만, 앞으로도 마녀로 계속 살아가야 하는 이상 저만 할 수 있고, 마땅히 해야 하는 일을 하기로 결심했답니다.”

“그래서 마법 연구에 협력하신 건가요?”

“그것도 이유 중 하나죠. 가끔 운명에 맞서 보고 싶기도 하거든요.”

슈노는 장난기 섞인 미소를 지으면서 컬러에게 눈을 찡긋했다.

컬러는 잠시 당황했지만 슈노의 얼굴을 빤히 바라보다가 자기도 모르게 아 하고 입을 열었다.

◆

앨리스와 다레카는 최대한 사람들 눈에 띄지 않게 고개를 숙인 채 맨 뒤 객차를 향해 나아갔다. 간신히 도착한 특별 객차 문 앞에는 건장한 경비원이 떡하니 서 있었다. 두 사람이 그늘에 몸을 숨긴 채 상황을 살피고 있자 잠시 후 문에 달린 작은 창문이 열리더니 객실 안에 있던 여자가 경비원에게 뭔가를 지시했다. 경비원은 고개를 끄덕이고 문 앞을 떠나 옆에 있는 대기실로 사라졌다.

“흐음…… 들어가도 되려나.”

다레카가 조용히 중얼거리자 앨리스는 침을 꿀꺽 삼켰다.

발소리를 죽이며 문 앞까지 간 다레카가 문을 똑똑 두드렸다. 곧 문이 열렸고 여자는 뭔가 아는 듯한 표정으로 나타났다. 앨리스도 다레카도 그녀의 얼굴을 알고 있었다.

"저, 드릴 말씀이⋯⋯."

다레카는 용기 내어 말을 건넸다.

"컬러 양의 친구들이군요. 어서 와요."

슈노는 친절하게 두 사람을 객차에 들였다. 앨리스는 머뭇거리며 객차로 들어가 의자에 앉은 컬러를 발견하고 안도하며 가슴을 쓸어내렸다. 반면 컬러는 어색한 것처럼 고개를 숙였다.

"죄송합니다. 저희 친구가 폐를."

다레카는 굽실대듯 말하고 컬러의 팔을 붙들었다.

"자, 이제 가자. 이 말괄량이 아가씨."

"어머, 벌써 가시려고요? 오신 김에 차라도 한잔하고 가세요."

슈노가 객차 문을 닫았다.

포트로 물을 끓이는 동안 마녀들은 의자에 나란히 앉아 눈빛을 주고받았다. 다레카는 수상쩍은 듯이 슈노의 일거수일투족을 관찰하다가 슈노가 찻잔을 내밀자 결심한 것처럼 포문을 열었다.

"슈노 씨. 사실 저희는⋯⋯ 마녀예요."

"네, 알고 있어요."

슈노는 놀라는 기색도 없이 홍차를 입에 가져갔다. 반면 기세가 꺾인 다레카는 마음을 잡으려는 듯 일부러 후루룩 소리를 내며 홍차를 마셨다.

"저희는 마녀 동맹이라는 걸 맺고 있는데…… 혹시 슈노 씨의 도움도 받을 수 있지 않을까 싶어서."

다레카가 마녀 동맹에 대해 설명하는 동안 슈노는 맞장구 한 번 치지 않고 묵묵히 이야기를 들었다. 다레카는 긴장한 상태에서도 컬러 재판에서 보인 자신들의 활약상을 끝까지 설명했다.

"흐음."

슈노의 반응은 탐탁지 않았다.

"무슨 말씀인지는 알겠지만 제가 그 동맹에 가입할 수는 없을 것 같아요. 그 동맹은 누군가 동료를 버리면 그가 마녀 라는 사실이 드러나는, 일종의 상호 협박에 기반한 결속이 잖아요. 전 제가 마녀라는 게 소문나도 아무 상관이 없으니 굳이 여러분을 도울 동기가 생기지 않아요."

"흐음. 네. 뭐, 그렇긴 하죠. 그래도 왠지 도와주실 수도 있 을 것 같아서 한번 말씀드려 봤어요."

풀죽은 다레카를 보며 슈노는 조용히 웃음을 터뜨렸다.

"협박을 하려면 그 사람에게 가장 위협적인 것이 무엇인 지 잘 파악해야 해요. 제 경우에는 뭐가 위협이 될까요. 제가 마녀에게 협력한 사실이 세상에 알려지는 것일 수 있겠네요. 제가 다른 마녀들을 도운 게 알려지는 순간 전 모든 걸 잃게 될 테니까요."

"네? 그 말씀은……."

"세간의 전통적인 가치관에 따르면 마녀는 언제나 사회의 적이에요. 나라는 마녀의 존재를 사람들에게 인식시키려면 스스로 이 사회의 적이 아니라는 걸 끊임없이 증명해야 하죠. 만약 제가 다른 마녀들과 어울리는 게 밝혀지기라도 하면 그 즉시 전 위협의 일부로 간주돼 사람들은 절 배척하려 들 거예요. 바로 이것이 제 약점이랍니다. 하지만 이 약점을 이용해 '마녀에게 협력하라'라고 요구할 수는 없어요. 왜냐면 처음부터 마녀에게 협력하지 않으면 제 약점이 생기지도 않으니까요."

"아, 그런 거군요."

정말 이해가 됐는지 안 됐는지 모를 얼굴로 다레카는 고개를 끄덕였다. 그런 두 사람의 모습을 컬러는 시큰둥하게 바라봤다.

그때 뭔지 모를 기척을 느껴 앨리스는 창밖으로 시선을 향했다. 마침 열차가 강 위에 놓인 철교에 진입하고 있었다.

돌연 검은 그림자가 창문을 뒤덮었다. 밖에서 창문이 활짝 열리더니 거센 바람과 함께 검은 그림자가 안으로 날아들었다. 의자와 탁자가 넘어지는 바람에 앨리스의 얼굴에 홍차가 튀었다.

"뭐, 뭐야!"

황급히 벽 쪽으로 피한 앨리스는 열차에 날아든 그림자가 빗자루를 탄 여자라는 걸 깨달았다.

"아앗!"

다레카가 깜짝 놀라 소리쳤다.

"네가 어떻게 여길……."

그러자 여자는 빗자루 위에서 자세를 바로잡자마자.

"문에서 떨어져!"

그렇게 외치며 다레카를 열차 안쪽으로 걷어차고 앨리스를 비롯한 다른 사람들에게 몸을 날렸다.

"꺄앗!"

다레카의 비명이 들린 직후 폭발음이 앨리스의 뇌를 뒤흔들었다. 충격으로 몸이 튕겨져 나갔고 순식간에 귀가 먹먹해졌다. 간신히 감각을 되찾아 눈을 떴을 때는 바로 눈앞에 자신들을 구해 준 여자의 얼굴이 보였다.

"괜찮아?"

컬러의 손을 잡고 앨리스는 비틀거리며 일어섰다. 대체 무슨 일이 일어난 건지 확인하려고 문 쪽을 보니 객차 문이 있던 곳에 자욱한 연기가 피어오르고 있고, 그 너머에는 앞 객차와 검게 타 버린 연결부가 보였다. 폭발 때문에 특별 객차가 다른 객차와 분리된 것이다.

"큰일이야."

슈노가 다급하게 구석에 놓인 상자를 열었다. 안에서 빗자루 몇 개를 꺼내 앨리스에게 던졌다.

"창밖으로 날아가세요."

그 말에 따라 빗자루에 올라타 창밖에 나간 순간, 등 뒤에서 더 큰 폭발이 일어났다. 앨리스의 몸은 폭풍에 휘말려 위아래도 분간할 수 없게 됐다.

"앨리스!"

컬러가 두 팔로 앨리스의 몸을 껴안아서 앨리스는 간신히 빗자루 위에서 자세를 바로잡았다.

불과 십여 초 전만 해도 특별 객차에서 우아하게 환담을 나누고 있었는데 어느새 밤의 장막이 내려앉은 싸늘한 하늘을 떠다니며 시커먼 연기를 내뿜는 철교를 내려다보고 있다. 폭파된 맨 끝 객차가 강에 떨어졌지만 나머지 객차는 무사히 다리를 건넌 듯했다.

"……대체 무슨 일이 일어난 거지?"

앨리스는 누구에게랄 것 없이 물었다.

"폭탄이 설치돼 있었어. 젠장, 내가 안 왔으면 지금쯤 어쩔 뻔했냐고."

여자가 짜증 섞어 내뱉었다. 목소리가 왠지 귀에 익었다.

"혹시…… 검은 후드 씨?"

"그래."

여자 대신 다레카가 대답했다.

앨리스는 검은 후드의 맨얼굴을 빤히 쳐다봤다. 평소 거친 언행과는 느낌이 정반대라 좀처럼 믿기지 않았다.

"뭐 어쨌든 덕분에 살았네. 고마워요, 검은 후드 선생님. 맨얼굴까지 공개하며 우리를 구해 주셔서."

"비꼬는 거야?"

검은 후드는 능숙하게 빗자루를 조종하며 다레카에게 발길질을 날렸다.

"경솔한 데도 정도가 있지. 대놓고 슈노를 만나러 가는 바람에 혹시나 싶어 따라갔더니, 그 특별 객차 경비원이 수상한 가방을 객차 연결부에 설치하는 걸 봐 버려서 어쩔 수 없이 도운 거라고. 차장한테 말해 뒀으니 잘하면 지금쯤 범인이 붙잡혔을 수도 있겠지만."

"그 경비원, 반마녀파였구나."

"반마녀라기보다 반슈노라고 해야 하지 않을까요?"

앨리스 옆에 슈노가 사뿐히 내려앉았다. 꼭 소파에 앉은 것처럼 빗자루에 걸터앉아 잡담하듯 말을 건넨다.

"전에도 그런 부류들에게 공격당한 적은 있었지만 이런 대규모 공격은 처음이네요. 미안해요, 여러분까지 휘말리게 해서."

슈노는 허공을 가볍게 돌며 주위를 비행하는 마녀들의 얼굴을 봤다. 생기 넘치는 입술에 옅은 미소가 떠오른다.

"이런 구도, 오래전 그림에서 자주 봤는데. 사바트*를 하러 가는 마녀들의 그림."

"그냥 집에 가는 거예요."

다레카가 투덜거리며 말했다.

슈노는 열차가 사라진 방향으로 고개를 돌렸다.

"그 열차는 폭발 수사와 차량 점검을 위해 일단 소드베리크로스역에 정차할 거예요. 폭발 사건이 일어났으니 경찰이 승객 이름도 확인하겠죠. 여러분은 역에 몰래 들어가 환승객들 틈에 섞이는 게 좋겠어요."

"응? 아아, 그렇군요."

다레카가 납득한 듯 고개를 끄덕였다.

"저희가 열차에서 사라진 게 들통나면 안 되니까 그런 거죠? 확실히 그러네요."

"전 먼저 가서 승객들에게 제가 무사하다는 걸 알리고 올게요. 지금쯤 슈노가 암살당했다며 열차가 난리가 났을 테니까요. 자, 우리, 서로 잘해 봐요."

슈노는 밤바람에 휘날리는 긴 머리를 리본으로 묶으며 앨리스 일행에게 윙크했다.

밤의 어둠을 가르듯 빗자루 네 개가 나란히 날아가고 있다.

* 마녀들이 밤에 벌이는 잔치를 일컫는 말.

주변은 침엽수가 우거진 구릉지대. 민가 불빛은 보이지 않지만 혹시라도 비행하는 모습을 들키면 안 되기에 마녀들은 나뭇가지 바로 위를 스칠 만큼 낮게 날고 있었다.

"그나저나 그 이상한 빗자루는 어디서 난 거야? 열차 안에 빗자루 같은 건 없었을 텐데."

다레카가 검은 후드에게 물었다. 검은 후드가 탄 빗자루는 길이가 짧아서 멀리서 보면 꼭 그냥 허공에 떠 있는 것처럼 보였다.

"내 거야. 늘 들고 다녀."

"뭐? 누가 봐도 수상하게 그런 걸 들고 다닌다고?"

"평소에는 분해해서 가방에 넣고 다녀. 통째로 들고 다니겠어?"

친한 친구처럼 티격태격하는 두 사람 뒤를 앨리스는 빗자루를 꼭 붙잡고 따라갔다.

"미안, 앨리스. 너까지 이런 일에 휘말리게 해서."

옆에서 컬러가 나지막이 중얼거렸다.

"아냐, 괜찮아. 컬러 잘못이 아니잖아."

컬러는 앨리스의 얼굴을 잠시 바라보고는 흐린 보름달을 향해 하얀 입김을 내뿜었다.

"맞아. 난 이제 컬러야."

"응?"

"전에는 샬럿이라고 불렸어. 샬럿 리드. 리드 가문의 외동

딸. 이미 오래전 죽은 소녀.”

컬러는 다시 침묵에 잠겼다. 그 옆모습을 보며 앨리스는 조용히 샬럿 리드라는 이름을 입으로 읊었다. 신기하게도 위화감이 전혀 들지 않는 이유는 오늘 리드 가의 가장을 만났기 때문일 것이다. 그는 분명 컬러와 닮은 구석이 있었다.

바람을 가르며 컬러는 담담하게 말을 이었다.

“위치포드는 폐쇄적인 마을이야. 그리고 백 년 전쯤 마을의 그런 배타적인 분위기를 상징하는 사건이 일어났어. 마을에 마녀가 나타난 거야. 하지만 마녀라고 해도 우리처럼 이상한 능력 같은 걸 가진 건 아니었어. 아마 조금 수상한, 떠돌이 약사 같은 사람 아니었을까? 그런데 마침 그 무렵 지역에 역병이 돌고 있었고, 마을 사람들은 그 원인을 마녀에게 뒤집어씌웠다고 해. 말도 안 되기는 하지만 의외로 흔한 일이기도 하지. 아무튼 그 이후 마을에서 태어나고 자란 아이들은 귀에 못이 박히도록 부모님에게 이야기를 들었어. 마녀가 얼마나 무서운 존재였는지, 그리고 당시 마을 사람들이 얼마나 똘똘 뭉쳐서 마녀를 몰아냈는지.”

“마녀사냥…….”

컬러는 힘없이 고개를 끄덕였다.

“그래서 ‘여객선의 마녀’ 사건으로 세상이 떠들썩해졌을 때도 위치포드 사람들은 누구보다 두려움에 휩싸였어. 아마 예전 그 마녀 소동으로부터 정확히 백 년이 지난 시점이라는 것도 어떤 징조처럼 느끼지 않았을까. 마녀는 백 년의 세월을 넘어 도시에 재앙을 불러오니 지금 다시 모두 힘을 합쳐 마녀를 몰아내야 한다는 식이었지. 그렇게 2차 광풍 같은 마녀사냥이 시작됐고, 그 중심에는 당시 다섯 살이던 내가 있었어. 마을 사람들이 왜 날 마녀로 몰아세웠는지는 지금도 정확히 모르겠어. 어쩌면 그저 내가 붙임성 없고 무뚝뚝한 아이여서 그러지 않았을까 싶기도 해. 어릴 때부터 감정 표현이 풍부하지 않아서 사람들 눈에 그런 내 모습이 이상하고 섬뜩하게 보였을 수 있을 테니까. 물론 당시 나는 내가 마녀라고 생각지도 못했어. 무엇보다 아직 어렸잖아. 어른들이 내 앞에서 그렇게 시끄럽게 소란을 피우는 이유를 전혀 이해하지 못했던 거야."

컬러는 천천히 빗자루에 발을 대고 능숙하게 균형을 잡았다. 두 팔을 벌리고 하늘을 올려다보며 가슴 가득 밤공기를 들이마신다.

"다행히 다른 어른들에 비해 우리 부모님은 그나마 나았어. 당시 리드 가 저택에는 지하실이 있었는데 그곳에 날 숨기고 마을에는 딸이 병으로 죽었다고 거짓말하며 사람들을 속인 거야. 난 거기서 오랜 세월을 보냈어. 그리고 그걸 아는 사람은 부모님과 당시 저택에서 하인으로 일하던 액턴뿐이었지."

반달이 비추는 달빛이 컬러의 눈동자에서 반짝였다.

"액턴 벨은 지하실에 갇힌 나를 보살펴 줬어. 아직 젊었지만 그 사람 역시 마녀를 무서워해서 처음 날 만났을 때는 비명을 지르며 주저앉았을 정도야. 얼마나 우스웠는지 알아? 하지만 매일 지하실에서 얼굴을 마주하다 보니 액턴은 점점 날 딱하게 여기게 됐어. 시간이 날 때마다 나한테 흥미로운 바깥세상 이야기를 들려주고, 다정하게 날 돌봐줬지. '컬러'라는 이름도 사실 액턴이 지어 준 거야. 그렇게 난 액턴이 곁에 있었기에 그곳에서 미치지 않고 버틸 수 있었어. …… 하지만 동시에 액턴이 있었기에 바깥세상으로 나가 보고 싶다고 생각하기도 했지. 액턴은 별을 좋아해서 나한테 별자리 이야기를 자주 들려줬는데, 그러다 보니 나도 어느 순간부터 실제로 별을 보고 싶어진 거야. 지하실에는 채광창이 있었지만 거기서는 하늘이 보이지 않았거든. 그러던 어느 날 밤, 난 우연히 액턴이 지하실에 두고 간 낡은 빗자루에 올라타 봤어. 발이 처음 땅에서 떨어졌을 때 그 기분을…… 이제는 뭐라고 표현해야 좋을지 모르겠네."

앨리스는 처음 빗자루를 타고 날았던 순간을 떠올렸다. 그때는 아버지가 곁에 있었기에 앨리스가 마녀라는 게 세상에 알려지지 않았다. 그러나 컬러는 사정이 달랐다.

"채광창은 사람이 드나들기에는 너무 좁았지만 빗자루로 여러 번 들이받다 보니 창틀이 부서져서 빠져나갈 수 있게 됐어. 그러고 나서 곧장 마을 사람들에게 들켰지. 하물며 불운하게도 빗자루를 타고 나는 상태에서 들키고 만 거야. 사람들이 우르르 몰려와 빗자루를 부러뜨리는 바람에 마을 밖으로 도망치지 못했고, 심지어 그때 나한테 총을 겨눈 사람도 있어. 하지만 내가 샬럿 리드인 걸 알아본 사람이 아무도 없었다는 건 불행 중 다행일지도 몰라. 이제 난 '위치포드의 마녀'로만 통하는, 아무것도 아닌 존재야."

가는 빗자루 위에서 컬러는 천천히 발걸음을 옮겼다. 자루 끝에서 허공에 발을 내디딘 순간 빗자루가 스스로 미끄러지듯 움직여 컬러의 발을 받친다. 허공에서 가볍게 춤추는 듯한 컬러의 모습을 보며 앨리스는 조마조마하면서도 마음을 빼앗겼다.

"난, 자유야."

해방을 선언하는 말과 달리 컬러의 표정은 쓸쓸해 보였다. 그 후 컬러는 더 이상 입을 열지 않았다. 액턴 벨의 죽음, 그리고 오늘 마을에서 목격한 광경에 대해서도 더는 할 말이 없는 듯했다.

별빛 가득한 하늘이 구름에 가려져 어느새 어둠에 잠겨 있었다. 뺨을 스치는 바람이 습기를 머금고 있다는 걸 앨리스는 알아차렸다.

"비가 오려나."

다레카가 조용히 중얼거리는 소리를 끝으로 마녀들은 말 없이 하늘을 날았다.

소드베리 크로스역에서는 열차 폭파 사건 수사를 맡게 된 바이콘 경감을 비롯한 경찰, 그리고 슈노가 암살 위협을 받았다는 소식을 접한 기자들이 열차가 도착하기만을 학수고대하고 있었다. 오후 8시 30분에 열차가 들어설 때는 전례 없는 인파가 몰려 역사가 대혼란에 빠졌다.

바이콘 경감은 역 화물실에 수사본부를 차렸다. 부상자가 없고 폭파범이 차량 안에서 붙잡혔다는 소식을 무전으로 사전에 전해 들었기에 경찰들은 차분히 맡은 임무를 수행했다.

반면 열차 승무원과 역무원들은 차분할 수 없었다. 승객 모두의 안전을 확인하고 목적지까지 가는 대체 승차권도 발매해야 해서 승강장은 혼돈 그 자체였다.

"어쩌지? 지금 들어갈까?"

다레카는 창문으로 승강장을 들여다보며 후드를 쓰지 않은 검은 후드에게 물었다.

"아직 사람이 좀 많아. 승객과 역무원이 어느 정도 빠져나간 다음에 길을 잃은 척하고……."

그때 승강장에서 승객들을 안내하던 젊은 역무원이 고개를 돌려 의심하듯 눈을 가늘게 떴다.

"젠장!"

다레카를 비롯한 모두가 황급히 몸을 숨겼지만 역무원은 곧장 창문 쪽으로 다가왔다.

"혹시 외부 통로에 누가 계십니까?"

소드베리 크로스역 승강장

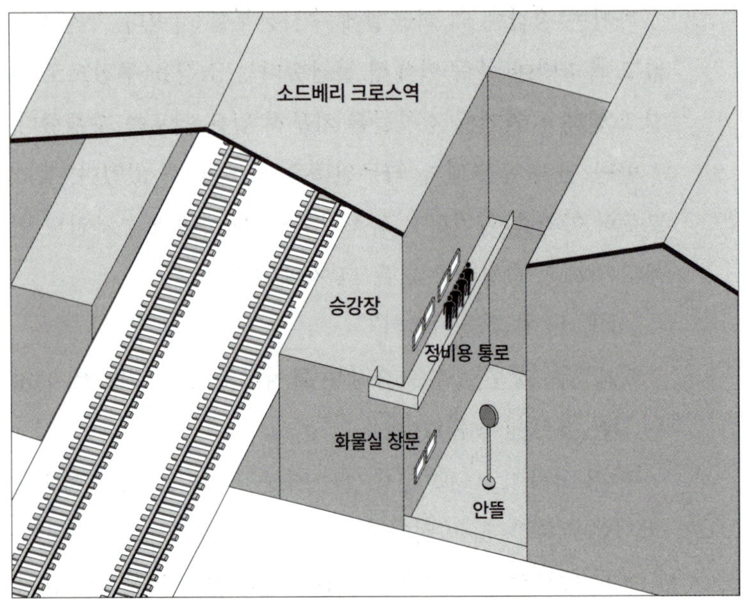

“아, 죄송해요.”

갑자기 얌전한 여학생 톤으로 대답하는 검은 후드를 보며 앨리스는 흠칫 놀랐다.

“얘가 좀 장난이 많아서요.”

“그, 그게 계속 기다리느라 심심했단 말이야. 그냥 조금 둘러보려고…….”

옆에서 다레카가 잽싸게 장단을 맞췄다. 역무원은 수상쩍은 듯 창문 너머에 있는 마녀들을 바라보다가.

“그 통로는 관계자 외 출입 금지입니다. 승강장으로 돌아가 주세요. 발판이 녹슬어 있으니 주의하시고요.”

역무원은 단호하게 말했다.

“아, 네, 네. 죄송합니다아.”

다레카가 호들갑스럽게 사과할 때 승강장에 종소리가 울려 퍼졌다. 창문 너머로 보니 대형 벽시계가 오후 9시를 가리키고 있었다.

“벌써 9시잖아. 이제 그만 집에 보내 줘.”

다레카는 투덜거리며 종종걸음으로 외부 통로를 걸어 승강장에 들어섰다. 앨리스와 다른 이들도 그 뒤를 따랐다. 역무원은 의심하는 기색 없이 마녀들에게 대체 열차 탑승 방법을 안내했다.

간신히 위기 상황을 넘기기는 했지만 대체 열차가 도착할 때까지 오랫동안 기다려야 했다. 결국 오늘 아침 다레카와 출발한 역까지 간신히 돌아왔을 때는 이미 날짜가 바뀌어 있었다. 지칠 대로 지친 앨리스는 어떻게 공회당까지 돌아가 이불 속에 들어갔는지를 기억하지 못했다.

다음 날은 아무 일 없었던 것처럼 하루가 시작됐다. 컬러는 평소처럼 레스토랑으로 향했고, 앨리스는 학교에 갔다. 평소와 다른 점이 있다면 마을 분위기가 잔뜩 들떠 있다는 점이었다. 오늘 밤에 열리는 만찬회에 맞춰 공회당 주변에 노점이 줄지어 선 모습은 마치 작은 축제 같았다.

수업을 마친 후 교내 연결 통로를 걷고 있을 때 게시판 쪽에 몰린 인파가 보였다. 여학생들이 게시판에 붙은 신문 기사 앞에 빽빽이 모여 있었다.

"와, 정말 멋져. 소설 속 여주인공 같아."

"열차가 폭파됐는데 빗자루를 타고 창밖으로 달아난 것으로 모자라 범인까지 붙잡다니."

"슈노 님이 지금 우리 마을에 와 계신 거지? 아, 나도 만찬회에 가고 싶다."

여학생들 어깨 너머로 보이는 신문에는 별 뜬 밤하늘을 우아하게 나는 슈노의 사진이 실려 있었다.

"우리 학교 마녀도 이렇게 사람들한테 도움 되는 일을 하면 좋을 텐데. 살인자 편이나 들지 말고."

빈정거리는 말과 거기에 동조하는 여학생들의 웃음소리

가 앨리스의 귀를 날카롭게 파고들었다. 서둘러 자리를 피하려고 발길을 돌리자.

"유명인은 좋겠다."

눈앞에 다레카의 얼굴이 보였다. 화들짝 놀라는 앨리스를 보며 다레카는 어깨를 툭툭 두드렸다.

"컬러 재판 때 벌떼처럼 몰려들어서 마녀를 비난할 때는 언제고. 대중들은 정말 단순하다니까."

"……그래도 이해할 수는 있어요. 슈노 씨가 멋진 건 사실이니."

"흐음."

다레카는 시큰둥하게 숨을 내쉬었다.

"다레카 드 발자크."

그때 갑자기 등 뒤에서 여교사가 이름을 불러서 다레카는 못마땅한 얼굴로 돌아봤다.

"뭐…… 뭐예요?"

"오랜만이네. 학교에 제대로 나온 게 며칠 만이지?"

"몰라요. 무슨 일이신데요? 드디어 저도 퇴학당하는 건가요?"

실실거리며 되묻는 다레카를 보며 여교사는 한숨을 쉬고 고개를 절레절레 저었다.

"진로 문제는 다음에 상의하고, 알마잭 이사장님께서 찾으셔. 지금 당장 이사장실로 가 봐."

대번에 다레카의 얼굴에 불안감이 깃들었다. 다레카는 앨리스에게 인사하고 힘없이 이사장실 쪽으로 향했다.

◆

앨리스와 헤어진 다레카는 학교 이사장실로 향했다. 시실리 알마잭은 시의원과 학교 이사장 등 맡은 직책이 많아서 일주일에 한 번꼴로 학교에 나왔다.

하지만 정작 이사장실 안에는 알마잭이 없었고 대신 웬 대머리 중년 남자가 공회당 집무실로 오라는 알마잭의 말을 전했다.

"젠장……."

다레카는 투덜거리며 학교를 나가 공회당으로 향했다.

해 질 녘 공회당 앞은 근래 보기 드물 만큼 북적이고 있었다. 파사드 앞에 고급 승용차가 줄지어 있고 무도회 의상을 화려하게 차려입은 유명 인사들이 차에서 내릴 때마다 구경꾼들이 환호성을 질렀다.

초대받은 손님 중에는 공회당 건물을 올려다보며 감탄사를 내뱉는 이도 있었다. 다레카는 건축에 대해 잘 모르지만, 공회당은 네오 르네상스인가 뭔가 하는 건축 양식의 대표 사례로 해외 건축 잡지에 소개될 만큼 유명하다고 했다. 웅장한 기둥 현관 양옆에는 거대한 탑이 두 개 솟아 있다. 왼쪽 탑은 종루라고 불렸고 맨 위에 동양의 종을 본뜬 거대한 자명종이 달려 있다. 오른쪽 탑은 그냥 평범하게 탑이라고 불렸는데 내부에 긴 계단이 있고 최상부에 작은 방, 즉 알마잭 시의원의 집무실이 있었다.

평소에는 누구에게나 열려 있는 공회당도 오늘 밤만큼은 만찬회 참석자와 기자들에게만 입장이 허용됐다. 다레카는 인파 옆을 지나 건물 뒤쪽으로 향했다. 간밤에 내린 비 때문에 비포장 길이 질척거려 외투 자락에 진흙이 튀었다.

공회당 뒤편에는 뒷문이 두 개 나란히 있는데 하나는 지하, 다른 하나는 로비로 이어진다는 걸 다레카도 알고 있었다. 둘 중 로비로 통하는 문을 연 후 신발에 묻은 진흙을 문턱에 털고 있을 때 갑자기 골목길에 대형 트럭이 돌진해 와서 다레카는 부랴부랴 문을 닫았다. 트럭이 워낙 거칠게 들어온 탓에 공회당 벽에 차체가 긁히는 소리가 났다.

로비는 만찬회 손님들로 북적였다. 계단 뒤 어두운 측면 복도를 살금살금 지나 탑으로 이어지는 문의 손잡이를 돌렸지만 뭔가에 걸린 것처럼 문이 열리지 않았다. 아무래도 문 너머에서 무거운 뭔가가 문을 막고 있는 듯했다.

"제길……."

이 문으로 들어가지 않으면 로비로 나가 물품 보관소 앞을 통과해야 한다. 다레카는 교복 차림으로 온 것을 후회했다. 평소보다 경비가 삼엄한 지금 교복 입은 소녀를 과연 들여보내 줄까.

"실례지만 무슨 용건이십니까?"

시치미를 떼고 물품 보관소 앞을 지나려던 다레카를 역시나 그 앞에 선 여자가 붙잡았다. 근처에 있는 험악한 표정의 경비원도 경계하는 눈빛으로 다레카를 봤다.

뭐라고 설명해야 할지 대답을 머뭇거리고 있을 때.

"내가 불렀어요, 리나."

등 뒤에서 여자 목소리가 들렸다. 돌아보니 정장에 하얀 벨벳 망토를 걸친 알마잭 시의원이 서 있었다.

"하지만, 시의원님."

"걱정할 것 없어요. 저 아이는 제 조카니까요."

"네?"

여자가 눈을 휘둥그레 뜨더니 다레카와 시의원의 얼굴을 빠르게 번갈아 봤다.

"시, 실례했습니다."

다레카는 쭈뼛거리는 여자 앞을 겸연쩍은 심정으로 지나갔다.

"미안. 우리 비서가 실례를."

알마잭은 좁은 계단을 오르며 다레카에게 사과했다. 이런 불편한 탑 꼭대기를 집무실로 쓰는 건 업무 도중에 틈틈이 운동을 하기 위해서라고 고모가 전에 했던 말이 떠올랐다.

"아, 괜찮아요. 그래서, 무슨 일인데요?"

"위에서 이야기하자."

그 말을 끝으로 알마잭은 입을 다물었다. 목소리나 말투로 보니 듣기 좋은 이야기는 아닐 것 같다고 짐작했다.

3층까지 올라가자 마침내 집무실 문이 눈앞에 나타났다. 문 앞의 짧은 복도에는 분위기에 어울리지 않는 금속 사물함이 있었다.

알마잭은 집무실 문을 열고는 문에 '집무 중'이라고 표시된 팻말을 걸었다.

"자, 다레카."

책상 앞에 앉은 알마잭이 무거운 목소리로 먼저 말문을 열었다.

"다름이 아니라, 스티븐에 대한 일이야."

"네? 아버지요?"

다레카는 속으로 '역시나' 하면서도 아무렇지 않은 듯 시치미를 뗐다. 스티븐 알마잭은 다레카의 아버지이자 시실리 알마잭 시의원의 오빠다. 아버지에게 물려받은 해운 회사를 운영 중인데 지금은 사업차 해외에 체류하고 있다.

"며칠 전 나한테 익명의 편지가 도착했어. 국제 마약 밀매에 알마잭 해운이 관여하고 있다는 편지가."

알마잭이 힐끗 본 책상 한구석에 회색 편지봉투가 무심히 놓여 있었다.

“편지에는 너희 아버지 스티븐이 주도적인 역할을 맡고 있을 가능성이 크다고도 적혀 있더구나.”

“헤에, 그렇구나.”

다레카의 무심한 반응을 보며 알마잭의 얼굴이 굳어졌다.

“무슨 일인지 감이 안 오니? 중대한 사안이야.”

“아, 물론 알지만 딱히 놀랍지는 않아요. 저희 집이 유난히 잘나가던 시기에 아버지가 틈만 나면 심각한 표정을 짓고 계셨거든요. ‘아, 이 사람, 또 뭔가 위험한 일에 손을 댔구나’ 싶었죠. 저희 아버지, 도덕성 같은 건 없는 주제에 근본은 또 되게 소심한 사람이에요.”

알마잭이 눈을 부릅뜨는 걸 보며 다레카는 오히려 조금 즐거워졌다.

“뭐, 그래도 알마잭 가문의 평판은 제가 이미 어느 정도 깎아 놨으니 그게 세상에 알려져도 그리 큰 타격은 없지 않을까요?”

알마잭은 어이가 없다는 듯이 고개를 절레절레 흔들었다.

“넌 예전부터 그랬어. 매사 가볍고 뭔가에 진지하게 맞선 적이 한 번도 없었지.”

“아니, 진지하게 맞선다고 해도 소용없잖아요. 국제 범죄 같은 걸 저더러 어쩌하라고요. 아무튼, 그래서요? 아버지는 언제 붙잡히는 거예요?”

“글쎄. 당국이 본격적으로 수사에 나섰다면 나한테도 연

락이 올 텐데 아직 그럴 기미는 없어. 하지만 이 고발문 내
용이 사실이라 머잖아 스티븐이 체포된다면 네 앞날을 고민
하지 않을 수 없지. 오늘 널 부른 것도 그 때문이야."

"제 앞날요?"

"그래. 난 널 양녀로 들일 생각이야."

"……네?"

이번에는 다레카가 눈을 휘둥그레 떴다.

"아니, 잠깐만요. 전 이미 열일곱 살이에요. 양녀니 뭐니
안 해 주셔도 혼자 충분히 살 수 있어요."

"과연 그럴까? 내 눈에는 도저히 그렇게 안 보이는데 말
이야. 최근 네 생활 패턴이 얼마나 엉망인지 고모가 모를 줄
아니? 얼마 전에는 빵을 훔쳐서 경찰서 신세까지 졌다며."

알마잭의 날카로운 지적에 다레카는 앞뒤가 맞지 않는 변
명을 늘어놨다.

"어쨌든 그 아비에 그 자식이라는 소리를 듣지 않으려면
내가 널 제대로 된 숙녀로 키워내야 해."

다레카는 진저리를 치며 우엑 하고 혀를 내밀었다.

알마잭은 수첩을 펼쳐 펜으로 뭔가를 적었다. 그녀는 평
소 워낙 바빠서 매일 일어난 일을 수첩에 꼼꼼히 기록하는
습관이 있었다. 어쩌면 다레카에게 양녀 입양 동의를 받았
다고 쓰는 걸지도 모른다.

"응?"

그때 갑자기 알마잭이 손을 멈추고 고개를 들었다. 다레카도 이상한 낌새를 눈치챘다. 문밖에서 인기척이 느껴진 것이다.

"누구시죠? 지금은 업무 중이라……."

그때 문이 덜컥 열리더니 틈새로 뭔가가 툭 던져졌다. 기묘한 모양의 깡통이 다레카의 발치까지 데굴데굴 굴러왔고 그 끝에서 하얀 연기가 솟기 시작했다.

"뭐, 뭐야……!"

비명을 지르기도 전에 눈앞이 핑 돌며 현기증이 났다. 순식간에 좁은 집무실 안이 뿌연 연기로 가득 찼다. 다레카는 다리에 힘이 풀려 그 자리에 쓰러졌다. 알마잭도 책상 위에서 의식을 잃고 쿵 하고 엎드리는 소리가 들렸다.

숨이 가빠 오고 의식이 몽롱해졌다. 어두워지는 시야 속에서 문 뒤에서 천천히 모습을 드러내는 사람이 보였다. 침입자는 특징 없는 검은 옷을 입었고 얼굴도 검은 복면으로 완전히 가리고 있었다.

"어리석은 여자 같으니."

복면 너머에서 낮은 목소리가 들렸다.

"우리를 얕본 자는……."

그의 말을 끝까지 듣기도 전에 다레카는 의식을 잃었다.

세상 사람들 눈에 다레카 알마잭의 삶은 부족함이라곤 없어 보일 것이다.

어릴 적 전염병으로 어머니를 잃었지만 그때는 아직 그런 유의 불행을 체감할 나이가 아니었다. 아버지가 성실하게 자녀 양육에 힘썼다고 하기는 어려워도 뭐든 다 들어주는 하인들에게 둘러싸인 삶은 적어도 불편하거나 힘들지 않았다.

그럼에도 다레카는 늘 불안에 시달렸다. 그것은 자신에게 언젠가 파멸이 들이닥칠 거라는, 거의 망상에 가까운 불안이었다. 아버지가 벌어다 주는 돈을 최대한 흥청망청 쓰고 타락한 인간이 되려고 했던 것도 언젠가 나락으로 떨어질 때 받을 충격을 조금이라도 줄이기 위한 나름의 대비책이었던 것이다. 아버지와 사이가 틀어져 집을 뛰쳐나오고 어머니의 예전 성을 쓰기 시작한 뒤에도 '아직은 바닥이 아니다', '이 정도로 끝날 리 없다' 같은 불안이 늘 다레카를 따라다녔다.

자신이 마녀라는 것을 처음 자각했을 때는 속으로 '역시나' 하고 생각했다. 바로 이것이 지금껏 자신을 괴롭혀 온 불안의 정체였다. 내가 마녀라는 사실을 알아차린 것은 본격적인 파멸을 향한 첫걸음이었다.

앞으로 들이닥칠 파국에 대비해 다레카는 동료를 모으기로 했다. 앨리스와 컬러를 동료로 삼기 위해 가게에서 먹을 것을 훔치는 건 내키지 않았지만, 언젠가 이런 게 일상이 될지도 모른다며 스스로를 설득했다. 그 괴상한 옷을 입은 변호인은 어쩌면 그런 심리까지 꿰뚫어 보고 다레카를 이용했을지도 모른다.

다레카를 아는 사람들 중 오직 시실리 알마잭만이 조카를 올바른 인간으로 키우려 했다. 조금만 더 일찍 시실리 알마잭의 양녀가 됐다면 다레카는 길을 잘못 들지 않았을 수도 있다.

하지만 다레카는 고모가 부담스러웠다.

다레카가 보기에 시실리 알마잭은 지나치게 정직한 사람이었다. 고모의 그런 면모는 마음 한구석에 늘 죄책감을 지니고 사는 다레카 같은 사람을 움츠러들게 했다.

다레카는 역시 양녀 제안은 거절해야겠다고 흐릿한 의식 속에서 결심했다.

뺨에 차가운 기운이 느껴졌다.

서서히 눈을 떴다. 머리 위 선반의 꽃병이 쓰러져 그곳에서 흐른 물이 다레카의 얼굴에 뚝뚝 떨어지고 있었다.

몸을 일으킨 다레카는 교복 소매로 뺨을 훔치고 다시 주위를 둘러봤다. 눈앞에는 의식을 잃었을 때처럼 얼룩 하나 없이 깨끗한 카펫과 책상과 선반이 있는, 언제 봐도 숨 막히는 집무실이 펼쳐져 있다. 단 하나 기억과 달라진 게 있다면 책상 위에 벨벳 망토를 걸친 여자가 엎드려 있고 그 등에 칼이 꽂혀 있다는 점이었다.

망토에는 칼을 중심으로 검붉은 얼룩이 번져 있었다.

"……고모……?"

다레카는 조심스레 알마잭을 부르고 어깨를 흔들어 봤다. 장난이면 좋겠다고 바랐지만 고모는 어떤 반응도 보이지 않았다. 피부가 부자연스러울 만큼 창백했고 늘 공들여 손질한 밤색 머리카락도 어딘가 윤기를 잃은 듯 보였다.

"마, 말도 안 돼……."

겁에 질린 다레카는 한 걸음 뒤로 물러섰다. 그리고 그제야 오른손을 내려다보고 손이 피로 흠뻑 젖어 있다는 걸 깨달았다.

또 다른 변화도 눈치챘다. 조금 전까지 책상에 있던 회색 편지지가 사라지고 없었다. 집무실 안에 연막탄을 던진 침입자의 모습이 뇌리에 되살아났다. 그가 가져갔을까.

다레카는 어쨌든 누군가 불러야겠다고 판단해 집무실 출구로 달려갔다. 그러나.

"뭐, 뭐야, 이거?"

문손잡이와 벽에 달린 조명 기구가 쇠사슬로 묶였고 그 끝이 튼튼한 자물쇠로 잠겨 있다. 간단히 말해 문은 완전히 봉쇄돼 있었다.

다시 한번 집무실을 둘러봤다. 이 좁은 공간에는 사람이 숨을 만한 곳이 없다. 남쪽을 향해 난 작은 창문은 안에서 걸쇠가 채워져 있었다.

그렇다면 알마잭을 칼로 찌른 사람은 어디로 사라졌을까. 설마 마녀의 소행이라도 되는 걸까. 하지만 그렇다면 자신은 왜 살아남았을까. 복면을 쓰고 있었어도 다레카는 침입자의 모습을 똑똑히 목격했다. 그런 목격자를 살려 둔 것으로 모자라 시신과 함께 방에 가둬 둘 이유라면.

죄를 뒤집어씌우기 위해……?

서늘한 한기가 목덜미를 스치고 지나갔다. 어디선가 바람이 새어 들어오고 있다. 고개를 들어 보니 구석에 있는 천장판이 벗겨진 채 어두운 천장 위가 드러나 있고 그곳에서 차가운 바깥 공기가 흘러들고 있었다. 어딘가로 통하는 듯하지만 사람이 드나들 정도로 틈새가 넓지는 않았다.

다레카는 마음을 굳게 먹고 고양이로 변신해 천장 위로 뛰어올랐다.

고양이가 되면 어두운 곳에서도 잘 보인다. 다레카는 천장 안 들보를 이리저리 피하며 빛이 어렴풋이 스며드는 방향으로 몸을 움직였다. 이따금 거미줄이 수염에 걸려 거슬렸지만 신경 쓸 겨를은 없었다.

고양이 다레카가 처마 아래로 얼굴을 내밀자 밤바람이 수염을 흔들었다. 바로 밑에는 3층 테라스가 있고 웨이터 복장을 한 젊은 남녀가 바람을 쐬고 있다. 아마 일하다가 몰래 쉬고 있는 듯했다.

다레카는 재빨리 머릿속에 도주 경로를 그려 봤다. 먼저 테라스로 내려가 건물 안으로 진입한 뒤 남서쪽 계단을 내려간다. 로비 문이 열려 있다면 그곳을 통해 밖으로 도망칠 수 있을 것이다.

하지만 도망친 후에는? 자신과 알마잭이 집무실에 들어가는 모습을 비서와 경비원이 봤다. 알마잭의 시신이 발견되면 얼마 전 경찰서 신세까지 진 다레카에게 의심의 눈초리가 쏠리는 건 피할 수 없다.

즉, 이대로 세상 끝까지 도망칠 수밖에 없는 걸까.

절망에 짓눌려 무너질 듯한 마음을 추스르며 다레카는 테라스로 뛰어내렸다. 그 직후.

"앗! 고양이다!"

등 뒤에서 갑자기 젊은 웨이트리스가 다레카를 와락 안아 들어서 다레카는 몸부림을 쳤다. 죽을힘을 다해 빠져나가려고 했지만 여자는 손을 놓지 않았다.

"월러스, 이 고양이, 쟤 아니야?"

"아, 그러고 보니 확실히 닮았네."

남자는 다레카의 얼굴을 뚫어지게 보더니 뒤이어 벽에 붙은 벽보로 시선을 옮겼다. 어두워서 잘 보이지 않지만 회색 벽보에는 검은 고양이 그림과 함께 잃어버린 고양이를 찾는다는 글귀가 적혀 있었다.

"공회당 근처에서 도망쳤다고 하니 틀림없어. 이놈, 잡았다!"

아무래도 두 사람은 뭔가 단단히 착각하는 듯했다.

"그런데 오늘 일이 끝날 때까지 계속 붙잡아 두게?"

"아니, 여기서 계속 허드렛일이나 하는 것보다 버튼 경의 고양이를 갖다주는 게 훨씬 짭짤할걸."

"그렇긴 하겠네. 아, 근데 나, 슈노의 노래는 꼭 듣고 싶어."

그때 대강당 쪽에서 관현악단이 악기를 조율하는 소리가 들렸다. 공연이 시작되기 직전의 긴장감이 차가운 밤공기를 타고 테라스까지 전해졌다.

◆

대강당 문을 열고 나온 젊은 여자에게 로비에 있는 모든 이들의 시선이 모였다. 대강당 안에서 슈노가 지금 천재적인 가창력을 뽐내고 있는데도 여자는 로비 벤치에 힘없이 주저앉았다. 화려하고 조금은 선정적인 드레스를 입었지만 얼굴에 짙은 그늘이 드리워져 있었다.

"손님, 어디 불편하신 곳이라도 있으신가요?"

여자를 걱정한 도어맨이 공손하게 말을 걸었다.

"피곤하시다면 구호실로 안내해 드리겠습니다."

그러자 여자는 귀찮다는 듯 손을 내젓고 신선한 공기를 마시고 싶을 뿐이라며 도어맨을 돌려보냈다.

그때 빠르게 걷는 발소리가 들리더니 시의원 비서가 심상치 않은 얼굴로 물품 보관소 쪽으로 뛰어갔다. 비서는 그곳에 있는 수화기를 들고 흥분한 목소리로 외쳤다.

"여보세요, 경찰이죠?"

여자가 흥미가 동한 것처럼 고개를 들었다. 비서는 최대한 목소리를 낮췄지만 여자는 그의 입술을 읽을 수 있었다. 알마잭 시의원에 대한 신고 내용을 듣고 여자가 눈을 크게 떴다.

"비!"

등 뒤에서 이름을 불리자 여자가 돌아봤다. 세련된 연미복 차림의 젊은 남자가 대강당 문을 열고 막 나오려는 참이었다.

"뭐 하는 거야. 가자."

"잠깐 쉬고 있으니 먼저 가 있어."

여자는 미소 지으며 말하고는 계속 비서 쪽을 힐끔거렸다.

◆

공연 중이라 대강당 문이 꽉 닫혀 있을 텐데도 슈노의 노랫소리는 테라스까지 들렸다.

웨이트리스 유니폼을 입은 여자의 품 안에서 고양이 다레카는 노래를 듣고 있었다. 슈노는 자신에게 재능이 부족하다고 했는데 이 정도 가창력이면 굳이 마녀인 걸 밝힐 필요도 없지 않았을까. 그녀의 노래는 그만큼 매혹적이고 요염했으며 그 자체로 마법 같았다.

다레카를 안고 있는 여자와 옆에 있는 남자도 슈노의 노래에 푹 빠져 있었다. 잠시 후 노래가 끝나자 박수갈채가 쏟아졌다. 다레카를 안은 여자도 넋을 잃은 듯이 박수를 쳤고, 그 틈을 타 다레카는 잽싸게 바닥으로 뛰어내렸다.

"앗, 안 돼!"

등 뒤에서 남자가 소리쳤지만 다레카는 건물로 이어지는 통로를 급히 달렸다.

"저 고양이를 잡아!"

계단을 내려갈수록 뒤에서 쫓아오는 발소리가 점점 늘었다. 정말 길 잃은 고양이라고 착각하는 걸까. 아니면 설마 마녀인 걸 들킨 걸까. 다레카는 내심 걱정하며 필사적으로 달아났다. 고모의 죽음, 사라진 범인, 무슨 일인지 몰라도 쫓기고 있는 나 자신. 이 모든 게 악몽 같지만 만에 하나 현실일 경우에 대비해 지금은 한시라도 빨리 공회당을 빠져나가야 했다.

3층 남쪽 계단을 뛰어 내려가자 갑자기 시야가 트였다. 아래에 파사드와 대강당을 잇는 로비가 펼쳐져 있다. 드문드문 있는 관객들이 갑자기 출몰한 검은 고양이를 보고 깜짝 놀랐다. 다레카는 관객들 다리 사이를 가르며 로비의 큰 계단을 뛰어 내려갔다. 층계참 난간에 몸을 부딪치면서도 간신히 1층에 도착해 현관으로 향했다.

그러나 공교롭게도 현관문은 굳게 닫혀 있었다.

"고양이를 잡아!"

추격자들의 발소리가 점점 가까워졌다. 다레카는 어쩔 수 없이 방향을 틀어 이번에는 대강당 쪽으로 달려갔다.

마침 강당에 들어가려던 젊은 남녀가 다레카를 알아채고 고개를 돌렸다. 로저 토드헌터와 그의 여자 친구였다.

문을 지나 대강당에 뛰어들자 환한 조명 때문에 눈이 부셨다. 고양이를 보고 놀란 웨이트리스가 쟁반을 떨어뜨렸는지 등 뒤에서 유리잔이 깨지는 소리가 났다. 홀에는 음식이 놓인 테이블이 여러 개 있고, 각계각층의 유명 인사들이 여기저기서 술잔을 기울이고 있다. 상류층 특유의 여유인지 그들은 만찬장에 검은 고양이가 뛰어들었는데도 별로 당황하지 않았다.

강당 한가운데에는 관현악단이 둘러싼 원형 무대가 있고, 그 위에는 하얀 드레스를 곱게 차려입은 슈노가 서 있었다. 순간 슈노와 눈이 마주친 기분이 들었지만 멈춰 설 여유는 없었다. 고양이는 강당 오른쪽 안에 있는 스윙 도어 밑을 지나 백야드 통로를 달렸다.

화려한 홀과 달리 통로는 어둡고 어수선했다.

"이 녀석!"

갑자기 등 뒤에서 남자가 덮쳐 와 반사적으로 선반으로
뛰어올랐다. 그때 선반에 있는 깡통들이 요란한 소리를 울리
며 떨어졌지만 아랑곳하지 않고 복도를 내달렸다. 모퉁이를
돌자 마침 웨이트리스가 레스토랑 문을 열려던 참이었다.

레스토랑 안을 가로질러 로비 측면 복도를 달리자 종루
입구가 보이기 시작했다.

종루 상층부에서는 건장한 남자 인부들이 도르래에 달린
종을 끌어올리고 있었다. 원래는 슈노가 오기 전에 낡은 종
을 교체할 예정이었지만, 주조 작업이 늦어지는 바람에 만
찬회 당일에서야 새 종이 반입됐다. 연회의 끝을 알리는 종
소리가 울릴 밤 9시까지 작업을 끝내 달라는 요청이 있었기
에 인부들은 서두르고 있었다.

남자들이 구령에 맞춰 종을 조금씩 들어 올렸다. 그러나
도르래가 걸린 들보가 부식됐는지 잠시 후 쾅 소리와 함께
들보에 금이 갔다. 남자들은 필사적으로 밧줄을 당겨서 종
을 지탱하려고 했지만 종의 무게 때문에 금이 더 크고 깊어
졌다.

"큰일이야! 떨어진다!"

누군가의 외침과 동시에 천둥 같은 소리를 내며 들보가
무너져 그대로 종이 아래로 곤두박질쳤다. 종은 나무 바닥
을 뚫고 지하실 석판 바닥에 내리꽂히며 종루에 요란한 충

격음을 울려 퍼뜨렸다.

낙하의 울림이 조금이나마 가셨을 무렵 한 인부가 겁에 질린 듯 동료에게 물었다.

"방금 밑에서 여자 비명 소리 들리지 않았어?"

"설마. 아래에 있는 사람들은 다 다른 곳으로 보냈을 텐데."

"어, 어이! 저것 좀 봐!"

다른 남자가 아래쪽을 가리키며 외쳤다. 지하실에 떨어진 종 밑으로 금발 머리카락이 보였다.

인부들이 황급히 계단을 뛰어 내려갔다. 지하실 돌바닥에 처박힌 종을 여럿이 달려들어 간신히 옆으로 눕혔다.

그 아래에서 나타난 것은, 정신을 잃고 기절한 작은 소녀였다.

◆

"컬러, 컬러!"

어둠 속에서 이름을 부르자 주방복 차림의 컬러가 고개를 들어 앨리스를 보고 눈썹을 올렸다. 평소 감정을 거의 드러내지 않는 컬러치고 꽤나 놀란 모습이었다.

공회당 2층 북쪽 복도. 주방 바로 위에 있지만 한창 바쁘게 일할 컬러가 올 곳은 아니었다.

"주방에 없길래 찾았어. 왜 이런 곳에 있는 거야?"

그러자 컬러는 고개를 끄덕이더니 대강당 쪽으로 시선을
향했다.

"슈노 씨 노래를 들으려고. 레스토랑분들이 노래하는 동
안에는 여기서 쉬면서 들어도 된다고 배려해 주셨어."

이 복도는 대강당과 문 하나를 사이에 두고 있지만 강당
에서의 울림이 잘 전해지는 곳이라고 했다. 컬러가 일터에
서 사람들과 원만한 관계를 쌓고 있는 것 같아 앨리스는 마
음이 훈훈해졌지만 지금은 감상에 젖기보다 더 시급한 일이
있었다.

"다레카 씨를 찾고 있는데, 혹시 못 봤어?"

컬러는 고개를 흔들었다.

"공회당에 와 있어?"

앨리스는 다레카가 학교에서 알마잭 시의원에게 불려 간
것을 설명했다. 알마잭이 만찬회에 참석했으니 다레카도 공
회당에 와 있을 거라고 짐작했다.

"시의원 집무실 근처에 있지 않을까 해서 말이야. 지금 바
로 가서 확인하려고 하는데 너도 같이 가 줄래?"

"흐음. 집무실에 가려면 로비를 지나야 하는데, 너무 눈에
띄지 않는 게……."

컬러는 내키지 않는 모습이었지만 일단 탑 입구까지 가
보고 정 못할 것 같으면 포기하기로 했다. 두 사람은 일단
창고방으로 갔고 컬러가 옷을 교복으로 갈아입었다. 앨리스

224

의 학생 가방에 신발과 안경을 넣고 등에 멘 순간, 요란한 쇳소리와 함께 바닥이 묵직하게 흔들렸다.

"뭐, 뭐야! 지진?"

앨리스가 당황했지만 컬러는 침착하게 "아니. 종루 쪽에서 들린 소리야" 하고 로비 쪽 복도로 뛰어갔다.

로비는 무슨 일인지 보러 온 사람들로 북적이고 있었다. 종루 2층 문 앞에서는 공회당 직원으로 보이는 남자가 구경꾼들을 필사적으로 막고 있었다.

"대체 무슨 일이야. 비켜!"

덩치 큰 남자가 걸걸한 목소리로 직원에게 따지고 들었다.

"저 사람, 신문 기자야. 전에 날 쫓아왔어."

앨리스가 소곤거리자 컬러는 "돌아가자" 하고 등을 돌려 걷기 시작했다.

남쪽 복도에 들어서려는 순간.

"어머? 아가씨, 잠깐만요."

나이가 지긋한 여자가 갑자기 컬러를 멈춰 세웠다. 컬러는 무심코 돌아봤다가 깜짝 놀라서 몸이 굳었다.

컬러를 본 노부인도 놀란 듯 손으로 입가를 가렸다.

"설마……!"

노부인은 비틀거리며 컬러에게 다가가 컬러의 얼굴을 빤히 들여다봤다.

"호, 혹시 샬럿? 아, 미안해요. 제가 엉뚱한 소리를. 샬럿은 병으로 세상을 떠났다고 리드 씨가 말씀하셨으니…….”

그때 정정한 걸음걸이의 노신사가 다가와 부인의 어깨에 손을 얹었다.

“무슨 일이오, 이블린. 여기는 위험하다고 하니 어서 돌아가세.”

앨리스는 두 사람을 기억했다. 컬러를 쫓아 위치포드에 갔을 때 역 대합실에서 만난 노부부였다.

“미안해요, 여보. 이 아가씨가 개랑 너무 닮아서 그만.”

“응?”

노신사는 의아한 눈빛으로 컬러의 얼굴을 응시했다. 잠시 후 경악한 것처럼 그의 눈이 휘둥그레진다.

“자네는……! 아니, 그럴 리가…….”

“죄송합니다. 급해서요.”

컬러는 단호히 말하고는 노부부에게 등을 돌려 2층 테라스로 연결된 통로로 달려갔다. 시끌벅적한 소리가 멀어지는 대신 주변이 어둠에 잠겼다.

복도에 장식된 흉상 앞을 지나칠 때 컬러는 그만 발이 엉켜 넘어지고 말았다. 등에 멘 가방의 뚜껑이 열렸고 앨리스는 바닥에 나동그라졌다.

“앗, 미안!”

컬러는 허둥지둥 앨리스의 안경을 집어 들었다.

“아니, 괜찮아. 그보다 컬러. 아까 그분들, 혹시 아는 분들이야?"

컬러는 고개를 끄덕였다. 이마에 땀이 송골송골 맺혀 있다.

"블레이크 부부야. 어렸을 때 만난 적이 있어. 위치포드 마을 이장 부부. 아, 그렇구나, 이웃 마을의 높으신 분들도 다 초청받았을 텐데. 너무 경솔했어."

"다레카 씨는 일단 나중에 찾고 숨어 있는 게 좋을까? 네 정체가 들통나면 다시 위치포드로 끌려갈 수도 있잖아."

"아니, 그럴 일은 없을 거야. 다만……."

컬러는 입을 다물었다. 통로 너머에서 발소리가 다가오고 있었다.

"여어, 앨리스. 이런 데서 뭐 해?"

그렇게 물으며 모퉁이에서 얼굴을 내민 사람은 앨리스가 아는 인물이었다.

"아…… 안데르센 씨. 오랜만이에요……."

앨리스가 조심스럽게 인사하는 동안 컬러는 얼굴을 감추려고 머플러로 입가를 가렸다.

◆

다레카가 공회당 구호실로 옮겨져 치료받고 있을 무렵 공회당에는 시 경찰 차량이 속속 도착했다.

비번이던 스텔라 바이콘 경감은 마침 공회당 근처에서 식사 중이었기에 급히 현장 지휘를 맡게 됐다. 현장에 도착한 경감은 극도로 불쾌한 기색이었지만 다른 부하 경찰들이 수집한 목격 정보를 빠르게 정리해 갔다.

사건 직전 범행 현장인 탑 안에 피해자와 함께 들어간 소녀가 있었다는 증언. 그러나 시신이 발견될 당시 그 소녀는 탑 어디에도 없었다는 사실. 만찬회에 참석한 많은 사람들이 종루로 달려가는 검은 고양이를 목격했고, 그 후 문제의 소녀가 종에 깔린 채 발견됐다는 보고.

"그렇군."

바이콘 경감은 한 가지 결론에 이르러 문제의 소녀가 치료 중인 구호실로 향했다. 지하에 있는 구호실 문을 열자 머리와 팔에 붕대를 감은 다레카 드 발자크가 침대 위에서 막 의식을 되찾은 참이었다.

경감은 가차 없이 다레카의 팔을 붙잡고 피로 얼룩진 그녀의 손에 수갑을 채웠다.

"뭐, 뭐예요! 체포 영장도 없으면서!"

"필요 없어."

경감은 다레카의 항의를 일축했다.

"이건 마녀 범죄니까."

다레카는 변호사를 불러 달라고 목청껏 외쳤다.

◆

"이럴 수가!"

시내 최고 번화가에 있는 널찍한 저택 안 방에서 오페라 가스톨은 서류를 움켜쥔 채 분노에 찬 목소리로 외쳤다.

"무, 무슨 일이세요?"

서류를 가져온 수행원 미치루 도리노자카가 겁먹은 듯 오페라의 낯빛을 살폈다. 그녀가 가져온 것은 오페라를 다음 화형 법정의 심문관으로 임명한다는 내용의 임명장이었다. 그 안에는 사건 개요도 적혀 있었다. 시 경찰이 익명의 제보를 받아 공회당에 출동해 시의원인 시실리 알마잭의 피살 시신을 발견했고 그 자리에서 피고인을 체포했다는 내용이었다.

"이, 이 피고인 이름! 다레카 드 발자크! 지난 화형 법정에서 변호인 측 증인으로 나왔던 그 불량소녀잖아!"

"아, 그러고 보니……."

"그 재판에서 컬러를 구하려고 증언한 다레카가 마녀고 앨리스 카슨도 사실 마녀였다는 소문이 요즘 세간에 자자해. 즉, 이 마녀들은 한통속이었던 거야. ……하! 그럼 이번 재판에서도 이 마녀들이 뭔가 꾸미고 있을지도……!"

"아가씨. 다레카 씨가 정말 마녀인지 아직 결론 난 것도 아닌데……."

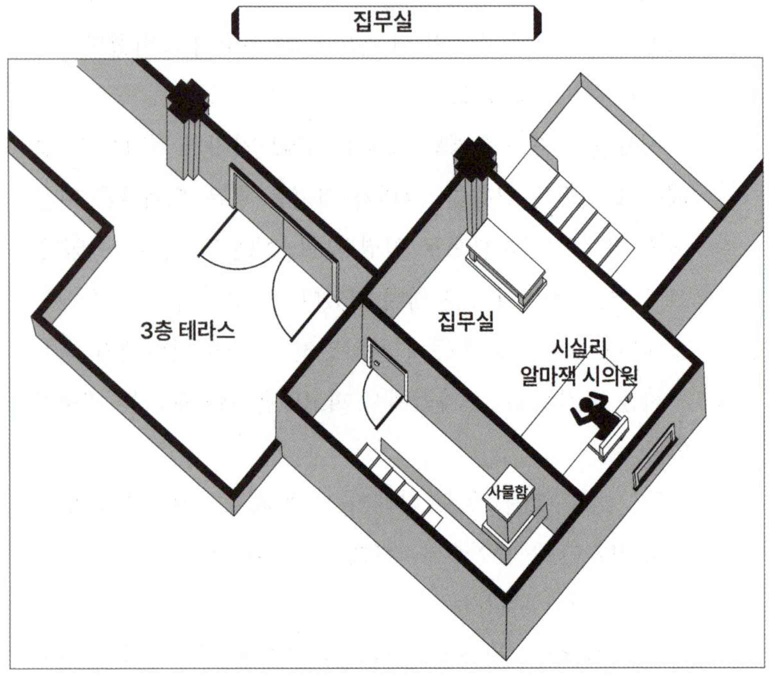

3층 테라스
집무실
시실리
알마잭 시의원
사물함

미치루의 지적은 오페라의 귀에 들어오지 않았다. 오페라는 외투를 낚아채고 성큼성큼 방을 나섰다.

"얼른 현장에 데려가 줘! 빨리 안 가면 또 그 사기꾼 변호사가 증거를 날조할지도 모르니까!"

공회당 로비에서 오페라를 맞은 바이콘 경감은 전보다 더 태도가 거만했다.

"당신이 다시 심문관을 맡는다니 축하할 일이로군. 화형 법정도 인재를 알아보는 눈이 있나 보네."

오페라는 의연하게 받아쳤다.

"이번에도 그 독양이 변호인으로 나섰어요. 저보다 그자의 수법을 잘 아는 심문관은 없을 테니 당연하겠죠."

"잘 아는 수준이 아니라 능가해 주기를 바라네만."

두 사람은 감정적으로 언쟁을 주고받으며 탑의 계단을 올랐다. 계단 끝 짧은 복도 앞에서 오페라가 발걸음을 멈췄다. 집무실 앞 바닥에 검붉은 핏자국이 남아 있었다.

"현장이 집무실이라고 들었는데요."

"아니, 정확히 말하면 집무실 앞 복도야. 피해자는 여기서 칼에 찔린 후 집무실 안으로 옮겨졌네."

경감의 말처럼 바닥에는 뭔가가 질질 끌린 듯한 핏자국이 있었다. 경첩이 뜯긴 문을 지나 베이지색 카펫 위로 흐릿하게 이어져 시의원의 집무 책상 앞까지 닿아 있다. 시신은 이미 다른 곳으로 옮겨졌지만 책상에 남은 핏자국은 여전히 선명했다.

"범인은 피해자를 책상까지 끌고 가서 굳이 의자에 앉혔어."

"왜 그런 짓을 했을까요?"

"나도 모르지."

경감은 가방에서 사진을 몇 장 꺼내 오페라에게 건넸다. 다양한 각도에서 시신을 찍은 사진들이었다.

"등 뒤에서 단번에 심장을 노렸어. 능숙한 솜씨야. 지문도 검출되지 않았고."

"다레카 양이 그렇게 치밀하고 노련해 보이지는 않았는데 말이죠."

오페라는 종이봉투를 뒤집어쓰고 증인석에 선 다레카의 모습을 떠올렸다.

"그런데 사실 허술한 구석도 있어. 다레카와 피해자가 단둘이 이 탑에 들어가는 모습이 목격됐거든. 거기에 피해자가 남긴 메모도 발견됐고."

경감은 책상 위에 놓인 가죽 수첩을 집어 들었다.

"알마잭 시의원의 수첩인데 만찬회 직전 다레카와 방 안에서 만나 양자 입양 문제를 상의했다고 적혀 있네."

오페라는 수첩을 들어 휙휙 넘겼다. 사건 전에도 시의원은 주변에서 일어난 일을 꼼꼼히 기록해 두고 있었다.

"살인이 일어난 순간도 적혀 있으면 좋을 텐데요."

"적혀 있는 거나 마찬가지지. 다레카와의 만남을 끝으로 메모가 끊겼으니."

경감은 오페라가 돌려준 수첩을 조심스레 봉투에 넣었다.

"시신을 처음 발견한 사람들이 잠긴 문을 발로 차 부수고 들어왔을 때 이 안에는 살아 있는 사람이 아무도 없었다고 해. 이 집무실 열쇠는 시의원이 가진 것 하나뿐인데, 그 열쇠가 방 안에 떨어져 있었다더군. 하지만 집무실 밖에서 문을 잠근 후 다시 열쇠를 문 아래 틈새로 밀어 넣으면 그만이니 딱히 이상할 건 없지."

오페라는 흐음, 하고 탄식하고 집무실 안을 둘러봤다. 구석에 있는 선반이 눈에 띈다. 허리 정도 되는 선반 위에 검붉은 고양이 발자국이 남아 있다. 그 바로 위에 있는 천장판은 조금 들려 있어 작은 동물이 빠져나갈 만한 틈이 생겨 있었다.

"'마녀는 고양이로 변신할 수 있다'……."

오페라가 '빅토고 규칙' 제2장을 중얼거리자 경감이 고개를 끄덕였다.

"저 구멍은 천장 위를 지나 3층 테라스로 이어지네. 범인은 고양이로 변신해서 그곳으로 빠져나간 거야. 시신이 발견되기 전 3층 테라스에서 검은 고양이를 목격했다는 증언도 있지. 그 고양이는 공회당 안을 계속 도망 다니다가 천장에서 떨어진 종에 깔려 인간으로 돌아온 순간에 체포됐어.

바로 내 손에 의해.”

오페라는 창가로 다가가 창문 걸쇠를 풀었다.

“이 창문은 열려 있었나요?”

“시신을 발견한 경비원 말로는 잠겨 있었다더군.”

“그럼 범인의 도주 경로는 저 틈으로 빠져나갔거나, 아니면 평범하게 문으로 나갔거나 둘 중 하나겠네요.”

오페라는 한 번 더 집무실 안을 둘러봤다.

“시의원의 집무실치고 꽤 좁네요. 몸을 숨길 공간이 거의 없어 보이는 건 다행이지만.”

“무슨 뜻이지?”

“경감님은 피고인이 고양이로 변신해서 천장 틈으로 탈출했다고 보시는 것 같은데, 제 임무는 그 밖의 다른 가능성을 전부 없애는 거예요. 범인이 시의원을 살해한 후 집무실 어딘가에 숨어 있다가 발견자들의 눈을 피해 집무실 문을 열고 나갔을 가능성을 굳이 검토하지 않아도 되니 일이 수월해져서 다행이라는 뜻이에요.”

경감은 “그렇군” 하고 눈썹을 치켜세웠다.

“일단 말해 두겠는데, 당신과 인연이 있는 액턴 벨 컬러가 지금 이 공회당에 살고 있어. 사건 당일 밤에도 공회당에 있었다고 하고.”

“네. 시의원이 허가해 줬다면서요.”

“앨리스 카슨 역시 마찬가지야. 집을 나가 컬러가 사는 창고방에서 함께 지냈다고 해. 물론 무허가로."

"네?"

두 달 전 재판에서 무죄를 선고받은 컬러, 그리고 그런 컬러를 부둥켜안았던 앨리스의 모습이 오페라의 머릿속에 떠올랐다. 그 두 사람이 또다시 마녀의 소행이 의심되는 범죄 현장에 있었다는 말인가.

"사건과는 무관…… 하겠죠?"

"글쎄."

경감이 알려 준 정보는 오페라에게 막연한 불안감을 안겼다. 아직 컬러나 앨리스가 알마잭 사건과 연관됐다는 증거는 없다. 하지만 화형 법정에서 살아남은 마녀들이 또다시 마녀 사건이 벌어진 현장에 있었다는 게 과연 우연일 수 있을까.

로비로 돌아가자 경찰이 오페라에게 다가와 말을 걸었다. 그 옆에는 정장 차림의 여자가 풀 죽은 듯이 서 있었다.

"이쪽이 시신의 최초 발견자인 리나 드레이턴 씨입니다. 드레이턴 씨, 여러 번 부탁드려서 죄송하지만 심문관님께 사건의 경위를 한 번 더 설명해 주시겠습니까?"

알마잭 시의원의 비서인 리나가 고개를 살짝 끄덕였다.

"전 시의원님의 비서인데 만찬회 때 물품 보관소에서 손님 응대를 맡았어요. 오후 6시쯤 시의원님께서 조카인 다레카 양과 함께 탑 안으로 들어가시는 모습을 봤죠. 그런데 오후 7시에 만찬회가 시작됐는데도 시의원님이 돌아오시지 않아서 물품 보관소에서 집무실로 내선 전화를 걸었습니다. 그때 전화를 받은 시의원님은 조카와 이야기가 길어질 것 같다며 갑자기 사물함에 대해서 물으시더라고요.”

“사물함?”

“네. 최근 새로 구입한 사물함이요. 집무실에 두니 뭔가 어울리지 않아서 다른 곳으로 옮기기로 하고 일단 집무실 밖에 뒀거든요. 시의원님께서는 그 사물함의 비밀번호를 알려 달라고 하셨습니다.”

“그러고 보니 집무실 앞에 그런 게 있더군요. 그리고요?”

“슈노 님의 공연이 끝나갈 무렵에 한 번 더 집무실에 전화를 걸었는데 그때는 아무리 걸어도 받지 않으셨어요. 이상하다 싶어 집무실에 가 봤더니, 집무실 앞 바닥에, 그…….”

리나는 창백한 얼굴로 허리를 꼿꼿이 세우고 증언을 이어 갔다.

“끔찍한 핏자국이 남아 있더라고요. 가슴이 철렁했죠. 생각해 보니 시의원님께서는 요즘 뭔가 고민이 많아 보이셨고, 그전에 내선 전화로 통화할 때도 목소리 느낌이 왠지 이상했거든요. 전 급히 탑을 내려가 경비원에게 도움을 청하고 함께 집무실에 가서 문을 부숴서 열었습니다. 그랬더니 안에 시의원님의 시신이……. 그 즉시 경찰에 신고한 것까

지는 기억하지만 그 뒤로는 충격 때문에 기억이 하나도 안
나네요……."

리나는 침울한 표정으로 고개를 푹 숙였다.

시 경찰은 만찬회 참석자 전원을 대상으로 철저한 수사를
벌였다. 많은 증언들을 종합한 결과 다레카로 추정되는 고
양이의 이동 경로를 대략 특정할 수 있었다.

"검은 고양이는 3층 테라스에서 남쪽 계단으로 1층까지
뛰어 내려와 로비를 통해 대강당에 들어갔네."

오페라는 경감의 안내를 받으며 고양이의 도주 경로를 함
께 되짚었다. 로비와 대강당 사이에 있는 문은 무척 두꺼워
서 웬만한 힘으로 열리지 않았다. 문 너머에는 어둡고 좁은
전실前室이 있고, 그 너머에 있는 문을 열어야 비로소 대강당
에 들어갈 수 있었다.

"고양이가 정말 이 문을 통과한 건가요? 고양이 힘으로는
도저히 문을 열 수 있을 것 같지 않은데요."

"고양이가 뛰어들었을 때 우연히 로비 쪽 문은 만찬회 참
석자가, 대강당 쪽 문은 웨이트리스가 열고 있었다고 해. 고
양이는 그들의 발밑을 지나갔고."

그 뒤로는 대강당에서 백야드로 진입해 어둡고 좁은 통로
를 지났다.

"지저분하네요."

백야드 통로에는 여러 공구와 청소 도구들이 어지럽게 흩어져 있었다. 통로 벽 쪽에 허리 높이 정도 되는 선반이 있는데 그 상판에 녹색 페인트가 튀어 있다. 그리고 거기서부터 녹색의 고양이 발자국이 점점이 이어졌다.

오페라는 멈춰 서서 그 녹색 발자국을 응시했다. 만약 다레카의 손발에도 이런 페인트가 묻어 있다면 그녀가 고양이로 변신해 이곳을 뛰어갔다는 걸 입증할 수 있을지 모른다. 하지만 마녀 고양이의 몸이 더럽혀졌을 경우 다시 인간으로 돌아왔을 때도 더럽혀진 부분이 그대로 남아 있는지에 대해서는 빅토고 규칙에 명시된 게 없다. 규칙에 의거해 피의자가 마녀라는 사실을 증명해야 하는 화형 법정에서 이런 증거는 쓸모가 없다.

오페라와 바이콘 경감은 통로를 지나 레스토랑으로 들어갔다. 사건 당일에는 레스토랑이 영업하지 않아서 고양이와 고양이를 쫓는 사람들이 텅 빈 식당 안을 뛰어다녔다. 고양이는 로비 측면 복도로 나가 그 끝에 있는 종루로 향했다고 했다.

종루 내부는 처참한 상태였다. 종이 떨어져서 뚫린 바닥이 여전히 그대로였고, 종이 있어야 할 머리 위 공간은 텅 비었다. 무너진 벽 일부 틈새로 바람이 들어왔다.

"저 벽도 종이 떨어진 충격 때문에 무너진 걸까요?"

"아니, 저건 사건과 무관해. 만찬회에 초대된 토드헌터 경찰서장의 아들이 주차하다가 차를 벽에 들이받았다더군."

"흐음. 건물이 영 허술하네요."

"지난 세기에 지어졌으니."

오페라는 바닥에 난 커다란 구멍 안을 들여다봤지만 칠흑 같이 어두워서 아무것도 보이지 않았다. 경감의 안내를 받아 직원용 계단으로 지하에 내려가 종이 떨어졌다는 지배인실로 향했다.

"고양이를 쫓은 사람들 말로는 고양이가 종루에 뛰어든 직후에 종이 떨어졌다고 해. 종은 종루 바닥을 뚫고 이 지배인실까지 추락했지. 그리고 여럿이 달려들어 그 종을 들어 보니……."

"안에서 나타난 건 고양이가 아니라 불량소녀였다는 말이네요. 그 증언 하나로도 다레카를 마녀로 단정하기에 충분해 보입니다. 변호인은 이번에 또 어떤 말도 안 되는 변명을 준비했을까요."

그때 복도 쪽에서 말다툼을 벌이는 소리가 들렸다. 고개를 내밀어 보니 작업복을 입은 남자 두 명이 뚱뚱한 중년 남자에게 뭔가를 따지고 있었다.

"종이 떨어진 건 당신네 종루가 낡았기 때문이잖아!"

"조이 말이 맞아. 우린 아무 잘못도 없어."

남자들이 몰아세우는 남자는 공회당의 지배인이라고 경감이 오페라에게 귓속말로 알려 줬다.

“아니, 꼭 그렇다고 할 수는 없지.”

지배인은 지지 않고 되받아쳤다.

“애초에 납품만 제때 됐어도 종을 서둘러서 설치할 필요도 없지 않았나? 수리비는 조이앤폴 주물 공장에서 책임지고 부담해야 해.”

“말도 안 되는 소리! 애초에 길이 그렇게 막힌다고 미리 알려 줬으면 더 일찍 가져다줬을 거라고!”

“조이 말이 맞아. 그리고 그 골목길, 너무 좁아. 차에서 내릴 때 사이드미러가 벽에 부딪혀서 부러졌다니까. 제기랄. 이것도 변상받아야 해.”

“아니. 그건 폴, 네 운전이 서툴러서 그래.”

갑자기 조이에게 배신당한 폴은 당황한 것처럼 말문이 막혔다.

경감과 헤어진 오페라는 혼자 공회당을 걸었다. 사건 개요를 대강 파악했으니 이제 생각을 정리해야 한다.

변호인 측 시각에서 보면 이번 재판은 상당히 까다로울 것이다. 변호인은 다레카가 집무실에서 어떻게 마법을 쓰지 않고 종루까지 이동했는지를 설명해야 한다. 하지만 사건 당일 밤 공회당은 만찬회 참석자들로 북적였으니 누구에게도 들키지 않고 이동하는 건 불가능하다. 양은 어떤 식으로 변론을 펼칠 작정일까…….

고민하며 로비 2층 통로에 들어섰다. 이 건물은 구조가 복잡해서 마치 미궁 같다. 재판 전까지 공회당 구조를 확실히 외워 둬야겠다고 생각한 찰나.

"정말 이상하네."

통로 끝 테라스 쪽에서 목소리가 들렸다.

"그만하면 됐잖소, 이블린."

"하지만."

테라스에 나가자 고개를 연신 갸웃거리는 노부인과 그녀의 남편으로 보이는 노신사가 있었다.

"무슨 일이 있으신가요?"

그렇게 묻자 노부부는 품위 있게 고개를 숙였다.

"아, 그게, 어젯밤 여기서 이상한 일이 있었거든요. 그 사건과 관련된 건 아니고."

흥미가 생긴 오페라는 이블린 블레이크라는 노부인의 이야기에 귀를 기울였다. 블레이크 부부는 만찬회에 초대받아 왔는데 종루에서 종이 추락한 소리를 듣고 로비에 나갔다가 그곳에서 전에 알던 사람을 만났다고 했다.

"샬럿 리드라고, 저희 마을에 살던 아이였어요. 다가가 말을 걸려고 했더니 도망치듯 통로로 뛰어들더군요. 그 후 잠시 기다리고 있는데 이번에는 통로에서 여자 두 명이 나오는 거예요. 혹시 샬럿을 봤냐고 물었더니 그런 아이는 못 봤다고 했어요. 그렇죠, 당신?"

"응. 목소리랑 얼굴이 정말 비슷하긴 했지."

남편은 마지못한 듯이 인정했다.

"하지만 샬럿은 10년도 더 전에 죽었는데."

"그러니까 말이에요……. 우리가 유령을 만난 걸까요?"

"유령이면 더 이상하지. 성장해 나타나는 유령이라니, 그런 건 들어본 적도 없소."

"샬럿 리드……."

오페라는 이름을 되읊었다. 사건과 관련 없어 보이지만 왠지 마음에 걸리는 구석이 있었다.

◆

변호인이 접견하러 왔다는 말을 듣고 다레카는 유치장에 갇힌 후 처음으로 희망을 품었다. 독양이 변호를 맡아 줄지 지금껏 명확한 답을 듣지 못했다.

"오랜만이네."

좁은 접견실에 들어선 남장 여인이 양의 뿔을 본뜬 기묘한 모자의 챙을 잡고 인사했다. 챙 아래에 있는 얼굴을 본 순간 다레카는 눈을 크게 떴다.

"앗…… 배, 배드마! 네가 왜…… 설마, 양의 정체가 너였던 거야? 아니, 지난 재판에서는 분명 다른 사람이었는데…… 어라?"

"바보야. 목소리 낮춰."

배드마라고 불린 여자가 언짢은 듯 다레카를 노려봤다.

"양 씨한테 부탁받았을 뿐이야. 대신 접견 다녀오라고."

"하지만, 그 옷차림은……."

다레카는 눈앞에 앉은 사람을 위아래로 훑어봤다.

"검은 후드를 쓰고 경찰서에 들어올 수는 없잖아. 그렇다고 맨얼굴로 오는 건 더 싫고. 변호인 접견은 경찰도 동석하지 않으니 여러모로 좋아."

"그, 그랬구나. 그럼 양 씨가 변호를 맡아 주는 건 맞나 보네."

다레카는 안도의 한숨을 쉬었다.

"다행이다. 어떻게 변호하려는 걸까."

"그건 내 알 바 아니지. 다만 이번에는 사전 준비에 시간이 걸린다며 접견과 조사를 우리한테 맡길 거래. 앨리스와 컬러도 돕고 있어. 경찰 눈을 피해 공회당 사진을 찍어 양 씨에게 보내고 있거든. 나중에 만나면 고맙다고 해."

"응, 그래야겠다. 역시 평소에 잘하면 다 보답받는다니까."

히죽거리며 대답하는 다레카를 배드마가 빤히 쳐다봤다.

"좋아. 그럼 시작해 봐. 그날 밤 네 눈으로 본 모든 걸 말해 줘."

다레카는 고개를 끄덕이고 증언을 시작했다. 고모와 상의 중에 누군가가 최면 가스를 퍼뜨려서 잠들었다는 것. 깨어

나 보니 잠긴 방 안에 등에 칼이 꽂힌 고모와 단둘이 있었다
는 것. 고양이로 변신해 도망치다가 느닷없이 머리 위에서
떨어진 종에 깔려 정신을 잃었다는 것.

"허, 마약 밀수라니. 너희 집안도 참 대단하……."

"저기, 배드마. 그 이야기도 양 씨한테 전할 거야?"

"당연하지. 그리고 자꾸 함부로 내 이름 부르지 마. 늘 말
했지?"

"미안. 근데 가능하면 아빠 이야기는 안 새어나가게 해
줘. 고모는 아빠가 저지른 짓들을 알고 있었어. 범죄자의 딸
인 내가 비밀을 지키려고 고모를 죽였다는 누명을 쓰기라도
하면 곤란하잖아."

"그건 그러네. 그렇게 생각하면 너한테도 충분히 동기는
성립하겠다."

"이번 범인은 밀수 조직에서 보낸 살인 청부업자 같은 녀
석일 거라고 봐."

다레카는 팔짱을 끼고 천장을 올려다봤다.

"의미심장한 말을 하기도 했고, 솜씨도 프로 같았거든. 근
데 문제는 왜 날 죽이지 않았냐는 거야."

"미리 말해 두자면 진범을 찾는다고 해도 별 도움은 안 될
걸. 화형 법정에서 문제 삼는 건 살인이 아니라 네가 마녀인
지 아닌지 여부니까."

"나도 알아. 다만 그 자식이 어디로 사라졌는지 계속 신경

쓰여. 내가 눈을 떴을 때 그 자식은 집무실에 없었어."

"그 녀석도 마녀 아니야?"

"글쎄."

다레카는 고개를 갸웃거렸다.

"근데 만약 그 자식이 마녀라고 해도 집무실에서 나갈 수는 없었어. 내가 고양이로 변신해 천장 위를 지날 때 얼굴에 자꾸 거미줄이 붙어서 짜증 났거든. 그건 곧 나보다 먼저 그 천장을 지나 밖에 나간 고양이는 없다는 뜻이겠지. 집무실 창문 역시 안에서 잠겨 있었으니 빗자루를 타고 달아날 수도 없었을 테고."

"양도 현장 상황에 대해서는 의문을 품고 있어. 시의원이 복도에서 살해된 이유가 설명이 안 된다고."

"뭐? 복도에서?"

그건 다레카도 처음 듣는 이야기였다. 다레카의 기억 속 고모는 최면 가스 때문에 책상에 앉은 채 잠들어 있었다. 그렇다면 범인은 잠든 고모를 굳이 복도까지 옮겨서 살해한 후 시신을 다시 집무실 안에 옮겼다는 말이 된다.

"확실히 수수께끼네."

다레카의 말에 배드마도 고개를 끄덕였다.

"그런데 뭐, 그 수수께끼를 풀어도 너한테 득 될 건 없겠지만."

"손해 볼 것도 없잖아. 게다가 난 친척이 살해당한 피해자라고."

다레카는 책상에 엎드려 깊숙이 한숨을 내쉬었다.

"데면데면하긴 했지만 그래도 나랑 한 핏줄인 분이었어. 그때는 경황이 없어서 도망치기 바빴지만 내가 조금만 더 일찍 도움을 청했더라면…… 어쩌면 고모를 살릴 수 있었을지도 몰라."

"……미안."

배드마가 짧게 사과했다.

"너희 고모는 즉사하셨다고 해. 네가 도망쳤든 안 도망쳤든 결과는 같았을 거야."

다레카도 "그렇구나"라고 짧게 대답했다.

"어쨌든 그날 밤 이야기는 여기까지야. 더 궁금한 거 있어?"

"흐음, 아직 시간이 있으니……."

배드마는 메모하던 손을 잠시 멈추고 다레카의 눈을 들여다봤다.

"이번에는 네 이야기를 들어볼까?"

"뭐?"

"뭐든 좋아. 좋아하는 거나 싫어하는 거, 기억에 남은 사건이나 앞으로의 계획 등."

"뭐야, 그게. 사건과는 관계없잖아."

"관계없는 이야기를 하라는 거야."

배드마는 모자 아래에서 날카로운 눈빛으로 다레카를 쳐

다봤다.

"양 씨가 나한테 부탁한 정보는 다 들었어. 이젠 네 이야기를 해 줘. 우리가 알고 지낸 지 꽤 됐지만 사실 난 너에 대해 아는 게 별로 없어."

다레카는 의아하게 배드마를 마주 보다가 잠시 후 조심스럽게 자기 이야기를 꺼내기 시작했다.

◆

메리다 카슨은 어둡고 좁은 공동주택 방 한 켠에서 낡은 의자에 앉아 발밑에 흩어진 신문지를 멍하니 내려다보고 있었다.

앨리스가 떠나간 후 이곳의 시간은 멈췄다. 메리다는 아무것도 하지 않고 무기력하게 하루하루를 보냈다. 쥐꼬리 수준인 전 남편의 군인 연금으로 살며 의식주 중 어느 하나 여유가 허락되지 않는 삶은 잠깐이나마 베너블즈 저택에서 호화로운 삶을 경험한 메리다에게 참기 어려운 고통이었다.

현관 우편함에 매일 꽂히는 신문이 그대로 바닥에 흩어져 집 안 바닥이 점차 활자로 뒤덮여 갔다. 그때 덜컥 하고 현관 우편함이 열리더니 신문이 또 들어왔다. 바닥에 펼쳐진 조간 1면에 '시실리 알마잭 시의원 피살'이라는 제목이 큼지막하게 실려 있다. 메리다는 넋을 잃고 기사를 보다가 크게 실린 용의자의 얼굴 사진에서 시선을 멈췄다.

어디선가 본 얼굴이다. 이 아이, 컬러 재판에 출석한 마녀 측 증인 아니었나.

기사를 읽던 중 또다시 우편함이 열리더니 이번에는 종이 한 장이 툭 떨어졌다. 우표와 수신인도 없이 어느 제과 업체 의 로고만 인쇄된 회색 편지지였다.

메리다는 수상쩍은 편지를 집어 들었다. 그 안에는 무미 건조한 고딕체로 이렇게 적혀 있었다.

'해럴드 베너블즈가 생전에 남긴 글을 찾아라. 액턴 벨 컬 러의 진실이 바로 그 안에 있다.'

메리다는 천천히 의자에서 일어나 현관문을 열었다. 지저 분한 복도를 여러 번 둘러봐도 편지를 두고 간 사람은 보이 지 않았다.

◆

3월 10일, 다레카 드 발자크의 화형 법정이 열리는 날.

오페라는 아침 일찍 일어나 옷매무새를 갖추고 당당하게 집을 나섰다. 설욕할 기회는 그리 쉽게 오지 않으니 오늘은 어떻게든 승리를 쟁취해야 했다.

"출발해."

차에 올라타 운전석에 앉은 미치루에게 지시했다. 소심한 수행원은 주인의 심상치 않은 기세에 눌린 듯 조심스럽게 화형 법정으로 차를 몰았다.

컬러 재판과 달리 이번 화형 법정은 시내 중심부 역 앞 광장에 나타났다. 법정의 입지와 화제성이 맞물려 법정을 에워싼 구경꾼들도 지난번과 비교되지 않을 만큼 많았다. 오페라와 미치루는 인파를 헤치며 간신히 법정에 도착했다.

옷을 다시 가다듬고 문 안에 발을 들였다. 차가운 금속 느낌의 통로를 지나자.

"윽……."

저절로 얼굴이 찌푸려질 만큼 기이한 광경이 눈앞에 펼쳐졌다.

그곳은 법정 내부라고 부르기 힘든 공간이었다. 건설 현장에서나 볼 법한 철제 구조물로 만든 방청석이 삼면을 둘러싸고 있다. 직사각형 모양의 공간 안쪽, 즉 평범한 법정이라면 재판장이 앉는 자리에 사람 키만큼 거대한 공회당 모형이 자리 잡고 있다. 꼭 이 법정의 주인공이 공회당이라도 된다는 듯이.

법정 중앙에는 따로 바닥과 천장이 없고 거친 철골만 허공을 가로지르며 발판을 만들고 있다. 증언대나 심문관석이 보이지 않고 피고인이 어디 앉는지도 구분할 수 없었다.

마치 고층 빌딩 건설 현장에 들어선 것 같았다. 그것도 터무니없이 높고 비현실적인.

　방청석에서 몸을 내밀어 아래를 보니 끝을 알 수 없는 짙은 어둠이 펼쳐졌다. 반대로 머리 위는 하얀빛이 시야를 가려 그 너머에 있는 배심원석처럼 보이는 구조물이 간신히 시야에 들어왔다.

　"아가씨, 조심하세요. 저 아래에는 지옥이 있을지도……."

　고소공포증이 있는 미치루는 오페라 뒤에서 철책을 꼭 움켜쥐고 있었다.

　방청객들도 모두 오페라처럼 법정 안 풍경을 보며 경악하고 있었다. 방청석이 절반가량 찼지만 변호인의 모습은 보이지 않았다.

　"또 지각인가 보네."

　오페라는 혀를 쯧 찼다. 양은 지난 재판 때도 늦게 왔다. 사적인 볼일이 있었다고 둘러댔지만 어쩌면 극적인 등장을 위해 일부러 시간에 맞춰서 등장했는지도 모른다.

　얼마 후 방청석이 가득 차자 집행관의 손에 이끌려 다레카가 법정에 입정했다. 오페라는 집행관과 상의해 다레카가 있을 곳을 법정 맨 앞 발판 위로 정했다. 잠시 후 다레카의 뒤쪽 방청석에 조심스럽게 다가오는 두 사람이 보였다. 앨리스 카슨과 액턴 벨 컬러다.

　오페라는 며칠 전부터 검은 후드를 쓴 여자가 앨리스, 컬러와 함께 사건 관계자들을 찾아다니고 사건 현장에 잠입해 사진을 찍고 다닌다는 소문을 들었다. 아무래도 앨리스와 컬러가 양 쪽에 가담한 듯하다. 이번에도 변호인은 치밀하게 준비했다고 봐야 할 것이다.

정오가 되어 오페라는 소리 높여 선언했다.

"그럼 지금부터 다레카 드 발자크, 본명 다레카 알마잭의 심리를 시작하겠습니다. 화형 심문관은 저 오페라 가스톨이……."

오페라의 개회 선언은 요란한 발소리에 의해 도중에 가로막혔다.

"아이고, 아이고. 거듭 무례를 범했습니다!"

호들갑스럽게 사과하며 법정에 뛰어든 사람은 연미복 차림의 남장여자, 독양이었다. 그녀는 희극 배우 같은 걸음걸이로 발판 위에 뛰어오르는가 싶더니 손으로 땀을 훔치며 너스레를 떨었다.

역시 저 녀석은 일부러 늦게 나타나는 것이다. 순간 짜증이 치밀었지만 오페라는 헛기침을 한 번 하고 침착하게 모두 발언을 시작했다.

"지난 3월 4일 저녁, 알마잭 기념 공회당 집무실에서 시실리 알마잭 시의원이 칼에 찔려 살해됐습니다. 그리고 현장에 함께 있던 다레카 알마잭은 검은 고양이로 변신해 천장 틈새로 달아났습니다. 고양이는 공회당 안에서 요란한 도주극을 벌이다가 종루로 도망쳤고, 그때 노후화된 종루의 들보가 무너져 종이 아래로 떨어졌습니다. 거대한 종은 고양이를 완전히 덮친 채 바닥을 뚫고 지하까지 추락했고, 종을 다시 들어 올리자 아래에는 의식을 잃은 피고인이 쓰러져 있었습니다.”

오페라는 “이와 같은 이유로” 하고 다레카에게 검지를 내밀었다.

“피고인이 마녀라는 것은 명백합니다. 피고인, 인정합니까?”

“흐음, 무슨 말씀을 하시는지 도무지 모르겠는데요.”

다레카는 당연한 것처럼 시치미를 뗐다.

“좋습니다.”

오페라는 발판 위를 성큼성큼 걸어 공회당 모형 앞에 섰다.

“먼저 현장 수사를 지휘하신 바이콘 경감님께서 이 모형을 이용해 피고인의 당일 움직임을 설명하실 겁니다.”

구둣발 소리를 울리며 발판 위에 선 경감은 이름과 직책을 밝히고 사건 당일 밤 경위를 설명하기 시작했다. 신고를 받은 경찰이 현장에 도착한 시간은 오후 7시 10분. 그 후 바이콘 경감이 뒤늦게 도착했을 때는 이미 만찬회가 중단됐고 경찰이 혼란에 빠진 참석자들을 수습하느라 한창 분투하고 있었다.

“참석자의 증언을 취합한 결과 대략적인 사건 경위가 밝혀졌지. 그래서 난 종 아래에서 쓰러져 있던 소녀, 즉 피고인을 살인 혐의로 체포했네.”

"피고인을 왜 의심하신 겁니까?"

"오후 6시경 피고인이 알마잭 시의원과 단둘이 탑에 있는 집무실로 향하는 모습이 로비의 물품 보관소 앞에서 목격됐어. 이후 시의원은 집무실 안에서 시신으로 발견됐지만 피고인이 탑에서 나오는 걸 본 사람은 아무도 없었지. 그리고 이것도."

경감은 시의원의 수첩을 꺼내 그곳에 적힌 메모를 낭독했다. 만찬회 전 시의원과 다레카가 방 안에 단둘이 있었다는 내용이 방청객의 관심을 끌었고, 경감은 수첩에 적힌 글씨가 시의원 본인의 필적이 맞다는 감정 결과도 덧붙였다.

"피고인이 사건 현장에 있었던 건 확실해. 그리고 현장에서 종루까지 도망치는 검은 고양이를 수많은 사람이 목격했고, 그 종루에서 피고인은 다시 모습을 드러냈지. 이로써 피고인이 검은 고양이로 변신해서 도주를 시도했다는 의혹이 제기돼 당국은 이번 사건을 마녀 범죄로 다루게 된 걸세."

"그럼 만약 피고인이 마녀가 아니라고 가정한다면."

오페라는 일부러 반문했다.

"평범한 사람이 집무실에서 종루까지 이동하는 게 물리적으로 가능할까요?"

"불가능하다고 봐야겠지. 당시 모든 참석자와 직원들에게 확인했지만 오후 6시 이후에 피고인을 봤다는 사람은 단 한 명도 없었어. 물론 공회당 안에 비밀 통로 같은 게 없다는 것도 확인했고."

"신뢰할 만하네요. 변호인, 반대 신문하시겠습니까?"

양은 "그럼요" 하고 몸을 일으켜 발판 위를 성큼성큼 걸어왔다.

"오랜만입니다, 경감님."

양은 공손하면서도 왠지 무례하게 인사를 건네고 경감과 거리를 두고 마주 섰다.

"소인은 여러 사정상 이번 사건의 조사를 지인에게 위임했으므로 지금 이 자리에서 몇 가지 세부 사항을 확인하고자 합니다."

"뭐지?"

양은 모형 앞으로 가서 공회당 1층 구조를 들여다봤다.

"흐음, 참으로 정교하게 만든 모형이군요. 여러분도 보시다시피 물품 보관소에서 탑 위 집무실까지는 쭉 이어져 있지만 보아하니 샛길도 하나 있군요. 바로 이 탑 안에서 로비 측면 복도로 통하는 문이 있고, 그곳을 나가 조금 더 가면 골목길로 나가는 뒷문이 나옵니다."

양은 손가락 두 개로 사람의 발걸음을 흉내 내며 모형 1층을 짚어 나갔다.

"혹시 피고인은 3층 집무실에서 나와 1층 물품 보관소 앞을 지나지 않고 그대로 이 문을 통과해 탑을 빠져나간 게 아닐까요? 사람이 고양이로 변신했다는 동화 같은 이야기를 곧이곧대로 믿는 것보다 그쪽이 훨씬 현실적이라고 생각하지 않으십니까? 경감님."

"생각했네."

경감은 순순히 인정했다.

"하지만 그 가능성은 금세 다시 배제했어. 그 문은 쓰이지 않았다고 증언한 사람이 나왔거든. 자세한 건 당사자에게 직접 듣는 게 좋겠군."

"오호, 그렇게 해 주시면 감사하겠습니다. 심문관님?"

오페라는 고개를 끄덕였다.

"좋습니다. 그럼 시의원님의 비서를 증언대에 모시겠습니다."

경감이 방청석으로 물러가자 교대하듯 리나 드레이턴이 발판 위에 섰다. 비서는 자신이 시신의 최초 발견자가 된 경위를 차분히 설명했다. 잘 정리된 증언이지만 시신을 발견한 순간을 이야기할 때만은 목소리가 떨렸다.

"정말이지 너무나 끔찍했답니다……."

"얼마나 마음 아프실지 충분히 이해합니다. 그래도 나오신 김에 몇 가지 질문에 대답해 주셨으면 합니다. 조금 전 변호인이 지적한, 탑에서 로비 측면 복도로 통하는 문을 범인이 이용했을 가능성이 있습니까?"

리나는 즉시 고개를 흔들었다.

"아뇨. 이 문은 평소에도 거의 쓰지 않아서 문 앞에 아레카야자 화분을 놓아뒀습니다. 제가 시신을 발견하기 전에 집무실로 향할 때 화분은 평소처럼 그대로 문 앞에 있었죠. 지나가며 '그러고 보니 물을 안 줬네' 하고 생각했던 게 기억납니다."

"그 화분이라는 건."

오페라는 관엽 식물 모형을 집어 들었다.

"이걸 말씀하시는 거겠죠?"

"네. 정교하게 잘 만들어졌네요."

"감사합니다. 이걸로 결론이 나왔군요. 피고인은 이 문을 이용해 탑에서 나갈 수 있었을지도 모릅니다. 하지만 그럴 경우 화분이 문 앞에 있는 건 이상하죠. 이 문은 안쪽으로 열리니까요. 측면 복도로 나간 피고인이 문 너머에 있는 화분을 다시 원위치에 돌려놓을 수도 없었습니다."

오페라는 가슴을 펴고 양을 째려봤다.

"자, 변호인, 어떡하시겠습니까?"

"어떡하냐니, 당연히 반대 신문을 해야지요."

양은 태연하게 리나에게 다가갔다.

"측면 복도로 나가는 문이 쓰이지 않았다는 건 납득했습니다. 그런데 증인, 증인과 경비원분께서 탑에 들어간 이후에도 물품 보관소에는 다른 직원이 남아 있었나요?"

"아뇨. 그때는 이미 손님 안내가 끝난 뒤라 물품 보관소에 저밖에 없었습니다."

"그럼 증인과 경비원분이 집무실에 들어가 시신을 발견했을 때 다레카 양이 교묘하게 두 분의 시선을 피해 탑을 내려오기만 했다면 물품 보관소 앞은 아무 문제 없이 지나칠 수 있었다는 말씀이군요?"

"변호인. 잠깐만요."

오페라는 조롱하듯 양의 말을 가로막았다.

"두 사람의 시선을 피한다고요? 증인, 그때 범인이 두 분에게 들키지 않고 집무실에서 빠져나갈 수 있었다고 보십니까?"

"그건 어려울걸요. 물품 보관소에서 집무실까지는 쭉 이어져 있고 중간에 숨어서 저희 눈을 피할 만한 공간도 없으니까요."

"정말 그럴까요? 예를 들어……."

양은 성큼성큼 모형 앞에 다가가 집무실 앞 복도에 있는 사물함을 집어 들었다.

"이 사물함 안에도 숨을 수 없었다고 자신 있게 단언하실 수 있습니까?"

그러자 대번에 리나는 대답을 머뭇거렸다.

"그, 그건…… 죄송합니다. 전혀 생각해 보지 못한 부분이라……."

"이 사물함 안에는 뭐가 들었습니까?"

"비어 있습니다. 아직 쓰지 않아서요."

"그렇다면 이런 가설도 성립하지 않을까요? 다레카 양은 범행 후 이 사물함 안에 숨었다. 증인들은 범인이 숨은 사물함 앞을 그대로 지나쳐 집무실에 들어갔다. 증인들이 시신을 발견하고 경악하는 사이 다레카 양은 사물함에서 빠져나와 계단을 뛰어 내려갔다. 로비에서 사람들 눈에 목격되지 않은 건 모두 넋을 잃고 슈노의 공연에 몰두하고 있었기 때문이다. 다레카 양은 공회당 안을 이리저리 헤매다가 지하로 길을 잘못 들어섰고, 마침 종루 아래에 있는 지배인실에 무심코 들어선 순간 머리 위 천장을 뚫고 떨어진 종에 갇혀버렸다. 그럼 그 검은 고양이는 공회당에 우연히 들어온 길고양이겠네요. 이 고양이는 분명 종루까지 도망치기는 했지만 종이 떨어지기 직전에 벽에 난 구멍을 통해 밖으로 도망쳤습니다.”

양은 종루 모형에 얼굴을 가까이 대고 만족스러운 듯 고개를 끄덕였다.

“이 모형에도 재현돼 있듯 종루 벽에는 작은 구멍이 나 있었습니다. 고양이라면 충분히 빠져나갈 수 있는 구멍이.”

양은 손가락을 딱 튕겼다.

“자, 여기까지가 소인의 주장입니다. 피고인 다레카 드 발자크 양이 고양이로 변신했다는 말을 믿어야 할 이유는 전혀 없는 것 같습니다만, 어떻습니까?”

“으음…….”

오페라는 궤변이라는 걸 확신하면서도 즉각 반박할 말을

떠올리지 못했다.

"저, 변호인님."

다레카가 조심스럽게 손을 들었다.

"혹시 제가 잘못 들었을 수도 있는데요."

"네?"

"방금 제가 범행을 저질렀다고 말씀하신 건 아니죠?"

그러자 양은 미소 지으며 "말했죠. 말했고말고요" 하고 고개를 끄덕였다.

"두말할 것 없이 시실리 알마잭 시의원을 살해한 사람은 다레카 양입니다."

"아, 아니, 잠깐만요!"

다레카는 크게 당황해 난간 앞으로 몸을 내밀었다.

"'말했고말고요'라뇨! 세상에 피고인의 유죄를 주장하는 변호인이 어딨어요!"

"대체 무슨 말씀이신지. 지금 이 법정에서 다투는 건 살인 사건의 진실이 아닌 다레카 양이 마녀인지 여부입니다. 따라서 시의원을 살해한 사람이 다레카 양이라고 해도 문제될 게 없습니다."

"문제 돼요! 전 사람을 죽이지 않았다고요!"

"살인범은 다 그렇게 말하곤 하지요. 참고로 여기 계신 이 다레카 양은 아버지께서 범죄계의 거물이신데 그분의 동생인 시실리 알마잭 시의원님께서 최근 그 정보를 입수했다고 합니다. 이번 일은 결국 피고인이 고모의 입을 막기 위해 저지른, 사악하고도 비열한 살인 사건입니다.”

“으, 으악! 말도 안 돼! 이 바보 멍청이! 사람을 착착 살인범으로 만들지 말라고요!”

양은 고래고래 소리치는 다레카에게 잽싸게 다가가 손으로 입을 틀어막았다.

“실제로 진범은 시의원 살해 후 사물함에 숨어 비서와 경비원의 눈을 피한 것으로 보입니다. 하지만 그 사물함은 두 사람이 숨기에는 너무 작죠. 따라서 피고인 말고 다른 진범이 있다고 주장하면 그건 곧 피고인이 범행 현장에서 빠져나가기 위해 고양이로 변신했다는 뜻이 됩니다. 그러므로 다레카 양, 당신은 결국 자신이 범인이라는 사실을 받아들이는 수밖에 없습니다.”

“으, 으윽⋯⋯.”

말문이 막힌 다레카를 향해 양은 “안심하셔도 됩니다” 하고 눈을 찡긋했다.

“지금 이 자리에서 무죄를 얻어내지 못하면 다레카 양은 내일 아침 햇살조차 볼 수 없습니다. 지금은 우선 살아남는 게 무엇보다 중요하죠. 살인자라는 누명은 이 광기의 공간에서 살아 나간 후에 벗어도 늦지 않습니다.”

다레카가 마침내 입을 다문 것을 보고 양은 의기양양하게 오페라 쪽으로 몸을 돌렸다.

"자, 반대 신문은 여기까지입니다. 심문관님, 괜찮으시다면 다음은 소인 쪽에서 새로운 증거를 제시하고 싶습니다."

괜찮을 리 없지만 오페라는 군이 제지하지 않았다. 양의 주장은 누가 봐도 즉흥적으로 짜맞춘 티가 난다. 반드시 어딘가에 허점이 있을 테지만 반격을 준비하려면 시간이 필요했다.

"그럼, 이쪽을."

양은 확대된 사진 몇 장을 들어 보였다. 전부 어두운 복도에 놓인 선반을 찍은 사진이다. 허리 높이 정도 되는 선반 상판에는 녹색 페인트가 흩뿌려져 있었다.

"이건 제 지인에게 부탁해서 촬영한 사진입니다만. 음……."

양은 모형 앞에 쪼그려 앉아 복도 안쪽에 손을 집어넣더니 미니어처 선반을 꺼내 들었다.

"바로 이겁니다. 사건 이후 이 대강당 백야드에 있던 선반을 찍은 사진이지요. 지금부터 이 선반에 남아 있는 얼룩과 관련해 두 분의 증인께 이야기를 들어보고자 합니다."

양의 호출을 받고 앞에 나선 사람은 마른 체형의 청년과, 아름답고 볼륨감 있는 몸매의 젊은 여자였다. 각각 프레데릭 월러스, 제니 마고라고 자신을 소개한 두 사람은 사건 당일 밤 공회당에서 웨이터로 임시로 일했다고 했다.

"저희는 그날 처음 만났는데 죽이 잘 맞았어요. 저희 둘다 그렇게 성실한 타입은 아니어서 그날도 3층 테라스에서 조금 농땡이를 부리고 있었죠."

"어머, 전 월러스가 하도 조르는 탓에 잠깐만 같이 있어 주려고 했을 뿐이에요. 그런데 이 사람은 거기 가서도 자기 이야기만 줄줄 늘어놓더라고요. 얼마나 따분하던지."

"뭐야. 너도 슈노의 노래가 시작되자 그쪽에 정신이 팔려서……."

"고양이를 쫓게 된 경위를 설명해 주십시오."

강제로 말을 가로막힌 월러스는 조금 기분이 상한 듯 증언을 이어 갔다.

"저희 앞에 불쑥 검은 고양이가 나타났습니다. 한 번은 제니가 붙잡았는데 순식간에 다시 빠져나갔죠."

"왜 붙잡으신 거죠?"

"벽보를 봤거든요."

제니가 대답했다.

"버튼 경이 잃어버린 고양이를 찾고 있다는 내용의 벽보요. 버튼 경 하면 도망친 반려묘를 찾아 준 시민에게 거액의 사례금을 준다는 이야기로 유명하잖아요?"

"그렇다더군요. 참고로 덧붙이자면 경의 반려묘는 당시 줄곧 집 안에 있었고 그 벽보는 결국 악질적인 장난으로 밝혀졌습니다."

"저희는 그런 줄 몰랐어요. 받을 수 있는 건 받아야겠다고 생각했죠. 그래서 도망치는 고양이를 필사적으로 쫓았던 거예요. 고양이는 로비를 지나 대강당에 들어간 후 백야드의 어두운 통로를 지나 주방을 통과해 종루까지 달려갔죠. 저도 덩달아 종루로 들어가려고 했는데, 바로 그때 코앞에서 종이 뚝 하고 떨어졌어요. 얼마나 아찔하던지. 한 발짝만 더 나아갔어도 전 지금쯤 무덤 안에 있었을걸요.”

“아아, 무사하셔서서 정말 다행입니다. 그렇다면 증인은 테라스에서 종루까지 단 한 순간도 고양이에게서 눈을 떼지 않았다는 말씀이군요.”

“네.”

“좋습니다. 그럼 한 가지 묻겠습니다만, 당시 고양이가 통로를 달려가며 뭔가를 걷어차고 가지는 않았습니까?”

“아, 맞아요. 통로에 있는 선반에 뛰어올라서 페인트 통을 넘어뜨리고 갔죠. 그때 제 유니폼에도 녹색 페인트가 튀었는데 아무리 빨아도 지워지지 않아서 결국 변상하게 됐다니까요.”

“장난꾸러기 고양이였군요. 어라? 그러고 보니 여기 귀여운 발자국이 잔뜩 남아 있네요!”

양은 다시 확대한 사진을 꺼내 들어 보였다. 녹색 페인트를 밟은 듯한 고양이 발바닥 자국이 선반 위에 점점이 찍혀 있었다.

“그런데 경감님.”

양은 이번에는 바이콘 경감을 향해 몸을 돌렸다.

"듣자 하니 다레카 양에게 수갑을 채운 분이 경감님이라고 하던데, 그때 다레카 양의 손에 혹시 페인트가 묻어 있었습니까? 심문관님 말씀처럼 다레카 양이 고양이로 변신해서 돌아다녔다면 녹색 페인트가 묻어 손이 엉망이었어야 할 것 같은데요. 어땠습니까?"

경감은 신중하게 대답했다.

"……아니. 그런 건 묻어 있지 않았네."

"오호라. 그렇다면 그 페인트를 엎질렀다는 고양이는 피고인이 아닐 가능성이……."

"자, 잠깐!"

오페라가 서둘러 말을 끊으며 소리쳤다.

"결론이 너무 성급합니다! 마녀 고양이의 몸이 더럽혀졌을 경우 변신이 풀린 뒤에도 오염이 그대로 남아 있는지에 대해서는 빅토고 규칙 어디에도 적혀 있지 않습니다!"

"그건 그렇죠. 어제까지는."

양은 품속에서 긴 두루마리 종이 한 장을 꺼내 오페라의 눈앞에 내보였다. 그곳에 적힌 내용을 읽어 가는 동안 오페라의 낯빛이 점점 창백해졌다.

"네. 고양이 앞발에 묻은 얼룩이 변신이 풀린 뒤에도 그 사람의 손에 남는지 아닌지를 꼭 밝혀야 할 것 같아 직접 확인하고 왔습니다. 영광스럽게도 마녀인 슈농소 드 빅토고 씨께서 실험에 응해 주셨죠. 고양이로 변신한 빅토고 씨의 고운 앞발에 페인트를 바르고 인간으로 돌아왔을 때도 페인트가 그대로 남아 있는지를 왕립 학회의 명망 있는 석학들 앞에서 확인했습니다. 자, 실험 결과가 궁금하시나요? 그렇다면 이 보고서, 즉 새로운 빅토고 규칙을 잘 살펴봐 주시기 바랍니다.”

충격에 빠진 오페라는 떨리는 목소리로 보고서를 읽어 내려갔다.

“‘마녀가 변신한 고양이의 앞발 혹은 뒷발에 페인트 같은 도료가 묻었을 경우, 변신 해제 뒤에도 마녀의 손발에 도료가 남는다⋯⋯’.”

문서 끝에는 왕립 학회 수석 물리학 교수와 슈노의 서명까지 나란히 적혀 있었다.

오페라의 이마에 땀이 맺혔다. 이 새로운 규칙이 인정된다면 다레카가 고양이로 변신했다는 자신의 주장은 완전히 무너진다. 공회당 안을 뛰어다녔다는 고양이는 정말 평범한 길고양이였고, 다레카는 계속 지하에 있었다는 결론이 나오고 만다.

그럴 리 없다. 그렇다면⋯⋯.

“⋯⋯미치루. 지금 당장 왕립 학회에 연락해서 최근에 이런 실험을 실제로 했는지 확인해 줘.”

“네, 아가씨.”

오페라의 등 뒤에서 수행원이 법정에 비치된 수화기를 들

고 다이얼을 돌렸다. 그동안에도 양은 막힘없이 설명을 이어
갔다.

"휴우, 정말이지 고된 작업이었습니다. 사건 이후 수도에
돌아가 있던 슈노 씨와 연락을 취하는 것부터 난관이었죠.
다행히 슈노 씨는 흔쾌히 실험에 응해 주셨지만, 왕립 학회
에서는 학회 회원 교수 다섯 명 이상이 입회하지 않으면 실
험을 승인할 수 없다고 하더군요. 폐하의 이름이 붙은 조직
은 하나같이 융통성이라곤 없어서요. 그렇게 고생해서 한
실험의 결과가 나온 게 바로 어젯밤, 그리고 오늘 아침에야
겨우 그 문서를 받을 수 있었습니다. 그 때문에 개정 시간에
맞추지 못하고 지각한 제 무례를 부디 너그러이 용서해 주
시기를 바랍니다."

그러더니 양은 "하지만" 하고 갑자기 오페라의 손에서 보
고서를 빼앗아 들었다.

"이 서류 한 장에는 그만한 가치가 있지 않겠습니까!"

"이, 이건 반칙입니다! 재판 도중에 규칙을 추가하다니요!"

"반칙? 지나친 말씀입니다. 이 실험 결과는 왕립 학회에
서 공인한 엄연한 진리. 아니, 그전에 페인트가 묻은 선반에
대해 알고 계셨다면 심문관님 쪽에서 먼저 슈노 씨에게 실
험을 의뢰하셨어야지요. 그랬다면 이런 망신을 당하실 일도
없었을 텐데."

"으, 으윽……."

오페라는 숨이 턱 막히는 기분이었다. 그렇다. 자신도 고양이 발자국은 신경 쓰고 있었다. 하지만 '빅토고 규칙은 절대적이다'라는 고정관념에 사로잡힌 나머지 새 실험을 통한 검증이라는 발상에는 미치지 못한 것이다.

"그렇다면……."

오페라는 필사적으로 머리를 굴리며 논리에 맞는 반격을 시도했다.

"피고인은 분명 고양이로 변신한 뒤 집무실 천장 위에 한동안 숨어 있었을 겁니다. 월러스 씨가 쫓아간 건 평범한 길고양이가 맞았고요. 그렇게 피고인은 월러스 씨가 테라스를 떠난 틈을 타서 테라스로 빠져나간 거죠. 이렇게 하면 논리가……."

"맞지 않지요. 전혀."

양은 유쾌한 것처럼 단호히 잘라 말했다.

"제니 양, 제니 양도 월러스 씨와 함께 고양이를 쫓아갔습니까?"

"전 그런 몰상식한 짓은 안 해요."

제니는 옆에 선 청년을 조롱하듯 보며 말했다.

"이 사람이 고양이를 쫓아가고 전 그 종이 추락하는 소리가 들릴 때까지 테라스에서 계속 쉬고 있었어요."

"그동안 혹시 다른 고양이를 보셨습니까?"

제니가 고개를 흔드는 걸 보고 양은 "좋습니다" 하고 한 손을 들어 올렸다.

"피고인이 종이 추락할 때까지 천장 위에 숨어 있었다면 그 추락한 종 아래에서 피고인이 나타날 리 없지 않을까요? 잘 생각해 보시지요, 심문관님. 다레카 양이 고양이로 변신했다고 그토록 주장하고 싶으시다면 심문관님은 다레카 양의 손에 페인트 자국이 없었던 이유부터 설명하셔야 합니다."

양은 도발적인 미소를 지어 보였다.

오페라는 이를 악물었다. 어쩌면 양은 처음부터 다레카가 마녀라는 걸 알고 있는 게 아닐까. 마법이 사용된 걸 알면서도 교묘하게 말장난과 논리를 섞어 거짓을 진실처럼 포장하고 있는 것이다. 결국 이 독양이라는 여자는 화형 법정이라는 무대에 선 일종의 엉터리 마술사 같은 부류다.

"저, 아가씨."

미치루가 조심스레 오페라를 불렀다.

"뭐지?"

"전화가 연결되지 않습니다. 왕립 학회 홍보실로 계속 거는데 통화 중입니다."

"그럼 실험에 입회했다는 교수들은? 학교에 문의하면 연구실로 연결해 줄 텐데."

미치루는 고개를 흔들었다.

"그쪽도 확인했지만 마찬가지로 통화 중입니다. 슈노 씨의 사무실에도 걸어 봤지만 본인과 연락이 안 된다고 하네요."

수행원의 말이 무엇을 뜻하는지 조금씩 이해하며 오페라

는 입꼬리를 올렸다.

틀림없다. 이건 양이 계획한 치밀한 방해 공작이다. 그러고 보니 사건 현장 주변에서 종종 목격됐다는 그 검은 후드 차림 인물이 이 법정 안에 보이지 않는다. 아마 법정 밖 어딘가에 있을 그 검은 후드가 보고서의 정당성을 확인할 수 있는 기관에 지금 닥치는 대로 전화를 걸고 있을 것이다.

오페라는 깊숙이 숨을 들이마셨다. 조금 전까지는 당황했지만 차분히 생각하면 별것도 아니다. 이런 식으로 방해 공작을 펼치는 걸 보면 이 보고서도 십중팔구 위조됐다. 고양이 상태에서 발이 더럽혀졌다고 해도 인간으로 돌아오면 자국이 남지 않는다. 바로 그것이 진실이다. 하지만 지금 이 자리에서 그걸 증명할 방법은 없다. 그리고 규칙이 확정되지 않은 이상 재판의 향방은 오로지 배심원들이 받은 인상에 좌우될 수밖에 없다.

그렇다면…….

오페라는 배심원석을 올려다봤다. 양의 논리는 단순명료해서 청중의 마음에 쉽게 다가간 듯하다. 자신이 아무리 실험의 정당성에 의문을 제기해도 이대로라면 밀릴 가능성이 크다.

"미치루. 어떻게든 왕립 학회와 계속 연락을 취해 줘."

수행원에게 다시 한번 지시하고 오페라는 전략을 재정비했다.

보고서가 위조됐다는 걸 증명하기까지는 시간이 걸린다. 또 설령 그것을 증명한다고 해도 자신의 주장을 간신히 방어하는 데 그칠 뿐이다. 재판에서 확실히 이기려면 양의 논리를 정면에서 무너뜨려야 한다. 그러려면 피고인이 사물함 안에 숨어 있었다는 그 궤변의 허점부터 찾아야 하는데.

"저기요."

그때 리나 드레이턴이 손을 들어 발언을 요청했다.

"증인, 왜 그러시죠?"

"하나 신경 쓰이는 게 있어서요. 말씀드려도 될까요?"

오페라는 지푸라기라도 잡는 심정으로 그녀의 요청을 받아들였다.

"변호인님의 주장은 왠지 성립하지 않는 것 같아요."

리나는 지금 오페라가 가장 바라는 말을 입에 담았다.

"그게 무슨 말씀이시죠?"

"변호인님은 다레카 씨가 범행 후 사물함에 몸을 숨긴 채 저희를 피했다고 하셨잖아요. 그런데, 그 사물함은 잠겨 있었을 거예요."

"호오. 그건 처음 듣는 이야기군요."

양은 겉으로는 놀란 기색을 보이지 않았지만 오페라는 양이 정말 몰랐을 수도 있겠다고 생각했다.

"사물함 열쇠는 어디에?"

"아, 그 사물함에 달린 자물쇠는 다섯 자리 숫자형 자물쇠고, 번호는 저만 알고 있어요.”

양은 입가에 손을 대고 잠시 생각에 잠겼다가 평소와 달리 진지한 눈빛으로 리나에게 물었다.

“비서님. 그 번호는 누구에게도 알려 준 적이 없습니까?”

“네? 아, 참. 그러고 보니 사건 직전에 시의원님과 내선 전화로 통화할 때 사물함 비밀번호를 물어보셔서 말씀드리기는 했어요.”

“바로 그겁니다!”

양이 덥석 달려드는 것처럼 외쳤다.

“그 통화 때 사실 다레카 양이 시의원님의 목소리를 흉내 내서 전화를 받았던 겁니다. 사물함에 몸을 숨기기 위해 미리 비밀번호를 알아낸 거죠. 자, 조금 전 증인은 통화할 때 시의원님의 목소리가 왠지 이상했다고 하셨죠? 고모와 조카 관계면 목소리가 비슷해도 별로 이상할 게 없고, 수화기 너머라면 상대를 속이는 게 그리 어렵지도 않았을 겁니다. 증인, 그 비밀번호를 물어본 시의원님의 목소리가 시의원님 본인의 목소리가 맞다고 자신 있게 단언할 수 있습니까?”

“……들고 보니 조금 이상했던 것 같기도…….”

리나가 인정하려는 찰나에 오페라가 끼어들었다.

“그렇게 주장하실 거면 지금 이 자리에서 피고인에게 시의원님의 목소리를 흉내 내 보라고 요청하고 싶습니다.”

그러자 양은 “좋습니다” 하고 피고인의 등을 툭툭 두드렸다.

“다레카 양, 최선을 다해 성대모사를 부탁드립니다. 자,
하나, 둘, 셋.”

“안녕하세요. 시실리 알마잭 시의원입니다.”

다레카는 나름대로 열심히 시의원 목소리를 따라 했지만.

“전혀 다르네요.”

비서는 차갑게 부정했다.

다레카는 민망한 것처럼 쓴웃음을 지었고, 양은 어깨를
으쓱했다.

“장난은 그쯤 하시죠!”

오페라는 다시 기세를 되찾고 우렁차게 외쳤다.

“변호인. 변호인의 주장은 허무하게 무너졌습니다! 이제는
깨끗하게 패배를 인정하시는 게 어떨까요?”

그때 머리 위에서 갑자기 귀를 찌르는 기계음이 울려 퍼
져서 오페라는 꺄앗 비명을 지르며 펄쩍 뛰었다. 고개를 들
어 보니 2층석 앞에 걸린 패널 같은 구조물이 덜컹덜컹 회
전하며 ‘다레카 드 발자크는 마녀’라고 적힌 금속판이 나타
났다.

“까…… 깜짝 놀랐잖아요.”

오페라는 자세를 고쳐 앉고 다시 배심원의 중간 평결을
확인했다. 열두 명 중 여섯 명이 ‘마녀’ 판정을 내렸다. 오페
라의 주장은 고양이 발자국 문제 때문에 무너졌고, 양의 다
레카 범인설은 사물함의 자물쇠 비밀번호 문제 때문에 무

너졌다. 둘 중 어느 쪽도 우위를 선점하지 못한 상황을 여섯 장의 '마녀' 판정이 정확히 보여 줬다.

양은 태연하게 "흐음" 하고 숨을 내쉬더니 고개를 좌우로 돌리며 뚝뚝 소리를 냈다.

"심문관님, 잠시 휴정을 요청드립니다. 방청객분들도 슬슬 지치실 무렵이니까요."

"흥! 이제 와서 시간 끌기인가요?"

"그렇습니다. 시간 끌기죠. 그런데 심문관님께서도 작전을 재고할 시간이 필요하실 텐데요."

오페라는 입을 다물고 양의 표정을 살폈다. 양의 표정은 이미 다음 수를 준비해 둔 것 같기도, 아무런 대책이 없는 것처럼 보이기도 했다.

그때 짧은 경보음이 법정 안에 울려 퍼졌다. 경보음은 메아리치며 발판 아래 허공으로 사라졌다. 오페라는 손목시계를 확인했다.

"방금 소리는 개정 후 두 시간이 지났음을 알리는 신호입니다. 본 재판의 남은 시간은 앞으로 네 시간. 마침 적절한 휴식 타이밍이기도 하니 변호인의 요청을 받아들이겠습니다."

휴정 시간 동안 학회와 연락이 닿을 수도 있다는 희망을 품고 오페라는 한발 물러서기로 했다.

"자, 지금부터 본 법정은 10분간 휴정합니다!"

◆

　강철로 된 공중 법정은 대기실조차 섬뜩했다. 바닥과 벽 모두 콘크리트를 때려 부은 인간미라고는 없는 공간. 다레카는 벽 여기저기 튀어나온 철골 위에 걸터앉았다.

　"대책이 있는 거죠? 네?"

　"일단은요."

　양은 신중하게 대답하고 바닥에서 비스듬히 솟은 철골에 몸을 기댔다. 그 옆 철제 의자에는 앨리스와 컬러가 나란히 앉아 있었다.

　"머릿속이 뒤죽박죽이에요."

　앨리스는 한숨 섞어 말했다.

　"그러니까…… 다레카 씨는 실제로는 사물함에 숨어 있었던 게 아니죠?"

　양은 "물론이지요" 하고 고개를 끄덕였다.

　"적어도 다레카 양보다는 성대모사를 잘하는 진범이 비서에게 전화를 걸어 자물쇠 비밀번호를 알아낸 뒤 사물함에 숨어서 증인들을 따돌린 겁니다."

　다레카는 "흐음……" 하고 팔짱을 꼈다.

　"그런데 뭔가 좀 걸려요. 분명 그때 제가 본 범인은 덩치가 그리 크지 않았으니 사물함에 숨을 수 있었을 테고, 목소리도 여자 같은 면이 있어서 고모 목소리를 흉내 낼 수 있었을지 모르지만……. 뭔가 중요한 걸 잊은 기분이에요.”

“그게 뭐죠?”

양은 웃음을 거두고 물었지만 다레카는 뚜렷한 해답을 내놓지 못했다.

“그러고 보니 오늘 배드마 씨는 안 왔나요?”

열차 폭파 사건 때 검은 후드의 정체를 알게 된 앨리스는 이제 그녀를 본명으로 불렀다.

“검은 후드 씨는 법정 밖에 있습니다.”

그러자 다레카가 “네?” 하고 양을 봤다.

“그 녀석은 왜 안 온 거예요?”

“배드마 양에게는 부탁을 좀 했습니다. 어떤 부탁인지는 곧 밝혀질 테고요. 그리고 그분이 출석하지 못할 이유가 하나 더 있는데, 아마 다레카 양이라면 짐작하실 수 있을 겁니다.”

“네?”

“배드마 양에게 본 법정은 너무도 위험하기 때문입니다.”

단번에 이해한 기색이 다레카의 표정에 떠올랐다.

“……그렇구나. 그럴 만하네요.”

앨리스는 왜 위험하다는 것인지 전혀 감이 오지 않았다. 하지만 다레카가 고민에 빠진 얼굴로 입을 다물어서 더 캐묻지는 못했다.

◆

휴정 중 오페라는 방청석에서 땀을 닦고 있는 리나 드레이턴에게 다가가 말을 걸었다.

"무슨 일이시죠?"

"아, 별거 아닙니다. 그냥 제 예상과 다른 방향으로 논의가 흘러서 하나만 확인하고 싶어서요. 사물함 자물쇠 비밀번호 말인데, 정말 아무에게도 알려 주지 않으셨나요?"

"네. 그 사물함은 사건 며칠 전에 들어왔고 그때 제가 번호를 설정했거든요."

"그렇군요. 경찰 쪽에는 그 이야기를 하셨나요?"

"죄송해요. 그렇게 중요한 정보일 거라고는 생각을 못 해서. 오늘 아침에 지시를 받고서야 처음 떠올렸을 정도예요."

"네? 지시?"

오페라는 어리둥절하게 되물었다.

"네. 심문관님이 지시하신 거 아니었나요?"

리나는 손가방에서 종이 한 장을 꺼내 오페라에게 내밀었다. 그것은 '메이슨 부자 상회'라는 회사의 로고가 그려진 회사용 편지지였다. '재판 중 사물함이 논의에 오르면 자물쇠 비밀번호를 아무에게도 알려 주지 않았다고 증언하라'라는 글이 손글씨로 적혀 있었다.

"이건 대체……?"

"오늘 아침 저희 집 우편함에 들어 있었어요. 수신인과 우표도 없어서 이상하긴 했지만요."

오페라는 편지지를 유심히 살피다가 얼마 안 돼 비슷한 종이를 떠올렸다. 컬러 재판에서 오페라가 궁지에 몰렸을 때 누군가에게 건네받은 짧은 메시지가 실마리를 열어 줬다. 지금은 수중에 없지만 그 종이에도 '메이슨 부자 상회'라는 회사명이 인쇄돼 있었다.

◆

심리가 재개되자 양은 우렁찬 목소리로 외쳤다.

"자, 오래 기다리셨습니다. 조금 전 다레카 양에게 다시 이야기를 들어보니 다레카 양이 사물함에 숨어 있었다는 건 전혀 사실이 아니며 소인의 독선적인 착각에 불과했다는 게 밝혀졌습니다. 부끄럽기 짝이 없습니다."

"요점만 간단히 말하세요."

"이런, 실례를."

양은 너스레를 부리며 이마를 탁 쳤다.

"애초에 시의원을 살해한 사람은 다레카 양이 아니었습니다. 성대모사에 능한 진범이 시의원님의 목소리를 흉내 내 리나 씨에게 전화를 걸어 자물쇠 비밀번호를 알아낸 뒤, 사물함에 숨어 있다가 집무실에 온 리나 씨와 경비원님을 따돌리고 도주한 거죠. 바로 이것이 사건의 진상입니다.”

그러자 오페라는 흥 하고 비웃는 표정을 지었다.

“어머, 그런가요? 그럼 그 진범을 데려와 보시는 게 어떨까요?”

“소인은 그럴 필요까지는 없다고 생각합니다. 왜냐하면 본 법정은 다레카 양이 고양이로 변신했는지 아닌지를 논하는 자리이지, 살인 사건의 진실 같은 건 부차적인 문제이기 때문입니다.”

“궤변입니다! 살해 현장에는 피고인이 있었고, 시신 발견 당시 그녀는 사라지고 없었으니 진범이 개입할 여지 따위…….”

“오페라 님은 바로 그 부분을 오해하고 계십니다.”

양은 고개를 절레절레 흔들며 말했다.

“사건 당일 밤, 다레카 양은 집무실에 한 발짝도 발을 들이지 않았습니다.”

“네? 바이콘 경감님의 증언 못 들으셨습니까? 시의원 수첩에 분명히 적혀 있었다잖아요. 피고인과 집무실 안에 단둘이 있었다는 내용이.”

“‘방 안에 단둘이 있었다’라고 돼 있습니다, 심문관님. ‘집무실 안에’라고는 적혀 있지 않습니다. 경감님, 다시 한번 확인해 주시죠.”

바이콘 경감은 수첩을 뒤적이더니 고개를 끄덕였다.

“확실히 ‘조카와 방에 들어갔다’라고만 적혀 있군. 하지만 시의원과 피고인이 탑에 들어가는 모습을 목격한 사람이 있는 이상 두 사람이 대화를 나눌 곳은 집무실뿐일 텐데."

"왜 그렇게 단정하시죠? 탑에 들어갔다고 해서 꼭 집무실로 갔다고 볼 수는 없을 겁니다. 왜냐하면 탑 안에는 로비 측면 복도로 이어지는 문도 있기 때문이지요."

양은 우아한 걸음걸이로 모형 앞에 다가가 측면 복도로 통하는 문을 직접 손으로 열었다.

"그 문이 사용되지 않았다는 건 그 아레카야자인가 뭔가 하는 화분 때문에 입증되지 않았나요?"

"화분이 증명한 건 탑에서 복도로 들어간 사람이 없다는 사실뿐이고, 복도에서 탑으로 들어가는 건 전혀 문제 되지 않습니다. 대화를 마친 시의원이 탑에 돌아와 그 문 앞에 화분을 다시 놓아두면 그만이니까요."

"으음……. 그럼 두 사람이 복도로 향했다면 대체 어느 곳에서 대화를 나눴다는 거죠? 측면 복도 끝에는 마땅한 회의실 같은 것도 없을 텐데요."

"시의원님과 다레카 양은 측면 복도 뒷문을 통해 바로 골목길로 나가 다른 뒷문으로 지하에 내려가 지배인실에서 대화를 나눴습니다. 대화를 마치고 시의원은 같은 길을 되돌아와 탑에 들어온 뒤 화분을 문 앞에 두고 집무실로 향했고, 그곳에서 기다리던 진범에게 살해됐죠. 범행을 마친 진범은 사물함에 숨었고, 대화를 마친 다레카 양은 계속 지배인실에 남아 있었습니다. 그러다 불운하게 느닷없이 천장을 뚫고 떨어진 종에 갇혀 버렸죠. 즉, 집무실에서 종루까지 다레카 양이 어떻게 이동했는지를 왈가왈부하는 건 애초에 의미가 없습니다. 왜냐하면 이동한 사람은 피해자였으니까요.”

“네에……?”

순간 얼핏 그럴싸하게 들렸지만 오페라는 황급히 고개를 흔들었다. 양의 새로운 해석대로라면 다레카는 시의원의 시신 근처에도 가지 않았다는 말이 된다. 반드시 어떤 모순이 있을 것이다.

“……그러고 보니 그 골목길은 포장되지 않아서 사건 전날 내린 비 때문에 질척거리지 않았나요? 경감님, 혹시 피해자나 피고인의 신발에 진흙이 묻어 있었습니까?”

바이콘 경감은 수사 자료를 잠시 살펴보더니 흠, 하고 숨을 내쉬었다.

“다레카 양의 신발에는 마른 흙이 묻어 있었지만, 이건 그녀가 애초에 뒷문으로 들어왔기 때문이겠지. 반면 시의원의 신발에 흙 같은 건 전혀 묻어 있지 않았네.”

“역시! 시의원님이 골목길로 나가지 않았다면 변호인의 주장은 성립하지 않습니다.”

오페라는 속으로 안도했지만 양의 능글맞은 표정에는 변화가 없었다.

“뭐죠? 그게 다인가요? 두 개의 뒷문 위에는 천으로 된 차

양이 있고 그 아랫부분은 아스팔트로 포장돼 있습니다. 쉽게 말해 신발을 더럽히지 않고도 뒷문 사이를 오갈 수 있다는 뜻입니다."

"……그렇군요. 그건 인정하겠습니다."

오페라는 마지못해 고개를 끄덕였지만 곧장 다음 반론을 제시했다.

"경감님. 피고인의 손에는 페인트가 묻어 있지 않았다고 하셨는데, 혹시 피는 어떤가요?"

"피는 묻어 있었지. 두 손에 잔뜩."

"그렇군요. 변호인의 주장처럼 피고인이 집무실에 들어가지 않았다면 피고인의 손에 피가 묻을 일도 없지 않았을까요? 이건 명백한 모순입니다."

"어디가 말이죠?"

양은 눈썹 하나 까딱하지 않고 되받아쳤다.

"그날 다레카 양은 다쳤습니다. 손에 피가 묻어 있었다고 해서 이상할 게 없지요. 자, 다른 반론은?"

"크윽……."

오페라는 아랫입술을 깨물었다. 양이 제시한 '시의원 이동설'은 뻔한 거짓말이 분명하지만 왠지 그럴싸하게 들리는 것도 사실이다. 얼른 반박해야 한다는 초조함이 오페라의 사고를 헛돌게 했다. 다레카의 손에 피가 묻어 있었다는 게 좋은 반박 근거가 될 거라 믿었지만 그 피가 시의원의 것임을 증명할 방법은…….

"……응? 어라?"

다레카의 손이 더럽혀져 있었다?

오페라가 판단하기에 다레카는 집무실 안에서 시의원을 살해했고 그 과정에서 손에 피가 묻었다. 그 후 다레카는 고양이로 변신해 천장 틈새로 달아났다. 그 사실은 집무실 선반에 남은 붉은 발자국이 말해 주고 있다.

붉은, 피 묻은 발자국이.

"으……!"

고양이는 피 묻은 발자국을 남겼고 다레카의 손에도 피가 묻어 있었다. 이것은 변신을 해도 몸에 있는 얼룩이 사라지지 않는다는 사실을 보여 주는 증거 아닐까?

즉, 실험 결과 보고서가 진실이라는 뜻이다.

오페라는 고개를 들어 변호인의 표정을 살폈다. 양은 시큰둥한 얼굴로 모자챙을 만지작거리고 있다.

양은 피 묻은 발자국에 대해서는 모르는 걸까. 아니, 양의 심복이 사건 현장에서 사진을 찍어 갔다고 하니 발자국 정도는 당연히 알아챘을 것이다. 이토록 강력한 증거를 양이 놓칠 리 없다. 그런데도 왜 그 부분을 전혀 언급하지 않는 걸까. 왜 굳이 실험 같은 걸 하고, 그것도 모자라 심문관 쪽에서 보고서의 진위를 확인하려는 걸 방해까지 하는 걸까.

답은 하나다.

오페라를 진실에서 멀어지게 하려는 것.

보고서의 진위를 확인하지 못하면 심문관은 계속 위증을 의심하게 된다. 양은 그대로 어물쩍거리며 시간을 때우다가 결론에 임박할 때가 돼서야 방해 공작을 거두고 보고서가 진짜인 것을 입증한다. 그러면 심문관은 반론을 제시할 새도 없이 패배한다. 바로 이것이 양이 설계한 시나리오다.

그런 거였나!

양은 증거를 일부러 의심스럽게 연출함으로써 진실을 감추려 하고 있다. 공회당을 뛰어다니던 그 고양이는 다레카가 아니라는 진실을.

아니, 그래도 역시 다레카는 마녀다. 오페라는 새삼 확신했다.

다레카가 마녀가 아니라면 보고서를 그대로 제출하기만 해도 양은 손쉽게 승리했을 것이다. 그렇게 하지 않는다는 것은, 다레카가 고양이로 변신해 집무실에서 탈출한 게 사실이라는 뜻이다. 하지만 공회당 안을 도망 다닌 고양이는 다레카가 아니었다.

즉.

"고양이가 한 마리 더 있었던 건가……?"

오페라는 모형 앞에 서서 고양이의 도주 경로를 되짚었다. 고양이는 당시 월러스를 비롯한 몇몇 남자들에게 쫓기고 있었지만 단 한 곳 그들의 시야에서 벗어날 수 있는 장소도 있었다.

"월러스 씨!"

오페라는 고개를 들어 증인의 이름을 외쳤다.

"테라스에서 종루까지 한순간도 고양이에게서 눈을 떼지 않았다고 하셨죠? 하지만 혹시 로비에서 대강당으로 통하는 문에 고양이가 들어갔을 때는 고양이가 시야에서 벗어나지 않았나요?"

월러스는 오페라의 기세에 눌린 듯 머뭇거리다가 고개를 끄덕였다.

"아, 아주 잠깐이었지만 그건 맞습니다. 마침 문이 닫히려는 순간에 고양이가 쓱 들어갔으니까요. 전 속도를 멈추지 못해 결국 눈앞에서 닫히는 문에 정통으로 얼굴을 박고 말았습니다."

"문이 닫히려는 순간요? 그럼 그때 대강당에 들어가려고 한 사람이 있었다는 말인가요?"

"아, 그 녀석이요. 그…… 이름이 뭐였더라. 그 경찰서장의 망나니 아들 있잖습니까. 시내에서 고급 차를 몰고 다니며 사고를 밥 먹듯이 치고 다니는 그 녀석 말입니다."

"로저 토드헌터 말인가."

바이콘 경감의 말에 월러스는 연신 고개를 끄덕였다.

"네, 맞습니다. 고양이를 쫓아 대강당에 뛰어들 때 바로 그 로저 도련님과 몸이 부딪혔거든요. 얼마나 욕을 얻어먹었던지요. 그때 이미 고양이는 대강당 한가운데를 달리고 있어서 사과할 겨를도 없었지만."

오페라는 월러스의 증언을 곱씹으며 재차 질문했다.

"문 근처에는 로저 씨밖에 없었습니까?"

"아뇨. 화려하게 차려입은 아가씨도 함께 있었습니다."

"로저의 여자 친구로군."

바이콘 경감이 다시 입을 열었다.

"아버지인 토드헌터 서장도 인정한 연인이지. 로저는 그 여자와 함께 만찬회에 참석했다고 들었어."

오페라는 주먹을 힘껏 움켜쥐었다. 마녀의 덜미를 붙잡았다는 확신이 느껴졌다.

틀림없다. 마녀는 한 명 더 있었던 것이다.

"바이콘 경감님. 로저 씨는 오늘 법정에 나왔나요?"

"아니, 오지 않은 걸로 아는데."

"지금 이 자리에 부를 수 있을까요?"

"글쎄."

경감은 난처한 얼굴로 말했다.

"심문 도중에 증인을 추가하는 건 허용되지만 시간제한이 있는 이상 아무나 부를 수는 없겠지. 로저가 사건에 정말 관련돼 있다면 이야기가 달라지겠지만."

"그럴 가능성이 있습니다. 정확히 말하면 그 로저 씨의 여자 친구가."

"무슨 뜻이지?"

"피고인은 고양이로 변신해 집무실을 탈출하고 공회당 안을 도망 다녔습니다. 그러다 대강당으로 들어가려던 로저 씨 일행과 우연히 맞닥뜨렸고요. 이때 어둠을 틈타 로저 씨의 여자 친구와 피고인이 서로 뒤바뀐 겁니다. 즉, 그곳에서 종루까지 달려간 검은 고양이는, 로저 씨의 여자 친구가 변신한 고양이였던 거죠. 한편 피고인은 어둠 속에서 다시 인간으로 돌아와 문틈을 통해 계단 뒤편 측면 복도로 도망쳤습니다. 거기서 뒷문을 지나 지하로 내려가 지배인실에 들어간 순간 천장을 뚫고 낙하한 종에 갇힌 거죠. 이렇게 생각하면 모든 퍼즐이 맞춰집니다."

"오, 이런, 이런!"

양이 호들갑스럽게 한탄했다.

"퍼즐을 맞추기 위해 마녀를 한 명 더 만들어내시다니! 심문관님께서는 대체 몇 명을 태워 죽여야 성에 차시는 겁니까? 더군다나 그런 황당무계한 망상을 근거로."

"제 주장이 황당한 망상인지 아닌지는 본인에게 직접 물어보면 되겠죠."

오페라가 경감에게 시선을 향하자 그는 어깨를 으쓱했다.

"좋아. 로저를 부를 수 있을지 확인해 보도록 하지. 30분 안에 올 수만 있다면 오라고 해야겠어. 여자 친구도 함께."

"부탁드립니다. 그리고 그 여자분은 성함이?"

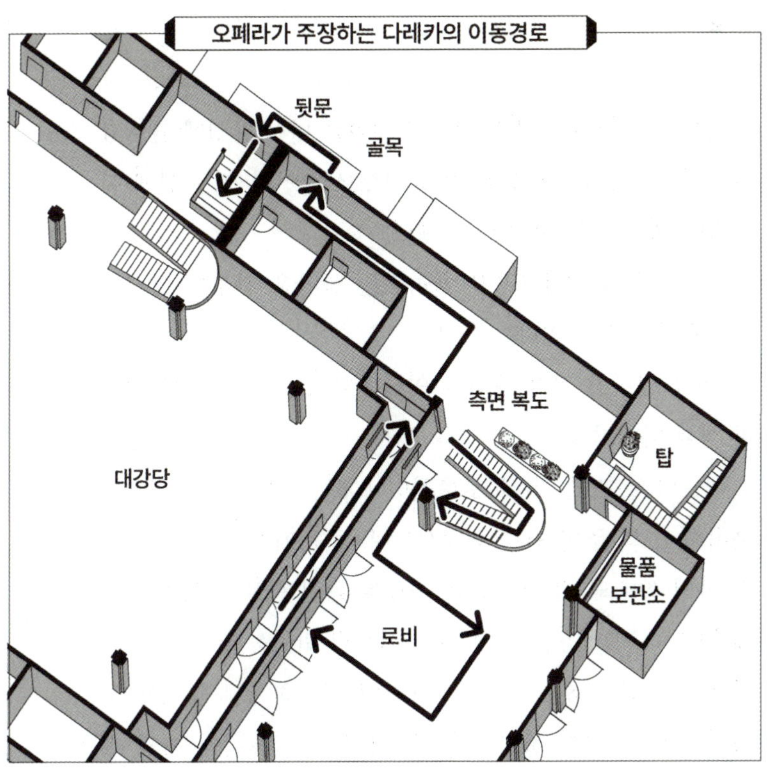
오페라가 주장하는 다레카의 이동경로
뒷문
골목
측면 복도
탑
대강당
물품
보관소
로비

경감은 잠시 기억을 더듬고 대답했다.

"아마 '배드마 스탠달'이라는 이름이었던 것 같군."

◆

새로운 증인이 소환될 때까지 재판은 다시 휴정에 들어갔다. 로저는 시내 음식점에 있는 것으로 확인돼 30분 안에 화형 법정에 참석할 수 있다고 했다.

대기실에 들어서자마자 앨리스는 불안을 감추지 못하고 양에게 따지듯 물었다.

"지금 배드마 씨가 마녀로 의심받고 있어요……. 꽤 위험한 상황 아닌가요?"

배드마 스탠달. 로저 토드헌터에게는 '비'라는 애칭으로 불리며, 그의 주변 인물 중에서도 유독 눈에 띄는 그 여학생이 마녀 동맹의 일원인 검은 후드와 동일 인물이라는 걸 알게 됐을 때 앨리스는 그 사실을 쉽사리 받아들일 수 없었다. 다레카는 검은 후드의 평소 모습이 완전히 딴사람 같다고 했지만 다른 것도 정도가 있다. 하지만 열차 폭파 사건 때 앨리스 일행을 구해 준 사람은 분명 배드마 본인이었다.

"뭐, 그렇긴 합니다만."

양은 대수롭지 않게 말했다.

"배드마 양 입장에서는 심각한 일이겠죠. 하지만 배드마 양에게는 사전에 숨어 있으라고 주의를 줬으니 오늘 법정에 나올 가능성은 아예 없다고 봐도 좋습니다. 심문관은 궐석 재판을 치러야 할 겁니다.”

양과는 달리 다레카는 완전히 평정심을 잃고 있었다.

“소용없어요. 상황이 최악인 건 사실이에요. 들통나 버렸다고요. 둘이 바뀐 것까지.”

“오페라 씨 추측이 맞는 건가요?”

다레카는 “응” 하고 앨리스를 향해 고개를 끄덕였다.

“그냥 맞는 수준이 아니라 정확해. 문 속 어둠으로 뛰어든 순간 난 배드마에게 한 대 맞고 인간으로 돌아왔으니까. 엉덩방아를 찧은 나를 거들떠보지도 않고 남자들은 다른 고양이를 쫓아가더라. 그러니 뭐가 어떻게 된 건지 나도 바로는 알 수 없었어. 나중에 배드마에게 들었는데, 비서가 경찰에 신고하는 걸 듣고 내가 사건에 휘말렸다는 걸 깨달았대.”

“그래서 얼떨결에 대신……. 어라? 근데 결국 붙잡힌 건 다레카 씨잖아요?”

다레카는 씁쓸한 얼굴로 한숨을 내쉬었다.

“……바로 도망쳤어야 했어. 그때 난 뒷문을 통해 지하로 내려갔거든. 볼일이 좀 있어서. 설마 상상이나 했겠어? 천장을 뚫고 종이 떨어지리라는 걸.”

벽에 기댄 채 이야기를 듣던 양이 피식 웃었다.

“하지만 정확히 종 안으로 들어가시는 바람에 큰 부상은

면하셨죠. 일생일대의 행운과 불운이 겹치다니, 참 기이하
고도 신기한 일입니다.”

“양 선생님.”

컬러가 입을 열었다.

“아까 말씀하신 배드마 씨가 법정에 나오지 않은 또 하나
의 이유, 그러니까 너무 위험해서 오지 않는다는 게 정확히
무슨 뜻이었던 거예요?”

“간단합니다. 배드마 양은 이번 사건에 누구보다 깊숙이
관련돼 있으니까요. 오페라 심문관이 배드마 양이 마녀라는
걸 입증하면 그 자신도 화형에 처해질 테니 결코 화형 법정
에 들어설 수 없는 겁니다.”

“네?”

앨리스가 화들짝 놀라 몸을 들썩였다.

“배드마 씨는 잘못한 게 없잖아요. 그런데도 화형을 당한
다니…….”

“잘못으로 치면 나도 잘못한 건 없다고…….”

다레카의 투덜거림을 양은 한 귀로 흘려들었다.

“바로 그것이 화형 법정의 규칙입니다. 법정에서 마녀로
입증된 자는 사건과 관련 있든 없든 무조건 화형. 애초에 피
고인에게도 살인 사건 관련 여부 같은 건 전혀 따지지 않죠.”

“말도 안 돼……. 배심원들도 결국 사람 아닌가요? 저 같
으면 아무리 그래도 잘못이 없는 사람한테는 절대 유죄를

못 내릴 것 같은데."

"네. 그래서 소인은 배심원들이 인간이 아니라고 추측합니다."

양은 불쑥 터무니없는 말을 꺼냈다.

"과거 화형 법정의 기록을 보면 그들의 판단에서 인간적인 면모라고는 느껴지지 않습니다. 소인이 보기에 그들은 논의의 흐름을 자동으로 수치화하는 일종의 기계 같은 존재가 아닐까 싶습니다. 명목상으로는 평범한 시민 중 열두 명의 배심원이 선출된다고 하지만 지금껏 화형 법정의 배심원석에 앉아 본 적이 있다는 시민은 단 한 명도 나타나지 않았습니다."

앨리스는 말문이 막혔다. 지금까지는 화형 법정이 현대에 부활한 마녀재판이라고 생각했지만 그런 인식 자체가 근본적으로 잘못된 것일지도 모른다.

다레카가 "하아아" 하고 깊이 한숨을 내쉬었다.

"그나저나 이제 어떡할 거예요. 배드마와 제가 도중에 바뀐 것까지 들통나면 이제 진짜 끝장인데."

"오페라 씨도 아직 모든 진실을 꿰뚫어 본 건 아닐 겁니다. 게다가 '시의원 이동설'을 부정할 증거가 전혀 없는 게 사실이죠. 심증 싸움이면 저희 쪽이 조금은 유리합니다."

"결국 심증에 따라 재판에서 질 수도 있다는 말이네요?"

양은 대답하지 않았다. 다레카는 절망적인 얼굴로 어깨를 축 늘어뜨렸다.

"제길……. 이럴 줄 알았으면 고모 시신 옆에서 함께 발견되는 게 나았겠어요. 형사 재판이면 적어도 그날 당일 바로 화형당하지는 않을 테니."

"하지만 진범은 사물함 속에 숨어 있다가 도망쳤잖아요. 그 트릭이 밝혀지지 않으면 형사 재판에서도 불리하지 않았을까요?"

앨리스의 지적에 다레카는 "흐음……" 하고 눈살을 찌푸렸다.

"그 부분이 도무지 납득이 안 돼."

다레카의 말을 듣고 양이 고개를 들었다.

"무슨 말씀이시죠?"

"제가 눈을 떴을 때 방 안은 잠겨 있었어요. 고모를 죽인 범인은 처음부터 복도에 나갈 수도 없었을 거라고요."

"집무실 열쇠가 방 안에 떨어져 있었다고 들었습니다. 범인은 문을 잠근 뒤 열쇠를 문 아래 틈새에 던져 넣었다고……."

"아니, 그게 아니에요!"

다레카는 버럭 소리치며 말을 가로막았다.

"그렇구나. 그 부분이 제대로 전달되지 않았나 보네요. 제가 말한 '잠겨 있었다'라는 건 문에 달린 자물쇠를 말하는 게 아니었어요."

"네?"

양이 입을 살짝 벌렸다. 양에게서는 처음 보는, 연기가 섞이지 않은 자연스러운 몸짓이었다.

"제가 눈을 떴을 때 문은 안에서 잠겨, 그러니까 봉쇄돼 있었어요. 문손잡이와 벽에 달린 조명을 쇠사슬로 칭칭 감고 그 끝을 자물쇠로 꽉 잠근, 말도 안 되게 철저한 방식으로요. 미안해요. '잠겨 있었다'라는 말을 두고 저와 배드마 사이에 오해가 있었던 것 같아요."

"응? 하지만 범인은 복도에 있는 사물함에 몸을 숨기고 있었잖습니까. 그런데도 문이 안에서 봉쇄돼 있었다는 건…… 이상하지 않나요?"

"맞아요, 이상하죠. 하물며 시신이 발견됐을 때는 쇠사슬 같은 건 없었다잖아요. 그러니 범인은 안에서 봉쇄된 방에서 한 번 사라졌다가 제가 빠져나간 뒤에 다시 그 쇠사슬을 풀어서 치웠다는 말이 돼요."

양은 입가를 손으로 가렸다.

"봉쇄……."

누구에게도 들리지 않을 만큼 작은 목소리로 중얼거린다.

"그래서 전 범인은 역시 마녀라고 생각해요. 그러지 않으면 물리적으로 불가능하니."

"아뇨."

양은 단호하게 부정했다.

"목소리를 위장해서 리나 드레이턴에게 자물쇠 비밀번호

를 알아낸 이상 범인은 마녀일 리 없습니다. 마녀라면 창문으로 날아가 도망치면 그만이니…….”

양은 한동안 골똘히 생각에 잠기더니 가방에서 사진 한 장을 꺼내 다레카에게 내밀었다.

“이건 사건 이후 집무실 사진입니다. 보시는 바와 같이 카펫에는 시의원님을 끌고 간 핏자국이 남아 있죠. 다레카 양. 다레카 양이 처음 눈을 떴을 때도 카펫이 이렇게 돼 있었나요?”

다레카는 사진을 꼼꼼히 살펴보고 곤혹스러운 표정으로 고개를 흔들었다.

◆

“괜찮은 걸까? 양 씨, 뭔가 놓치고 있는 건 아니겠지.”

다레카는 혼잣말을 중얼거리며 싸늘한 철제 복도를 지나 법정으로 돌아가고 있었다. 그 뒤를 걷는 앨리스와 컬러는 목소리를 낮춰 소곤거렸다.

“컬러, 괜찮겠지? 방금 양 선생님 말씀대로면 나도…….”

“걱정 마. 앨리스는 사건과 일절 관련 없으니 이름이 언급될 리도 없어.”

컬러는 앨리스를 안심시키려는 듯이 힘주어 단언했다.

세 사람이 법정에 들어선 순간 경보음이 다시 법정에 울려 퍼졌다. 웅성거리던 방청석이 순식간에 조용해졌지만 휴식

시간이 끝난 게 아니라는 것이 밝혀지자 곧 다시 소란스러워
졌다.

"또 두 시간이 지난 걸까."

앨리스가 중얼거리자 다레카가 "그런 것 같네" 하고 대답
했다.

"정말이지, 대책 없이 시간만 잡아먹는 재판이잖아."

투덜거리며 자리로 돌아가는 다레카에 이어 앨리스와 컬
러도 각자 자리에 앉았다.

"응?"

앨리스는 문득 옆을 봤다. 비어 있는 옆자리에 사람 대신
작은 빗자루가 세워져 있었다.

"이게 뭐지?"

빗자루에 손을 뻗으려고 하자 컬러가 "잠깐" 하고 재빨리
앨리스를 제지했다.

"증거물일지도 모르니 손대지 않는 게 좋을 것 같아."

"아, 응. 그렇구나."

휴정 시간에 불쑥 나타난 수상한 빗자루가 신경 쓰였지만
앨리스는 재판이 다시 시작되기를 잠자코 기다렸다.

◆

　화형 법정의 어두운 복도를 증인 두 명이 불안한 걸음걸

이로 걷고 있다. 한 명은 풍채가 좋은 노신사고, 다른 한 명은 작업복을 입은 남자다. 안내를 맡은 집행관은 두 사람을 방청석에 앉히고 심문관에게 보고하기 위해 사라졌다.

"제기랄. 사람을 불러 놓고 언제까지 기다리게 하는 거야."

두 사람 앞에 앉은 젊은이가 화난 것처럼 중얼거렸다. 작업복 차림의 남자가 젊은이의 얼굴을 슬쩍 보고 "어라?" 하고 눈썹을 치켜세웠다. 마을의 문제아 로저 토드헌터였다.

노신사는 신기한 듯 법정 안을 둘러보다가.

"응? 안녕하세요."

뒤에서 누군가가 인사해서 고개를 돌렸다. 대학생처럼 보이는 젊은 여자가 바로 뒷자리에 앉아 있었다.

"만찬회 날 밤에 뵀죠? 증인으로 오신 건가요?"

"예. 이렇게 많은 분들이 갑자기 불려 온 걸 보면 법정 다툼이 꽤 치열한가 봅니다."

노신사는 여자의 얼굴을 보며 고개를 갸웃거렸다.

"흐음…… 그런데 실례지만, 성함이?"

여자는 온화하게 미소 지었다.

"기억 안 나세요? 그때 복도 앞에서 잠깐 이야기 나눴었는데. 아는 여자아이를 찾는다고 하셔서."

"아아, 그때 그 아가씨였군요. 전 블레이크라고 합니다. 반갑습니다."

노신사는 모자를 들어 인사했다. 여자도 허공에서 모자챙을 집는 시늉을 하며 묘한 이름을 선뜻 밝혔다.

"안데르센 스타니스와프라고 합니다. 잘 부탁드려요."

◆

재판이 다시 시작되자마자 오페라는 새 증인을 법정 중앙 단상에 세웠다.

"오, 이게 화형 법정이라는 건가. 재밌네."

히죽거리며 법정을 둘러보는 증인을 오페라는 지그시 관찰했다. 아직 10대 후반일 텐데 당당한 태도에 확실히 사람을 끄는 매력이 있다. 그러나 다른 사람을 비웃는 듯한 경박한 미소가 반감을 일으켰다.

"로저 토드헌터라고 합니다. 잘 부탁해요, 아가씨."

짐짓 정중히 내민 손을 오페라는 무시했다.

"잘 부탁합니다. 그런데 여자 친구분은 함께 안 오셨나요?"

"응? 여자 친구라니, 누구를 말씀하시는 거죠? 헬렌이라면 가족 여행 때문에 대륙에 가 있고, 제인은 본가에 있을 텐데."

"배드마 스탠달 양 말입니다."

"아, 비 말이군요."

로저는 가볍게 웃음을 터뜨렸다.

"아까 절 데리러 온 분이 비의 집에도 전화해 봤는데 집에 없다고 하네요. 어디 갔는지는 저도 모르니 묻지 마세요. 저희가 항상 붙어 다니는 건 아니니.”

“만찬회에는 함께 참석했다고 들었습니다만.”

“네. 꼭 가고 싶다고 하도 졸라서 아버지한테 부탁해 초대 인원을 늘려 달라고 했죠.”

“만찬회장에서 로저 씨와 배드마 양이 대강당에 들어가려고 할 때 로비 쪽에서 검은 고양이가 뛰어든 일이 있었죠?”

“아아, 네. 맞아요. 기억나네요. 문을 열 때 뒤에서 ‘고양이 잡아라!’ 하는 고함이 들렸거든요. 그때 뛰어들었겠죠. 어두워서 잘 보이진 않았지만.”

로비와 대강당 사이 문은 이중 구조로 돼 있고 그 사이에 있는 전실은 상당히 어둡다는 것을 오페라는 방청객들에게 설명했다.

“그때 배드마 양은?”

“글쎄요. 놓쳤어요. ‘먼저 가’라는 목소리가 왠지 들린 것 같았는데, 고양이를 쫓는 사람들이 우르르 문을 열고 달려가서 그걸로 끝이었죠.”

“역시 그렇군요. 마녀들은 그 문 앞 전실 어둠 속에서 서로 교대한 겁니다.”

“응? 그게 무슨 말이죠?”

의아한 것처럼 한쪽 눈썹을 세우는 로저에게 오페라는 확신에 찬 어조로 말했다.

"단도직입적으로 말씀드리죠. 전 배드마 양을 마녀라고 의심하고 있습니다."

"배드마가요? 와하핫!"

강철로 된 법정 안에 로저의 웃음소리가 울려 퍼졌다.

"그게 대체 무슨 말씀이에요! 걔가 마녀? 하하! 그럼 전 뭐죠? 마녀에게 농락당한 멍청한 미남 정도 되나? 명색이 재판인데 이런 농담 따먹기나 하고 있어도 돼요?"

"진지하게 드리는 말씀입니다! 피고인은 고양이로 변신해서 집무실을 빠져나가 공회당 안을 도망 다녔습니다. 그러는 도중 대강당에 들어가려던 배드마 양과 우연히 마주쳤죠. 피고인과 배드마 양은 둘 다 마녀이고, 아마 오래전부터 인연을 이어 왔을 겁니다. 그래서 그 문 앞 전실에서 배드마 양은 피고인 대신 고양이로 변신해 도주 바통을 이어받아 종루까지 달려간 겁니다. 한편, 어둠을 틈타 인간으로 돌아온 피고인은 그 전실 옆 문을 지나 측면 복도로 빠져나갔습니다. 그곳에서 뒷문을 통해 지하로 이동해 지배인실에 들어갔을 때 마침 천장을 뚫고 추락한 종에 안타깝게도 갇혀 버린 겁니다."

직접 입에 담고 보니 얼마나 뜬금없고 황당무계하게 들릴지 스스로 실감했다. 방청객들의 반응도 썩 좋지 않은 걸 보니 납득한 사람은 거의 없어 보인다. 그러나 화형 심문관으로서 무슨 수를 써서라도 이 가느다란 실마리를 풀어 나가야 했다.

로저는 그제야 얼굴에서 웃음기를 지우고 "오케이, 알겠습니다" 하고 두 손을 들었다.

"네. 다레카와 배드마가 서로 아는 사이인 건 맞습니다. 저도 알고요. 같은 학교에 다니니 당연하죠. 그래도 그렇지 배드마가 마녀라니, 마녀처럼 매혹적인 아이인 건 인정하지만 그래도 너무 나간 것 같네요."

"마녀가 아니라고 단언할 근거라도?"

로저가 대답하기 전에 양이 끼어들었다.

"흐음, 소인이 한말씀 드려도 되겠습니까? 그 배드마 모씨가 마녀의 일원이라는 건 실로 기상천외하고 흥미로운 가설이지만 허점이 너무 많네요. 그 배드마 양이 정말 마녀이고 다레카 양과 한패라고 치죠. 그럼 그때 배드마 양은 대체 왜 다레카 양과 교대한 겁니까? 다레카 양 대신 붙잡히기 위해? 뭐, 배드마 양과 다레카 양이 깊은 우정으로 맺어져 있어 자신을 희생해 친구를 구하려고 했다면 그런 전개도 불가능하지는 않겠습니다만."

"하하, 설마요."

로저는 양의 말을 웃어넘겼다.

"배드마는 주관이 뚜렷하고 고집도 대단한 아이예요. 누군가를 위해 자신을 희생할 그런 성격이 아니라고요. 더군다나 다른 사람도 아니고 다레카를 대신해 잡혀가다니."

오페라는 잠시 생각에 잠겼다가 차분히 추리를 이어 갔다.

"도주를 끝까지 달성하기 위해서였겠죠. 예를 들어 배드마 양이 뛰는 속도가 더 빨라 도주에 성공할 확률이 높았다든가."

"그런 억측으로 저희를 납득시킬 수 있다고 보시는 겁니까? 방청객들의 표정을 보시죠. 고개를 끄덕이는 분이 한 분이라도 계시나요?"

말문이 막혔다. 확실히 오페라의 주장대로라면 배드마의 행동은 기상천외하기 짝이 없다. 성공하리라는 확실한 보장이 없는데도 바통터치로 도주를 이어받아 공회당 안쪽으로 뛰어갔으니까.

아니, 여기서는 반대로 생각해야 한다. 배드마는 도주에 반드시 성공할 거라는 확신이 있었다. 예를 들어 종루 벽에 난 구멍을 지나 밖에 빠져나갈 수 있다는 걸 알고 있었다든가. 하지만 그 구멍은 사건 직전 사고로 생겼다고…….

"앗!"

오페라는 로저 쪽으로 몸을 홱 돌렸다.

"그렇군요. 로저 씨였습니다!"

"응? 뭐가요?"

"만찬회에 차를 몰고 온 토드헌터 경찰 서장의 아들이 주차장에서 실수로 차를 벽에 박았다고 들었습니다."

그러자 로저는 "아, 그건 맞아요" 하고 미안해하는 기색

없이 인정했다.

"그때 로저 씨가 운전한 차에 배드마 양도 함께 타고 있지 않았나요?"

"당연하죠. 둘이 함께 만찬회에 갔으니까요."

"그렇다면 배드마 양은 종루 벽에 구멍이 생긴 걸 알고 있었다는 말이 됩니다. 그래서 도주를 이어받은 거죠. 종루까지 달려가 벽에 난 작은 구멍으로 빠져나가기만 하면 확실히 추격을 뿌리칠 수 있을 테니까요. 실제로 그녀는 종이 떨어지기 직전 그 구멍으로 빠져나가는 데 성공했습니다. 로저 씨. 그 뒤로 배드마 양과 다시 만나셨나요?"

"응? 아, 종이 추락해서 로비가 난리가 났을 때 배드마가 밖에서 들어오긴 했는데…… 응?"

로저의 표정에서 처음으로 경박한 웃음기가 사라졌다.

"고양이는 밖으로 도망치고, 배드마는 밖에서 돌아오고……. 말도 안 돼. 그게 진짜라고?"

양이 황급히 끼어들었다.

"아마 잠깐 바깥 공기를 쐬러 나가셨던 거겠지요. 모두 고양이에게 주목하고 있었을 때라 배드마 양을 발견하지 못했다고 해도 이상할 건 없습니다."

그러자 오페라가 콧방귀를 뀌었다.

"여전히 잘 둘러대시네요."

"별말씀을. 어쨌든 심문관님께서 무슨 말씀을 하시려는지는 잘 알겠습니다. 배드마 양이 순간적으로 기지를 발휘해 다레카 양의 도주를 도왔다는 말씀이군요. 하지만 다레카 양은 결국 붙잡히고 말았습니다. 그녀는 왜 도망치지 못한 걸까요?”

“피고인은 로비와 대강당 문 사이 전실에서 배드마 양과 교대했습니다. 고양이 두 마리를 봤다는 증언은 없으니 그때 피고인은 어둠 속에서 다시 인간의 모습으로 돌아왔겠죠. 하지만 서로 도주 계획을 조율할 시간까지는 없었을 테니 피고인은 우선 그 자리를 벗어났을 것으로 추측합니다. 그리고 어떤 이유 때문에 지하에 있는 지배인실로 가게 됐고, 거기서 추락한 종에 깔려……”

“어떤 이유? 지하에 뭘 두고 오기라도 한 걸까요? 아니면 어두운 곳에 가서 쉬고 싶었다?”

양이 날카롭게 되묻자 오페라는 다시 말문이 막혔다. 이번에는 다레카가 왜 지하에 내려갔는지를 설명할 수 없다. 다레카가 지하에 내려간 이유를 끝까지 제시하지 못하면 이 주장은 설득력을 잃을 것이다.

초조함이 오페라의 사고를 흐트러뜨렸다. 얼른 해답을 찾아야 한다.

“아아, 그런 거였나.”

아직 말을 잇지 못하는 오페라 대신 긴장감 없이 중얼거리는 소리가 들렸다. 방청석에 돌아가 있던 바이콘 경감이었다.

“경감님? 왜 그러시죠?”

“아니, 이제야 이해되는 게 있어서.”

경감은 자리에서 벌떡 일어나더니 무언의 압박으로 로저를 물러나게 하고 오페라와 양을 번갈아 봤다.

“가능하면 심문관이 직접 눈치채주기를 바라네만.”

“여기는 밀고 당기기를 하는 자리가 아닙니다. 경감님.”

경감은 어깨를 으쓱하고 증언을 시작했다.

“사건이 벌어진 그날 밤 비번이던 난 시 경찰 본부에서 이런 지시를 받았네. 공회당에서 살인이 일어났다는 익명 신고가 접수됐으니 즉시 현장으로 달려가라고. 그런데 막상 현장에 가 보니 피해자의 비서라는 사람이 나와서 그러더군. 자기가 신고했다고. 이상하지 않나? 비서가 익명으로 신고할 이유는 없을 테니.”

“그러고 보니 제가 받은 임명장에도 익명 신고라고 적혀 있었던 것 같은데……..”

“그래. 그래서 난 단순히 보고가 잘못된 것으로 판단해서 넘겼는데, 지금 생각해 보니 또 다른 가능성도 떠올라. 바로 신고자가 두 명 있었을 가능성.”

“그렇군요. 신고! 피고인이 지배인실에 가서 익명으로 경찰에 신고를!”

경감이 고개를 끄덕였다.

“그렇겠지. 지배인실에는 전화기가 있었으니. 종이 추락한 바로 그 주변에.”

“어이쿠.”

양이 모자를 깊숙이 눌러썼다.

“잠시만요. 심문관님 말씀대로라면 다레카 양은 살인범 아니었습니까? 자기 손으로 고모를 죽여 놓고 스스로 신고했다는 말인가요?”

“피고인에게는 처음부터 명확한 살의가 없었을 수도 있습니다. 홧김에 고모를 칼로 찌른 피고인은 당황해서 현장에서 급히 달아났고, 운 좋게 동료 마녀의 도움으로 도주에 성공할 가능성까지 생기자 문득 머릿속이 번뜩인 겁니다. 만약 고모에게 아직 숨이 붙어 있다면 경찰을 빠르게 부르면 목숨을 살릴 수 있을지도 모른다고.”

“으…….”

다레카가 낮게 신음했다. 아무래도 정곡을 찔린 듯하다. 익명 신고는 다레카가 한 것으로 생각해도 무방할 듯했다.

“자, 어떻습니까! 변호인, 제 주장에 허점이라도 있습니까?”

오페라가 검지를 내밀며 외치자 양은 “특별히 없는 것 같네요”라고 했다.

그때 머리 위에서 배심원석 패널이 돌아가며 ‘마녀’라는 글자가 세 장 다시 나타났다. 조금 전과 달라진 건 ‘마녀’ 패널에 다레카와 함께 배드마 스탠달의 이름도 함께 적혔다는 점이다.

"그렇군요."

양은 불쾌한 것처럼 배심원석을 올려다보았다.

"고양이 교대설을 인정하면 다레카 양뿐만 아니라 배드마 양도 함께 마녀로 책임을 지게 되죠. 물론 그렇게 생각하는 분은 아직 소수인 듯하지만."

"어디까지나 아직입니다."

오페라는 한껏 들떠 있었다. 한때는 절망적인 상황에 내몰렸지만 다시 진실로 향하는 길이 보이기 시작했다. 이제 시의원 이동설을 부정할 증거만 찾아내면 불리한 흐름을 완전히 뒤집을 수 있다.

뭔가 없을까. 시의원이 지하에서 탑으로 이동했다는 걸 부정할 만한 명확한 증거가.

도움을 청하듯 방청석을 훑는 오페라의 눈에 맨 뒤에 앉은 노신사의 모습이 들어왔다. 수사 도중 공회당에서 만난 노부부 중 남편이다. 저 사람도 와 있었나. 그러고 보니 그때 그 노부부는 묘한 이야기를……

"오페라 님!"

바로 옆에서 누군가가 외쳐서 오페라는 깜짝 놀랐다. 어느새 눈앞에 다가온 독양이 낮은 목소리로 오페라에게 속삭였다.

"이쯤에서 타협하시는 게 어떻습니까?"

“······네?”

갑작스러운 제안에 오페라는 어리둥절하게 되물었다.

“지금 상황은 제가 제시한 시의원 이동설, 그리고 오페라 님이 제시한 고양이 교대설 두 가지 다 부정할 수 없는 상황입니다. 여기서 최종 변론에 들어가 배심원단의 판단을 구하는 겁니다. 만약 오페라 님의 주장이 지지를 못 얻어도 그건 핵심 참고인인 배드마 스탠달이 지금 이곳에 없기 때문일 겁니다. 패배하더라도 오페라 님의 명예에 흠집이 생길 일은 없습니다.”

“잠, 잠깐만요. 지금 무슨 말씀을 하시는 거죠? 재판 종료 시간까지는 충분히 논의해서······.”

“소인이 지금껏 착각하고 있었습니다.”

양은 오페라의 말을 가로막고 담담하게 속삭였다.

“여기서만 하는 이야기입니다만, 소인은 당초 시의원님을 살해한 범인이 다레카 양에게 누명을 씌우려고 다레카 양을 해치지 않고 현장에 두고 떠났다고 생각했습니다. 하지만 다레카 양의 증언을 차분히 곱씹어 보니 부끄럽게도 소인의 추리가 완전히 빗나갔다는 걸 깨달았습니다.”

재판 도중인데도 양은 오페라에게만 들릴 정도로 조용히 말을 이어 갔다. 방청석에 수군거리는 소리가 퍼졌다.

“잠깐, 변호인. 이러시면 곤란합니다. 법정 안에서는 떳떳하게 목소리를 내 주세요.”

"아니, 조금만 더 이 비밀 대화에 응해 주십시오."

양은 대뜸 오페라의 팔을 잡아끌어 피고인 앞으로 데려갔다.

"다레카 양. 그날 눈을 떴을 때 집무실 문이 안쪽에서 쇠사슬로 단단히 봉쇄돼 있었다고 했죠?"

다레카는 당황하면서도 "아, 네……" 하고 고개를 끄덕였다.

"쇠사슬이라고요?"

오페라가 되물었다. 처음 듣는 이야기였다.

"네, 그렇습니다. 다레카 양의 증언을 그대로 믿으면 그건 매우 기묘한 상황입니다. 문이 안쪽에서 봉쇄돼 있었다면 그 문을 봉쇄한 사람 역시 집무실 안에 있어야 하죠. 하지만 그때 집무실 안에는 다레카 양과 시의원님의 시신만 있었습니다. 그렇다면 그 시의원님이 바로 문을 봉쇄한 인물, 즉 범인이라는 결론이 나옵니다."

"네?"

"뭐라고요?"

다레카와 오페라의 목소리가 겹쳤다.

"그날 다레카 양은 시의원님 몸에 살짝 손을 대기는 했지만, 그 시신이 정말 시의원님 본인의 시신인지는 정확히 확인하지 않았습니다. 시신은 하얀 망토를 두른 채 책상에 엎드려 있었죠. 만약 범인이 시의원님과 체격이 비슷하다면 시신으로 변장해서 집무실 안에 숨어 있을 수도 있었다는 겁니다. 다레카 양, 그날 시신에 뭔가 이상한 점은 없었나요?”

다레카의 낯빛이 창백해졌다.

“설마, 그럴 리가……. 그때 뭔가 이상하다고 느낀 건 있어요. 머리카락 색이 평소보다 조금 탁해 보였다고 할까…….”

“가발을 썼겠지요. 그리고 더 결정적인 증거는 다레카 양이 깨어날 당시 집무실 안 카펫에 시신을 끌고 온 핏자국이 없었다는 점입니다. 핏자국은 다레카 양이 집무실에서 도망친 후 범인이 복도에 방치해 둔 시의원님의 진짜 시신을 다시 끌고 왔을 때 생긴 흔적이죠. 솔직히 말씀드리면 소인은 시의원님이 복도에서 칼에 찔린 걸 계속 이상하게 생각하고 있었습니다. 범인은 시의원님을 굳이 복도로 끌고 가 거기서 칼로 찔러 죽인 후 다시 집무실에 시신을 돌려놓았죠. 이 기이한 행동의 진짜 목적은, 바로 피범벅이 된 망토를 손에 넣어 시신으로 변장하기 위해서였던 겁니다. 물론 그 시신 등에 꽂혀 있던 칼은 날이 없는 장난감이었겠지요.”

“아, 아니. 그래도 역시 말이 안 돼요. 시신으로 변장하다니, 범인이 왜 그래야 했던 거죠?”

양은 입술에 손가락을 갖다 대며 “목소리 낮추시지요” 하고 속삭였다.

“시신으로 변장한 이유는 오직 하나. 다레카 양, 당신과 시신만 있는 방에서 문이 안쪽에서 봉쇄된다면 결국 당신은 마법을 써서 도망칠 수밖에 없게 되기 때문입니다. 당신을 궁지로 몰아 마법을 쓰게 만드는 것. 그것이 바로 범인의 진짜 목적이었던 겁니다. 자, 추리가 여기에 이르니 범인의 악의가 실은 시의원님보다 오히려 다레카 양을 향하고 있었던 게 아닌가 하는 의심마저 드는군요. 예를 들어 공회당 곳곳에 붙어 있었다는 길 잃은 고양이를 찾는 전단. 지금 다시 생각하면 그건 고양이로 변신해 도망치는 마녀를 시민들에게 붙잡게 하려는 범인의 계략 아니었을까 싶습니다. 추락한 종에 당신이 갇히게 될 것까지 예상하지는 못했겠지만, 범인은 처음부터 다레카 양을 화형 법정으로 보내기 위해 이 모든 것을 설계한 것처럼 보입니다.”

“자…… 잠깐. 말 좀 조심해 주세요.”

다레카는 급하게 오페라의 표정을 살폈다.

“그렇게 말씀하시면 꼭 제가 마녀라는 걸 인정하는 꼴이 되잖아요. 전 마녀 같은 게…….”

“당신이 마녀라는 걸 알면서도 소인이 지금 이 자리에 있다는 건 총명한 오페라 심문관님은 이미 진즉 눈치채셨을 겁니다. 그러니 이건 비밀 이야기라는 겁니다.”

다레카는 그제야 양의 이마에 맺힌 땀방울을 알아차렸다. 양은 지금 뭔가를 두려워하고 있다. 혹은 겁먹은 걸까.

“지금 이 화형 법정에는 다레카 양을 향한 미지의 악의

가 소용돌이치고 있습니다. 아니, 살의로 바꿔 말해도 되겠네요. 그렇다면 이 재판을 계속 이어 가는 건 현명하지 못합니다. 소인은 그저 일개 변호인일 뿐, 정체 모를 악의에 맞설 대책 같은 건 가지고 있지 않으니까요. 지금 저희가 할 수 있는 일은, 오페라 가스톨 화형 심문관님의 인품과 판단력을 전적으로 믿고, 오페라 심문관님께서 다레카 양이 누구도 죽이지 않았다는 사실을 납득해 이 무의미한 재판이 온건하게 끝날 수 있도록 협력해 주실 가능성에 기대는 것뿐……. 오페라 님?"

그제야 양은 자신의 말이 오페라에게 전혀 전해지지 않는다는 걸 깨달았다.

오페라는 지금 막 발견한 새로운 증거에 대한 생각으로 머릿속이 가득 차 있었다. 그야말로 엉뚱하면서도 답답한 논증이 펼쳐지겠지만, 그 증거는 분명 변호인의 주장을 무너뜨릴 수 있을 정도로 강력하다. 흥분으로 들뜬 오페라의 뇌에 양의 말 같은 건 들어오지 않았다.

"오페라 님, 괜찮으신가요?"

그제야 정신을 차린 오페라는 급히 법정의 한가운데로 나섰다.

"하고 싶으신 말씀은 그게 다인가요?"

법정 안에 쩌렁쩌렁 울릴 정도로 크게 외쳤다.

"여러분, 지금 여기 계신 변호인이 조금 전 저에게 최종

변론에 들어가자고 제안했습니다. 저에게 패배를 달게 받아
들이라고 암시한 셈이죠. 이 얼마나 어처구니가 없습니까!
제가 더는 반박하지 못할 거라고 판단하신 것 같지만 천만
의 말씀입니다! 지금부터 제가 부를 증인의 이야기를 듣고
나면 입도 벙긋하지 못하게 될 겁니다!”

양은 눈살을 찌푸리며 수상쩍어하는 표정을 지었다. 오
페라는 속으로 ‘역시’ 하고 가볍게 주먹을 움켜쥐었다. 지금
자신이 발견한 새로운 증거를 양은 전혀 파악하지 못하고
있다.

오페라는 위풍당당하게 고개를 돌려 방청석에 앉은 한 남
자에게 손을 내밀었다.

“거기 작업복 입으신 남자분. 번거로우시겠지만 잠시 앞
으로 나와 주시겠습니까?”

그러자 작업복을 입은 남자는 영문을 모르겠다는 듯이 몸
을 일으켜 자신의 이름을 조이라고 소개했다.

“조이앤폴 주물 공장에서 공장장을 맡고 있습니다. 그나
저나 저는 왜……?”

“조이 씨께서 사건 당일 밤에 공회당에 종을 납품하러 오
셨기 때문입니다. 맞죠?”

“아, 네. 그건 맞습니다.”

“대형 종이니 대형 트럭으로 운반하셨겠죠. 예를 들어, 이런.”

오페라는 미니어처 주차장에서 가장 큰 트럭 모형을 집어

들었다.

"네. 저희 트럭과 꽤 비슷하네요."

"그 트럭을 몇 시에 어디에 세웠는지 기억하시나요?"

"흐음. 원래는 반입구 앞에 주차하기로 돼 있었는데 주차장이 손님들 차로 가득 차서 어쩔 수 없이 뒤로 돌아가 골목 안쪽에 댔습니다. 시간은 대략 저녁 6시 정도였던 것 같고요."

"정확히 골목의 어느 지점에 주차하셨는지 기억하십니까?"

그러자 조이는 팔짱을 끼고 고개를 갸웃했다.

"정확한 위치라……. 트럭 전조등이 창고를 비추고 있었으니 창고 앞쪽이었던 건 확실합니다."

조이가 정확한 주차 위치를 기억한다면 지금 바로 결론이 나겠지만, 그러지 않은 이상 다른 증인을 더 불러 트럭의 위치를 유추해야 한다. 오페라는 "그렇군요" 하고 고개를 끄덕였다.

"제가 사건을 수사하던 중에 증인이 공회당 지배인에게 꽤 격하게 항의하시는 걸 들었습니다. 운전사가 차에서 내릴 때 사이드미러가 공회당 벽에 부딪혀 부러졌다는 이야기도 들렸죠. 그렇다면 트럭은 공회당 벽에 거의 닿을 정도로 바짝 주차돼 있었다는 뜻 아닐까요?"

"아, 맞습니다. 조수석 문이 벽 때문에 열리지 않아서 내릴 때 애를 먹었거든요."

"고맙습니다. 그럼 뒤이어 블레이크 씨를 앞으로 모시겠습니다."

오페라는 방청석 맨 뒤에 앉은 노신사에게 손을 내밀었다.

"가스통 블레이크라고 합니다."

흔들리지 않는 걸음걸이로 뚜벅뚜벅 앞에 나온 노신사는 위엄 있게 자신을 소개했다.

"2년 전까지 위치포드 마을에서 이장을 했습니다. 아내와 함께 만찬회에 초대받아 관광할 겸 이곳에 머무르고 있지요."

"저번에 뵀을 때 사건 당일 밤 묘한 일을 겪었다고 하셨죠. 그 일에 대해 증언해 주시겠습니까?"

"사라진 소녀에 대한 일 말인가요?"

블레이크는 샬럿 리드와 닮은 소녀가 복도 안쪽으로 사라진 경위를 이야기했다. 방청객은 하나같이 그 이야기가 이번 사건과 무슨 상관있느냐는 듯이 의아해했고, 설명 중인 블레이크 본인도 고개를 갸웃거렸다.

"그 복도 안쪽에서 온 분들은 그런 소녀를 본 적이 없다고 했고요?"

오페라는 신중하게 다시 확인했다.

블레이크는 "네" 하고 고개를 끄덕이고 방청석으로 얼굴을 향했다.

"자세한 건 당사자에게 직접 들으시는 게 더 좋을 것 같습니다만."

"응?"

뒷문과 트럭

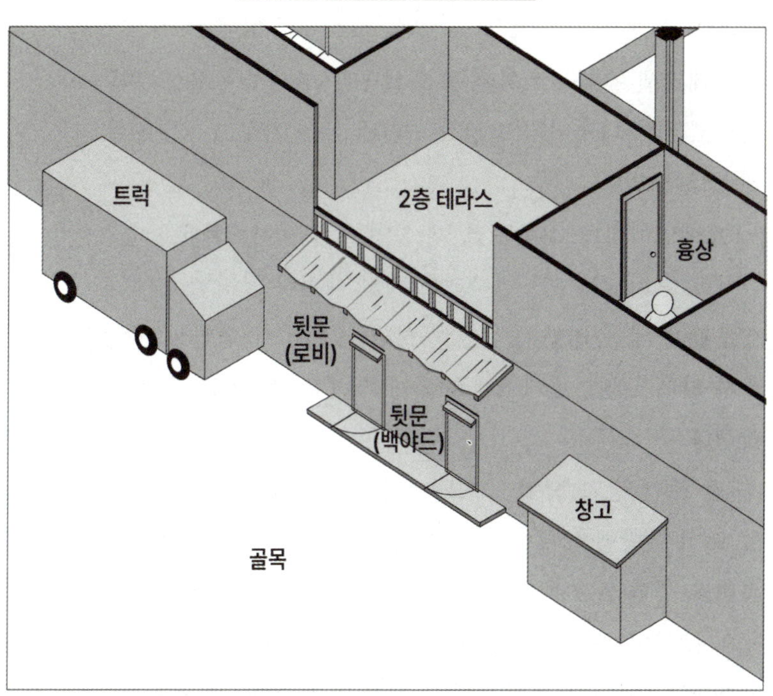

고개를 돌리니 방청석 안쪽에서 낯익은 여자가 오페라 쪽으로 손을 흔들고 있었다. 누군지 기억을 더듬고 있자 뒤에서 미치루가 귀에 대고 속삭였다.

"지난번 재판에서 증언하신 안데르센 씨입니다."

"아!"

안데르센 스타니스와프는 오페라가 부르지도 않았는데 앞으로 걸어 나오더니 방청석 난간에 몸을 기대고 장난스럽게 입을 열었다.

"오랜만이네요, 심문관님. 제 증언도 좀 들어보실래요?"

태도가 거슬리지만 아무래도 지난 재판과 달리 이번에는 심문관 측에 유리한 증언인 듯하다. 오페라가 증언을 허락하자 안데르센은 자기소개를 짧게 마치고 이야기를 풀기 시작했다.

"전 사건 당일 밤에 공회당에서 아르바이트를 했습니다. 그 종이 추락했을 때는 저도 깜짝 놀라서 무슨 일인가 싶어 로비로 향했죠. 그때 2층 남쪽 복도에 있는 흉상 앞에서 친구와 우연히 마주쳤고, 둘이 함께 수다를 떨며 걸어가고 있는데 복도 끝에서 블레이크 씨 부부가 저희를 불러 세우더군요. 그다음은 저분이 하신 증언 그대로예요. 저와 친구 둘 다 샬럿이라는 아이는 보지 못했어요."

"확인차 묻습니다만, 혹시 그 친구분이 샬럿 씨는 아니겠죠?"

그러자 안데르센은 깔깔 웃음을 터뜨렸다.

"당연하죠. 그 친구 이름은 앨리스 카슨이니까요."

"네?"

다레카 뒤에 앉은 앨리스 카슨 쪽을 보자 앨리스는 난처한 듯 시선을 피했다.

오페라는 불길한 예감을 느꼈다. 안데르센과 앨리스는 지난 재판 때 변호인 측 증인이었다. 이 역시 양의 계략이 아닐까.

······아니, 양은 조금 전 재판을 그만두고 싶어 하지 않았는가. 양의 제안은 진정 조바심에서 비롯된 것처럼 느껴졌다. 양의 뜻에 반한다면 이대로 밀고 가도 좋을 것이다.

"안데르센 씨는 앨리스 씨와 함께 2층 테라스를 지나셨군요. 그때 테라스 밖에 뭔가 보이지는 않았습니까? 예컨대 근처에 트럭이 세워져 있었다거나."

"트럭요? 글쎄요."

안데르센은 고개를 갸웃거렸다.

"그쪽에는 아예 신경도 안 썼으니 모른다고 할 수밖에요. 아, 그리고 보니 그때 테라스 밖에서 남자들이 언성을 높이는 소리가 들리긴 했어요. 그게 저 주물 공장 분들이었을까요?"

그러자 조이가 고개를 끄덕였다.

"네. 저희가 맞을 겁니다. 저희는 그때 돌아가려던 참이었는데 종이 추락한 소리를 듣고 확인하러 갈지 말지를 두고 차

앞에서 실랑이를 벌이고 있었거든요. 전 책임지고 확인하러 가야 한다고 했지만, 폴은 귀찮은 일에 얽히기 싫다고……."

"됐습니다."

오페라는 조이의 말을 끊고 모형 쪽으로 다가갔다. 2층 테라스에서 로비로 이어지는 복도에 인형을 놓고 고개를 돌렸다.

"안데르센 씨가 이동한 경로를 따라가면 복도 출구 쪽에 있던 블레이크 씨 부부와 샬럿 씨를 앞뒤로 포위하는 모양새가 됩니다. 즉, 당시 샬럿 씨는 갈 곳이 전혀 없었던 겁니다. 그렇다면 그 소녀는 대체 어디로 사라졌을까요? 지금까지 나온 증언을 종합하면 답은 명백합니다."

오페라는 트럭 모형을 2층 테라스 밖에 바짝 붙여 놓고 그 위에 인형을 올렸다.

"샬럿 씨는 벽에 바짝 붙여 세워진 이 트럭 위에 떨어진 것입니다. 자세한 사정은 몰라도 그녀는 블레이크 씨 부부를 피하려다가 그런 행동을 했겠죠. 트럭에서 땅으로 내려 갔는지, 아니면 안데르센 씨가 사라진 후 다시 건물 안으로 돌아갔는지는 불분명합니다."

안데르센은 여전히 납득되지 않는다는 듯이 "흐음……" 하고 낮게 신음했다.

"심문관님, 억측이 좀 지나치신 것 아닌가요? 애초에 그 아이가 누군지 정확히 아는 사람도 없는 것 같은데."

"소녀의 정체 같은 건 지금 중요하지 않습니다. 제가 말하고 싶은 건, 트럭이 2층 테라스 바로 아래에 주차돼 있었던 것만은 확실하다는 겁니다. 샬럿 씨가 도망칠 곳은 트럭 위밖에 없었으니 필연적으로 그렇게 됩니다."

"뭐, 그건 그렇겠죠."

"그렇다면 말이죠."

오페라는 트럭 모형을 집어 2층 테라스 아래에 있는 두 개의 문을 가리켰다.

"당시 트럭은 테라스 아래에 있는 이 두 개의 뒷문을 막고 있었다는 말이 됩니다. 사이드미러가 부러질 만큼 차를 벽에 바짝 붙여 세웠으니 뒷문으로 누군가 드나드는 건 절대 불가능했겠죠. 하지만!"

오페라는 양의 얼굴을 검지로 가리켰다.

"변호인은 이렇게 주장했습니다. 피고인과 시의원님이 지하에 있는 지배인실에서 대화를 나누고, 시의원님만 탑으로 돌아갔다고요. 처음 들었을 때는 그러려니 했지만 지금 이렇게 된 이상 그 주장은 도저히 납득할 수 없습니다. 뒷문이 트럭 때문에 막혀 있었다면 시의원님이 지하에서 탑으로 이동하는 건 불가능하니까요. 따라서 변호인의 주장은 성립하지 않습니다!"

방청석의 반응은 대체로 오페라가 예상한 대로였다. 절반가량은 시의원 이동설이 무너졌다는 것에 감탄했고, 나머지 절반은 다소 복잡하게 둘러 가는 입증을 따라가지 못해 어리둥절해했다.

그러나 양만은 오페라가 예상한 반응을 보이지 않았다. 곧장 반박할 줄 알았지만 씁쓸한 얼굴로 입을 굳게 다물고 있다. 꼭 건드려서는 안 될 뭔가를 들켜 버린 사람처럼 심각한 표정이었다.

"……조금만, 반론하겠습니다."

오랜 침묵 끝에 양이 무겁게 입을 열었다.

"지하 출입구가 꼭 골목의 뒷문만 있는 건 아닐 겁니다. 시의원님은 다른 경로로 탑으로 향했습니다."

"네? 뭐라고요?"

예상 못 한 지적에 오페라가 허둥거리고 있을 때.

"그건 내가 반박할 수 있겠군."

바이콘 경감이 도움의 손길을 내밀었다.

"지하로 들어가는 길은 뒷문으로 통하는 계단을 제외하면 주방 옆 계단뿐이야. 그런데 그곳은 행사가 열릴 때 직원들이 자주 오가는 곳이라 낯선 사람이 지나가면 바로 눈치챘을 거라고 공회당 지배인이 말했지. 다시 강조하지만 오후 6시 이후로 시의원의 모습을 목격한 사람은 아무도 없네."

"그렇다고 하네요!"

오페라는 기뻐하며 의기양양하게 가슴을 쭉 폈다.

"흐음. 그런가요."

여느 때와 달리 양의 태도는 신중했다.

"그렇다면 이런 건 어떻습니까? 뒷문이 트럭 때문에 막혀도 문이 아주 조금이라도 열렸다면 마른 체형의 시의원님이 그 틈새로 빠져나갈 수 있지 않았을까요?"

"문이 얇았다면 가능했겠죠. 하지만 이 모형을 보세요. 뒷문은 아주 두꺼울뿐더러 윗부분이 툭 튀어나온 형태입니다. 이 돌출된 부분이 차에 닿아 문은 거의 열리지 않았고, 따라서 사람은커녕 고양이 한 마리도 지나갈 수 없었습니다. 자, 변호인! 아직도 반론이 남았습니까?"

양은 침묵했다. 오페라는 들뜬 마음을 억누르며 양의 반박을 기다렸다.

그러나 입을 연 사람은 양이 아니었다.

"아, 저……."

오페라 바로 뒤에서 주뼛거리는 목소리가 들렸다.

"아가씨, 잠깐 괜찮으시겠습니까?"

"뭐야, 미치루. 이럴 때."

오페라는 짜증스럽게 수행원을 돌아봤다. 미치루는 난처한 얼굴로 머뭇거리며 입을 열었다.

"그렇다면 아가씨의 주장도 성립하지 않게 되는 거 아닐까요?"

"……뭐?"

"그러니까, 뒷문이 트럭 때문에 막혀 있었다면 시의원님이

지하에서 탑으로 이동할 수 없었던 것처럼, 배드마 씨와 교대한 다레카 양도 지하에 갈 수 없었던 것 아닐까요……?”

오페라가 깜짝 놀라 숨을 집어삼켰고, 법정 안의 시간이 몇 초간 멈췄다.

“마…….”

오페라는 곧 다시 입을 열었다.

“말도 안 되는 소리! 시의원 이동설은 무너졌지만 피고인이 뒷문을 지나 지하로 간 건 명백한 사실이야! 피고인은 분명 그 뒷문을 억지로 열고 고양이가 되어 좁은 틈새를 빠져나갔어!”

“하지만 아까 고양이 한 마리도 지나갈 수 없었다고…….”

“그, 그건…….”

오페라의 기세는 꺾이고 말았다.

미치루의 지적은 어떤 의미에서 너무도 타당했다. 양의 주장에서는 시의원, 오페라의 주장에서는 다레카가 각각 뒷문을 통해 이동한 게 된다. 따라서 뒷문이 막혀 있었다면 두 주장이 함께 무너질 수밖에 없다.

“어, 그러니까…… 어라……?”

오페라는 혼란스러운 머릿속을 필사적으로 정리했다.

두 주장이 모두 부정된다면 결국 오페라의 논증 어딘가가 잘못됐다는 뜻이 된다. 당시 트럭이 뒷문에서 떨어진 곳에 세워져 있어서 뒷문을 자유롭게 드나들 수 있었을까. 그렇다면 샬럿은 대체 어디로 사라졌을까. 블레이크 씨가 잘 못 본 것일까. 아니, 부부가 둘 다 소녀의 환상을 봤다고 보기는 어렵다. 그렇다면 복도 안쪽에서 온 안데르센과 앨리스가 거짓말을 하는 걸까. 설마. 안데르센은 몰라도 앨리스는 누가 봐도 양 쪽 사람이다. 굳이 양의 주장을 흔들 만한 거짓말을 할 이유가 없다. 게다가 샬럿이 사라졌을 때는 아직 사건이 발각되지도 않았다.

정신을 차려 보니 법정 안의 모든 시선이 오페라에게 쏠려 있었다. 기묘한 모순에 도달한 이 논의를 오페라가 어떻게 매듭지을지 모두 기대하며 지켜보고 있다.

오페라는 침을 꿀걱 삼키고 입을 열었다.

"으음⋯⋯. 조금 전 이야기는 없었던 것으로⋯⋯."

그러자 블레이크가 곧장 고개를 갸웃거렸다.

"그럼 샬럿은 결국 어디 갔다는 말인가요?"

오페라는 '내가 그걸 어떻게 알아!' 하고 소리치고 싶은 마음을 꾹 참고 억지 미소를 지었다.

"그 일은⋯⋯ 이번 사건과 관련이 없는 것 같으니⋯⋯."

방청석에 지금까지와 다른 웅성거림이 퍼져 나갔다. 새 쟁점을 꺼내 놓고 모순이 드러나자 금세 철회해 버리는 심문관을 향한 불신의 소리다. 오페라는 참담한 심정으로 변호인인 양을 봤다. 의기양양한 표정을 짓고 있을 거라고 예상했지만 양은 여전히 입을 굳게 다문 채 긴장한 얼굴로 상황을 지켜보고 있었다.

바로 그때.

"심문관님!"

귀에 익은 여자 목소리가 법정 안에 힘차게 울려 퍼졌다.

"부디 제 증언을 들어주세요! 샬럿의 수수께끼를 풀 증거가 있어요!"

"아, 저, 샬럿 양 일은 이번 재판과 관련이 없어서……."

오페라는 어떻게든 이 화제를 끝내고 싶었지만.

"아니에요!"

날카로운 목소리가 단호하게 그걸 거부했다. 목소리의 주인을 찾는 사이 방청석 뒤에서 검은 옷을 입은 여자가 법정 한가운데로 걸어 나왔다. 그 얼굴을 보고 오페라는 "앗!" 하고 소리쳤다.

"당신은…… 메리다 씨……?"

해럴드 베너블즈의 전 약혼녀 메리다 카슨은 조용히 고개를 끄덕이고 손가방에서 서류 뭉치를 꺼냈다.

"이 서류는 심문관님의 고민을 해결함과 동시에 지금 이 자리에 숨어 있는 사악한 마녀를 밝혀 줄 거예요. 왜냐하면 이건……."

"오페라 님!"

거의 고함에 가까운 양의 외침이 메리다의 말을 가로막았다.

"그 여자의 입을 막으십시오! 더 이상 말하게 해서는 안 됩니다!"

"뭐…… 뭐라고요?"

평소에 좀처럼 감정을 드러내지 않는 양의 격한 반응에 오페라도 당황했다.

"무슨 말씀이시죠? 심문관 측 증인을 거부할 권리는 변호인에게 없습니다. 그런데 흥미롭네요. 변호인은 왜 메리다 씨의 증언을 두려워하는 걸까요? 이건 꼭 확인해야겠습니다."

그러자 양은 아랫입술을 꽉 깨물었다. 그 표정이 꾸며낸 게 아니라는 것을 오페라는 직감했다. 메리다가 지금 무슨 말을 하려는지 몰라도 양에게 불리한 내용인 것만은 분명해 보인다.

오페라는 메리다를 제외한 다른 증인을 모두 물러나게 하고 메리다에게 증언을 요청했다. 메리다는 간단하게 자기소개를 하고 손에 든 서류를 보며 침착하게 증언을 시작했다.

"심문관님께서는 혼란스러워하시지만 사실 이 이야기는 아주 단순해요. 심문관님의 고양이 교대설, 변호인님의 시의원 이동설 중 하나는 반드시 진실입니다. 왜냐하면 당시 집무실로 향한 다레카 양이 종루 아래로 이동했다는 이해할 수 없는 현상이 현실에서 일어났기 때문이죠. 즉, 두 가지 가설 중 어느 쪽이 진실이든 그날 뒷문은 통과가 가능했어야 합니다."

예상보다 더 논리 정연한 메리다의 말에 오페라는 잠시 주춤했다.

"확실히…… 그렇군요. 하지만 그럼 샬럿 양이 사라진 수수께끼가……. 아, 아니죠! 물론 제 가설이 진실인 건 의심할 여지가 없고 샬럿 양의 행방 같은 건 사소한 문제……."

"아니에요, 심문관님. 샬럿의 문제만큼 중요한 게 없어요. 우선 이 서류를 읽어 주세요."

메리다는 서류를 오페라에게 내밀었다. 서류를 받을 때 메리다의 손에 들린 회색 편지지가 언뜻 보였다.

"이 서류는 제 소중한 그이, 해럴드가 남긴 취재 기록이에요. '데일리 레코드'지 수석 기자였던 그는 마녀와 관련된 기사를 여럿 썼어요. 그리고 죽기 직전 '위치포드의 마녀'라고 불리는 마녀에 대한 새 정보를 입수해서 발표 시기를 조율 중이었죠."

오페라는 자료를 펼치던 손을 멈추고 고개를 들었다.

"'위치포드의 마녀'라면 작년에 화제가 됐던 그……?"

"네. 해럴드는 '위치포드의 마녀'가 이 도시로 도망쳤고 현재는 액턴 벨 컬러라는 이름으로 활동 중이라는 사실을 밝혀냈답니다."

"컬러!"

법정이 크게 술렁였고, 메리다는 만족한 것처럼 고개를 깊숙이 끄덕였다.

“게다가 해럴드는 컬러의 출신에 대한 정보도 입수했어요. 지금으로부터 약 10년 전, 위치포드 마을에서 리드 가문의 외동딸이 병으로 죽었습니다. 하지만 딸의 시신을 실제로 본 사람은 그녀의 가족뿐이었죠. 어떤 사정 때문에 리드 가문의 가장은 딸이 죽은 것처럼 꾸미고 지하실에 몰래 숨긴 채 보호하고 있었던 거예요. 해럴드는 이 딸이 바로 액턴 벨 컬러라고 기사에 적었어요.”

자료를 훑어보던 오페라의 시선이 컬러의 정체를 명시한 문장에서 멈췄다.

“‘죽었다고 알려진 그 딸의 이름은 바로 ‘샬럿 리드’이다’……!”

오페라의 나직한 중얼거림이 법정을 충격의 소용돌이로 몰아넣었다.

방청석 뒤에서 앨리스는 두려움에 떨고 있었다.

어머니가 이 법정에 와 있다는 걸 지금껏 전혀 눈치채지 못했다. 집을 나간 이후 어머니의 얼굴을 본 건 한 달 만이다. 오랜만에 만난 어머니는 더욱더 수척해져서 길에서 스쳐 가도 어머니인 줄 알아차리지 못했을지 모른다.

그때 메리다가 문득 앨리스 쪽으로 시선을 돌렸다. 입술이 앨리스를 향해 뭔가를 말하고 있다. 법정 내 소음에 섞여 들리지 않았지만 앨리스는 어머니가 무슨 말을 하는지 직감으로 알 수 있었다.

　―난, 모든 걸 알고 있어.

　서늘한 한기가 등줄기를 타고 흘러내렸다. 메리다는 그날 밤 2층 테라스에서 무슨 일이 일어났는지 안다. 그리고 그 사실을, 즉 샬럿의 실종에 대한 진실을 법정에서 폭로하려고 하고 있다.

　두려움 때문에 덜덜 떨리는 앨리스의 손 위에 따스한 손이 겹쳤다. 고개를 들자 옆에 앉은 컬러가 확신에 찬 표정으로 조용히 속삭였다.

　"괜찮아."

　자신에 대한 이야기로 법정 안이 난리가 났는데도 컬러는 여전히 침착했고 목소리도 평소와 전혀 다를 바 없었다.

　"앨리스는 아무 걱정 안 해도 돼."

◆

　만찬회 날 밤.

　"호, 혹시 샬럿? 아, 미안해요. 제가 엉뚱한 소리를."

　로비 2층에서 노부인이 말을 걸어서 컬러는 몸을 움찔했다. 어지간히 마주치고 싶지 않았는지 자기도 모르게 어두운 통로 안쪽으로 뛰어가고 말았다.

　그때 발이 엉켜서 컬러는 그대로 넘어졌고, 등 뒤에 매고 있던 가방이 열려 앨리스의 몸이 바닥으로 튕겨져 나왔다.

"미, 미안!"

앨리스는 바닥에서 한 바퀴 구르고 곧 다시 일어섰다. 들은 대로 고양이의 몸은 인간보다 확실히 균형 감각이 뛰어난 듯했다.

"아니, 괜찮아."

앨리스가 다시 가방에 들어가자 컬러는 허겁지겁 가방을 멨다. 이 근처에서는 사람들 눈에 띌 가능성이 작지만 그래도 고양이로 변신한 상태에서 들키는 건 절대 피해야 했다.

만찬회 준비 때문에 컬러가 주방에 불려 간 사이 앨리스는 창고방에서 다레카에게 배운 변신을 계속 연습하며 무료함을 달래고 있었다. 마침내 변신에 성공했을 때는 가슴이 뛰었지만 곧 다시 불안과 초조함이 밀려왔다. 인간의 모습으로 돌아갈 수 없었기 때문이다.

고양이 모습 그대로 계속 있을 수도 없어서 다레카에게 인간으로 돌아가는 방법을 배우려고 일단 컬러에게 도움을 요청했다. 컬러는 가방에 앨리스를 넣고 등에 멘 후 공회당 어딘가에 있을 다레카를 찾아 나섰다. 그러다 도중에 컬러의 옛 지인을 마주치는 돌발 상황을 겪게 된 것이다.

"어쩌지?"

앨리스는 가방 안에서 컬러에게 물었다.

"다레카 씨는 일단 나중에 찾고 숨어 있는 게 좋을까? 네 정체가 들통나면 다시 위치포드로 끌려갈 수도 있잖아."

"아니, 그럴 일은 없을 거야. 다만……."

컬러는 입을 다물었다. 통로 안쪽에서 발소리가 들렸다.

"여어, 앨리스. 이런 데서 뭐 해?"

가방 밖에서 쾌활한 목소리가 들렸다. 이번에는 얼마 전 알게 된 안데르센 스타니스와프였다. 앨리스는 내심 한숨을 쉬었다. 왜 하필 이럴 때 꼭 아는 사람이 줄줄이 나타나는 걸까.

게다가 안데르센은 컬러를 앨리스로 착각하고 있었다. 컬러는 원래 목소리가 작지만 앨리스는 고양이로 변신해도 목소리 크기가 거의 그대로였다. 복도 끝에서 다가온 안데르센의 귀에는 앨리스의 목소리만 들렸고, 눈에 보이는 소녀도 한 명뿐이니 앨리스가 혼잣말을 한다고 착각한 것이다.

"아…… 안데르센 씨. 오랜만, 이에요……."

가방 안에서 조심스레 인사했지만 안데르센은 조금도 의심하는 기색이 없었다.

"오, 건강해 보여서 다행이네. 응? 네 안경, 금 간 거 아니야?"

컬러가 고개를 돌리는 움직임이 가방 너머에서 전해졌다. 컬러는 조금 전 가방에서 떨어진 앨리스의 안경을 쓰고 앨리스로 변장한 듯했다.

"네? 아, 괜찮아요. 아까 넘어지는 바람에."

"그렇구나. 조심해. 오늘 밤은 여기저기서 높으신 분들이 모였으니까. 이런 자리에서 실수라도 하면 골치 아파져.”

이번에도 컬러 대신 앨리스가 대답했고, 안데르센이 그 말에 호응했다. 이렇듯 기묘한 형식으로 대화를 주고받으며 안데르센과 컬러는 복도를 돌아갔다.

조금 전에 만난 그 노부부가 복도 출구 쪽에 서서 샬럿이라는 소녀를 보지 못 했냐고 물었지만, 안데르센은 “글쎄요” 하고 어깨를 으쓱했다.

“그런 아이는 못 본 것 같은데. 그렇지, 앨리스?”

컬러가 고개를 흔드는 진동이 가방 안으로 전해졌다.

◆

“그러니까, 그때 블레이크 부부가 본 소녀는 진짜 샬럿, 즉 액턴 벨 컬러였다는 말인가요?”

“네, 그렇습니다. 저기 있는……..”

메리다가 어둠 속에 앉아 있는 컬러를 가리키자 사람들의 시선이 그곳으로 향했다.

“컬러는 공회당에 상주하며 일한다고 하니 사건 당일 밤 그곳에 있었어도 전혀 이상하지 않죠.”

“오, 오오!”

블레이크가 감탄사를 내뱉으며 자리에서 일어섰다.

“틀림없어. 분명 샬럿이야. 그렇구나……. 샬럿, 네가 살아 있었구나……."

컬러는 표정이 굳었지만 더 이상 얼굴을 숨기려 하지 않았다. 그 옆에서 앨리스는 몸을 잔뜩 웅크린 채 떨고 있었다.

샬럿과 컬러가 동일인인 게 확인된 지금 메리다의 증언은 더 설득력을 얻고 있다. 앨리스가 마녀라는 소문은 오페라도 들었다. 게다가 앨리스와 컬러가 가까운 사이라는 건 이제 모두가 아는 사실이다. 그러니 지금 이 자리에서 메리다가 그날 밤 일어난 일, 즉 앨리스가 고양이로 변신해 컬러와 함께 1인 2역을 했다는 사실을 폭로하면 사람들은 분명 납득할 것이다.

"아, 아아……."

고개를 숙인 앨리스의 입에서 힘없는 신음이 새어 나왔다.

메리다는 폭로할 작정이다. 다레카, 배드마뿐 아니라 앨리스도 고양이로 변신했다는 것, 즉 앨리스가 마녀라는 사실을.

설령 사건과 무관하더라도 화형 법정에서 마녀로 입증된 자는 즉시 화형에 처해진다. 양이 알려 준 그 가혹한 규칙이 지금 자신을 덮치려 하고 있다.

"앨리스."

컬러가 조심스레 앨리스의 가냘픈 어깨를 끌어안았다.

"난 이렇게 생각해."

앨리스의 귓가에 대고 컬러가 산들바람 같은 목소리로 속삭였다.

"이 세상에서 이치에 맞지 않는 일은 일어나지 않아. 부조리나 불합리 같은 긴 전부 누군가의 착각에 불과하고, 아무리 슬픈 일이나 괴로운 일도 반드시 그렇게 될 수밖에 없었던 이유가 있을 거라고 난 생각해. 모든 건 전부 그렇게 될 수밖에 없는 일이었던 거야."

컬러가 내뱉는 한마디 한마디가 앨리스의 마음에 스며들었다. 그 의도를 전부 이해할 수는 없어도 뭔가 중요한 말을 전하려 한다는 것만은 알 수 있었다.

"그러니 안심해, 앨리스."

앨리스는 고개를 들어 컬러와 눈을 마주쳤다. 여전히 무표정하지만 눈빛만은 무척이나 다정했다.

"메리다 씨는 널 미워하지 않아. 해럴드 씨가 죽은 건 내 탓이지 네 잘못이 아니니까. 그러니 메리다 씨는 네가 화형당하게 두지는 않을 거야."

"……."

그때 메리다가 한층 큰 목소리로 외쳤다.

"이제 아시겠지요, 심문관님! 샬럿, 즉 컬러는 마녀였습니다! 그 아이는 빗자루를 타고 하늘을 날아 2층 테라스에서 모습을 감췄습니다! 컬러가 사라질 수 있는 방법은 그것밖에 없었다는 게 이미 앞서 충분히 논의됐죠. 따라서 화형에 처해져야 할 사람은 액턴 벨 컬러입니다!"

방청석이 술렁이는 가운데 앨리스는 그저 멍하니 서 있었다. 컬러는 마녀다. 그 짧은 한 문장을 도무지 받아들일 수 없었다.

오페라는 넋이 나간 얼굴로 우두커니 서 있었다. 하지만 곧 다시 정신을 차리고.

"잠, 잠깐만요!"

지지 않으려는 듯이 목소리를 높였다.

"이곳은 다레카 드 발자크를 심판하기 위한 화형 법정입니다! 컬러 양이 마녀인지 아닌지는 지금 중요한 게……."

"다레카 씨야말로 중요하지 않아요!"

메리다는 두 눈에 핏발을 세우고 회색 편지지를 꽉 움켜쥐며 소리쳤다.

"이토록 오랜 시간 논의했는데도 다레카 씨가 마녀인지 아닌지는 결론 내릴 수 없었잖아요! 하지만 컬러가 마녀라는 건 이미 입증됐죠! 이곳은 화형 법정, 즉 마녀를 화형시키기 위한 처형장! 자, 어서 저 마녀를 화형에 처하세요!"

"그, 그런 말도 안 되는……."

메리다의 광기 어린 집착과 격렬한 분노에 압도되면서도 오페라는 필사적으로 머리를 굴렸다. 분명 이 자리에서 컬러가 마녀인 게 입증되면 그녀는 화형에 처해진다. 하지만 사건과 무관한 인물이 처벌받는 상황도 묵과할 수 없다.

"음, 그러니까 어쩌면 2층 테라스에 사다리 같은 게 세워져 있었을지도 모릅니다. 샬럿은 그 사다리를 이용해 테라스에서 내려와 도망쳤을 수도…….”

샬럿에게는 도망칠 방법이 없었다는 자신의 주장을 스스로 뒤집는 상황에 오페라는 온몸이 근질거리는 듯한 불쾌감을 느꼈다. 그러나 오페라의 정의正義는 메리다의 주장을 이대로 내버려둬서는 안 된다고 외치고 있었다.

메리다는 손에 든 편지지를 잠시 들여다보고 다시 고개를 들었다.

“안데르센 씨는 종 납품업자들이 말다툼하는 소리를 들었습니다. 샬럿이 테라스에 뛰어왔을 때도 그들은 트럭 앞에서 말다툼 중이었겠죠. 그러니 만약 그런 소녀가 테라스에서 내려왔다면 그들도 당연히 목격하지 않았을까요?”

“으음…….”

오페라는 조이를 봤지만 역시나 그는 고개를 가로저었다.

“전 못 봤습니다. 그런 아이가 있으면 눈치챘을 겁니다.”

“……그, 그런가요.”

“메리다 부인.”

양이 무겁게 입을 열었다.

“조금 전부터 손에 든 종이를 보면서 말씀하시는데, 혹시 거기에 무슨 지시라도 적혀 있는 겁니까? 컬러 양을 화형으로 몰고 가라는 지시가.”

그러자 메리다는 살기 어린 눈으로 양을 노려봤다.

“문제 될 게 있나요?”

“말씀해 주십시오.”

양은 냉정하게 다그쳤다.

“그 회색 편지지를 메리다 씨에게 보낸 사람이 누구죠? 알마잭 시의원 살해 사건과 관련도 없는 무고한 소녀를 태워 죽이라고 메리다 씨에게 지시한 자가 대체 누굽니까?”

“재판과 상관없는 질문에도 답해야 하나요?”

“그렇다면 상관있는 지적을 하겠습니다. 샬럿 양이 사다리를 타고 내려갔을 가능성이 없다는 건 소인도 인정합니다. 하지만 시의원님은 어떨까요? 지하에서 다레카 양과 대화를 마친 시의원님은 골목으로 나갈 때 트럭 때문에 로비 뒷문이 막혔다는 걸 알아차리셨습니다. 트럭을 타고 온 남자들은 종을 옮기느라 그 자리를 떠났을 테고요. 그래서 시의원님은 창고에서 사다리를 꺼내 와 테라스에 세워 놓고 올라가 건물 안으로 돌아갔습니다. 이러면 소인의 주장은 성립하고 샬럿 양이 하늘을 날 필요도 없어집니다.”

“……그건…….”

메리다가 처음으로 말을 더듬었다. 그녀는 손에 든 편지지를 눈을 부릅뜨고 읽기 시작했다.

“귀하의 배후에 있는 자가 소인의 이 주장에 대한 반박까지는 준비 못 한 듯하네요.”

“조용히 하세요!”

메리다가 날카롭게 소리쳤지만 확실히 그녀가 들고 있는 편지지에는 양의 주장을 부정할 근거가 없는 듯 보였다.

그때 뭔가가 오페라의 시야 끝을 가로질렀다. 순간 작은 새라도 날아갔나 싶었지만 법정 안에 새가 있을 리 없다. 주위를 둘러보니 또다시 머리 위를 뭔가가 가로질러 갔다.

자세히 보니 그것은 작은 회색 종이비행기였다. 누가 던졌을지 모를 종이비행기는 법정 안 사람들의 시선을 끌며 천천히 나선을 그리며 활공하다가 마치 계산된 것처럼 정확한 궤도로 메리다의 발치에 떨어졌다.

종이비행기를 주워 든 메리다는 서둘러 접힌 종이를 펼쳐서 그 안에 적힌 문장을 읽기 시작했다.

"'시의원이 사다리를 사용했을 가능성은 없다. 사다리를 쓰려면 시의원은 포장되지 않은 땅에 발을 디뎌야 하는데, 그녀의 신발에는 흙이 묻어 있지 않았으므로 그 가능성은 부정된다'라고……."

법정이 찬물을 끼얹은 것처럼 고요해졌다. 메리다의 반론은 명확하고 허점이 없어 양이 제기한 가능성이 부정됐다는 걸 누가 봐도 알 수 있었다.

양이 굳은 얼굴로 빠르게 법정을 둘러봤다.

"누구냐?"

낮게 캐묻는 목소리가 오페라의 귀에도 또렷이 닿았다.

"이 안에 있나?"

오페라가 아무것도 못 하고 그 자리에 멍하니 서 있을 때.

"'만약'……."

메리다가 편지지에 적힌 나머지 부분을 읽어 내려갔다.

"'만약 컬러가 하늘을 난 사실을 인정하지 않는다면 또 다른 가능성이 부상한다. 그럴 경우 한 소녀가 변신 마법을 사용했다는 게 증명된다. 그 소녀는……'."

그때였다.

비단이 찢어지는 듯한 비명 소리가 날카롭게 울려 퍼져서 오페라는 몸을 움찔했다. 그리고 그쪽을 돌아보기도 전에 오페라는 직감으로 깨달았다 이 비명이 오랜 재판의 막을 내리는 신호탄이 되리라는 것을.

다레카가 있는 곳 바로 앞, 아무것도 없는 허공 속에 컬러가 서 있었다. 자그마한 마녀는 싸늘한 표정으로 한 걸음, 또 한 걸음 허공을 걸어갔다. 자세히 보니 컬러 스스로 허공에 떠 있는 건 아니었다. 그녀의 신발 아래에 빗자루가 한 자루 있고, 소녀의 발걸음에 맞춰 허공에서 미끄러지듯 부드럽게 움직이고 있었다.

모두가 숨죽이며 지켜보는 가운데, 컬러는 메리다 바로 앞 허공에 서서 작지만 모든 사람들에게 들릴 정도의 또렷한 목소리로 말했다.

"그래. 난 마녀야."

메리다는 말없이 눈앞에 떠 있는 마녀의 모습을 다른 청중들처럼 우두커니 바라보고 있었다. 조금 전까지 느껴지던 살기등등한 기세는 어디론가 사라지고 없었다.

"아니야!"

절규에 가까운 목소리로 앨리스가 외쳤다. 그제야 오페라는 조금 전 들린 비명이 앨리스의 것이었음을 알아차렸다.

"컬러가 아니야! 컬러는……."

"앨리스."

컬러는 가는 빗자루 위에서 가볍게 몸을 돌려 친구를 불렀다.

"이제 됐어. 그만해도 돼."

컬러는 초상화처럼 정적이고 내면을 가늠할 수 없는 무표정한 얼굴로 말했다.

그때 위에 있는 배심원석의 패널이 회전하며 글자가 바뀌었다. 열두 장의 패널 모두에 '액턴 벨 컬러는 마녀'라는 글자가 나타났다. 그중 세 장에는 다레카와 배드마의 이름도 함께 적혀 있지만 이제는 아무도 그 이름에 주목하지 않았다.

"아아……."

앨리스는 절망 섞어 신음하며 의자 앞에서 무릎부터 주저앉았다. 동시에 법정 안에 경보음이 울려 퍼졌다. 재판 마감 시간이 다가오고 있음을 알리는 세 번째 경보음은 전보다 더 크고 길게 울렸다.

“으…….”

오페라는 현기증을 느꼈다. 어째서 이런 일이 벌어졌을까. 심문관인 자신조차 눈앞에 펼쳐진 현실을 받아들일 수 없었다.

이 법정은 이미 소녀 한 명을 마녀로 인정하는 판결을 내렸다. 결과를 뒤집을 수 없다는 걸 오페라는 누구보다 잘 알고 있다.

법정 벽 너머에서 덜컹거리는 불길한 기계음이 들렸다. 무슨 일이 일어나는지 사람들은 불안한 표정으로 주변을 두리번거렸다. 그러자 잠시 후 불현듯 상공의 빛 속에서, 그리고 지하의 어둠 속에서 여러 가닥의 가는 쇠사슬이 튀어나와 컬러의 몸을 뱀처럼 휘감았다. 컬러의 몸은 십자가처럼 허공에 매달렸고, 발아래에 있던 빗자루는 힘을 잃고 어둠 속으로 떨어졌다.

“웃……!”

컬러의 얼굴이 고통으로 일그러졌다.

메리다는 비명을 지르며 컬러 앞에서 달아났다. 오페라도 반사적으로 뒷걸음질 치며 방청석 난간을 움켜쥐었다.

“설마, 벌써……?”

그때 누군가가 통로 위를 달려 컬러에게 다가갔다. 앨리스였다. 그녀는 컬러의 손목에 묶인 쇠사슬을 움켜쥐었지만.

“뜨거워!”

곧 다시 손을 놓고 말았다.

"그, 그만두세요! 위험합니다!"

오페라의 외침은 앨리스의 귀에 닿지 않았다. 앨리스는 이를 악물고 다시 쇠사슬을 움켜쥐어 컬러의 몸에서 떼어내려고 했다.

그런 앨리스를 컬러는 차분한 눈빛으로 바라봤다. 컬러의 입술이 살짝 움직이자 앨리스가 그에 반응하듯 손을 멈췄다. 컬러는 뭔가 말을 건네는 듯했지만 그 소리를 알아들을 수 있는 사람은 앨리스뿐이었다.

극도로 흥분한 메리다가 "마녀 년! 불타 버려라!"라고 외치는 소리가 들리자 그에 호응이라도 하듯 컬러의 옷자락에서 불길이 치솟았다. 비명을 지른 사람은 컬러가 아닌 앨리스였다. 앨리스는 거의 반쯤 정신이 나간 상태로 불길에 삼켜지는 컬러의 작은 몸을 껴안았다.

"앨리스!"

"바보야! 떨어져!"

양과 안데르센이 뛰어가 앨리스의 몸을 떨어뜨리려고 했지만 불길이 이미 앨리스의 머리카락과 옷에 옮겨붙은 뒤라 쉽게 접근할 수 없었다.

패닉에 빠진 방청객들이 눈사태처럼 법정에서 우르르 빠져나갔다. 그중에는 메리다의 모습도 있었다.

오페라는 어느새 통로에 주저앉아 있었다. 눈앞에서 펼쳐지는 화형을 그저 넋을 놓고 지켜볼 수밖에 없었다.

잠시 후 컬러의 팔다리를 묶고 있던 쇠사슬이 힘을 잃고 지하의 깊은 어둠으로 떨어졌다. 그토록 맹렬히 타오르던 불길이 거짓말처럼 사라졌지만 살이 타는 끔찍한 악취는 법정에 계속 남았다.

오페라는 몸을 일으킬 수 없었다. 방청석에서는 진동하는 토사물 냄새 때문에 치미는 구역질을 필사적으로 참았다.

앨리스는 통로 위에 쓰러져 있었다. 옷과 맨살의 경계가 구분되지 않을 만큼 심한 화상을 입은 모습은 마치 그녀가 화형을 당한 듯 보였다.

곁에서 양과 안데르센이 간절하게 앨리스의 이름을 불렀지만, 소녀는 꿈쩍도 하지 않았다.

“들어오게.”

티크나무 문 너머에서 나이 든 남자 목소리가 들렸다.

앞에서 몇 분이나 망설이고 있었던 걸 문 너머에서 눈치 챈 걸까. 형용할 수 없는 불쾌감을 느끼며 오페라는 문손잡이에 손을 얹었다.

그곳은 유서 깊은 법원의 한 공간이었다. 고급 호텔의 스위트룸을 방불케 하는 분위기. 샹들리에를 본뜬 전등이 부드러운 양탄자와 두툼한 커튼을 환하게 비추고 있다. 가운데 책상 앞에는 이곳의 주인이 앉아 묵묵히 뭔가를 적고 있었다.

“오랜만입니다. 헨리 국장님.”

남자는 펜을 움직이던 손을 멈추고 어두운 눈빛으로 오페라를 봤다.

그가 권한 의자에 앉아 오페라는 헨리를 마주 봤다. 지난해 처음 화형 법정의 심문관으로 임명된 이후 처음 만나는 것이었다. 나이는 50대 후반. 늘어진 볼살과 생기 없는 얼굴은 화형 법정의 사무국장 직함과는 잘 어울리지 않았다.

"무슨 일인지? 오페라. 거취에 대해서는 추후 연락하겠다고 했을 텐데."

헨리는 국어 교사처럼 정확한 발음으로 말했다. 사투리가 일절 섞이지 않은 정확한 영어가 이 남자의 인간성을 감추는 것 같아 오페라는 그를 마주하면 늘 불안했다.

"다레카 재판 때문입니다. 피고인은 무죄 판결을 받았지만 사건과 무관한 소녀 한 명이 마녀가 되어 화형에 처해졌습니다."

"듣고 있네. 그래서?"

헨리의 무미건조한 반응에 오페라는 화가 났다.

"이상하지 않습니까? 컬러 양은 아무 죄도 없었는데. 그 아이는 국가 권력에 살해당한 거나 마찬가지입니다!"

"자네도 첫 재판 때 그런 컬러 양을 심판하려 하지 않았나."

"그건 별개의 재판이고 그때 그 아이는 무죄 판결을 받았습니다! 게다가 앨리스 카슨까지 그렇게……!"

헨리는 깊숙이 한숨을 내쉬었다.

"말 한마디 한마디에 일일이 고함치지 말게. 나도 피곤해. 인권 단체며 의원들에게 화형에 대한 항의가 쏟아지고 있으니까. 또 슈노의 그 글이 파급력이 있었지.”

다레카 재판에 대한 소식이 대중에게 알려진 후 슈노가 컬러를 추모하며 쓴 자필 추도문이 여러 매체에 실렸다. 연약한 필체와 절절한 내용은 독자들의 동정심을 자극했고, 화형 법정 제도에 대한 반발이 유례없을 만큼 거세졌다.

“세상이 뭐라 하든 우리는 법에 의거해 마녀가 화형에 처해졌다고 할 수밖에 없어. 그렇게 정해져 있으니.”

“정해져 있다고요?”

왠지 이상한 기분이 들었다. 헨리의 의미심장한 말에는 오페라가 모르는 어떤 전제가 깔려 있는 듯했다.

한동안 침묵 속에서 서로를 노려보자 헨리가 다시 한숨을 쉬었다.

“나와 전임 총리뿐이다.”

“네?”

헨리는 자리에서 일어나 커튼 틈새로 창밖을 봤다.

“그와 직접적으로 접촉한 사람은 전임 총리와 그의 비서 겸 통역사였던 나뿐이지. 어쩌면 화형 법정이라는 제도를 마음속 깊이 수용하고 있는 사람은 이 나라에서 나와 전임 총리 둘뿐일지도 몰라.”

“그라뇨? 누구를 말씀하시는 거죠?”

“거의 10년 전, 당시 내각은 정권의 기반을 굳건히 다졌지만 ‘여객선의 마녀’에게 무죄 판결이 떨어지며 국민들로부터 반감을 사 총리의 입지가 흔들리기 시작했지. 총리는 자주 푸념했어. 마녀 같은 정체도 불분명한 존재들을 대체 어떻게 다루는 게 옳은 거냐며."

'여객선의 마녀' 사건은 이 나라의 형법 체계를 뿌리째 흔들었다. 당시 아직 법대생이던 오페라도 관심을 가졌고 학생과 교수들 사이에서는 열띤 논쟁이 자주 펼쳐지고는 했다. 마법으로 살인을 저지른 마녀를 마법을 인정하지 않는 법률로 처벌할 수 있는가. 교수들은 대체로 무죄 판결을 지지했지만 형법의 허점을 지적하는 학생도 적지 않았다.

"어느 해 연말, 미국에서 돌아오는 배 안에서 있었던 일이야. 난 총리의 선실에서 공무 일정을 논의하고 있었어. 그때 갑자기 선실 문이 열리더니 낯선 젊은 남자가 '말도 없이 찾아뵙게 되어 송구합니다' 하고 들어왔지. 그는 인간의 모습을 했지만, 인간이 아니었어."

"인간이 아니었다고요?"

헨리가 고개를 끄덕였다.

"자네도 밀랍 인형과 인간은 구분할 수 있겠지. 정확히 설명하기는 어렵지만 그는 꼭 그런, 인간이 아닌 무언가가 인간을 흉내 내는 것처럼 보이더군. 남자는 유창하지만 군데군데 문법이 어색한 영어로 '편하게 계십시오. 곧 돌아갈 거니까요'라고 했고, 총리가 단호히 추궁하자 느닷없이 자기가 '맨틀'에서 왔다고 했어."

“맨틀? 맨틀이라니. 지각 아래에 있는 그 맨틀 말입니까?”

헨리는 “글쎄” 하고 어깨를 으쓱였다.

“난 원래 법조계와는 연이 없는 일개 통역사지만, 학창 시절에는 사회 언어학을 전공했네. 언어가 다른 민족이 접촉할 때는 반복된 대화로 서로의 어휘를 조율해 가는 과정이 필요하지. 하지만 한쪽이 처음부터 다른 한쪽의 언어를 구사할 수 있으면 오히려 미묘한 오류 같은 건 바로잡기 더 어려워져. 그가 자신이 사는 세상을 ‘맨틀’이라 한 것도 아마 오역일 거야. 원래는 ‘지하 세계’나 ‘지옥’, 혹은 ‘마계’ 같은 단어가 더 적절했을지 모르지.”

“마계…….”

“아무튼 그가 구사하는 말에는 그런 식으로 처음부터 끝까지 곳곳에 잘못된 표현이 섞여 있었어. 통역사로서 그때만큼 답답했던 적도 없었을걸. 아무튼 그런 그가 말하기를, 맨틀에서 어떤 불의의 ‘사고’가 일어나 이쪽, 즉 우리가 사는 세계로 마녀가 흘러들게 됐다더군. 마녀는 그들 사회에 반드시 필요한 일종의 에너지, 즉 전기 같은 존재라고 해. 그런 에너지가 이쪽 세계의 신생아의 몸에 흘러들면, 예를 들어 빗자루를 타고 하늘을 나는 능력 같은 형태로 나타나는 거지. 그런 능력이 우리가 익히 아는 전설이나 동화 속 마녀 이미지와 비슷한 것도 일종의 오역에서 비롯된 결과라는 게 내 해석이야. 그는 그렇게 유출된 마녀들을 송환하는 임무를 맡아 각국의 정상들을 찾아가 마녀를 맨틀로 돌려보낼 것을 요청하고 있다고 했어.”

“마녀의 송환? 그건 혹시⋯⋯”

헨리는 고개를 끄덕였다.

“그래. 바로 그것이 화형 법정의 존재 이유다. 그는 뒤이어 총리에게 ‘하지만 여러분이 마녀를 필요로 한다면 괜찮습니다. 혹시 불필요한 마녀가 있습니까?’라고 물었고, 총리는 그 질문에 잘못 대답하고 말았어. ‘범죄자 마녀는 필요 없네. 범죄자 마녀는 모두 마녀재판에 세우고 싶어’라고. 그러자 남자는 ‘알겠습니다. 그럼 그렇게 계약하죠’라고 하고 선실을 떠났지. 나중에 경비에게 물으니 낯선 남자가 총리의 방으로 들어가는 걸 어째서인지 전혀 의심하지 않았다고 해.”

“그도 마법에⋯⋯?”

“그럴 수 있지. 아무튼 그 후 바로 그다음 주에 첫 번째 화형 법정이 수도 외곽에 출현했네. 그때 맨틀에서 온 남자는 다시 총리 앞에 나타나 화형 법정을 통해 마녀재판을 집행할 것을 요구했지. 그는 ‘여러분의 전통에 따라 마녀를 화형에 처할지 말지를 결정해 주십시오’라고 일방적으로 요구하고는 또다시 어디론가 사라졌어. 즉, 화형 법정은 총리가 입에 담은 ‘마녀재판’이라는 단어를 그들이 제멋대로 해석해 재현한 공간인 거야. 화형 법정에서 범죄의 구성 요건 같은 게 일절 고려되지 않는 것도 고대의 마녀재판이 그런 식이었기 때문이지. 굳이 말하자면."

오페라는 침을 꿀꺽 삼켰다. 헨리의 이야기는 그야말로 황당무계했지만 이런 고지식한 남자가 이토록 무덤덤하게 허튼소리를 늘어놓을 리는 없다고 생각했다.

"우리는 화형 법정을 일종의 '문'이라고 인식하고 있어. 그 안에서 화형된 사람은 인간의 형체를 잃고 체내에 있던 마녀가 맨틀로 보내지는 것. 바로 그것이 지금 이 나라에서 이뤄지는 마녀 송환 절차라는 거야. 공식적으로 알려지지는 않았지만 마녀로 의심되는 사람을 무차별적으로 그 문에 던져 넣는 나라도 있다더군. 아마 그 나라의 지도자는 맨틀에서 온 남자에게 '마녀일 가능성이 조금이라도 있는 자는 전부 필요 없다'라고 대답했겠지. 또 어떤 나라에서는 권력자가 정적을 제거하는 데 그 문을 이용한다는 보고도 있고."

"네……? 평범한 사람을 그 문으로 보내도 되는 건가요?"

"그래. 화형에 처해진 자가 마녀인지 아닌지 우리는 알 길이 없지. 물론 이 나라에서 지금껏 마녀 판결을 받은 자들은 모두 의심의 여지 없이 마녀라는 게 법정에서 증명된 자들뿐이지만."

오페라는 말을 잇지 못했다. 헨리의 설명대로라면 화형 법정은 결코 신성한 사법의 장소 같은 곳이 아니다. 그저 이송 장치에 불과하다는 뜻이다.

"그걸 배심원들도 아나요?"

헨리는 고개를 흔들었다.

"그 배심원석에는 아무도 없네. 어떤 기계가 자동으로 판결을 내리거나, 아니면 어딘가 다른 곳에서 맨틀 속 존재들이 재판을 지켜볼지도 모르지. 확실한 건 알 수 없지만 화형 법정의 '배심원'들은 심문관의 주장과 변호인의 주장을 비교해 어느 쪽이 더 논리적이고 모순이 적은지를 절차적, 기계적으로 판정하는 것처럼 보여. 아니, 기계적이라고 했지만 그들의 판단에는 인간 심리의 개연성 같은 것도 포함되지. '호수의 마녀' 재판을 기억하나?"

오페라는 고개를 끄덕였다.

"3년 전 일어난 마녀 범죄 말씀이시죠? 범인으로 지목된 여자가 살인 현장인 4층 방에서 빗자루를 타고 달아난 사건. 직접 목격 정보가 없어서 재판이 난항을 겪었다고 들었습니다."

"그래. 그때 변호인은 피고인이 4층에서 뛰어내렸다고 주장했네. 그렇게 떨어졌지만 운 좋게도 뼈 하나 부러지거나 다치지도 않고 현장에서 도망쳤다고 말이야. 자네라면 어떻게 반박하겠나?"

"평범한 사람이라면 추락사할 가능성이 극히 큰 그런 행동을 할 리 없다고 하겠습니다."

헨리는 고개를 끄덕였다.

"그때 심문관도 같은 주장을 했지만, 변호인의 주장이 절대 불가능하다고 단언할 수 없었던 것도 사실이지. 설령 백만 명이 4층에서 떨어지면 그중 몇몇은 운 좋게 멀쩡히 살아남을 수도 있으니까. 하지만 화형 법정의 배심원들은 결국 심문관의 손을 들어 줬고, '호수의 마녀'는 즉시 화형에 처해졌네. 이처럼 '배심원'들의 판단은 일반 시민들의 감각과 크게 다르지 않아."

"하지만……"

오페라는 말끝을 흐렸다. 사건과 관련 없는 컬러를 화형에 처한 배심원들이 자신과 똑같은 인간의 마음을 가진 존재라고는 도무지 믿기 어려웠다.

오페라의 생각을 읽었는지 헨리가 고개를 흔들었다.

"인간의 마음을 이해하는 것과 재판에서 정상을 참작해 주는 건 엄연히 다른 문제야. 우리 윤리관에 맞지 않는 판결이 내려질 때가 있는 것도 그 때문이고."

"그러니 그냥 받아들이라는 건가요?"

오페라는 목소리를 높였다.

"전 그런 일방적인 이야기는 납득할 수 없습니다. 거부할 수는 없는 건가요? 이제 마녀의 능력에 대해서도 어느 정도 밝혀졌으니 통상 형법의 범위 내에서 마녀 범죄를 다룰 수도 있지 않나요?"

헨리는 힘없이 고개를 저으며 "알 수 없어"라고 대답했다.

"맨틀과의 계약을 어겼을 때 어떤 일이 일어날지 아무도 모른다는 게 문제야. 현 정권이 이 제도를 그냥 두는 이유 중

하나는 마녀 유출이 멈춘 것처럼 보인다는 점도 있지. 다른 나라들을 보더라도 마녀가 출현하는 빈도는 점점 감소 추세에 있으니까.”

“그건…….”

오페라는 말을 잇지 못했다. 언젠가 마녀가 완전히 사라지면 화형 법정도 열리지 않게 될 것이다. 그러니 마녀를 위한 사법 개혁이나 제도 개선은 불필요하다는 걸까. 그런 발상은 법정에 서는 마녀들의 생존권을 터무니없이 경시하는 게 아닐까.

“……실례하겠습니다.”

오페라는 낙담한 채로 고개를 숙이고 방을 나섰다.

슬슬 거취를 정해야 할 때가 온 건지도 모른다. 법정에서 두 번이나 실수를 저지른 자신이 심문관으로 다시 기용될 가능성은 거의 없겠지만.

소드베리 크로스역 승강장에 내리자 건조한 매연 냄새가 오페라의 콧속을 파고들었다. 소드베리 특유의 냄새는 기차에서 내린 사람들에게 ‘돌아왔다’라는 실감을 안겼다.

역 바로 옆에 ‘벨가드 요양원’이라는 간판이 달린 작은 건물이 있었다. 문을 열고 들어서자 접수처에 앉은 여자가 무뚝뚝하게 방문객 명부를 내밀었다. 펜을 들어 서명하려는 순간 눈에 익은 이름이 위에 적힌 것을 발견했다.

"다레카 드 발자크……."

"앗!"

목소리를 듣고 고개를 들자 마침 다레카가 계단을 내려오고 있었다.

"당신도 병문안을?"

오페라가 물어도 대답하지 않고 다레카는 어색한 듯이 황급히 요양원을 빠져나갔다. 오페라는 짧게 탄식하고 계단을 올라가 2층 맨 끝에 있는 병실 문을 열었다.

"안녕하세요."

대답이 돌아오지 않을 것을 알면서도 인사를 건넸다.

병실 안은 마치 시간이 멈춘 듯했다.

다레카 재판 이후 온몸에 화상을 입은 앨리스 카슨은 시립 병원으로 긴급 이송됐다. 함께 병원에 간 바이콘 경감의 말에 따르면, 의사들은 앨리스의 상태를 보고 도저히 가망이 없다며 포기했다고 한다. 그래도 앨리스는 기적처럼 목숨을 건졌고 2주가 지나 상태가 안정되자 벨가드 요양원으로 옮겨졌다. 그때부터 앨리스는 이 병실 침대에서 깊은 잠에 빠져 있다.

오페라는 침대 옆 긴이 의자에 앉아 앨리스의 얼굴을 내려다봤다. 온몸에 붕대가 감겨 있고 맨살이 드러난 부분이 거의 없다. 가슴이 아주 미세하게 오르내리는 것을 제외하고는 살아 있는 인간이라는 증거를 찾을 수 없다.

“……미안.”

오늘도 사죄의 말이 저절로 입에서 나왔다.

다레카 재판에서 오페라는 시종일관 누군가의 손바닥 위에 있었고, 재판은 결국 최악의 결과로 끝났다. 앨리스가 이렇게 된 것과 컬러의 비극 모두 자신의 부족함 때문이었다.

오페라는 두 손으로 얼굴을 감싸고 숨을 깊숙이 들이쉬었다. 붕대에 싸인 채 가늘게 숨 쉬고 있는 앨리스를 보고 있자니 죄책감 때문에 가슴이 찢어질 것 같았다.

그 회색 편지지를 보낸 자를 용서할 수 없다는 마음만은 진심이었다. 여기서 무릎을 꿇으면 그건 곧 정의의 패배를 뜻하지 않을까. 악인을 심판하고자 법조인이 된 자신의 삶 자체를 부정하는 게 되지 않을까.

오페라가 고개를 들었을 때 누군가 병실 문을 두드렸다.

“응? 먼저 온 손님이 있었네.”

돌아보니 문가에 안데르센 스타니스와프가 서 있었다. 그녀는 병실을 둘러보며 “오” 하고 감탄했다.

“좋은 곳이네요. 의사 선생님도 친절해 보였고.”

“처음 오신 건가요?”

“이래저래 바빴거든요. 그쪽은 거의 매일 찾아온다던데. 수고가 많아요.”

“법 때문에 상처 입은 사람을 돌보지 않는 자는 법을 다룰 자격이 없으니까요.”

"오, 명언이군요."

안데르센은 검게 그을린 오른팔을 쓸어내렸다. 앨리스 정도는 아니지만 안데르센도 앨리스를 구하려는 과정에서 팔에 화상을 입었다. 이 여자의 정체는 여전히 수수께끼지만, 적어도 앨리스를 향한 우정만큼은 진실해 보인다고 오페라는 생각했다.

"아까 복도에서 체즈니 선생님을 뵀는데 응접실로 오라고 하시던데요. 다녀오시는 게 어때요?"

"네, 그럴게요. 고맙습니다."

체즈니가 무슨 일로 부르는지 대략 느낌이 왔다. 오페라는 안데르센을 두고 병실을 나섰다.

응접실 문을 열자 소파에 앉아 있던 대머리 노의사가 고개를 들었다. 앨리스의 주치의인 체즈니와는 거의 매주 얼굴을 마주하고 있다. 마법사처럼 콧수염을 기른 얼굴이 소박하고 온화한 느낌을 주지만, 겉보기와 달리 전국의 의료 관계자들에게 존경받는 실력 있는 의사라고 했다.

소파에 앉아 인사를 건네자 체즈니가 조용히 입을 열었다.

"후견인 문제는 어떻게 됐습니까?"

"곧 정식 인가가 떨어질 예정입니다. 앨리스 카슨의 앞날은 제가 책임질 겁니다."

재판 이후 메리다는 딸의 치료비를 내는 걸 거부했다. 둘

사이에는 이미 모녀간의 정이 사라졌고 현실적으로도 메리다에게 여유가 없는 건 분명했다. 그래서 오페라는 앨리스의 후견인이 되기로 결심했다. 적어도 그럴 만한 재정적 여력이 오페라에게는 있었다.

체즈니는 표정을 누그러뜨리며 미소 지었다.

"정말 잘됐군요. 앨리스 양의 입원비를 계속 부담하는 건 결코 쉬운 일이 아닙니다. 치료가 얼마나 걸릴지도 모르고……. 아, 비관적인 이야기를 해서 죄송합니다."

"아뇨, 솔직히 말씀해 주세요. 회복까지는 역시 오래 걸릴까요?"

체즈니는 난감한 것처럼 낮게 신음했다.

"솔직히 말씀드리면 회복 가능성은 거의 없다고 보시는 게 좋습니다. 피부의 화상도 문제지만, 불길을 들이마시는 바람에 인두에서 기관까지의 손상이 특히 심각합니다. 설령 의식이 돌아온다고 해도 고형 식사는 고사하고 말도 제대로 못 할 겁니다. 그리고 애초에 그토록 심각한 화상을 입고 살아남은 환자를 저는 지금껏 본 적이 없습니다. 화형 법정의 불길 때문이라고 하셨죠? 어쩌면 그건 죄수가 아닌 다른 이의 목숨은 앗아 가지 않는 마법의 불꽃이었을 수도……. 아니, 실례했습니다. 망상이 지나쳤네요."

오페라는 대답하지 않았다. 체즈니의 말은 단순한 망상이 아닐 수도 있다. 채 1분도 되지 않아 컬러의 몸이 불길에 휩싸여 타들어 가는 광경은 이 세상의 것이라기에는 너무 비현실적이었다. 종교를 다룬 옛 그림에서나 볼 법한 지옥의 업화였다.

"맨틀……."

무심코 튀어나온 단어에 체즈니가 "응?" 하고 반응했다.

"아니, 아무것도 아닙니다. 선생님. 앞으로도 그 아이를 잘 부탁드립니다."

병실 앞으로 돌아가자 문 너머에서 안데르센의 목소리가 들렸다.

"……하면…… 마법을……."

마침 요양원 근처를 지나가는 기차 소리에 안데르센의 목소리가 묻혀서 들리지 않았다. 조심스레 문을 열자 안데르센은 침대 옆에 앉아 평온한 표정으로 앨리스에게 말을 걸고 있었다. 고개를 들어 오페라와 눈이 마주치자 쑥스러워하듯 시선을 피했다.

"선생님과 이야기는 마치셨나요?"

"네. 안데르센 씨는 뭐 하고 계셨어요?"

"그냥, 좀 외로울까 봐요. 이렇게 말을 걸다 보면 꿈속에 제가 나올 수도 있잖아요."

마치 침대에 묶인 것처럼 미동도 없는 앨리스를 오페라는 가만히 내려다봤다. 이 아이는 지금 꿈을 꾸고 있을까. 그

꿈속에서 앨리스 옆에는 누가 있을까.

"……후훗."

문득 우스워져서 입에서 웃음소리가 새어 나왔다.

안데르센이 의아해하며 오페라를 봤다. 오페라는 서둘러 헛기침으로 웃음을 감추며 애써 태연한 척했다.

또다. 이 병실에 있다 보면 가끔 이렇게 스스로도 알 수 없는 웃음이 터질 때가 있다. 세상에는 부조리한 상황에 처할수록 웃는 사람이 있다고 하는데, 그런 사례일까.

그때 어디선가 오르골 소리가 작게 들렸다. 주위를 둘러보니 앨리스의 침대 옆 협탁에 있는 탁상시계가 울리고 있었다. 시계는 오후 3시 정각을 가리켰다.

"슬슬 가 볼까."

안데르센이 몸을 일으켰다.

"근데 앞으로 앨리스는 어떻게 될까요. 그런 엄마한테는 아무것도 기대할 수 없을 텐데."

"그래서."

자신이 후견인이 되기로 했다고 전하자 안데르센은 더 걱정하는 표정을 지었다.

"정말 괜찮으시겠어요? 오페라 씨, 화형 심문관에서 파면 됐다면서요. 아무리 부잣집 출신이어도 이렇다 할 직업도 없이 계속 입원비를 내는 건 부담이 클 텐데요. 아니면 검사로 돌아가실 건가요?"

아직 파면이 확정된 건 아니지만 오페라는 굳이 정정하지 않았다.

"법정 일은 그만두고 법률 사무소를 열까 합니다. 앞으로는 사무 쪽 변호사로 활동해 보려고요."

"그래요? 그럼 안심이네요. ……아."

안데르센은 창문으로 다가가 커튼을 걷었다.

"사무소를 여실 거면 저기는 어때요? 위치가 딱 좋은 것 같은데."

안데르센이 가리킨 곳은 병원 맞은편에 있는 아담한 4층 건물이었다. 1, 3, 4층은 모두 들어찼지만 2층 창문에 '임차인 모집'이라고 적힌 종이가 붙어 있었다.

시 경찰서를 찾아간 오페라는 바이콘 경감을 따라 제4 면회실로 향했다. 구치소의 독방이 떠오르는 어둡고 좁은 공간이었다.

"그렇군. 확실히 똑같아."

경감은 오페라가 내민 편지지 속 '메이슨 부자 상회'라는 글자를 못마땅한 얼굴로 내려다봤다.

"아직 뉴스에는 나오지 않았지만 며칠 전 암스테르담 당국이 다레카의 아버지를 체포했네. 마약 밀매 조직의 총책으로 몇 달 전부터 주시하고 있었다더군. 하지만 그쪽에 연줄이 있어 전화로 물었더니 용의자의 여동생 목숨까지 노릴

만큼 치밀하거나 규모가 큰 범죄 조직은 아니라고 해."

"그렇다면 역시 시의원님을 살해한 범인은, 양이 말한 대로……."

경감이 고개를 끄덕였다.

"무고한 마녀를 함정에 빠뜨리려고 계획한 제삼자. 적어도 난 그 가능성을 가장 유력하게 보고 있네. 누군가 메리다를 부추겨서 컬러 양을 화형으로 몰고 간 건 분명하고, 메리다에게 지시할 때 사용된 편지지와 똑같은 게 사건 관계자에게 전해졌다는 사실도 그걸 뒷받침하지."

경감은 오페라에게 도착한 편지지를 팔랑팔랑 흔들었다.

"진범은 다레카와 시의원이 집무실에 함께 있을 때를 노려 두 사람을 기절시켰네. 그 후 시의원을 복도로 끌어내 살해하고, 스스로 망토를 입고 시의원으로 변장했지. 그리고 집무실 문을 쇠사슬로 잠근 후 다레카가 언젠가 깨어나도록 꽃병을 쓰러뜨려 물이 다레카의 뺨에 떨어지도록 해 뒀어. 얼마 후 범인의 계획대로 다레카는 눈을 떴고, 범인이 변장한 시신을 보고 패닉에 빠져 천장 위로 탈출, 도주하다가 동료인 배드마 스탠달과 교대하는 데 성공하지만, 지하에 있는 지배인실에 신고를 하러 갔다가 그때 추락한 종에 갇히고 만 거지. 재판 이후 조사한 내용까지 포함해서 정리하면 그날 이런 일이 벌어졌다고 결론 내려도 좋을 거야."

책상 위에 놓인 다레카와 배드마의 사진을 보며 오페라는 입술을 깨물었다. 결국 법정에서 양이 한 말은 전부 사실이었다. 다레카의 유죄를 확신하고 그걸 입증하기 위해 샬럿의 행방을 쫓은 오페라는, 결국 메이슨의 뜻대로 움직이고 있었던 것이다.

그 결과 컬러는 목숨을 잃었고, 앨리스는 회복 불가능한 중상을 입었다.

"재판에서 핵심 증언을 한 안데르센이나 조이는 원래 법정에 설 생각이 없었다고 해. 재판 후 그들에게도 메이슨 부자 상회의 편지지가 도착했다는 게 판명됐지. 화형 법정에 가서 이런저런 증언을 하라는 내용의 편지가. 내 생각에는 그 편지를 보낸 자, 그러니까 가칭 메이슨은 처음에는 다레카를 화형시키려고 시의원을 살해하고 여러 공작을 펼쳤지만 재판의 흐름이 변호인 측에 유리해졌다고 판단하자마자 표적을 컬러로 바꿨을 거야."

"메이슨……."

어디서나 흔히 접할 수 있는 그 평범한 성을 오페라는 되뇌었다.

"우리는 지금 물밑에서 메이슨의 정체를 추적 중일세. 메이슨 부자 상회는 실존하는 오래된 제과 업체 이름이지만 그 회사가 이번 사건과 정말 관련돼 있다고는 보지 않아. 이 편지지는 메이슨 상회가 거래처나 고객들에게 나눠 주는 기념품인데 특별히 구하기 어려운 게 아니라더군. 아마 어딘지 모를 반마녀파에서 소통 수단으로 쓰고 있겠지.”

“반마녀파라고 하면 열차 폭파 사건과는 무관할까요? 슈노를 노린 그 사건 말입니다.”

그러자 경감은 팔짱을 끼고 흐음 하고 신음했다.

“글쎄, 어떨까.”

3월 3일 만찬회 전날 밤, 달리는 열차 안에서 폭발 사고가 발생했다는 연락을 받고 경감은 즉시 소드베리 크로스역으로 출동했다. 맨 끝 객차에서 경비원으로 위장하고 있던 남자가 폭발물을 설치한 것이 확인돼 경감은 역 내 화물실을 빌려 그를 취조했다. 남자의 이름은 롤랑 블룸이며, ‘라 수프리마’라고 하는 반마녀 조직의 구성원이었다.

“‘라 수프리마’……. 중세 스페인의 이단 심문 조직 이름이네요.”

“잘 아는군. 그렇다고 해서 그들이 꼭 토마스 데 토르케마다*가 되려는 건 아니야. 롤랑 블룸은 ‘호수의 마녀’ 사건 피해자의 아들로, 마녀에게 아버지가 살해됐다는 원한 때문에 모든 마녀를 증오하게 됐지. 다른 구성원도 대부분 비슷한 이유로 모였다고 하네.”

“마녀 범죄 피해자 모임이 테러 조직으로 발전한 걸까요?”

“그런 셈이지.”

---

* 스페인 종교 재판에서 초대 종교 재판소장을 맡았던 이단 심문관.

오페라는 지친 듯이 한숨을 내쉬었다. 20세기인 지금도 마녀를 향한 두려움과 증오 때문에 법을 어기는 사람이 이토록 많다니. 지금껏 법정을 지켜 온 오페라는 무력감을 느꼈다.

앞으로 화형 법정에 다시 설 일은 없겠지만.

"조직원은 전원 검거됐는데 모두 알마잭 사건 당일 밤 혹은 다레카 재판일의 알리바이가 확인됐네. 그들 중 메이슨이 있을 가능성은 작다고 봐야겠지."

"그러고 보니 열차 폭파 사건 때는 슈노가 탄 마지막 객차를 분리한 후 객차를 폭파시켰죠. '라 수프리마'는 일반인은 휘말리게 하지 않는다고 봐도 되는 걸까요? 만약 양이 말한 대로 메이슨이 다레카에게 누명을 씌우려고 시의원을 살해한 거라면 행동 방침이 꽤나 다르네요."

경감은 찜찜한 표정으로 "흐음……" 하고 신음했다.

"사실 이상한 정보가 하나 있네. 열차가 폭파되기 직전 마지막 객차에 세 명의 소녀가 들어가는 걸 봤다는 목격 정보. 하지만 슈노는 그곳에 아무도 들어오지 않았다고 했고, 소드베리 크로스역에서도 역을 봉쇄한 후 승객 전원의 신원을 확인했지만 사라진 사람은 한 명도 없었네."

"세 명의 소녀……?"

그 말을 들은 순간 오페라의 마음이 술렁였다.

"경감님. 혹시 열차 폭파 사건의 수사 자료를 볼 수 있을까요?”

경감은 흠, 하고 한쪽 눈썹을 치켜세웠다.

“검사로서의 요청인가?”

“아뇨. 어디까지나 사적인 호기심입니다. 마녀를 노리는 자들을 조금이라도 알아 두고 싶어서.”

경감은 잠시 망설였지만 며칠 안에 자료를 제공하기로 약속했다.

3월 마지막 날. 오랫동안 마을을 덮고 있던 겨울의 기운이 서서히 옅어질 무렵.

대학 동창들의 도움을 받아 오페라의 새 일터, 가스톨 법률 사무소가 무사히 문을 열었다. 아직 정식 의뢰인은 찾아오지 않았지만 오페라는 검사 시절 인맥 덕에 몇 가지 일을 맡아 바쁘지도 무료하지도 않은 일상을 보내고 있었다.

“실례합니다.”

처음 사무소를 찾아온 미치루는 집무실 책상에서 두꺼운 파일을 살피는 오페라를 보며 빙긋 웃었다.

“미치루, 무슨 일이야?”

“아뇨. 아가씨께서 열심히 일하시는 모습을 보니 마음이 놓여서요. 재판 직후에는 차마 눈뜨고 보기 힘들 정도로 의기소침해 계셨는데.”

“내가 그랬나?”

오페라는 갑자기 부끄러워져서 파일을 책상 옆에 내려놨다. 겉면에 적힌 글자를 보고 미치루가 눈살을 찌푸렸다.

"아가씨, 그건 뭔가요?"

오페라는 전년도 화형 법정 속기록을 다시 집어 들고 휙휙 넘겼다.

"아직 정식 의뢰도 없으니 그냥 개인적으로 조사해 보고 싶어서. 마녀 판결을 받은 재판 중 혹시 억울한 누명 사건이 있지 않을까 해서 과거 기록을 살펴본 거야."

"그러고 보니 작년 그 '거석의 마녀'는 누명 가능성도 거론됐었죠."

오페라는 고개를 끄덕였다.

'거석의 마녀' 재판. 살인 혐의로 체포된 여자가 마녀 의혹을 받아 화형 법정에 넘겨진 전형적인 사례였지만, 물증이 거의 전무하다시피 해서 재판에서는 모호한 논쟁만 펼쳐졌다. 결과적으로 피고인은 화형을 당했지만 사실 그녀는 평범한 인간 아니었을까 하는 목소리가 지금도 끊이지 않는다.

"아가씨께서도 그 재판에 대한 불신 때문에 화형 심문관을 지원하셨다고……."

"응. 그것도 이유 중 하나였지. 그런데 조사해 보니 의심 사례가 몇 건 더 있더라고. ……그보다 오늘은 무슨 일로 온 거야?"

미치루는 손님용 소파에 앉아 가방에서 서류철을 꺼냈다.

"두 가지 일 때문에. 우선 아가씨의 화형 심문관 해임 통지서를 가져왔습니다."

해임장을 건네받은 오페라는 별로 놀라는 기색 없이 "응" 하고 짧게 대답했다.

"해임이네. 파면도 각오했는데."

"화형 법정 사무국에서는 다레카 재판에서 일어난 비극이 아가씨의 실수가 아닌 반마녀파의 계략 때문이라고 보는 것 같습니다. 심문관 숫자가 부족한 지금 아가씨에게도 복귀 가능성을 남기기 위해 이런 형태를 취하게 됐다고 헨리 국장님께서 말씀하시더군요."

"그렇구나. 난 법정에 돌아갈 생각이 없으니 뭐가 어찌 되든 상관없지만."

미치루는 안도하는 듯하면서도 왠지 아쉬운 표정으로 "그런가요" 하고 대꾸했다.

"또 하나는 혹시 아실지도 모르지만, 신경 쓰이는 기사를 발견해서 전해 드리려고요."

미치루는 서류철에서 어제저녁 발행된 '데일리 배너' 신문을 꺼내 오페라에게 내밀었다.

"배드마 스탠달이 마녀라는 아가씨의 주장이 틀렸다는 내용의 기사예요. 이 해벅이라는 기자가 그날 만찬회장에 있었다고 하는데, 종이 추락한 직후 종루에서 2층 북쪽 복도로 뛰어가는 검은 고양이를 봤다고 기사에 적었습니다."

오페라는 눈살을 찌푸리며 신문을 받아 들었다.

"2층 북쪽 복도라고? 그 고양이가 마녀 고양이라면 확실히 배드마일 리는 없겠네. 배드마는 공회당 밖에서 돌아왔으니까. ……그런데 정말일까? 검은 고양이가 바뀌었다는 건 페인트 발자국 때문에 틀림없지만, 배드마 외에는 다레카와 교대할 가능성이 있는 사람은 없을 텐데. 쫓아오는 사람들의 시선을 피할 수 있었던 건 고양이가 대강당에 뛰어든 그 한순간뿐이었어."

"이 기사는 그때 만찬회장에 있던 웨이트리스가 동료 마녀였던 게 아니냐고 주장하고 있습니다. 아시죠? 검은 고양이가 대강당 앞 전실에 뛰어들었을 때 강당 쪽 문을 웨이트리스가 열었다는 증언이 있었다는 거."

"아, 그러고 보니."

로비 쪽 문을 배드마, 대강당 쪽 문을 웨이트리스가 여는 순간 검은 고양이가 전실로 뛰어들었다. 그렇다면 배드마뿐 아니라 웨이트리스도 고양이와 교대할 기회가 있었다는 가설이 터무니없는 건 아니다. 그러나 재판 당시 다레카의 반응을 보면 역시 그때 교대한 상대는 배드마가 맞을 것이다.

"아가씨. 신경 쓰이시죠? 누가 마녀인지 더 살펴보지 않아도 되는 걸까요?"

미치루는 허리를 앞으로 숙여 오페라의 얼굴을 들여다봤다. 그러나 오페라는 무뚝뚝하게 고개를 홱 돌렸다.

"난 이미 화형 법정을 떠난 몸. 누가 마녀든 알 바 아니야."

그러자 미치루는 어깨를 축 늘어뜨렸다. 오페라가 '너무 무책임했나' 하고 속으로 반성하는 사이 미치루는 창가에 다가가 커튼을 걷었다. 창문 너머로 벨가드 요양원의 하얀 벽이 보인다. 미치루의 시선은 요양원 2층 병실에서 지금도 깨어나지 못한 채 잠들어 있는 앨리스를 향했다.

"마녀는 재앙을 부른다."

미치루가 혼잣말처럼 중얼거렸다.

"그런 말도 안 되는 미신을 믿는 건 아닙니다……. 하지만 마녀 주변에서는 반드시 비극이 일어나죠. 이건 제가 직접 겪어서 아는 사실이에요."

"미치루……?"

미치루는 가슴에 손을 갖다 대고 입을 열었다.

"사실 미치루 도리노자카는 제 본명이 아니에요. 본명을 쓰면 여러모로 불편해서 평소에는 그냥 어머니 쪽 성인 도리노자카를 쓰는 거죠. 제 진짜 이름은…… 미치루 모리스링크랍니다."

모리스링크. 그 특이한 성을 오페라는 어디선가 들은 기억이 있었다.

"'여객선의 마녀'……."

미치루는 천천히 고개를 끄덕였다.

"처음 살인을 저지른 마녀…… 즉, '여객선의 마녀'는 저희 언니예요.”

감정이 담기지 않은 담담한 목소리로 미치루는 자신의 사연을 이야기했다. 저 먼 동양 나라에서 태어나고 자란 미치루는 어머니와 단둘이 소박하게 살았다. 그러던 중 어머니가 외교관으로 일하는 모리스링크 씨와 재혼하면서 미치루는 아버지의 나라로 이주하게 됐고, 그곳에서 아버지와 전처 사이에서 태어난 딸, 즉 훗날 ‘여객선의 마녀’라고 불리게 되는 언니와 만났다.

모리스링크 자매는 나이 차이가 나지만 사건이 일어나기 전까지만 해도 누가 봐도 사이좋은 자매였다. 미치루가 언어와 종교가 다른 낯선 땅에서 적응할 수 있었던 것도 다정하고 책임감 있는 의붓 언니 덕분이었다.

“당차고 용감한 언니였어요. ‘강해져라’가 모리스링크 가의 가훈이라며 사냥할 때 저를 자주 데려갔죠. 제가 살던 고향에서는 사냥을 취미로 하는 문화가 없어서 처음에는 많이 놀랐지만요.”

언니의 약혼자와도 종종 함께 시간을 보낸 미치루는 두 사람의 행복을 진심으로 기원했다. 그래서 언니가 그 약혼자를 살해했다는 소식을 들었을 때 누구보다 귀를 의심했다. 심지어 언니는 빗자루를 타고 바다를 날아가 수많은 여객선 승객들 앞에서 약혼자를 총으로 쏴 죽였다고 했다. 언니가 마녀라는 사실을 몰랐던 미치루는 오랜 시간을 슬픔과 혼란 속에서 살아야 했다.

"처음 재판에서는 무죄 판결을 받았지만, 그 후 화형 법정 제도가 생겨서 언니는 마녀로 다시 법정에 서게 됐죠. 결국 언니에게 화형이 선고됐을 때 제 심정을 어떻게 표현해야 할까요. 눈앞에서 언니의 몸이 불길에 휩싸였을 때는 세상이 무너진 것처럼 울부짖었지만, 동시에 어떤 기묘한 해방감 같은 걸 느낀 것도 사실이에요. 무서운 재앙이 제 곁에서 떠나간 것 같은……."

"미치루, 넌 어째서……."

오페라는 끝까지 말을 잇지 못했다. 화형 법정 때문에 언니를 잃었는데도 미치루는 왜 화형 심문관 곁에 남아 있는 걸까.

미치루는 오페라의 그런 의문을 헤아렸는지 조용히 입을 열었다.

"마녀를 증오하기 때문이에요. 컬러나 다레카 같은 개인을 향한 감정이 아니라, 전 '마녀'라는 존재와 현상 자체가 너무 무섭고 싫어요. 어쩌면 의료인이 병원균에게 품는 감정과 비슷할지도 모르겠네요. 전 화형 법정과 심문관분들께는 어떤 감정도 없어요. 오히려 이 제도는 세상에 없어서는 안 될 제도라고 생각하고 있고, 아가씨가 법정에 임하시는 것도 진심으로 응원했답니다. 결과적으로……."

미치루는 말을 잇지 못하고 고개를 떨궜다.

"결과적으로 불미스러운 결말을 맞았다고 해도, 그래도 전 아가씨가 하시는 일이 숭고하고 가치 있는 일이라고 믿고 있어요."

오페라는 가슴이 뛰는 것을 느끼며 미치루의 옆모습을 바라봤다. 오페라와 비슷한 나이인데도 창가에 선 미치루의 모습은 마치 삶의 저물녘에 다다른 사람처럼 어둡고 덧없는 분위기에 휩싸여 있었다.

이대로 두면 이 아이는 어디론가 멀리 떠나 버릴지 모른다.

오페라는 거의 무의식적으로 미치루에게 다가가 가만히 어깨를 감싸안았다. 원래부터 힘없고 가냘픈 느낌이지만 지금은 존재감마저 희미하게 느껴진다. 이 손을 놓는 순간 그대로 바닥에 쓰러져 버릴 듯한 불안감마저 들었다.

"……아가씨?"

미치루는 고개를 들고 어리둥절하게 오페라를 올려다봤다. 정신을 차린 오페라는 황급히 물러서서 자세를 가다듬고 다시 의자에 앉았다.

"미안. 나도 모르게 그만."

미치루는 오페라를 계속 응시하다가 잠시 후 어깨의 힘을 빼고.

"아뇨, 제가 죄송하죠. 시답잖은 이야기를."

면목이 없는 것처럼 미소 지었다.

◆

　다레카 재판 후 며칠이 지나 거리에서도 화형 이야기가 조금 잦아들 무렵. 3월의 따스한 햇살이 쏟아지는 프린스 존 칼리지 안뜰에는 봄의 도래를 반기는 작은 새들이 지저귀고 있었다.

　배드마 스탠달은 교내 연결 통로 기둥 뒤에 숨어서 손거울을 보며 화장을 확인했다. 평소같이 밝게 웃는 얼굴로 빠르게 분수대 쪽으로 향했다.

　분수대 앞 벤치에 그의 모습이 보였다. 여느 때처럼 양옆에 여학생들을 앉혀 놓고 즐겁게 수다를 떨고 있다.

　"안녕, 로저."

　배드마가 다가가 말을 걸자 로저 토드헌터는 배드마를 힐끗 보고.

　"응? 아, 왔네."

　그는 그 말을 끝으로 다시 옆에 앉은 여학생과 수다를 이어 갔다.

　배드마는 얌전히 벤치 끝에 앉아 로저의 안색을 살폈다. 평소보다 조금 쌀쌀맞은 듯하고 배드마를 바라보는 눈빛 어딘가에서 미묘한 머뭇거림도 느껴졌다.

　배드마는 아주 조금 마법의 '출력'을 높였다.

　"그러고 보니."

로저가 문득 떠올린 것처럼 배드마의 얼굴을 봤다.

"너, 오랜만에 학교 오는 거 아니야? 그동안 어디 갔었어?"

"잠깐 다른 곳에 가 있었어. 마을에 이상한 소문이 돌았잖아. 아빠가 조금 잠잠해질 때까지 다른 곳에 가 있는 게 좋겠다고 하셔서."

로저는 별 관심 없는 것처럼 "그래?" 하고 다시 옆에 있는 다른 여학생 쪽을 봤다.

배드마는 조바심을 느꼈다. 다시 한번 마법을 걸어 볼까 했지만 그만두기로 했다. 눈치 없는 로저야 그렇다 쳐도 주변 여학생들이 노골적으로 배드마를 경계하고 있다. 그들 앞에서 자주 마법을 쓰는 건 좋지 않다.

제3의 마법, 감응. 타인의 감정을 조작하거나 특정 감정을 억제하는 이 능력은 마녀의 능력 중에서도 가장 불명확한 부분이 많다. 비행이나 변신처럼 눈에 보이는 게 아니라 오직 감정에만 효과를 미치기 때문에 객관적으로 검증하기 어렵다.

'효과가 미치는 범위는 목소리가 닿는 거리. 감정은 최대 일주일까지 지속 가능.'

빅토고 규칙에는 그렇게 적혀 있지만 이는 어디까지나 슈노 한 사람의 사례를 바탕으로 한 것이다. 배드마가 아버지를 상대로 시험해 본 결과 그는 무려 3주 동안이나 아무 이유 없이 우울 상태에 빠졌다. 보석 판매상으로 일하는 아버지는 그사이 영업 실적이 악화해 하마터면 직장도 잃을 뻔했다. 배드마는 지금도 그 일을 미안하게 생각하고 있다.

"뭔가 분위기가 처지네. 가자."

로저는 몸을 일으켜 요즘 가장 자주 어울리는 후배 여학생과 팔짱을 끼고 성큼성큼 자리를 떠났다. 남은 여학생들이 배드마를 노려보며 혀를 찼다. 입술이 '마녀 주제에'라는 모양으로 움직이는 게 보였다.

끈적한 식은땀이 등줄기를 타고 흘렀다.

다레카 재판은 비극적인 결말로 끝났지만 결과적으로 변호인의 승소라는 형태로 마무리됐다. 그러나 다레카나 배드마가 마녀가 아니라고 증명된 것은 아니다. 오히려 다레카가 마녀라면 배드마도 마녀라는 게 입증된 게 문제였다.

특히 다레카를 마녀라고 생각하고 있던 이 학교 학생들은 이미 배드마를 마녀 취급했다. '그 마녀가 감응 마법으로 로저를 홀리고 있다' 같은 소문이 돈다는 걸 배드마도 알고 있었다.

그리고 더 좋지 않은 건 그것이 사실이라는 점이었다.

배드마가 철저한 합리주의자가 된 데는 베테랑 상인인 아버지의 영향이 컸다. 손님에게 뭔가를 팔 수만 있다면 아첨해서라도 파는 것, 필요하다면 손님의 구두라도 핥는 게 상인의 바람직한 자세라는 아버지의 가르침을 듣고 자란 배드마는 언제 어디서든 상황에 가장 잘 어울리는 자신을 연기하게 됐다. 선생님 앞에서는 순종적인 학생, 학교 친구들 앞에서는 서글서글하고 붙임성 좋은 소녀.

그러나 그런 배드마도 로저를 향한 감정만큼은 합리적으로 설명할 수 없었다.

"너, 매일 실실거리고 다니는 게 보기 안 좋아."

학교에 입학한 지 얼마 안 됐을 때 처음 만난 로저에게 그 말을 들은 순간부터 인생 궤도가 엇나가 버렸다. 로저는 누가 봐도 배경과 겉모습만 번지르르한 남자였고, 그런 남자를 좋아할 이유 따위 없다며 수없이 스스로 타일렀지만 로저를 향한 관심은 줄지 않았다.

'결국 이건 사랑이라기보다 집착이구나'라는 것을 깨닫게 됐다. 집착이란 무서운 법이다. 논리가 없고, 통제도 되지 않으며, 아무리 떨치려고 해도 사라지지 않는다. 마법을 함부로 써서는 안 되는 걸 알면서도 로저의 마음을 조금이라도 붙잡아 두려고 감응을 구사하는 걸 멈추지 못했다.

심지어 지금처럼 마녀라는 정체가 들킬지도 모르는 상황에서도 배드마의 머릿속에는 '어떡해야 로저의 마음을 다시 나에게 돌릴 수 있을까' 하는 고민뿐이었다.

"……어휴, 정말."

황혼이 비치는 병실에서 배드마는 조용히 거친 말을 내뱉었다. 잠든 채 깨어나지 못하는 눈앞의 소녀의 가혹한 운명에 비하면 이 얼마나 하찮은 고민인가. 그런데도 나라는 사람은 비합리적인 집착과 함께 살아갈 수밖에 없다.

"대체 뭘 하고 있는 건지……."

그때 병실 문이 열렸다.

"뭐야, 먼저 온 손님이 있었네."

깜짝 놀라 돌아보니 안데르센 스타니스와프가 문 앞에 서 있었다. 벽에 달린 스위치를 누르자 어두운 병실 안이 하얀 빛으로 가득 찼다.

"모르는 사이도 아닌데 그렇게 경계할 필요 없잖아. 검은 후드 씨."

급히 후드로 얼굴을 가린 배드마를 보며 안데르센은 어이가 없다는 듯이 말했다.

"모르는 사이나 마찬가지야. 앨리스의 친구라고 하지만 딱히 교류가 있었던 것도 아니잖아."

"그야 그렇지. 응? 설마 창문으로 들어온 거야?"

안데르센은 살짝 열린 병실 창문을 보며 물었다. 창밖에는 비상계단으로 이어지는 철제 베란다가 있었다.

"하하, 병원 방문자 기록에 배드마라고 쓰면 '배드마는 앨리스의 친구이니 역시 마녀다'라는 말을 들을까 봐 도둑처럼 몰래 들어왔어? 감탄스러운 조심성이네."

"당신이랑은 상관없어."

후드 아래에서 노려봐도 안데르센은 대수롭지 않게 창가

에 다가가 창문을 활짝 열었다. 삐걱거리는 쇳소리가 울려서 안데르센은 얼굴을 찌푸렸다.

"사실 말이지. 너와 이야기 좀 하고 싶었어."

창문으로 저녁 바람이 들어와 안데르센의 짧은 앞머리를 흔들었다.

"난 조만간 이 도시를 떠날 생각이야. 원래 오래 머물 계획은 없었는데 예상보다 길어졌어. 이 이름도 이제 좀 지겹고."

안데르센의 말에서 배드마는 희미한 범죄의 기운 같은 걸 느꼈다.

"설마 수배 중인 거야?"

"아니, 난 그런 사람 아니야. ……뭐 나 때문에 앨리스와 컬러가 불행해졌다는 의미에서는 악당이라 해도 할 말은 없겠지만."

"넌 그 일과 관련도 없잖아."

"아니, 내가 증언만 안 했어도 컬러는 죽지 않았겠지. 내가 진즉 다른 곳으로 떠났다면 그런 일도 안 일어났을 거고. 운명이라고 하지? 난 이 도시에 머물지 않아야 할 운명이었어."

배드마는 운명론자는 아니지만 안데르센의 말에 이의를 제기하고 싶지는 않았다. 표정이 그야말로 진지한 걸 보니 진심으로 운명을 믿는 듯했다.

"나한테 왜 그런 말을 하는 거지?"

"너라면 거래가 가능하지 않을까 싶어서. 난 다른 도시로 떠나기 위해 여비가 필요하고, 넌 지금 마녀로 몰려서 곤란한 상황이야. 어때? 우리, 서로를 도울 수 있을 것 같지 않아?"

대화가 점점 수상쩍은 방향으로 흘러서 배드마는 경계심을 높였다.

"4월 중순쯤에 슈노가 다시 이 도시에 온다는 이야기를 들었어. 이 벨가드 요양원에서 크로스패트릭 부인이라는 부자 할머니와 대담할 예정인가 봐. 그렇게 큰 행사는 아니지만 신문사 취재도 올 거라고 하더라."

크로스패트릭 부인은 이른바 독지가이면서 사형제 폐지를 주장하는 시민운동가다. 고령자치고 보기 드물게 마녀들에게 호의적이며 마녀 연구에 자금을 대는 후원자이기도 했다.

"슈노는 앨리스를 병문안하는 김에 크로스패트릭 부인과 유대도 쌓아 마녀의 이미지를 조금이라도 개선하려는 의도겠지. 뭐, 그 사람이 어떤 속셈인지는 상관없어. 내가 노리는 건 슈노가 아닌 크로스패트릭 부인이니까."

"……뭘 꾸미고 있는 거야?"

"그렇게 무서운 표정 짓지 마. 화형 법정에 휘말려 끔찍한 일을 겪은 앨리스를 직접 보면 마녀에 대한 부인의 동정심이 더 커지지 않을까? 그러니 마녀가 부인의 지갑에서 돈을 조금 슬쩍해도 너그럽게 눈감아 주실 게 분명해."

"뭐?"

배드마는 어처구니가 없었다.

"무슨 헛소리를 하는 거야. 난 누구와 달리 도둑이라는 오명을 쓴 채로 살고 싶지 않아."

"오명을 쓰는 건 네가 아니라 나야. '마녀 안데르센, 크로스패트릭 부인의 지갑을 훔쳐 도주!' 같은 기사가 나올걸. 난 너처럼 귀하게 자란 것도 아니어서 도둑질 전과쯤은 아무렇지도 않아."

배드마는 안데르센의 얼굴을 빤히 바라봤다.

"……너, 마녀였어?"

"아니."

안데르센은 입꼬리를 올리며 미소 지었다.

"그러니까 너 대신 내가 마녀가 돼 주겠다는 거야."

해가 저문 하층민 지역의 신문 가판대 앞. 검은 후드로 얼굴을 가린 배드마가 서 있다. 동전으로 신문값을 내고 '데일리 배너' 석간을 사서 그 자리에서 바로 읽기 시작한다. 1면에는 뉴욕 공연을 성공적으로 마친 슈노에 대한 기사가 대대적으로 실렸지만, 그 아래에는 '가스톨 화형 심문관 주장에 결정적 모순'이라는 자극적인 제목도 눈에 띈다. 기사 내용에 따르면 공회당의 종이 추락한 직후 검은 고양이는 2층 북쪽 복도로 달아났고, 따라서 배드마가 마녀라는 화형 심문관의 주장은 틀렸으며, 그때 대강당 문을 연 웨이트리스야말로 마녀일 가능성이 있다는 내용이었다.

"······그 녀석, 진짜 해냈네."

며칠 전 이 계획을 설명하던 안데르센의 능청스러운 표정이 떠올랐다.

첫 단계는 먼저 이런 기사를 '데일리 배너' 지에 싣는 것이었다. 이 신문사는 안데르센에게 뭔가 약점이라도 잡혔는지 어렵지 않게 자기가 시키는 대로 할 거라고 안데르센은 호언장담했다. 물론 검은 고양이가 2층 북쪽 복도로 달아났다는 건 완전히 꾸며낸 이야기다. 하지만 이 기사를 작성한 해벅 기자는 실제 만찬회에 참석했던 인물이라 기사에 신빙성이 생긴다.

다음은 대강당 문을 연 웨이트리스가 바로 안데르센이었다는 소문을 도시에 퍼뜨리는 것. 심문관은 '다레카가 고양이로 변신해 도망치다가 배드마와 교대했다'라고 주장했지만, 실제로는 안데르센과 교대했을 수도 있다고 대중들이 믿게 하는 것이 목표다. 안데르센은 고양이가 달아난 곳인 2층 뒤편에서 앨리스 앞에 나타났으니 앞뒤가 맞는다.

안데르센이 말하기를 그날 대강당 문을 연 웨이트리스는 아일랜드 출신의 젊은 여자라고 한다. 안데르센은 같은 아르바이트생으로 그녀와 교류해 그녀가 사건 직후 고향에 돌아갔다는 것도 알고 있었다. 그렇기 때문에 이 공작이 들통날 가능성은 작다.

"세상이 그렇게 만만하지는 않을 텐데."

배드마는 혼잣말하며 벨가드 요양원으로 향하는 밤거리를 걸었다.

아직 안데르센의 계획에 동참할지는 결정하지 않았다. 그녀를 어디까지 믿어도 좋을지 알 수 없고, 계획이 정말 현실성이 있는지 파악하고 결정해도 늦지 않으리라고 판단했다.

발걸음을 멈췄다. 역에서 가까운, 건물이 복잡하게 뒤얽혀 있는 골목길 끝이다. 눈앞에는 소박하지만 온기가 느껴지는 벨가드 요양원 건물이 마치 사람들의 눈을 피하듯 고즈넉하게 자리하고 있었다.

요양원 2층 창문 너머로 의료 시설치고 지나치게 화려한 조명 기구가 언뜻 보였다. 슈노와 크로스패트릭 부인의 대담이 2층 응접실에서 열린다고 들었는데 아마 그곳인 듯했다.

—넌 고양이로 변신해서 응접실에 몰래 들어가. 건물 외벽에 환기용 덕트를 설치해 놨으니 수월하게 들어갈 수 있을 거야.

안데르센의 말대로 응접실 천장 쪽에서 옆에 있는 빈집으로 향하는 환기 덕트가 보였다. 덕트는 빈집 지붕에 난 구멍으로 이어지고 있다. 비밀 통로치고는 어설프고 눈에 띄지만 다행히 아직 요양원 직원들에게 발각되지 않은 듯했다.

—여기 온 지 얼마 안 됐을 때 건축 자재점에서 일했거든. 이런 건 내 전문이야.

안데르센이 으쓱거리며 자랑하는 얼굴이 떠올랐다.

—목표물에 대해 설명하자면, 크로스패트릭 부인은 늘 고급 파우치를 들고 다녀. 안에 뭐가 들었든 파우치 하나만으로도 충분한 자금원이 될 거야. 틈을 보고 그 파우치를 슬쩍해 줬으면 해.

배드마가 "결국 나더러 훔치라는 거야?"라고 따져 묻자.

—넌 옆 빈집 2층에서 기다리는 나한테 그 파우치를 넘기기만 하면 돼. 그 후에는 바로 덕트 반대편으로 도망쳐. 내가 검은 고양이와 함께 있는 모습을 누가 보기라도 하면 모든 게 물거품이니까. 난 그 파우치를 들고 창가에 서서 요양원에 있는 사람들 눈에 내 모습을 보여 줄 거야. 고양이로 변신한 마녀 안데르센이 부인의 파우치를 훔쳤다고 믿게 하기 위해. 그러고 나서 이 도시에서 자취를 감추는 거지. 사건이 기사화되면 사람들은 결국 안데르센이 마녀였고, 배드마는 억울하게 누명을 쓴 거였다고 믿을 게 분명해.

새삼 되짚어도 신뢰할 만한 계획 같지는 않다. 파우치를 훔치려는 순간에 붙잡히면 어떻게 하냐고 배드마가 지적하자.

—괜찮아. 그러기에는 부인은 나이가 많고, 슈노도 마녀들 편이니 눈감아줄 거야.

그런 낙관적인 대답이 돌아왔다.

배드마는 요양원 옆 건물을 올려다봤다. 2층짜리 작은 빈집으로 현관 옆에 외부 계단이 있어 그곳으로 2층에 올라갈 수 있는 구조였다.

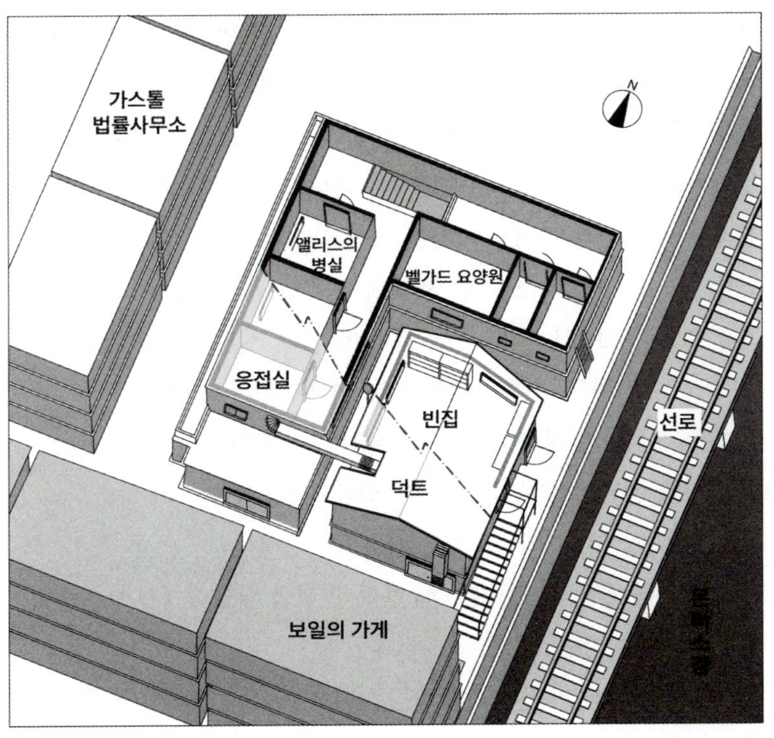

벨가드 요양원
가스톨
법률사무소
N
앨리스의
병실
벨가드 요양원
응접실
빈집
선로
덕트
보일의 가게

외부 계단을 올라 문을 열자 먼지투성이 공기가 기관지에 스며들었다. 콜록콜록 기침을 하며 손전등으로 실내를 비췄다. 찢어진 소파와 책장만 덜렁 있는 황량한 서재가 보였다. 천장이 낮지만 2층 대부분을 이 공간이 차지하는 듯해 그리 좁지는 않다. 책장에 꽂힌 두툼한 책은 대부분 먼지를 뒤집어쓰고 있고, 북쪽 창문은 유리가 심하게 깨져 있다. 공간의 주인이 이곳을 떠난 지 적어도 10년은 돼 보였다.

방 한쪽 구석의 천장에는 천장판 하나가 떨어져 있었다. 소파를 발판 삼아 틈새로 머리를 들이밀자 금속성의 방부제 냄새 같은 게 났다. 조금 전 외부에서 확인한 덕트가 이곳 천장 위로 통해 있는데 그 일부에 구멍이 난 듯했다. 배드마는 지금 그 구멍에 머리를 집어넣은 상태였다.

뺨을 스치는 미세한 바람이 느껴졌다. 이 덕트를 타고 가면 요양원 응접실까지 갈 수 있다. 안데르센의 말이 정말 사실이라면.

다시 소파에서 내려와 후드에 묻은 먼지를 털었다. 자, 이제 어떡할 것인가.

사람들 앞에서 마법을 구사하는 상황은 최대한 피해야 한다. 도둑질에 가담하는 행위도 평소 집안에서 엄격한 교육을 받고 자란 배드마에게는 양심에 어긋나는 일이었다. 그리고 그 모든 것을 떠나 과연 안데르센을 믿어도 될지 아직 불분명했다.

하지만 지금 배드마의 머릿속에는 로저의 얼굴이 떠올랐다.

배드마는 한 번 더 속으로 물었다.

천칭의 한쪽에는 도둑질에 대한 본능적 거부감과, 잠깐일지언정 고양이 모습으로 사람들 앞에 나서야 하는 위험성이 있다. 다른 한쪽에는 로저에게서 멀어질까 봐 지나칠 정도로 두려워하는 자신의 비루한 집착이 실려 있다.

과연 저울은 어느 쪽으로 기울까.

계획 실행일이 일주일 앞으로 다가왔다.

다레카 재판 이후 꼭 한 달이 지난 4월 10일 낮. 짙은 먹구름이 하늘을 뒤덮었고 거리에는 안개가 깔렸다. 지금이 아침인지 저녁인지도 분간하기 어려울 만큼 흐릿하고 어두침침한 날이었다.

배드마는 새벽부터 고양이로 변신해 골목 뒤에 숨어 있었다. 마녀인 게 들통나지 않도록 이날만은 단 한 번도 인간의 모습으로 돌아가지 않을 작정이었다.

벨가드 요양원 옆 빈집에 들어가 2층 서재에서 잠자코 때를 기다렸다. 창문이 두꺼운 커튼으로 가려져 있어 실내가 한밤중처럼 어두웠다. 먼지 냄새에 민감한 고양이 코로 점점 견디기 힘들어질 무렵 문이 열리고 안데르센이 모습을 드러냈다.

"짠."

안데르센은 어둠이 눈에 익자마자 소파 위에 웅크리고 있는 검은 고양이를 발견했다.

"왔구나. 올 줄 알았어."

배드마는 대답하지 않았다. 안데르센은 피식 웃고 소파에 앉았다.

"조심성 하나는 정말 감탄스럽다니까. 자, 그럼……."

그때 요란한 기차 소리가 울리더니 낡은 빈집이 덜컥거릴 정도로 흔들렸다. 안데르센은 얼굴을 찌푸리며 소음이 사라지기를 기다렸다.

"휴. 철도 옆에 있는 집은 이래서 문제야. 어쨌든 슈노는 원래 예정대로 지금 기차를 타고 이 도시로 오는 중이야. 대담은 오후 2시라고 하니 슬슬 준비하는 게 좋겠어."

배드마는 고개를 끄덕이고 선반을 밟고 천장 틈새로 뛰어올라 덕트 안으로 잠입했다. 덕트 내부는 고양이 몸으로도 자세를 낮추지 않으면 지나가기 어려울 만큼 좁았지만 예상보다 튼튼해 보였다. 앞으로 계속 나아가자 벽면이 아코디언처럼 접힌 구간에서 길이 꺾였고, 그곳을 도니 갑자기 환풍기 프로펠러가 눈앞에 나타났다. 다만 안데르센이 미리 손을 썼는지 환풍기의 전선이 끊어져 있어 안전하게 통과할 수 있었다. 프로펠러 너머로는 화려한 인테리어의 응접실 내부가 엿보였다.

그때 응접실 문이 열리고 퉁퉁한 중년 남자가 들어왔다.

"자, 이쪽으로 오시죠. 여기가 응접실입니다."

남자의 안내를 받아 응접실에 들어온 사람은 배드마도 신문에서 사진으로 본 크로스패트릭 부인이었다. 나이가 이미 일흔이 넘었을 텐데 걸음걸이에서 노쇠함이 전혀 느껴지지 않는다. 고급 가죽 코트와 화려한 장신구는 그녀가 속한 계층을 뚜렷하게 드러냈다.

부인은 한 손에 작은 파우치를 들고 있었다. 악어가죽에 금장이 달린 그 파우치는 안데르센이 말한 것처럼 꽤 값나가는 물건처럼 보였다. 안에 든 것과 함께 팔면 거금을 받을 수 있을 듯하지만 어차피 배드마는 별 관심이 없었다.

"슈노 씨도 곧 도착하실 겁니다. 부인께서는 여기 앉아서 기다려 주십시오."

"그래요. 고마워요."

부인은 소파에 앉으며 문득 떠올린 것처럼 주머니에서 작은 묵주를 꺼냈다.

"이건 파우치에 넣어 두는 게 좋겠지요. 마녀 앞에서는……."

그렇게 중얼거리며 파우치를 연 순간 부인의 몸이 굳었다. 배드마가 있는 곳에서는 잘 보이지 않지만 아무래도 파우치 안을 들여다보고 당황한 듯했다.

"부인? 무슨 일 있으십니까?"

"아니, 아무것도 아니에요."

부인이 다시 황급히 파우치를 닫았지만 옆에 있던 기자도 파우치 안을 봤는지 안색이 변했다.

“부, 부인…… . 그건 대체?”

“응? 무슨 말씀이시죠?”

부인은 아무 일 없는 것처럼 시치미를 뗐다.

마침 그때 응접실 문이 열리더니 슈노와 의사인 체즈니가 들어왔다. 바로 뒤에 선 건장한 남자는 슈노의 경호원으로 보였다.

“아, 기다리고 있었습니다. 선생님과 함께 오셨군요.”

기자는 슈노와 체즈니의 얼굴을 번갈아 보며 인사했다.

“네.”

슈노는 우아하게 고개를 숙였다.

“체즈니 선생님과 이야기를 좀 나누다 보니 늦었네요. 죄송해요. 아, 크로스패트릭 부인이시죠? 처음 뵙겠습니다.”

슈노의 품격 있는 몸짓에 끌렸는지 크로스패트릭 부인의 표정에도 여유가 돌아왔다.

“안녕하세요. 이 시대의 마녀를 직접 만나 뵙게 되니 영광이네요. 미국 공연을 아주 성공적으로 마치셨다면서요?”

“네. 저에게는 과분한 무대였죠. ……어머?”

슈노가 갑자기 고개를 들었다. 왠지 눈이 마주친 기분이 들어 배드마는 몸을 움츠렸지만, 슈노의 시선은 환풍기 옆쪽을 향하고 있었다.

“저 벽시계, 멈췄네요.”

“어, 정말 그러네요.”

기자가 부스럭거리며 주머니를 뒤지더니 "앗" 하고 고개를 갸웃거렸다.

"이런. 저도 시계를 깜빡하고 온 것 같습니다. 뭐, 저 시계를 보면 되겠죠."

기자가 복도 쪽으로 시선을 돌렸다. 복도 창문 너머에 큼지막한 시계판이 보였다. 공원이나 역처럼 유동 인구가 많은 곳에 있을 법한, 기둥 위에 설치된 대형 시계다. 인적 없는 뒷골목에 있기는 하지만 고장 나지는 않았는지 시간이 배드마가 인식하는 시간과 크게 다르지 않았다.

"그나저나 체즈니 선생님, 앨리스 양의 상태는 좀 어떻습니까? 지금부터 두 분께서 병실에 들어가시는 모습을 찍으려고 합니다만."

기자가 비위를 맞추려는 듯이 두 손을 비비며 물었지만 체즈니는 단호하게 고개를 저었다.

"촬영은 삼가시는 게 좋을 것 같습니다. 독자들이 보기 너무 충격적일 테니까요. 다행히 최근 며칠은 상태가 안정된 편입니다."

"그건 다행이네요. 그럼 여러분, 바로 가 보시죠."

응접실에 있는 사람들이 하나둘 복도로 나갔다. 파우치를 두 손으로 꼭 움켜쥔 부인의 모습은 꼭 파우치를 소중히 다루는 것 같기도, 뭔가를 두려워하는 것처럼 보이기도 했다. 아직까지는 파우치를 훔칠 타이밍이 전혀 보이지 않는다.

잠시 응접실 안이 텅 비었지만 슈노 일행은 곧 다시 되돌아
와 대담을 시작했다.

"결국 다레카 씨와 앨리스 양이 진짜 마녀였던 걸까요?"

"누가 마녀고 누가 마녀가 아닌지를 밝히는 건 중요한 문
제가 아닙니다."

기자의 무신경한 질문에 슈노는 단호하게 말했다.

"지금 우리 곁에 화형 법정 때문에 돌이킬 수 없을 만큼
크게 상처 입은 소녀가 있습니다. 그 사실이야말로 우리가
진지하게 고민해야 할 문제 아닐까요?"

"네. 정말 그 말씀이 맞아요."

부인은 어딘가 불안한 기색으로 맞장구를 쳤다. 여전히
무릎 위에서 파우치를 꼭 쥐고 있고, 틈만 나면 창밖에 있는
대형 시계를 힐끔거린다. 혹시 다음 일정이라도 있는 걸까.
그렇다면 파우치를 훔칠 기회는 영영 오지 않을지도 모른다
며 배드마가 걱정하고 있을 때.

"죄송하지만 잠깐 자리를 비워도 될까요?"

부인이 대뜸 벌떡 일어나 다급히 응접실을 빠져나갔다.
남겨진 슈노 일행은 모두 어리둥절해했다.

"흐음, 그럼 잠시 휴식 시간을 가지는 걸로."

기자가 입을 열었을 때 복도에서 날카로운 비명 소리가
울려 퍼졌다. 크로스패트릭 부인의 목소리다. 슈노가 반사
적으로 복도로 뛰쳐나갔고, 몇 초 뒤 경호원이 뒤따르려고

했지만 눈앞에서 기자가 허리를 숙이는 바람에 부딪혀서 넘
어지고 말았다.

"앗, 이거 실례."

"조심해!"

기자는 가방에서 카메라를 꺼내려 한 것이었다. 즉시 시
험 삼아 한 장을 찰칵 찍어 보고 상태가 멀쩡한 걸 확인하자
그야말로 기쁜 표정으로 비명이 들린 쪽으로 달려간다. 경
호원도 그 뒤를 따랐다.

체즈니가 어쩔 줄 몰라 우왕좌왕하고 있을 때 경호원이
다시 돌아왔다.

"선생님, 잠깐만 와 주시겠습니까? 크로스패트릭 부인이
누군가에게 공격당했습니다."

"네?"

체즈니가 서둘러 복도로 나가자 다시 응접실이 텅 비었다.

배드마는 조심스럽게 환기구에서 몸을 내밀어 응접실 카
펫 위에 내려섰다. 활짝 열린 문 너머로 살며시 얼굴을 내밀
고 복도 상황을 살폈다.

"으, 으으······."

복도 모퉁이 쪽에서 크로스패트릭 부인의 신음이 들렸다.
"이건 도대체······" 하는 당황한 체즈니의 목소리.

"머리를 다친 것 같습니다. 응급 처치를 하겠지만 시립 병
원에서 진료를 받는 게 좋겠네요."

그때 복도에서 카메라 셔터 소리가 들리고 플래시가 번쩍였다. 배드마가 있는 곳에서는 보이지 않지만 기자가 사진을 찍은 듯했다.

"적당히 하세요."

"기자는 원래 기록하고 남기는 게 일이라서요. 그런데 대체 무슨 일이 있었던 겁니까?"

기자는 거리낌 없이 부인에게 물었다.

"모르겠어요, 정말 모르겠어요. 갑자기 달려들어서……. 얼굴을 검은 천으로 가렸고 체구가 크지는 않았는데…… 그래요, 분명 강도일 거예요!"

"강도요? 이런 데서?"

"부인, 일단 이곳으로."

체즈니와 기자가 부인을 부축해 응접실로 데려갔다. 부인은 몸을 덜덜 떨면서 파우치에서 작은 묵주를 꺼내 두 손으로 꼭 감싸 쥐었다.

잠시 후 슈노와 경호원이 돌아왔다.

"슈노 님, 위험하니 혼자 돌아다니시지 않는 게 좋겠습니다."

"그래요. 신경 쓰이게 해서 미안해요."

경호원이 신신당부해도 슈노는 태연한 표정으로 별로 개의치 않는 듯했다. 경호원은 한숨을 쉬더니 기자에게 고개를 돌렸다.

"해벅 기자님, 잠깐 괜찮으실까요?"

해벽이라고 불린 기자가 메모장에 뭔가를 쓰던 손을 멈췄다.

"경찰과 구급대에는 접수처에 있는 전화기로 신고했습니다. 그런데 접수처를 지키는 여직원이 이상한 말을 하더군요. 요양원에서 나간 사람은 아무도 없다고."

"그 말은 곧 습격범이 아직 이 안에 있다는 뜻인가요?"

슈노의 말을 듣고 기자의 얼굴이 환하게 빛났다.

"그거 좋군요. 우리 손으로 직접 그놈을 붙잡죠!"

"붙잡지는 못하더라도 저희가 계속 이곳에 있어도 될지 확인할 필요는 있을 것 같습니다. 슈노 님은 응접실에서 기다려 주십시오. 저와 해벽 기자님이……."

"저도 갈게요."

슈노는 단호하게 잘라 말했다.

"위험에 대처하는 건 누구보다 자신 있으니까요."

슈노를 비롯한 세 사람이 2층 병실을 차례로 확인했다. 배드마는 복도에 있는 선반에 몸을 숨긴 채 그들을 지켜봤다. 이 소동이 길어지면 파우치를 훔치는 계획은 부득이 포기해야 한다.

응접실 옆 병실에는 아무도 없고 문도 잠겨 있었다. 문 위에는 환기창이 있지만 사람이 드나들 정도의 크기는 아니었다.

그 옆은 앨리스의 병실이었다. 그곳에서 슈노가 뭔가 이변을 눈치챈 듯 말했다.

"이 창문을 보세요. 잠겨 있는 것처럼 보이지만 자물쇠가 부서져 있어요. 누군가 의도적으로 부순 것 같아요."

"그럼 범인은 여기로 빠져나간 걸까요?"

습격범의 목적은 여전히 불분명하지만 요양원 안에 이미 없는 것 같다는 대화가 오갔다. 범인을 그만 찾으려는 분위기라 배드마는 발길을 돌려 서둘러 응접실로 돌아갔다.

응접실에서는 체즈니가 부인을 소파에 눕히고 머리에 생긴 상처를 살피고 있었다. 힘없이 늘어진 부인의 다리 바로 옆에 파우치가 떨어져 있었다.

지금이야.

배드마는 살금살금 파우치로 다가가 입으로 물었다. 생각했던 것보다 무거웠지만 물고 가지 못할 정도는 아니었다.

등 뒤에서 슈노의 목소리가 들렸다.

"어머?"

응접실에 들어온 슈노와 배드마의 시선이 마주쳤다. 슈노의 얼굴에 당혹감이 스쳤다. 배드마는 뒷다리로 힘껏 바닥을 박차고 캐비닛 위로 뛰어올랐다.

"앗!"

기자가 놀란 듯 외치고 카메라 플래시를 터뜨렸다. 배드마는 서둘러 환기구 안으로 기어들어 갔다.

"파우치 내놔! 이 도둑고양이!"

기자의 고함이 어두운 덕트 안에 울려 퍼졌다. 안데르센의 의도대로 주목을 끄는 데는 성공했지만 이 계획이 끝까지 잘 풀릴지는 배드마도 확신할 수 없었다.

덕트 구멍 부분까지 돌아온 배드마는 실내에 파우치를 떨어뜨렸다. 그러나 안데르센의 모습은 보이지 않았다. 소리를 내기도 꺼려져서 한동안 덕트에 숨어서 가만히 상황을 살피고 있을 때.

"응? 아, 벌써 왔어?"

안데르센이 하품을 참으며 아래에서 나타났다. 너무도 태평한 모습을 보며 배드마는 속으로 악담했다.

안데르센은 파우치를 주워 들고 어둠 속에서 엄지를 치켜세웠다.

"잘했어. 나머지는 나한테 맡겨. REQUIESCAT IN PACE*. 주사위는 던져졌어. 다 잘될 거야."

괴한이 부인을 습격하는 것까지 계획에 포함돼 있었는지 묻고 싶었지만 끝내 말을 삼켰다. 조금 전부터 배드마의 머릿속에서는 '혹시 내가 함정에 빠진 게 아닐까' 하는 의혹이 부풀고 있었다. 그게 사실이든 아니든 지금은 한시라도 빨리 이곳을 벗어나는 게 우선이었다.

덕트 반대편을 향해 좁은 길을 나아갔다. 그 끝은 빈집의 현관 옆으로 이어질 터였다. 주름진 부분을 지나 눈앞이 희

---

* '평화 속에 잠들라'라는 의미의 라틴어.

미하게 밝아진 지점에서 배드마는 멈춰 섰다.

경악과 당혹감으로 고양이의 눈동자가 부릅뜨였다.

덕트 출구는 금속 벽으로 막혀 있었다.

◆

이브 애트우드는 길가에 앉아 책장을 펼치고 있었다.

오빠를 병문안하고 돌아가는 길에 빈집 외부 계단에 앉아 책을 읽는 게 벌써 몇 해째 이어 온 습관이 됐다. 청력이 약해 라디오도 들을 수 없게 된 지금 독서는 그녀 인생의 가장 큰 즐거움이었다. 길가에서 책을 읽는 건 보기 좋지 않다며 조카가 늘 나무랐지만, 요양원 앞에 있는 이 막다른 골목에는 평소에 사람이 거의 다니지 않아서 조용히 책을 읽기 안성맞춤이었다.

그때 차 소리가 들려서 고개를 들었다. 조카가 차로 마중 나온 줄 알았지만, 눈앞의 차도에 멈춰 선 건 낯선 대형 트럭이었다. 트럭이 뿜는 배기가스가 기관지를 자극해 애트우드는 괴로운 듯 켁켁 기침을 했다.

차에서는 백발의 중년 남자가 내리더니 운전석에 있는 젊은 남자에게 뭔지 모를 불평을 늘어놨다. 애트우드의 귀에는 잘 들리지 않았지만 그들은 대략 이런 말을 주고받고 있었다.

"제기랄. 오후 일정이 엉망이 됐잖아. 네가 제대로 확인했어야지."

"그게 무슨 말씀이세요. 점장님도 들으셨잖아요. '편한 시간에 오세요'라고. 근데 왜 이렇게 갑자기……."

"그것도 확인했어야지. 어쨌든 가자."

젊은 남자가 시동을 끄고 차에서 내렸다.

남자들은 애트우드 옆을 지나 계단을 올랐다. 바로 그때 트럭 너머에 세워진 조카의 차가 보였다.

만약 애트우드의 청력이 예전 같았으면 계단을 오른 남자들의 비명을 들었을 것이다. 남자들이 계단을 뛰어 내려와 옆 요양원으로 달려가서 시신을 발견했다고 경찰에 신고할 무렵, 애트우드는 조카가 운전하는 차 안에서 다시 책을 펴고 독서에 몰두하고 있었다.

◆

"젠장. 여기도 못 지나가나."

바이콘 경감은 혀를 차며 핸들을 크게 꺾었다.

변사체가 발견됐다는 신고를 받고 시 경찰 본부를 뛰어나온 것까지는 좋았지만 소드베리 거리가 익숙하지 않은 경감은 연신 출몰하는 좁고 복잡한 골목길 때문에 넌더리를 내고 있었다.

그러나 생각할 시간이 주어진 것은 오히려 잘된 일일 수도 있다. 특히 이번처럼 아는 사람이 범죄 피해자가 된 사건에서는 더더욱.

마침내 사건 현장인 빈집 앞에 차를 세웠을 때 현관에 이미 제복을 입은 경찰관이 여럿 모여 있었다. 부하의 안내를 받아 외부 계단을 올라가 빈집의 2층 서재에 들어섰다.

피해자는 먼지투성이 서재 가운데에 힘없이 쓰러져 있었다. 목은 짐승에게 물어뜯긴 듯이 찢겨 있고 엄청난 양의 피가 셔츠와 바닥을 검붉게 물들이고 있다. 그 피의 웅덩이 속에는 은색 권총도 나뒹굴고 있었다.

경감은 시신을 내려다보며 죽은 사람의 이름을 중얼거렸다.

"미치루 도리노자카……."

경감에게 그녀는 오페라 가스톨의 수행원에 불과한 존재였다. 평소 조용하고 왠지 주눅 들어 있으며 오페라에게 늘 휘둘리는 것 같아 안쓰러운 인상뿐이었다. 그런 그녀가 이런 지저분한 폐가에서 무참히 살해당할 줄이야 상상이나 했을까.

"경, 경감님!"

그때 안쪽에서 웅크리고 있던 경찰이 소리쳤다. 그의 발치에는 젊은 여자가 쓰러진 채 "으으……" 하고 몸을 뒤척이고 있었다. 이마에서 피가 한 줄기 흘러내렸다.

"발견자들이 말하기를 이 방에 처음 들어와 시신을 발견했을 때 이 여자도 책장 그늘 쪽에 쓰러져 있었다고 합니다.

두 번째 시신인 줄 알았는데 숨이 붙어 있었다고도요.”

창가 커튼을 젖히자 어렴풋한 바깥 빛이 여자의 얼굴을 비췄다.

경감은 씁쓸하게 입술을 일그러뜨렸다. 이 여자가 왜 여기 있는 걸까. 이 안에서는 대체 무슨 일이 일어난 걸까.

아직 뚜렷한 근거는 없지만 마녀가 얽인 범죄일 가능성이 경감의 머리를 스쳤다.

“으, 응……?”

의식을 되찾은 안데르센 스타니스와프는 자신을 둘러싸고 있는 경찰들을 당혹스러운 듯이 쳐다봤다.

◆

머리맡에서 전화벨이 울려 오페라는 화들짝 놀라 눈을 떴다. 사무실에서 서류를 정리하다가 자기도 모르게 잠든 듯했다.

꽤 깊이 잠들었는지 머릿속이 쉽게 개운해지지 않았다. 자신의 나태함에 가볍게 실망하며 오페라는 수화기를 집어 들었다.

“네, 가스톨입니다…… 어머, 경감님. 오랜만이네요.”

전화를 건 사람은 바이콘 경감이었다. 경감은 “2주 만이군” 하고 왠지 어색한 듯이 말했다. 겨우 보름 지났을 뿐이지만 화형 법정, 그리고 메이슨 일도 아득히 먼 과거처럼 느껴졌다.

혹시 메이슨 수사에 진전이 있나 싶었지만, 경감은 사무소 근황이나 오페라의 안부만 묻고 좀처럼 본론으로 들어가려 하지 않았다.

왠지 불길한 예감이 엄습해 오페라의 팔에 소름이 돋았다.

경감은 한참을 망설인 끝에 결국 "침착하게 들어주길 바라네"라는 최악의 상투적인 문구로 포문을 열었다.

흡 하고 숨을 들이마시는 소리가 사무실에 울렸다. 이후 경감이 새로운 살인 사건의 전말을 다 설명할 때까지 오페라는 숨 쉬는 것도 잊고 이야기를 들었다.

"왜……."

간신히 입을 연 오페라의 의문에 경감은 마땅한 대답이 없는 듯했다. 수사가 이제 막 시작됐다거나, 관련하여 오페라에게도 증언을 들으러 갈 수 있다는 말이 수화기에서 흘러나왔지만 오페라는 아직 경감의 첫마디조차 받아들이지 못하고 있었다.

─미치루가 살해됐네.

순간 무릎에서 힘이 풀려 사무실 바닥에 주저앉았다. 자신의 얕은 숨소리가 유난히 크게 들렸다.

티크나무 문을 두드리고 대답을 기다리지 않고 손잡이를 돌렸다.

한 달 전 이곳을 찾았을 때처럼 화형 법정의 사무국장 헨리는 책상에 앉아 서류 작업을 하고 있었다.

"무슨 용건이지? 가스톨."

헨리는 고개를 들지 않고 날 선 목소리로 물었다.

"절 화형 심문관으로 복직시켜 주시기를 부탁드립니다."

오페라는 의자에 앉지도 않고 헨리를 내려다보며 곧장 본론에 들어갔다.

"미치루 사건이 화형 법정에 회부됐다는 소식을 들었습니다. 그 재판의 심문관을 맡고 싶습니다."

그러자 헨리는 깊숙이 한숨을 내쉬더니 오페라를 째려봤다.

"그 일은 나도 유감일세. 하지만 단도직입적으로 말해 자네가 나설 자리가 아니야."

예상대로 매몰차게 거절당했지만 이대로 물러설 수 없었다. 가장 가까운 곳에 있던 소중한 사람의 생명을 빼앗겼는데도 강 건너 불구경하듯 방관하는 건 오페라에게 도저히 용납할 수 없는 일이었다.

"화형 심문관이 부족하다고 들었습니다. 저라면 오늘 당장에라도 재판을 위해 뛸 수 있습니다."

"쓸데없는 오지랖이군. 자네는 피해자와 친분이 깊지 않았나? 재판에 사사로운 감정을 끌어들일지도 모를 사람을 심문관에 앉히는 나라가 어딨나?"

"이건 형사 재판이 아닌 화형 법정입니다. 심문관 임명 권한은 전적으로 사무국장님께 있지 않나요?”

오페라는 물러서지 않으며 이토록 적극적인 자신의 모습에 스스로도 놀라고 있었다. 미치루가 살해됐다는 소식을 처음 들었을 때 충격이 너무 큰 나머지 재기할 수 없을지도 모른다는 생각까지 했지만, 지금은 살인범에게 마땅한 벌을 내릴 수 있다면 뭐든 할 수 있다는 자신감이 생겼다.

“그렇군.”

헨리는 냉담하게 말했다.

“그래. 결정권은 나한테 있는 게 맞지. 그런 내가 지금 자네는 필요 없다고 말하고 있어.”

“그런가요.”

오페라는 코웃음을 치고 가방에서 서류 몇 장을 꺼내 책상에 던졌다. 헨리는 서류를 힐끗 보더니 고개를 들어 눈을 번득였다.

“이게 뭐지?”

“작년에 열린 ‘거석의 마녀’ 재판, 4년 전에 열린 ‘도버의 마녀’ 재판에 대한 저의 독자적인 재조사 기록입니다. 이들 재판에는 마녀 판결이 나왔지만 심리 과정에서 모호한 증언이나 불확실한 증거들이 채택돼 피고인이 억울하게 마녀로 몰렸을 가능성이 크더군요. 심문관으로 복귀하지 못한다면 저에게 시간이 남아도는 만큼 이 두 판례를 철저히 재조사할 생각입니다.”

오페라는 헨리의 책상을 쿵 내려치고 거칠게 숨을 몰아쉬며 화형 법정의 사무국장을 노려봤다.

"마녀가 미치루를 살해한 것에 대한 입증, 그리고 과거 화형 법정에서 일어난 억울한 누명 사건에 대한 입증. 사무국장님은 둘 중 제가 뭘 하길 바라십니까?"

헨리는 빠르게 서류를 훑어보더니 못마땅한 표정으로 오페라에게 눈을 흘겼다.

"복직이라고? 당신이?"

바이콘 경감은 놀라기보다 못 믿겠다는 반응을 보였다.

사건이 발생하고 이틀이 지난 날 오전 10시. 경찰은 현장 검증을 마치고 빈집에서 철수 준비를 하고 있었다. 오페라는 직접 차를 몰고 현장에 가서 바이콘 경감을 붙잡는 데 성공했다.

"피해자와 누구보다 가까웠던 당신을 심문관으로 임명하다니. 내가 가스톨 가문의 자산을 얕본 건가."

"뒷돈 같은 건 쓰지 않았습니다. 조금 무례하게 협상을 시도했을 뿐이죠."

오페라는 빈집 바깥 계단을 오르며 말했다. 경감과 오랜만에 나누는 대화가 반가웠다.

경감은 서재 문을 열고 오페라를 돌아봤다.

"사건에 대해 어디까지 알고 있나?"

"미치루의…… 시신이 발견됐을 때 이 안에 정신을 잃은 여자, 즉 안데르센 스타니스와프도 함께 쓰러져 있었다고 들었습니다."

안데르센의 이름을 입에 담는 순간 가슴 깊은 곳에 서늘한 기운이 내려앉았다. 미치루를 죽인 여자를 향한 증오가 부풀어 올라 터질 것 같았다.

"그래서…… 경찰이 안데르센을 체포했다는 것까지는 알겠습니다. 하지만 이번 일이 왜 화형 법정으로 넘겨졌는지, 왜 안데르센이 마녀라는 의혹이 생겨났는지는 모르겠습니다. 확실히 요새 그 여자가 마녀라는 소문이 돌았다는 이야기는 들었습니다만."

"설명이 필요하겠군."

경감은 서재 커튼을 걷고 옆 요양원을 가리켰다. 그리고 사건 당일 슈노와 크로스패트릭 부인의 대담이 요양원 응접실에서 열렸고 그 도중에 부인이 복도에서 수상한 인물에게 습격당했다는 사실까지 전했다.

"병원에서 강도 사건이라니. 전례 없는 일이네요."

"병원이 아니라 의료 시설이지. 정말 강도였는지도 아직 불분명하고. 습격 후 기절했던 부인이 다시 정신을 차렸을 때는 복도에 쓰러져 있었고 바로 눈앞에 입구가 열린 파우치가 떨어져 있었다고 해."

"그 파우치를 노렸다는 말씀인가요?"

경감이 어깨를 으쓱했다.

"나중에 파우치가 발견됐을 때 내용물 중 사라진 건 없다더군. 처음에도 강도 목적으로 부인을 습격했지만 뭔가에 가로막혀 결국 아무것도 훔치지 못하고 도망쳤다고 해석할 수도 있겠지."

"그 강도 미수범의 행방은요?"

경감이 다시 어깨를 으쓱했다.

"복면을 쓰고 있어서 얼굴은 알아볼 수 없었지만 여자로 추측된다더군."

오페라는 알마잭 사건을 떠올렸다. 시실리 알마잭을 살해한 범인도 복면으로 얼굴을 가린 여자였다고 다레카는 주장했다. 이번 사건과 연관 짓는 건 섣부른 판단일까.

"복면과 옷, 그리고 흉기로 추정되는 곤봉이 몬머스강 하류에서 발견됐어. 덧붙이자면 총에 맞은 흔적이 있는 쿠션도 그 근처에서 발견됐고."

"변장 도구에 쿠션이요? 그게 정말 미치루 사건과 관련 있는 건가요?"

그러자 경감은 다소 애매모호하게 대답했다.

"관계가 있을 수도, 없을 수도 있지. 습격당한 부인이 떨어뜨린 파우치를 검은 고양이가 물고 갔다는 이야기는 들었나? 우리는 용의자가 그 검은 고양이로 변신한 게 아닐까 추정하고 있네."

"……그렇다면?"

"고양이는 파우치를 물고 덕트 안으로 사라졌다고 해. 옆집, 즉 이곳으로 도망쳤다고 봐도 틀림없겠지. 체즈니 의사는 부인을 응급 처치했고 그사이 다른 사람들이 습격범이 어디 갔는지 찾았다더군. 그러는 동안 이곳에서 고서상이 시신을 발견하게 된 거고."

"고서상요?"

경감은 방 안에 빽빽하게 늘어선 책장들을 둘러봤다.

"이 집의 주인인 노부부는 10년 전 차례로 세상을 떠났어. 그 후 상속받을 가족이 없어 그대로 방치돼 낡아 가던 전형적인 빈집이지. 문도 잠겨 있지 않아서 수상한 자들의 은신처로 쓰이는 일이 잦았다더군. 시 당국은 집의 철거 계획을 추진 중이고 이번 사건이 순조롭게 마무리되면 곧 허물어져 공터가 될 예정이야."

"그렇군요. 그래서 고서를 처리하려고 업자에게 의뢰했다는 말이군요."

경감이 고개를 끄덕였다.

"보다시피 책들의 보존 상태는 엉망이지만 이중 건질 만한 게 있을지도 모르잖나. 하지만 오후 3시 30분에 이곳을 찾은 고서상 남자 직원들은 책을 살펴볼 여유조차 없었어."

경감은 방 한가운데에 넓게 퍼진 검은 얼룩 앞에 섰다.

"문을 열자마자 끔찍한 광경이 눈에 들어왔으니까."

오페라는 침울한 얼굴로 얼룩을 응시했다. 잠시 눈을 감고 이곳에서 생을 마감한 수행원을 위해 조용히 기도했다.

"피해자는 아마 파우치를 훔친 안데르센이 변신을 풀고 인간으로 돌아오는 순간을 목격한 것 같아. 안데르센은 피해자에게 달려들었고, 몸싸움 끝에 총이 발사됐네. 피해자가 맞은 총알은 총 두 발. 한 발은 어깨를 파고들었고 다른 한 발은 목을 관통해……."

경감은 책장에 남은 탄흔을 가리켰다. 오페라는 그 작고 검은 구멍을 차마 똑바로 볼 수 없었다.

"……흉기로 쓰인 권총이 미치루 바로 옆에 떨어져 있었다고 들었습니다."

"아니. 자네에게 보낸 보고서에는 그렇게 적혀 있었지만 그건 나중에 오류로 밝혀졌어. 피해자의 어깨에서 적출한 총알과 책장에 박힌 총알을 조사한 결과 그것들은 다른 권총에서 발사된 것이라는 게 밝혀졌거든. 크로스패트릭 부인의 권총에서."

"네? 뭐라고요?"

오페라는 귀를 의심했다.

오래전부터 크로스패트릭 부인이 앤티크 총기를 수집한다는 소문은 돌았다. 사건 이후 경찰이 부인의 저택을 수색했을 때 지하에서 불법 총기류가 발견됐다. 부인의 진술에 따르면 요양원 대담 사흘 전 누군가가 저택에 침입해 19세기 초 어느 부호가 특별 제작했다는 금도금 앤티크 권총을 훔쳐서 달아났다. 그것이 불법 총기류였던 탓에 부인은 경찰에 신고하지도 못했다.

그런데 대담 당일에 도둑맞은 그 금색 권총이 어째서인지 파우치 안에 들어 있는 걸 부인이 발견했다. 즉, 도둑은 한번 훔쳐 간 총을 다시 부인의 파우치에 넣어서 돌려준 셈이다. 대담에 동석한 기자도 그 권총을 봤지만, 부인은 태연히 얼버무리면서 파우치를 닫았다고 한다.

"권총이 들어 있다면 파우치를 드는 순간에 알 수 있었을 텐데요. 무게 때문에."

"파우치에는 다른 금속 화장 도구도 있었고, 파우치 자체의 장식도 과해서 꽤 무거웠다고 해. 또 권총이라고 해도 아주 작은 더블 데린저*라 이상한 걸 느끼지 못했어도 무리는 아니지."

"그렇군요."

"습격당해 기절까지 했는데도 경찰에 신고하지 않은 것도 당사자인 부인이 완강히 반대했기 때문이라더군. 총기 소지 사실이 발각될까 봐 두려웠겠지. 부인은 조만간 총기법 위반으로 기소되겠지만, 그보다 중요한 건 권총이 든 파우치를 고양이가 낚아채 이 빈집으로 가져왔다는 사실이야."

---

* 두 개의 실린더와 총신이 결합된 소형 권총.

"그 총은 결국 어디서 발견됐습니까?"

"화물 열차 짐칸에 떨어져 있었다더군."

오페라는 또다시 귀를 의심했다.

경감이 북쪽 창문을 바라봤다. 유리가 깨져 있지만 바깥에 쇠창살이 있어 사람이 드나들 수는 없다. 쇠창살 너머로는 철로가 보인다. 집 바로 옆에 몬머스강이 흐르고, 철로는 강에 걸린 다리에 이어져 있었다.

"범인은 아마 이 창문 밖으로 권총을 던진 것으로 보여. 강에 버리려고 했겠지만 마침 그때 화물 열차가 집 앞을 지나가는 바람에 총은 공업 부품을 실은 열차 짐칸에 떨어졌지. 열차는 소드베리 크로스역을 지나 다음 역인 리빙스턴역에 정차했고, 그곳 역무원이 권총을 발견해서 경찰에 신고한 거야."

"흐음. 그래서 경찰이 조사하니 그 총이 범행에 쓰인 흉기로 밝혀진 거군요."

경감이 고개를 끄덕였을 때 창밖에서 열차가 굉음을 울리며 지나갔다. 귀를 찢을 듯한 소음을 견디며 경감과 오페라는 잠시 입을 다물었다.

"보다시피 이런 곳이야. 총성을 아무도 눈치채지 못할 만도 하지."

"그, 그러네요."

"화물 열차가 리빙스턴역에 도착한 시간은 오후 3시 30분. 여기서 리빙스턴역까지 30분 정도 걸리니 열차가 3시쯤 이 집 앞을 지나갔다는 계산이 나오지. 시간상으로도 맞아떨어져.”

오페라는 서재 남쪽에 있는 문을 돌아봤다. 옆방으로 이어지는 것 같은데 손잡이 위에 먼지가 수북이 쌓여 있었다.

“이 문, 열어도 될까요?”

“그래. 어차피 그 문은 오랫동안 열리지 않은 게 확인됐어. 그 문으로는 사람이 드나들 수 없었다고 봐도 좋아.”

손잡이를 돌리자 거슬리는 쇳소리가 났다.

문 너머는 계단과 복도가 있는 좁고 어두운 공간이었다. 오페라는 먼지를 피해 손수건으로 코를 가리며 계단을 내려갔다. 1층에는 침실과 거실, 주방과 욕실 같은 공간이 있었다. 2층에 널찍한 서재를 만든 것과 달리 1층은 한정된 면적에 생활공간을 빽빽하게 집어넣은 느낌이다. 아마도 예전 집주인이 극단적인 성격의 소유자였을 것이라고 오페라는 짐작했다.

1층 뒷문으로 나가 좁은 길을 지나 다시 집 앞으로 돌아갔다.

“자, 그럼.”

바이콘 경감이 현관 앞에서 빈집을 올려다보며 입을 열었다.

“요약하자면 다음과 같이 정리할 수 있겠지. 안데르센은 고양이로 변신해 요양원에 잠입, 파우치를 빼앗아 덕트로 달아났다. 그 후 서재에서 인간으로 돌아가 파우치를 여니 안에 금빛 권총이 들어 있었다. 그 권총으로 미치루를 공격하려고 하자 미치루도 자기 권총을 꺼내어 맞섰다."

"그러고 보니 미치루는 전에 사냥을 해 본 적이 있다고 했어요. 총기 면허가 있었을까요?"

"그런 것 같아. 현장에서 발견된 은색 권총은 미치루 소유 총이었으니. 하지만 안데르센에게는 총상이 없었지. 아마 안데르센이 쏜 총에 어깨를 맞는 바람에 미치루는 제대로 총을 겨눌 수 없었던 듯해. 그 후 격렬한 몸싸움이 벌어졌고, 안데르센은 머리를 벽에 세게 부딪쳤어. 그 반동 때문인지 아니면 정확히 노렸는지는 알 수 없지만 아무튼 두 번째 총알이 미치루의 목을 꿰뚫었고 그녀는 쓰러졌네. 그 후 안데르센은 무슨 생각인지 권총을 창밖으로 던졌고, 머리를 다쳤을 때 충격 때문에 결국 그녀 역시 쓰러지고 만 거야."

오페라는 한동안 침묵하며 머릿속으로 사건의 순서를 정리했다. 경감의 설명을 들어도 몇 가지 의문이 남았다. 미치루는 왜 이 집에 왔을까. 그리고 안데르센은 왜 총을 던졌을까. 그러나 실제로 일어난 일만 놓고 보면 화형 법정이 열리는 것 자체는 납득이 갔다.

"문제는 권총의 이동 경로네요."

"역시 이해가 빠르군."

범행에 쓰인 권총은 고양이로 변신한 마녀가 옮기지 않으면 서재에 있을 수 없다. 그러니 마녀의 존재를 배제한 일반 형사 재판에서는 안데르센에게 유죄 판결을 내리기 어렵다.

가야 할 길이 분명해졌다. 지금까지의 오명을 씻기 위해, 그리고 무엇보다 미치루의 원수를 갚기 위해 이번 재판은 반드시 이겨야 한다.

"그야 눈앞에서 사건이 벌어지는데 셔터를 누르지 않을 기자가 어딨습니까?"

마이클 해벅은 자신만만한 표정으로 담배를 재떨이에 비벼 껐다. '데일리 배너' 지국 기자실은 자욱한 담배 연기 때문에 아침 안개가 낀 것처럼 뿌옇다.

"훌륭하시군요. 이 사진들은 귀중한 자료가 될 겁니다."

탁자 위에는 해벅이 사건 당일 촬영한 사진이 몇 장 놓여 있었다. 앞으로 오페라에게 중요해질 사진들이다.

복도에 쓰러진 크로스패트릭 부인의 사진은 보기만 해도 고통이 전해질 만큼 생생하게 찍혀 있었다. 문제의 파우치는 병실 문 앞에 떨어져 있지만 그 안에 권총이 들었는지 사진만으로는 알 수 없었다.

"혹시 그날 손목시계는 안 차셨나요?"

오페라가 묻자 해벅은 불쾌하다는 듯 오페라를 봤다.

"네. 무슨 문제라도? 전 원래부터 금속을 싫어해 손목시계를 안 찹니다. 그래서 회중시계를 늘 가슴 주머니에 넣고 다니는데 취재 때문에 뛰어다니다 보면 자주 떨어지거든요.

참, 그러고 보니 응접실에 있는 시계도 고장 났었죠."

"네. 즉, 그날 응접실 안이나 주변에 작동하는 시계는 없었다는 말이군요. 이 대형 시계를 제외하면."

오페라는 사진 두 장을 가리켰다. 한 장은 응접실에서 시험 삼아 찍은 것처럼 구도가 기울고 초점도 맞지 않는 사진이다. 하지만 복도 창밖에 있는 대형 시계의 시계판만은 또렷이 보인다. 시곗바늘은 2시 59분을 가리키고 있었다.

다른 한 장은 파우치를 입에 물고 뛰어오르는 고양이를 포착한 사진이었다. 이 역시 창문 너머로 대형 시계가 보이는데 시간은 3시 9분을 가리키고 있다.

"왜 그렇게 시계에 집착하시는 겁니까?"

기자는 연기를 뿜으며 떠보듯 물었다.

"아뇨, 그냥 조금……."

사실 오페라는 지금 이 대형 시계가 가리키는 시간 때문에 고민에 빠져 있었다.

해벽이 사진을 찍는 모습은 다른 관계자들도 목격했다. 따라서 이 사진들에 찍힌 시계의 시각은 믿어도 될 것이다. 부인이 습격당한 시각은 2시 59분, 고양이가 총을 훔친 시각은 3시 9분. 그렇다면 계산상 미치루가 살해된 시간은 3시 9분 이후라는 말이 된다.

그러나 철도 회사에서 확인한 바에 따르면, 화물 열차가 빈집 앞을 지나간 건 오후 3시 5분경이었다. 그렇다면 안데르센이 미치루를 쏴 죽인 후 창밖에 던진 권총이 마침 그 옆을 달리는 열차에 떨어졌다는 가설은 성립되지 않는다. 안데르센이 총을 입수할 무렵 열차는 이미 멀리 떠나 버린 뒤였다.

단 5분이지만, 그 5분의 벽이 오페라의 앞을 가로막고 있었다.

다음 날 오페라는 요양원을 찾았다.

"음, 그걸 저한테 물어보셔도……."

요양원 접수처에 앉은 몰도나 커티스는 성가신 것처럼 고개를 저었다. 피곤한 느낌이 물씬 풍기는 마흔 전후 여자인데 접수처에 있는 직원치고 무척 불친절했다.

"기자와 경호원 말로는 크로스패트릭 부인을 습격한 범인이 그때 요양원 안에는 없었다고 합니다. 강가에 옷을 버린 걸 보면 습격 직후 밖으로 나간 것으로 추정되는데요. 정말 못 보셨습니까?"

"못 봤다니까요. 그때 전 점심시간이어서 3시 무렵까지 밖에 있었어요. 제가 자리에 없는 사이에 범인이 나간 걸까요?"

"커티스 씨께서 자리를 비운 동안에는 누구든 제지받지 않고 요양원을 드나들 수 있다는 말이군요."

커티스는 '무슨 문제라도?' 하는 듯한 표정으로 고개를 끄덕였다.

“알겠습니다……. 3시 무렵이라는 게 정확히 몇 시를 뜻하는지 알 수 있을까요?”

“정확히는 2시 55분이었어요. 3시까지는 돌아와야 해서 늘 들어왔을 때 손목시계를 확인하는 버릇이 있거든요.”

“그렇다면 시간이 맞지 않습니다. 부인이 습격당한 시간은 2시 59분이었으니까요. 즉, 커티스 씨가 접수처로 돌아왔을 때 습격범은 요양원 안에 있었던 겁니다.”

“시계가 어긋났던 게 아닐까요?”

“그건…….”

오페라는 말을 집어삼켰다. 부인이 습격당한 시각과 고양이가 파우치를 훔친 시각 모두 골목 뒤에 있는 대형 시계의 시간을 기준으로 했다. 확실히 이 시계의 시간이 실제보다 5분 정도 빨랐다고 가정하면, 즉 부인 습격이 2시 54분, 파우치 강탈이 3시 4분이었다면 습격범은 커티스가 돌아오기 전에 요양원을 빠져나갈 수 있고 권총을 달리는 열차에 던질 수도 있었다. 둘 다 아슬아슬하긴 하지만.

요양원과 빈집 사이 좁은 골목길에 들어서자 발밑에서 유리 조각이 밟히는 소리가 들렸다. 골목길에 있던 대형 시계가 쓰러져 시계판을 덮은 유리가 산산조각 나 있었다.

“정말 귀찮게 됐다니까.”

오페라의 등 뒤에서 투덜거린 사람은 기름때 묻은 작업복을 입은 키 작은 노인이었다. 노인의 이름은 알렉 보일. 벨가드 요양원 맞은편에서 수리점을 하는 정비공이다. 오페라는 사무소를 열 때 전화기 수리를 그에게 맡겨서 그를 알고 있었지만 설마 이번 사건과 관련돼 있으리라고는 예상하지 못했다.

"놀랐어요. 이 시계가 보일 씨 가게 물건이었다니."

보일은 입을 비쭉이며 불만스러워했다.

"아니, 우리 물건이 아니야. 저쪽에서 처치 곤란하다고 해서 돈을 받고 가져온 것에 불과해. 조만간 분해해 부품이라도 꺼내 쓰려고 했건만 이렇게 돼 버려서."

보일이 말하기를 이 대형 시계는 원래 소드베리 크로스역 안뜰에 설치돼 수십 년간 사람들에게 시간을 알려 줬다고 한다. 그러다 최근 철거 이야기가 나와 보일이 인수하게 됐고, 사건 이틀 전 이 골목으로 옮겨 왔는데 못 본 사이 이렇게 쓰러져 고장 나 버렸다고 했다.

"난감하네요. 이래서는 이 시계의 시간이 정확했는지 확인할 길이……."

"시간이 안 맞았다고?"

보일은 비웃는 것처럼 콧방귀를 뀌었다.

"아가씨. 이건 말이지. 이래 봬도 얕잡아 봐선 안 될 물건이야. 지금은 고물이 되기는 했어도 내부는 명문 시계 공방에서 만든 명품이거든. 몇 년간 단 1분도 어긋난 적이 없어."

오페라 처지에서는 어긋나야만 하는 상황이지만, 전문가인 보일의 말을 무시할 수는 없었다.

"흐음……. 그럼 보일 씨가 처음 가져오셨을 때도 정확했나요?"

"그건 모르지. 곧 분해해서 버릴 시계의 시간 따위 누가 신경 쓰겠어?"

"그건 그러네요."

시계의 시간이 정말 어긋나 있었는지 오페라는 바이콘 경감에게 철저한 조사를 부탁했다. 경찰은 소드베리 크로스역 역무원들을 찾아가 수소문했지만 이렇다 할 성과는 없었다. 20여 년 전 역 리모델링 공사로 시계 주변이 벽에 가려져 화물실 창문에서만 시계의 시계판을 볼 수 있게 된 탓이었다.

"경감님은 안뜰에 시계가 있는 걸 모르는 역무원도 많았다고 하셨어요."

"허어. 이렇게 좋은 시계가 20년이나 잊혀 있었다니, 안타깝고 기가 막히는군."

보일은 마치 고인을 애도하는 눈빛으로 부서진 시계를 내려다봤다.

"철거할 때도 참 쓸쓸한 곳에 있구나 싶었는데 말이야. 음…… 그래도 뭐, 시간이 완전히 틀리지는 않았을걸. 옮길 때 시계판을 언뜻 봤는데 시간이 이상하다고는 못 느꼈거든. 어긋났다고 해도 기껏해야 5분 내외 정도 아닐까."

오페라는 "흐음……" 하고 이맛살을 찌푸렸다. 시계가 재판에서 핵심 증거로 다뤄질 예감이 들었다.

"보일 씨. 시계를 일단 시 경찰에 맡겨도 될까요? 조금 더 자세히 조사해야 할 것 같아서요."

그러자 보일은 흔쾌히 고개를 끄덕였다.

"대신 정중히 다뤄 줘. 그러는 김에 이 유리 조각들도 치워 주면 좋겠고."

◆

교도관이 면회실 문을 열자 안데르센은 화들짝 놀라 고개를 들었다. 그러나 교도관 옆에 선 사람을 보고는 곧 다시 안도의 한숨을 내쉬었다.

"아, 다행이다. 제 변호를 맡아 주는 거예요?"

어지간히 긴장하고 있었는지 안데르센은 힘없이 의자에 몸을 기댔다. 수갑에 달린 쇠사슬이 철컥대는 소리를 냈다.

독양은 교도관이 나간 걸 확인하고 의자 등받이를 당겨서 앉았다. 검은 후드로 얼굴을 가린 배드마도 옆에 앉았다.

"분명 소인이 변호를 자처하기는 했습니다. 검은 후드 씨의 간곡한 요청이라면 마다할 수도 없어서요. 하지만 솔직히 말씀드리면 소인은 아직 안데르센 씨를 변호해야 할지 말지 고민 중에 있습니다."

양은 냉담하게 말을 꺼냈다.

"네?"

순식간에 낯빛이 흐려진 안데르센이 도움을 청하는 눈으로 배드마를 봤다.

하지만 배드마는 '그런 표정으로 봐도 소용없어' 하고 생각했다. 그녀 자신도 안데르센을 기필코 구하고야 말겠다는 강한 의지가 있는 건 아니었다. 잠시나마 협력 관계에 있었던 인연으로 양에게 변호를 의뢰했지만, 변호에 얼마나 힘을 보탤지도 정하지 못하고 있다. 배드마는 안데르센에 대해 아는 게 아무것도 없었기 때문이다.

"부당한 일을 겪는 마녀를 구하는 건 소인의 신념, 아니 존재 의의입니다."

양은 책상 위에서 몸을 기울여 안데르센의 얼굴을 정면에서 봤다.

"안데르센 스타니스와프 씨. 당신은 마녀입니까?"

"아니라고 몇 번을 말해야 해요."

"그럼 누굽니까?"

양은 안데르센의 내면을 꿰뚫으려는 듯이 날카로운 눈으로 그녀를 쏘아봤다.

"경찰은 아직 당신의 신원을 파악하지 못한 것 같습니다. 그 특이한 이름도 본명은 아니겠지요?"

"그건 피차일반이잖아요. 독양 씨."

안데르센이 되받아쳤지만 목소리에는 기죽은 기색이 역력했다. 짧은 머리를 헝클어뜨리고 힘없이 고개를 푹 숙인다.

"미안해요. 당신한테 화풀이해 봐야 소용없는데. 전 말이죠. 직함 같은 게 정말 질색이에요."

"직함이 질색이라니, 무슨 뜻이죠?"

안데르센은 책상 한 곳을 응시한 채 띄엄띄엄 말을 이어갔다.

"저라는 존재를 규정하는 단어가 있다는 게 참을 수 없을 만큼 싫고 역겨워요. 출신, 집안, 부모의 직업 같은 거 말이에요. 전부터 그런 프로필이 숨 막힐 정도로 싫었어요. 그래서 웬만하면 한 곳에서 1년 이상 살지 않으려고 했고, 이름도 자주 바꿔야 직성이 풀렸죠. 아무것도 아닌 인간으로 존재하는 것에 집착한다고 표현하면 될까요."

양은 책상 위에서 두 손을 모으고 안데르센을 지그시 관찰했다. 표정이 그야말로 진지하다. 법정에서 보이던 익살스러운 말과 행동도 온데간데없었다.

"네."

양은 힘을 빼고 말했다.

"사람은 누구나 집착 하나쯤은 가지고 있지요. 하지만 살인 사건의 용의자에게 그런 집착은 치명상이 될 수도 있습니다."

"전 살인을 저지르지 않았고 마녀도 아니에요. 그것만 법정에서 밝혀지면 족해요."

“그렇다면 미치루 도리노자카 씨는 왜 죽었습니까? 그 집에서 대체 무슨 일이 있었던 겁니까?”

“제가 당시 본 걸 그대로 말하면 될까요? 저와 배드마의 공동 작전에 대해서는 어디까지 알고 계세요?”

“파우치 절도 계획 말이군요.”

“네. 전 그 계획의 전모를 법정에서 솔직하게 털어놓을 생각이에요. 물론 배드마의 이름은 밝히지 않을 거니 안심하셔도 돼요.”

그제야 배드마가 처음으로 입을 열었다.

“정 뭐하면 내가 자백문을 써줄까? 파우치를 훔친 건 나지 안데르센이 아니라고. 그 정도 협력은 해 줄 수 있을 것 같은데.”

안데르센은 잠시 고민하더니 “아니” 하고 거절했다.

“고맙지만 별 도움이 안 될 거야. 조작이라고 하면 끝이니.”

대화가 끊기자 양은 “계속해 보세요” 하고 안데르센에게 뒷이야기를 재촉했다.

“네. 배드마를 덕트로 보내고 서재에서 기다리다가 나도 모르게 소파에서 잠깐 졸았던 것 같아요. 눈을 뜨니 마침 배드마가 파우치를 가져온 상태였죠. 받아 보니 예상보다 무거워서 좀 놀랐어요.”

“그야 당연하지. 권총이 들어 있었으니.”

안데르센은 고개를 흔들었다.

"아니. 그 파우치 안에는 묵주나 화장품 같은 건 있었어도 권총은 없었어."

"뭐?"

배드마가 눈살을 찌푸렸다.

"그게 무슨 말이지? 내가 권총이 든 파우치를 서재에 가져간 거 아니었어?"

"나도 자세한 건 몰라. 어쨌든 그렇게 파우치를 뒤지고 있는데 갑자기 문이 열리더니 웬 여자가 서재에 들어왔어. 얼굴을 제대로 못 봤지만 여자는 뭐라고 소리치면서 나한테 대뜸 권총을 겨눴지. 난 소스라치게 놀라서 그 여자의 팔을 붙잡고 권총을 다른 방향으로 돌리려고 했지만, 몸싸움을 하다가 그만 머리를 벽에 부딪치고 말았어. 이후 정신을 차렸을 때는 경찰들이 날 내려다보고 있었고."

"널 공격한 여자가 누군지 전혀 모르겠어?"

"응. 그때는 서재 안이 어두웠고 막 잠에서 깨어나 정신이 흐릿하기도 했으니까. 다만 경찰이 곧장 날 살인범으로 체포했다는 건, 남쪽 문이나 바깥 계단 문으로 누군가가 드나들었을 가능성은 없다는 뜻이겠지. 그렇다면 더 골치 아파져. 난 진범인 마녀가 덕트로 침입했다는 가능성 같은 것도 검토해야 하니까."

"아니, 그럴 리는 없어."

"응?"

"사실 내가 너한테 파우치를 건넨 뒤에도 난 계속 덕트 안에 있었어. 금방 빠져나가려고 했지만, 하필 도로에 세워진 트럭이 덕트 출구를 막고 있어서 나갈 수 없었거든. 그래서 출구 근처에 숨어 있었던 거야. 그렇게 한 2, 30분이 지나고 나서야 서재 문이 열리는 소리와 함께 몇몇 남자들의 목소리가 들렸어."

"시신을 처음 발견한 사람들이겠네."

배드마는 고개를 끄덕였다.

"그때 덕트를 막고 있던 트럭은 그 시신을 발견한 고서상의 차였어. 즉, 덕트를 통해 드나들 수 있었던 고양이는 나 말고는 없다는 뜻이지."

"흐음……. 그럼 진범은 역시 평범하게 문으로 나갔다는 건가."

양은 무표정하게 두 사람을 옆에서 지켜보다가 대화가 끊기자 질문을 던졌다.

"그 여자가 겨눈 권총은 무슨 색이었습니까? 금색이었나요? 아니면 은색?"

"그것도 어두워서 잘 모르겠어요. 파우치를 받으면 곧장 커튼을 걷어 슈노 씨를 비롯한 사람들 앞에 모습을 드러낼 계획이었는데, 그럴 새도 없이 습격을 당해서."

"경찰은 당신을 체포한 이유 중 하나로 팔에서 검출된 화약 반응을 들었습니다. 이건 어떻게 설명하실 겁니까? 범인은 기절한 당신 손에 권총을 쥐인 후 그 팔을 잡고 미치루 씨를 향해 총을 쐈다?”

“그, 글쎄요. 어쩌면 첫 번째 총알로 미치루 씨의 목을 쏴서 죽이고, 그다음 제 팔에 화약 반응을 남기려고 제 손에 권총을 쥐인 채 미치루 씨의 어깨를 쐈다든가……?”

“과연. 논리적으로 성립하기는 하겠습니다.”

안데르센의 얼굴에 두려움이 떠올랐다.

“……설마 진심으로 절 의심하는 건 아니죠? 양 씨만큼 실력 있는 변호사가.”

“소인을 너무 과대평가하지 마십시오. 지난 재판 때 소인의 능력 부족으로 의뢰인이 결국 죽음에 이른 사실을 잊지 마시길 바랍니다.”

양은 지나칠 정도로 겸손하게 말하고 의자에서 일어섰다. 면회실 문 앞으로 가서 손잡이에 손을 얹는다.

“……잠시 생각할 시간을 가지려고 합니다. 이번 사건은 도무지 길이 보이지 않네요. 뭐, 의뢰인의 말을 의심하는 변호인에게는 애초에 큰 기대를 하지 않는 게 좋을지도 모릅니다.”

“잠깐. 저기요!”

안데르센이 붙잡으려고 했지만 양은 그대로 방을 나가 버렸다.

“너무 낙담하지 마.”

배드마가 달래듯 말을 걸었다.

"저래 봬도 양 씨는 지금 착실히 사건을 조사하고 있어. 나도 조사에 협력은 할 거고, 다레카도 마찬가지야."

안데르센은 풀 죽은 채로 배드마에게 감사를 전했다.

◆

진득한 진흙이 깔린 바다 밑바닥에서 소녀의 의식은 떠돌고 있었다. 숨 쉬거나 소리를 들을 수 없고 꿈조차 꿀 수 없는 아득한 무의식 속에 소녀는 갇혀 있었다.

이따금 의식이 갑자기 각성에 가까워졌지만, 물 위로 얼굴을 내미는 순간 통증이 되살아나며 온몸이 절규했다. 숨을 내쉴 때마다 목구멍이 불타듯 뜨겁고, 그 열기는 다시 끔찍한 불길의 기억을 되새기게 했다. 눈앞에서 소중한 사람이 불길에 삼켜지는 장면, 그녀가 마지막으로 속삭인 말이 소녀의 마음을 잠식해 갔다.

이렇게 괴롭다면 다시 진흙 속에 가라앉아 있는 게 낫다. 모든 걸 잊고 잠드는 게 낫다.

"……려……? 내 목소……."

눈꺼풀은 열리지 않지만 청각은 살아 있다. 가까운 곳에서 누군가 소녀에게 말을 걸고 있다. 그러나 소녀에게는 대답할 힘이 남아 있지 않았다.

"……들려? 앨리스……."

소녀의 이름을 부르는 목소리는 따스함으로 가득했다. 들려요, 난 아직 살아 있어요. 그렇게 대답하고 싶지만 몸은 전혀 말을 듣지 않았다.

◆

사건이 일어난 지 일주일째 되는 아침.

직접 운전해서 온 오픈카 문을 열고 오페라 가스톨은 땅에 내려섰다. 소드베리 크로스역 인근 숲에 나타난 화형 법정 앞에는 늘 그렇듯 기자들이 모여 있지만 그들은 오늘따라 유독 싸늘한 눈빛으로 오페라를 맞이했다.

"오페라 심문관님. 은퇴 이야기가 돌던데 왜 다시 돌아오신 겁니까?"

"피해자가 오페라 심문관님과 매우 가까운 사이였다는 소문이 있던데, 공정한 심리가 가능하다고 보십니까?"

"지난번 재판에서 본인이 저지른 실수에 대해 반성하실 점은 없습니까?"

쏟아지는 기자들의 질문을 흘려들으며 오페라는 화형 법정의 문을 지났다. 비난은 이미 각오한 일. 어떤 악담을 들어도 이번 사건만큼은 내 손으로 매듭지어야 한다.

미치루의 원수를 갚아야 한다.

지하 깊숙한 곳, 묘지처럼 차갑고 음습한 공기가 감도는 하얀 석벽 복도를 지나자 갑자기 발소리가 달라진 게 느껴졌다. 법정에 들어선 것이다.

그곳은 오페라가 지금껏 마주한 화형 법정 중에서도 가장 어둡고 냉랭한 법정이었다.

높게 솟은 천장은 위에서 완만한 아치를 그리고 있다. 벽이 군데군데 무너졌고 구석에는 잔해가 수북이 쌓여 있다. 공간의 끝부분에는 사제가 설교할 때 쓸 법한 제단이 있고, 그 뒤에는 거대한 창문이 하얗게 빛나고 있다. 창문 앞에 있는 낡은 칠판에는 사건이 일어난 벨가드 요양원과 옆 빈집의 평면도가 분필로 그려져 있다. 미치루와 안데르센이 쓰러진 위치, 크로스패트릭 부인이 습격당한 지점까지 세밀하게 표시돼 있었다.

제단 앞에는 낡은 의자가 하나 있고 그 위에 안데르센 스타니스와프가 앉아 있다. 양옆에는 방청객용 긴 의자가 마주 보는 형태로 줄지어 있지만 몇 개는 잔해에 깔려 있는 탓에 방청객들은 불안한 얼굴로 서로 앉을 자리를 찾았다.

지금은 잊혀서 폐허가 된 교회. 이 법정을 본 사람이면 누구나 오페라와 같은 인상을 받을 것이다.

오페라는 제단에 올라가 법정 안을 둘러봤다. 교회 2층 회랑에 해당하는 곳에 같은 간격으로 창이 늘어선 게 보였다. 세어 보니 좌우로 여섯 개씩이라 배심원석인 듯했다.

칠판 평면도

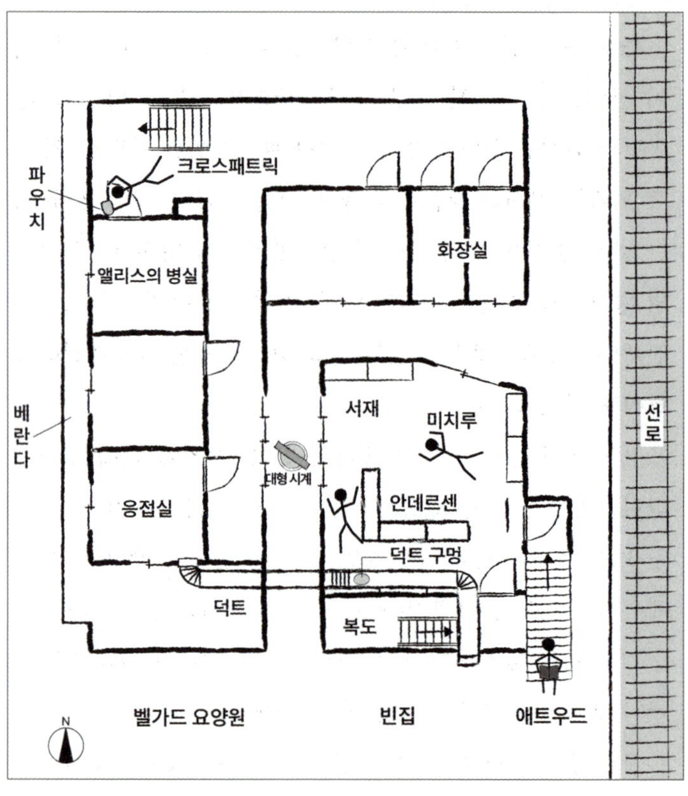
크로스패트릭
파우치
앨리스의 병실
베란다
응접실
화장실
서재
미치루
대형 시계
안데르센
덕트 구멍
덕트
복도
벨가드 요양원
빈집
애트우드
선로
N

안데르센은 초조한 기색으로 주변을 두리번거리고 있었다. 변호인이 아직 나타나지 않아서 불안해하는 것 같다. 개정까지 앞으로 5분 남았을 때 집행관이 빠르게 피고인에게 다가가 서류 가방을 건넸다. 그와 동시에 방청석 맨 앞줄에 앉아 있던 바이콘 경감이 오페라에게 말을 걸었다.

"심문관. 변호인이 아직 안 온 것 같군."

"네. 늘 그랬듯 일부러 늦게 와서 저희 페이스를 흔들려는 거겠죠."

"글쎄, 어떨까."

경감이 피고인석을 바라봤다.

"조금 전 법정 입구에서 집행관이 독양의 것으로 보이는 가방을 발견했는데 거기에 피고인에게 전해 달라는 메모가 붙어 있었다더군. '조사 자료를 줄 테니 알아서 하라. 갈 수 있으면 가겠다'라는 메모가."

오페라는 어이없다는 듯이 한숨을 쉬었다. 피고인석에서 메모를 다 읽은 안데르센이 힘없이 어깨를 늘어뜨리는 게 보였다.

일반 법정이면 모를까 화형 법정에서 피고인이 스스로를 변호한 사례는 들어본 적 없다. 상식적으로 생각하면 심문관 측에 유리하겠지만 오페라는 방심하지 않았다. 지금껏 오페라를 뒤에서 물심양면 도와주던 미치루가 이제는 없다. 피고인이 한 명이라면 심문관도 한 명. 소중한 사람을 잃은 복수로는 오히려 제격인 구도라고도 할 수 있다.

이윽고 개정 시간이 되어 오페라는 목소리를 높였다.

"신사 숙녀 여러분, 경청해 주십시오! 지금부터 피고인 안데르센 스타니스와프의 화형 법정을 시작합니다. 본 심리는 저, 오페라 가스톨 화형 심문관이 집행하오니 모쪼록 협조 부탁드립니다."

잠시 숨을 고르고 법정이 조용해진 것을 확인한 후 오페라는 안데르센을 똑바로 마주 봤다.

"피고인. 피고인은 다음과 같은 죄목으로 기소되었습니다. 지난 4월 10일 오후, 피고인은 고양이로 변신해 미리 설치해 둔 덕트를 통해 벨가드 요양원에 침입했습니다. 그곳에 있는 크로스패트릭 부인의 파우치를 훔친 후 다시 덕트를 지나 옆 빈집으로 이동, 빈집 서재에서 파우치 안에 든 권총을 꺼내 우연히 맞닥뜨린 미치루 도리노자카를 쏴 죽였습니다. 여기까지의 사실을 인정하십니까?"

안데르센은 당황한 기색으로 대답했다.

"인정하지 않는다고 하면 되나요? 죄송하지만 법정 규칙 같은 건 잘 몰라서."

"쓸데없는 말씀은 삼가 주시기 바랍니다."

오페라는 단호하게 선을 긋고 바이콘 경감에게 시선을 돌렸다.

"우선 바이콘 경감님께서 피고인을 체포한 경위를 설명해 주시겠습니까?"

이 법정에는 증인석과 단상이 없기 때문에 경감은 자리에서 일어나 피고인석과 가까운 곳에 서서 증언을 시작했다.

"우리가 피고인을 마녀라고 판단한 이유는 일단 제쳐놓고 먼저 피고인이 체포된 경위에 대해 설명하겠네. 결론만 말하자면 간단해. 범행 현장인 서재에는 피고인과 피해자만 있었다. 그게 전부일세."

경감은 시신 발견 경위를 차근차근 설명했다. 시신을 처음 발견한 고서상 직원들도 증인으로 참석했지만 경감은 그들을 부르지 않고 혼자 진술을 이어 갔다. 진술 중 작은 금색 권총을 꺼내 제단 위에 올렸다. 그 총이 화물 열차의 짐칸에서 발견된 사실을 설명하며 범인이 서재 창문에서 총을 열차 짐칸에 던지는 게 충분히 가능했다는 점도 덧붙였다.

"부상당한 피고인은 경찰 병원으로 이송됐다가 그날 중 살인 혐의로……."

그렇게 설명을 마무리하려는 찰나 안데르센이 목청껏 외치며 끼어들었다.

"네, 네! 이의 있습니다! 애초에 전 습격당한 피해자인데, 상황도 미처 파악 못 한 부상자에게 수갑부터 채우는 건 횡포 아닌가요?"

"피고인! 이의가 있으면 구체적인 논리에 기반해 말씀해 주세요! 그리고 상대측 발언은 끝까지 듣는 게 예의입니다."

안데르센은 "알겠습니다" 하고 어깨를 움츠렸다. 조금 전부터 다른 사람을 업신여기는 듯한 안데르센의 태도가 오페라는 허세에 불과하다고 생각했다.

"아무튼 경감님의 증언이 끝났다면 이제 제 차례네요. 그날 전 볼일이 있어서 그 서재에 갔습니다. 뭐라고 해야 할지, 설명하기 난처하지만⋯⋯."

안데르센은 경찰에서 한 진술을 그대로 반복했다. 어떤 마녀와 공모해 크로스패트릭 부인의 파우치를 훔칠 계획을 세웠다는 것. 마녀가 무사히 훔친 파우치를 건네받는 순간 웬 여자가 나타나 자신을 습격했다는 것. 몸싸움 끝에 머리를 부딪쳐 정신을 잃었다는 것.

오페라가 이 진술을 서면으로 읽었을 때는 마치 졸속으로 꾸며낸 이야기로만 느껴졌다. 하지만 실제 당사자의 입을 통해 들으니 왠지 그럴싸한 것도 사실이다. 안데르센이 정말 범인이라면 사전에 연기 훈련 같은 걸 받았을까. 문득 그런 의심이 머리를 스쳤지만 황급히 떨쳤다. 안데르센이 범인이라는 확신이 있기에 지금 자신이 이 자리에 서 있는 것이다.

"파우치를 훔친 것까진 인정할게요. 정당하게 판결을 내려 주신다면 죗값도 치를 생각이에요. 하지만 이것만큼은 말씀드리고 싶어요. 전 마녀가 아닙니다."

오페라는 "그런가요" 하고 싸늘하게 응수했다.

"함께 공모했다는 마녀는 지금 어디 있습니까?"

"이 도시를 잠시 떠나 있으라고 했어요. 마녀를 화형 법정에 세울 수는 없으니까요. 어쨌든 전 마녀가 아니고, 아무도 죽이지 않았어요. 대답해 주세요, 오페라 씨. 제가 기절해 있는 동안 진범이 피해자를 쏘고 고서상이 오기 전에 달아났을 가능성은 없는 건가요?"

"없습니다."

오페라는 딱 잘라 말했다. 마침 그 가능성을 부정해 줄 증인을 다음 차례로 부를 예정이었다.

"애트우드 씨, 증언을 부탁드리겠습니다."

방청석에서 일어난 사람은 일흔 정도 돼 보이는 노부인이었다. 걸음걸이에 기운이 없어 보인다. 인상은 전형적인 시골 할머니처럼 온화했다.

"애트우드 씨, 손을."

체즈니가 애트우드에게 손을 뻗었고, 두 노인이 함께 앞으로 걸어 나왔다.

"이브 애트우드라고 합니다. 소드베리 가에 살고 있습니다."

"4월 10일 오후 3시경 어디서 무엇을 하고 계셨는지 말씀해 주시겠습니까?"

"아……."

애트우드는 당황하며 옆에 있는 체즈니에게 눈짓으로 도움을 청했다. 체즈니는 애트우드의 귓가에 대고 오페라의 질문을 다시 설명했다.

"네, 죄송합니다. 제가 귀가 어두워서요. 4월 10일 말씀이시죠. 그때 전 벨가드 요양원을 방문했습니다. 오라버니께서 입원해 있어서 매주 병문안을 가거든요. 그날도 정오에 요양원에 들어가 2시 30분에 나왔습니다. 그렇죠, 선생님?"

체즈니는 고개를 끄덕이고 오페라에게 물었다.

"제가 보충 증언을 해도 될까요?"

"네, 말씀해 주시죠."

"애트우드 씨는 평소 조카가 차로 마중 나올 때까지 바깥에 있는 계단에서 책을 읽으며 기다리십니다. 저희 요양원이 협소한 탓에 대기실 같은 게 없어서요."

"바깥 계단이라는 건 이걸 말씀하시는 거겠죠?"

오페라는 칠판 쪽으로 돌아보고 빈집에 딸린 바깥 계단을 손가락으로 톡톡 두드렸다. 낡은 칠판이 덜컥거리며 흔들려서 칠판이 쓰러지지 않게 황급히 붙잡았다.

"네, 그렇습니다."

체즈니는 눈이 부신지 눈을 가늘게 뜨고 고개를 끄덕였다.

"계단에 앉아 있는 동안 혹시 이분이 계단을 올라가는 걸 보셨습니까?"

오페라는 커다랗게 인화한 미치루의 얼굴 사진을 내밀었다. 체즈니가 애트우드의 귓가에 대고 질문을 다시 전하자 애트우드는 고개를 깊숙이 끄덕였다.

"네. 뭔가 몹시 겁먹은 모습이었어요."

"그녀 외에 또 계단을 올라간 사람이 있습니까?"

"아, 그게."

애트우드가 천천히 고개를 기울였다.

"아마 그 뒤로 얼마 지나지 않아 남자 몇 명이 더 계단을 올라간 것 같네요. 마침 조카 차가 도착해서 그 이후에는 모르겠고요."

오페라는 고서상 직원들을 애트우드 앞에 불러 세웠다. 그러자 애트우드는 "네, 이분들이 맞아요" 하고 즉시 그들을 알아봤다.

"미치루 씨와 이분들 외에는 계단을 올라간 사람이 없다는 말씀이군요. 집에 들어간 사람도, 나간 사람도."

"네."

애트우드는 자신만만하게 단언했다. 귀가 어두워 총소리는 듣지 못했다고 했지만 그 밖의 다른 것들은 똑똑하게 기억하는 듯했다.

"감사합니다. 이것으로 명확해졌네요. 피고인 외에 피해자를 쏜 다른 사람이 있었다고 해도 그는 현장에서 빠져나갈 수 없었습니다. 바이콘 경감님, 확인차 여쭙겠습니다만, 이 바깥 계단 외에 서재에서 나갈 다른 경로가 있습니까?"

"없네. 복도로 이어지는 남쪽 문은 잠겨 있었고 열쇠 구멍이 녹슨 걸 보면 적어도 수년은 여닫히지 않은 듯 보였지.

창문도 전부 쇠창살로 막혀 있어서 출입이 불가능했어."

오페라는 만족한 듯 미소 지으며 안데르센을 돌아봤다.

"증인에게 반대 신문을 하시겠습니까?"

"……네?"

뭔가 골똘히 고민 중이던 안데르센은 고개를 들고 "아, 네" 하고 건성으로 대답했다.

"생각해 봤는데 이렇게까지 정황 증거가 철저하게 갖춰진 걸 보니 범인은 처음부터 저에게 죄를 덮어씌울 계획으로 행동한 게 확실하네요."

"피고인의 파우치 절도 계획을 완벽히 꿰뚫어 보고 그걸 원하는 대로 이용했다는 말인가요? 계획을 그리 쉽게 간파당하시다니, 그야말로 허술한 도둑이시군요."

그러자 안데르센은 혀를 쯧 찼다.

"진지하게 들어주세요. 저와 공범인 마녀가 나눈 대화를 엿들었거나, 아니면 제가 덕트를 설치하는 모습을 보고 계획을 예측했을 수도 있죠. 그런 건 얼마든 설명 가능해요. 설명할 수 없는 건, 살인범이 대체 어디로 사라졌느냐는 거예요."

안데르센은 애트우드에게 시선을 향했다.

"애트우드 씨라고 하셨죠? 시신이 발견될 때까지 정말 그 밖에 아무도 계단을 오르거나 내려가지 않았던 건가요?"

"네, 맞아요."

"흠……. 그럼 범인은 역시 마녀일까요? 빗자루를 타고 도망친 건 아무리 그래도 아니겠죠. 그때는 대낮이기도 했으니. 애트우드 씨, 혹시 애트우드 씨 옆으로 고양이가 지나가지는 않았나요?"

체즈니의 귓속말을 듣고 애트우드는 눈을 동그랗게 떴다.

"아뇨. 그렇게 책에 집중한 것도 아니어서 고양이가 지나가면 눈치채지 못했을 리 없어요."

"그럼 계단 틈새 같은 곳에서 골목으로 도망쳤다거나."

"그럴 리 없네."

바이콘 경감이 끼어들었다.

"바깥 계단은 철망으로 덮여 있어서 고양이가 지나갈 틈새 같은 건 없었어. 즉, 당신 말대로 진범이 고양이로 변신했다고 해도 계단을 통해 밖으로 나가는 건 불가능했다는 말이다. 그러니 아마 도망쳤다면 덕트 출구를 통해 골목으로 도망쳤겠지."

"어……."

순식간에 안데르센의 얼굴이 창백해졌다.

"그, 그럼 진범은 대체 어디로 사라졌다는 말인가요?"

"그러니까, 진범은 애초에 존재하지도 않……."

오페라는 하려던 말을 중간에 끊고 집어삼켰다.

안데르센은 의자 위에서 허리를 숙이고 골똘히 생각에 잠겨 있다. 절박한 표정을 보면 정말 온 힘을 다해 수수께끼에 맞서는 것처럼 보인다. 그녀가 무고한 사람처럼 보일 만큼.

"어떻게 된 거지……?"

귓가에 간신히 닿을 정도의 낮은 속삭임이 안데르센의 입에서 새어 나왔다.

그 후 한동안 폐교회에 폐교회다운 정적이 감돌았다.

"이제 충분하십니까?"

오페라가 물어도 안데르센은 고개를 들지 않았다. 의아하지만 일단 다음 증인을 부르기로 했다. 우람한 체격의 거한이 방청석에서 일어나 피고인석 옆으로 나왔다.

"마이클 해벅이라고 합니다. '데일리 배너' 지 수석 기자를 맡고 있습니다."

특유의 걸걸한 목소리로 소개를 마친 해벅은 요양원에서 일어난 크로스패트릭 부인 습격 사건에 대해 증언했다.

뒤이어 오페라는 크로스패트릭 부인에게도 증언을 요청했다. 제단 앞에 선 부인은 겁에 질린 듯 몸을 덜덜 떨며 증언했다.

"금빛 권총을 본 순간 머릿속이 새하애졌어요. 며칠 전 도둑맞은 권총이 왜 파우치에 들어 있는지 이해할 수 없었거든요. 게다가 총에는 메모도 한 장 붙어 있었어요. '권총을 소지하고 있다는 걸 들키고 싶지 않으면 2시 58분에 혼자 요양원 1층으로 와라'라는 메모가."

부인은 메모가 시키는 대로 혼자 복도로 나가 계단으로

향하던 중 복도 선반 뒤에 숨어 있던 누군가에게 습격당했다고 했다.

이 습격 사건에 대해서는 오페라도 아직 의문을 풀지 못하고 있었다. 굳이 시간까지 정해 부인을 혼자 남긴 후 요양원 안에서 습격한 걸 보면 단순한 폭행범이라고 할 수 없을 것이다. 그 결과 부인은 파우치를 떨어뜨렸고, 그걸 고양이가 훔쳐 갔다. 그렇다면 이 역시 안데르센의 계획의 일부였던 걸까.

그러나 부인이 습격당했을 때 안데르센은 빈집 서재에 있었다. 미치루 외에는 아무도 서재에 드나들지 않았으니 그건 틀림없다. 그렇다면 공범이 있는 걸까. 하지만 이 모든 일을 벌여 놓고 단지 파우치를 훔쳤을 뿐이라는 것도 좀처럼 납득이 가지 않는다. 권총의 존재를 알고 있었다면 그냥 부인을 협박하는 게 훨씬 더 돈이 될 것이다.

"부인 습격 사건은 이번 일과 무관한 것으로 사료됩니다."

오페라는 일부러 단호히 말했다. 사소한 의문에 얽매였다가는 재판이 앞으로 나아가지 못한다.

"자, 하던 이야기를 계속하겠습니다. 여러분, 고양이로 변신할 수 있는 자만이 흉기를 손에 넣을 수 있었다는 점에서 이번 사건의 범인, 즉 안데르센 스타니스와프는 마녀라는 결론이 나옵니다. 피고인, 반론 있습니까?"

안데르센은 바로 대답하지 않고 처음 받은 가방에서 서류를 꺼내더니 페이지를 휙휙 넘겼다. 그중 한 장에서 손을 멈추고 "좋아" 하고 고개를 들었다.

"역시 반론 하나 정도는 있을 거라고 기대했어요. 자, 그럼 반대 신문을 시작해 볼까요."

안데르센은 의자에 앉은 채로 해벽을 향해 몸을 돌리고 가볍게 헛기침을 했다.

"고양이가 부인의 파우치를 훔친 시간이 몇 시였나요?"

"3시 9분입니다. 경감님, 해당 사진을."

경감은 고양이가 파우치를 입에 물고 있는 사진을 제시했다. 창밖으로 보이는 대형 시계는 원래는 소드베리 크로스역에 있던 것이라고 경감은 덧붙였다.

"그럼 범행 시각은 3시 9분 이후라는 이야기가 말이 되겠네요. 권총을 옮기는 시간까지 감안하면 10분 이후라고 봐도 무방할 듯합니다. 그런데 이 권총을 실어 간 화물 열차는 3시 5분경에 소드베리 크로스역을 통과했다죠? 경감님, 이건 사실인가요?"

경감은 오페라의 얼굴을 흘끗 보고 고개를 끄덕였다.

"시간표에 따르면 맞네."

"좋습니다."

안데르센은 의기양양한 표정으로 손가락을 딱 튕겼다.

"그럼 이상하지 않나요? 오페라 씨. 제가 3시 10분에 미치루에게 발사한 권총을 그보다 5분 전에 집 앞을 지나간 열차에 어떻게 던져 넣을 수 있었을까요? 아, 제 주장에도 같은 문제가 생긴다고는 말씀하지 말아 주세요. 전 그때 기절해 있어서 서재에서 무슨 일이 일어났는지 알 도리가 없었으니까요."

안데르센은 가슴을 활짝 펴고 말했지만 오페라는 눈 하나 깜짝하지 않았다.

"시간이 어긋난다는 건 저도 알고 있습니다. 그럼 해벅 씨에게 다시 묻겠습니다만, 현장에는 그 대형 시계 외에는 시간을 확인할 방법이 없었다고 하셨죠?"

해벅은 고개를 끄덕이고 당시 응접실 시계가 멈춰 있었고, 자신이 늘 들고 다니는 회중시계도 잃어버린 상태였다고 증언했다.

"그렇다면 이 사진 속 대형 시계의 시간이 5분 정도 빨라 실제 파우치를 빼앗긴 시간이 3시 4분이었다면 아무런 모순이 생기지 않습니다. 게다가 이 대형 시계는 사건 이후 쓰러져 고장 나는 바람에 그때 시간이 확실히 맞았는지 이제는 확인할 방법도 없습니다. 그것은 즉, 살해 시각을 3시 10분 이후로 단정하는 게 성급하다는 뜻이기도 합니다."

방청석에 의혹 섞인 술렁거림이 퍼져 갔다. 심문관의 주장에 별로 힘이 실리지 않는 것을 느끼고 안데르센이 한층 기세를 높였다.

"그건 말이 안 되는데요, 오페라 씨. 역에 있는 시계라면 세상에서 가장 정확해야 하지 않겠어요?”

“일반적으로는 그렇죠. 그러니 지금 이 자리에 이 시계에 대해 가장 잘 아실 만한 분을 모셨습니다. 자일 바이슨 씨, 증언해 주시겠습니까?”

그러자 건장한 체격의 젊은 남자가 자리에서 일어나 또박또박하게 자기 이름을 말했다. 바이슨은 역무원 유니폼을 입고 있어서 굳이 밝히지 않아도 소드베리 크로스역의 역무원이라는 걸 알 수 있었다.

바이슨은 오페라의 요청에 따라 대형 시계가 평소 사람들의 눈에 띄지 않는 안뜰에 있었다는 것, 그래서 시간이 정확했는지 기억하는 역무원은 아무도 없다는 것을 증언했다.

“결국 저희 역 문제이니 부끄럽습니다.”

바이슨은 승강장에서 승객을 응대하는 것처럼 알아듣기 쉬운 어조로 말했다.

오페라는 뒤이어 체구가 작은 노인을 한 명 더 증인으로 불렀다.

“알렉 보일 씨. 요양원 맞은편에서 온종일 기계를 다루시는 수리공님이죠.”

보일은 간단히 자기소개를 하고 역에서 대형 시계를 인수한 경위를 설명했다.

“원래는 우리 가게에서 고철로 처분할 예정이었는데, 시계가 쓰러져 고장까지 난 후에야 경찰이 찾아와 시계를 가져가서 조사할 거라더군. 젠장, 돈 한 푼 안 주면서.”

“협조해 주셔서 감사합니다. 그래서 보일 씨, 시계의 상태는 어땠습니까?”

보일은 혀를 쯧 차고 못마땅한 기색을 보였다.

“그 시계는 수십 년 전 만들어진 물건인데, 원래는 태엽식이지만 나중에 전동으로 태엽을 감는 장치를 추가했다더군. 그래서 20여 년 전 역 리모델링 공사로 존재가 잊힌 뒤에도 계속해서 작동은 한 모양이야.”

“반대로 말하면 20여 년간 시간을 맞출 필요도 없었다는 뜻이니 시간이 어긋나 있었어도 이상할 게 없다는 뜻이 되기도 하네요.”

보일은 불만스러운 듯이 헛기침을 했다.

“정밀한 시계이긴 하지만 뭐, 그 말이 맞아. 20년에 걸쳐 5분 정도 어긋나는 건 충분히 가능하겠지.”

“혹시 보일 씨께서 그 시계를 인수한 이후 누군가 시간을 앞당기거나 늦췄을 가능성이 있을까요?”

“쓰러져서 고장 난 시계를 구석구석 살폈지만 그럴 가능성은 없어. 시간을 조정하려면 시계판 뒤를 열쇠로 열어야 하는데 연 흔적이 없었거든.”

오페라는 만면에 미소를 머금고 청중들을 둘러봤다.

“좋습니다. 그럼 마지막으로 몰도나 커티스 씨. 나와서 이야기를 들려주시겠습니까?”

그러자 낯빛이 좋지 않은 요양원 접수처 여직원이 앞으로 나와 지난번에 오페라에게 들려준 이야기를 반복해서 설명했다. 크로스패트릭 부인이 습격당한 시간은 2시 59분이지만, 2시 55분부터 접수처에 앉아 있던 몰도나는 습격범이 요양원에서 나가는 모습을 보지 못했다.

"습격범이 증인에게 들키지 않고 요양원에서 탈출했다면 그 시간은 2시 55분 이전이라는 뜻입니다. 즉, 부인 습격 시각도 2시 55분보다 이전이어야 한다는 말입니다. 이로써 여러분도 대형 시계의 시간이 어긋나 있을 가능성을 납득하셨으리라 판단합니다."

"병실 창문으로 나가면 되잖아요. 시계가 어긋나 있었다는 증거가 될 수 없어요."

"굳이 병실 문을 열고 그 안에 들어가 창문으로 도로에 뛰어내렸다는 말입니까? 한시라도 빨리 현장을 벗어나야 할 습격범이 왜 그런 번거로운 짓을 할까요?"

"접수처 직원에게 들키고 싶지 않아서……."

"2층 창문에서 도로로 뛰어내리면 더 많은 사람이 목격할 가능성이 크죠. 합리적으로 생각하면 그날 습격범은 요양원 현관으로 나갔다는 결론이 나올 수밖에 없습니다."

그때 갑자기 머리 위에서 덜컥거리는 소리가 들렸다. 올려다보니 2층 창문이 열려 있고, 그 안쪽에 지금껏 여러 번 봐서 익숙한 배심원들의 평결이 걸려 있었다.

‘안데르센 스타니스와프는 마녀’ 패널은 열두 장 중 여섯 장. 우세할 거라 기대한 오페라에게는 썩 만족스럽지 못한 결과지만, 한편으로 안데르센이 이미 벼랑 끝에 몰렸다는 뜻이기도 하다. 아니나 다를까 안데르센은 심각한 얼굴로 뭔가를 열심히 궁리하고 있었다.

잠시 후 안데르센이 무겁게 입을 열었다.

“……있잖아요, 오페라 씨.”

“심문관이라고 부르세요.”

“이상한 질문 하나 해도 될까요?”

“반대 신문이라면 원하는 대로 하셔도 됩니다.”

그러나 안데르센은 증인 쪽을 쳐다보지도 않았다.

“증인 말고 심문관님께 묻고 싶어서요. 심문관님은 피해자에 대해 잘 아시죠? 옆에서 시중을 들던 수행원이었으니.”

“그야 뭐.”

“혹시 미치루 씨가 최근 심각하게 고민에 빠져 있는 모습 같은 건 못 보셨나요?”

오페라는 눈살을 찌푸렸다. 질문의 의미를 짐작할 수 없었다.

“그 질문에 어떤 의미가 있는지는 모르겠지만, 그런 일은 전혀 없었다고 답하겠습니다.”

“음, 그런가요……. 그래도 그렇게 생각할 수밖에 없어서…….”

"조금 더 명확하게 말씀해 주시겠습니까?"

그러자 안데르센은 오페라의 눈을 똑바로 보며 "그러니까 말이죠" 하고 말을 이었다.

"사실은 미치루 씨가 자살한 게 아니냐는 말이에요."

"뭐…… 뭐라고요?"

기가 막힌 듯이 대꾸한 사람은 오페라뿐이고, 방청석에서는 안데르센의 말을 완전히 터무니없는 주장으로 받아들였는지 이렇다 할 반응을 보이지 않았다.

"아니, 진지하게 들어주세요. 계속 고민했거든요. 뭔가 이상하다고. 절 습격한 여자가 정말 미치루 씨를 죽인 범인이라면 범행 후에 서재에서 사라져야 하잖아요. 그런데 그 여자는 설령 고양이로 변신했다더라도 덕트가 막혀 있어서 서재에서 나갈 수 없었어요. 그럼 애초에 살인범 같은 것도 없었다고 볼 수밖에 없죠. 즉, 절 습격한 여자는 사실 미치루 씨였고, 그녀는 자신의 목을 쏴서 스스로 목숨을 끊었다……. 그런 결론만 나와요."

안데르센은 오페라를 지그시 응시하며 말을 이었다.

"심문관님. 제발 딱 한 번만 심리를 떠나 진지하게 다시 생각해 주세요. 미치루 씨가 모종의 이유로 마녀를 진심으로 원망하거나 증오했을 가능성은 없을까요?"

순간 오페라의 마음이 덜컥 흔들렸다. 법률 사무소에서 마지막으로 미치루를 만났을 때, 미치루는 자신이 살아 온 배경을 설명하고 마녀재판에 대한 자신의 생각을 오페라에게 밝혔다.

"무…… 무슨 말씀을 하시는 거죠? 미치루 씨가 왜 마녀를 원망한다는 겁니까?"

"뻔하죠. 최근에 제가 마녀가 아니냐는 소문이 마을에 퍼져 있었어요. 어디를 가든 손가락질을 받았다고요. 그런 저와 같은 장소에서 미치루 씨가 목숨을 끊을 이유가 있다면 그건 바로 지금과 같은 상황, 즉 저를 화형으로 몰아넣겠다는 이유 말고는 없지 않을까요? 이 사건의 본질은 미치루 씨의 목숨을 건 마녀사냥이었던 거예요."

오페라의 이성은 그 말을 터무니없는 궤변이라고 즉시 단정했다. 하지만 안데르센의 진지한 표정과 목소리 때문인지 청중들 사이에서는 '혹시' 하고 의심하는 듯한 분위기가 만들어지고 있었다.

정말 그런 일이 있을 수 있을까. 누구보다 마녀를 증오한 미치루가 마녀 한 명을 화형시키려고 스스로 목숨을…….

"현혹되지 말게."

그때 옆에서 바이콘 경감이 단호히 말했다.

"안데르센의 주장은 성립되지 않아. 왜냐하면 미치루 씨가 사망한 이후 누군가 금색 권총을 열차에 던져 넣었어야 하니까. 안데르센, 자네는 지금 총으로 스스로 목을 쏴서 죽은 미치루 씨가 그런 묘기를 부렸다는 건가? 미치루 씨는 당시 거의 즉사한 것으로 추정되고 시신이 방 한가운데에 있었는데?"

순식간에 안데르센은 말문이 막혔다.

"그건…… 그러네요."

평정심을 되찾은 오페라는 손수건을 꺼내 이마에 난 땀을 훔쳤다. 생각해 보면 당연한 일이다. 설령 미치루가 마녀를 증오했더라도 스스로 목숨을 끊고 무고한 마녀에게 죄를 덮어씌웠다는 건 터무니없다.

하지만 달리 말하면 그렇게 주장할 수밖에 없을 만큼 안데르센이 현재 궁지에 몰려 있다는 뜻이기도 하다. 오페라는 방심해서는 안 된다며 마음을 다잡았다.

"심문관. 사실 나도 한 가지 증언하고 싶은 게 있네만."

흐름을 끊는 것처럼 바이콘 경감이 손을 들었다.

"뭐죠?"

"보일 씨에게 묻고 싶군. 그 대형 시계의 시간이 불과 한 달 사이에 5분 어긋날 가능성이 있을까?"

"아니. 고작 한 달로는 어긋나 봐야 몇 초 수준일걸."

왜소한 보일 영감이 바보 취급하는 듯한 눈빛으로 키 큰 경감을 올려다봤다.

"그렇다면 한 달 전 대형 시계의 시간이 빨랐다는 것만 증명되면 사건 당일에도 빨랐다는 뜻이 돼 심문관의 주장에 하자가 없어지겠군."

"네? 한 달 전이요?"

경감은 침착하게 가방을 열어 서류를 찾았다.

"여기는 없나. 아, 그러고 보니……. 심문관, 전에 자네한테 열차 폭파 사건의 수사 자료를 넘겨준 거, 지금도 가지고 있나?"

"아, 그거……. 근데 그게 지금 사건과 관련이 있나요?"

오페라가 제단에 서류를 펼쳐 놓고 자료를 찾는 동안 경감은 증언을 이어 갔다.

"3월 3일 저녁에 슈노가 탔던 열차가 폭파된 사건은 다들 알고 있겠지. 열차는 소드베리 크로스역에 정차했고 그곳에서 수사가 진행돼 나를 비롯한 시 경찰 인원이 역에 모였네. 우리는 역 화물실을 수사 거점으로 삼고 승무원과 승객 인원수 확인, 폭발물 잔해 수거, 그리고 범인인 롤랑 블룸 취조 등을 진행했어."

"화물실이라면…… 혹시 창문으로 안뜰에 있는 대형 시계가 보였다는 그곳 말인가요?"

"혹시가 아니라 거기가 맞아. 그때 롤랑 블룸이 입을 걸어 잠그는 바람에 취조가 장시간 이어졌지. 그러다 문득 자리에서 일어나 창문으로 다가가 안뜰을 내다봤네. 어둠 속에 우뚝 선 대형 시계가 눈에 들어왔거든. 그때 시계판은 밤 9시를 가리키고 있었지. 속으로 '벌써 이런 시간인가?' 하고 놀라는 순간 창문 바로 밖에서 뭔가 커다란 게 떨어졌고."

"커다란 거?"

"역 외벽을 보수하려고 설치한 통로의 발판이 부식되는 바람에 어떤 계기로 떨어진 거야. 폭파 사건과 관련 있다고 생각하지는 않지만 조서에는 기록해 뒀을걸."

"있습니다!"

오페라는 서류 더미에서 열차 폭파 사건 조서를 집어 들었다.

"'오후 9시 정각, 역 안뜰 쪽에서 발판이 붕괴. 폭파 사건과 연관성은 낮아 보임'이라고 메모돼 있네요."

"그래, 맞네."

방청석으로 몸을 돌린 경감이 자리에 앉은 젊은 역무원을 봤다.

"증인. 바이슨 군이라고 했나? 3월 3일 밤 안뜰 쪽 통로 발판이 추락한 걸 기억하나?"

"네."

바이슨은 지체 없이 대답했다.

"큰 사고로 이어지지 않아 다행이었죠. 다음 날 아침에 업체 사람이 와서 조사했는데, 발판을 지탱하는 기둥이 심하게 부식돼 자연적으로 무너진 것으로 결론 났습니다."

"무너진 시간은 기억하나?"

그러자 바이슨은 "아뇨, 그게……" 하고 처음으로 말을 더듬었다.

"전 그때 승강장에서 사고 열차 승객분들을 안내하느라 발판이 떨어진 걸 알아차리지 못했습니다. 나중에 그 이야기를 듣고 '아, 그러고 보니 뭔가 큰 소리가 났었지'라고 생각하긴 했지만 정확한 시간까지 기억하지는 못합니다."

"만약 그 발판이 떨어진 소리가 승강장까지 들렸다면 정확한 시간을 기억하는 분도 계실 수도 있겠네요. 지금 당장 역에 연락해서 확인할 수 있을까요?"

"알겠습니다."

바이슨은 경례라도 할 것처럼 허리를 꼿꼿이 세우고 말했다.

경감의 지시를 받은 부하 경찰이 벽에 달린 외부 연락용 전화기 앞에 가서 통화하는 모습을 오페라는 기대에 찬 눈빛으로 바라봤다.

"글쎄요. 과연."

그때 안데르센이 분위기에 찬물을 끼얹듯 말했다.

"대략 9시쯤이었다고 증언하는 사람은 나올 수 있겠지만, 오페라 씨가 원하는 건 정확히 몇 시 몇 분이라는 증언 아닌가요? 한 달 전 일을 그렇게 자세히 기억할 사람이 정말 있을까요?"

"역무원분들은 늘 시간을 의식하며 일하기 때문에 기대해도 될 것 같습니다."

입으로는 그렇게 말했지만 사실 오페라도 그리 기대하지

않았다. 그래도 조사할 가치는 있을 거라고 믿었다.

"실례지만 한 말씀 올려도 될까요?"

바이슨이 예의 바르게 손을 들었다.

"네. 왜 그러시죠? 바이슨 씨."

"지금 심문관님께서는 그 시계가 5분 빨랐다고 생각하시는 거죠? 시계가 9시를 가리켰을 때 발판이 무너졌다면 실제로는 8시 55분에 무너진 거라고."

"네, 그렇습니다."

바이슨은 "흐음" 하고 팔짱을 꼈다.

"주제넘은 말일 수도 있지만, 그건 아닐 겁니다."

"네?"

"조금 전에도 말씀드렸지만 전 그 시간에 승강장에 있었습니다. 위에서 허가가 떨어질 때까지 승객들을 승강장에 묶어 두라는 경찰 쪽 지시가 있었거든요. 그러던 중 승강장 창밖에 젊은 여성 승객분들이 서 계신 것을 발견하고 다가가 말을 걸었던 게 기억납니다. 그중 한 승객분이 '계속 기다리느라 심심했다. 그냥 조금 둘러보려고 했다'라고 하시더군요."

오페라는 속으로 '말 안 듣는 승객들이군' 하고 생각했다.

"저희 역 승강장 남쪽 벽은 그 대형 시계가 있는 안뜰에 면해 있습니다. 안뜰을 기준으로 하면 승강장은 3층 높이에 있어 대형 시계가 보이지 않죠. 안뜰 쪽으로 무너진 통로 발판이라는 건 그 승객분들이 서 계셨던, 남쪽 벽 바깥에 설치된 유지 보수용 통로의 발판이었습니다. 그런데 그 승객분들과 대화하는 사이 승강장에 오후 9시를 알리는 종소리가 울렸습니다. 그러자 승객께서 '벌써 9시잖아. 이제 그만 집에 보내 줘'라고 불평하셨기에 똑똑히 기억하고 있습니다."

오페라는 고개를 돌려 역의 구조도를 살폈다. 바이슨의 지금 증언은 한마디로.

"그 승객이 9시에 발판 위에 서 있었으니 8시 55분에 발판이 무너졌을 리는 없다는 말씀인가요?"

바이슨은 "그럴 가능성도 있지 않을까요" 하고 에둘러 말했다.

"음……. 오후 9시를 알리는 종소리가 확실했습니까?"

"네. 그 종은 열차 발착 신호에 쓰이기 때문에 매일 시간을 정확히 맞추고 있습니다."

"흐음……. 그 여자 승객들은 어떤 분들이었습니까? 아니, 애초에 승객은 맞았나요?"

"총 네 분이었습니다. 저와 두어 마디 나눈 후 종종걸음으로 승강장 끝으로 돌아가 역무원용 울타리문을 넘어 승강장에 돌아오셨죠. 그 뒤로는 다른 승객분들과 합류해 경찰의 지시에 따르셨던 것 같습니다."

사소한 것까지 잘 기억하는 역무원이다. 그런 건 잊어버려도 될 텐데. 오페라는 조금 전 역무원들의 기억에 의지하려한 것을 잊고 그렇게 생각했다.

"보세요."

안데르센이 그럴 줄 알았다는 듯이 히죽거렸다.

"이걸로 명확해졌네요. 시계 시간이 어긋나지 않았다는 게."

"그, 그건 그렇지만 어긋나지 않았어도 이상합니다. 9시에 발판이 무너졌는데 9시에 발판 위에 승객이 있었다. 이것도 이상하잖습니까."

"글쎄요. 승객 네 분이 부주의하게 발판 위를 걸었으니 노후한 발판이 무너져 내렸다. 그렇게 생각하면 앞뒤가 맞죠."

어느새 청중석에 납득하는 듯한 분위기가 흘렀다. 오페라는 제단에 두 손을 짚고 고개를 숙인 채 생각에 잠겼다.

어디서 잘못됐을까. 왜 내가 제시한 증거 때문에 내가 궁지에 몰리고 있는 걸까.

법정이 동굴 안처럼 추운데도 오페라의 이마에 땀이 맺혔다. 심장이 격렬히 뛰었고 숨이 가빴다.

겨우 5분의 시간 차가 안데르센을 지켜 주는 건 단순한 우연일까. 아니면 누군가가 의도한 걸까. 아니, 변호인인 독양은 아직 모습을 드러내지 않았고, 피고인은 제대로 된 가설도 세우지 못하고 있다. 지금 내가 맞닥뜨린 막다른 골목은 우연의 산물이니 차분히 되짚다 보면 반드시 벗어날 수 있을 것이다.

"으으…… 응?"

그때 문득 열차 폭파 사건 수사 자료에 적힌 한 문장이 눈에 들어왔다.

—실행범 롤랑 블룸은 경비원으로 위장해 마지막 객차에 폭발물을 설치했다.

—폭발 몇 분 전, 마지막 객차로 들어가는 세 명의 소녀가 목격됐다. 10대 중반 정도로 보였고 교복 차림이었다.

—폭발 직전, 젊고 아름다운 여자 한 명이 마지막 객차 쪽으로 달려갔다.

오페라의 머릿속에서 흩어진 단서가 하나의 선으로 이어지기 시작했다.

교복 차림의 소녀들. 젊고 아름다운 여자. 그리고 승강장에서 목격된 기묘한 장면…….

"……앗!"

강렬한 번뜩임이 기이한 소리가 되어 터져 나왔다. 예상보다 큰 외침 때문에 방청석이 순식간에 조용해졌다.

"……바이슨 씨."

오페라는 미끄러지듯 증인을 향해 몸을 돌렸다.

"혹시 바이슨 씨는 그 승객분들의 이름을 알고 계시지 않습니까?"

그러자 바이슨은 화들짝 놀라는 동시에 감탄하는 듯했다.

"맞습니다. 손님분들에 대해 함부로 떠벌리는 건 삼가야 할 것 같아 일부러 언급 안 했는데, 어떻게 아셨습니까?"

"그랬으면 좋겠다고 기대하고 여쭸을 뿐입니다. 혹시 그 네 명의 이름이 다레카 드 발자크, 배드마 스탠달, 앨리스 카슨, 그리고 액턴 벨 컬러입니까?"

순간 방청석이 경탄하는 신음과 함께 웅성거리기 시작했다.

"네. 나중에 신문을 읽고 깜짝 놀랐습니다. 그때 제가 말을 건 승객분들이 마녀라고 소문난 소녀들이었구나 하고요."

"오죽 놀라셨을까요. 하지만 그건 전부 필연이었습니다."

오페라는 먼저 폭파범이 마지막 객차로 들어가는 소녀들을 목격했다는 사실을 간략하게 설명했다.

"전 이렇게 생각했습니다. 3월 3일 저녁 무렵에 슈노 씨가 탄 열차에 다레카 양을 비롯한 마녀 네 명도 함께 있었던 게 아닌가 하고요. 소녀들은 유명 마녀인 슈노에게 흥미를 느껴 직접 만나러 갔겠죠. 슈노는 네 사람을 선뜻 마지막 객차에 맞았고, 그곳에서 폭발이 일어났습니다. 그리고 폭발 순간에 다섯 명은 빗자루를 타고 하늘을 날아올라 위기를 모면했고요. 그러나 슈노 씨는 몰라도 마녀라는 사실을 숨기고 있는 소녀들은 하늘을 날아 열차로 돌아갈 수는 없었습니다. 그대로 집에 돌아가기도 꺼려졌을 겁니다. 분명 경찰이 폭파 사건을 수사하며 승객 한 명 한 명의 안위를 확인할 테니까요. 그래서 네 명의 마녀들은 슈노 씨와 헤어진 뒤 다음 정차 역까지 빗자루를 타고 가서 그곳에서 승객 속에 섞여 들기로 한 겁니다."

안데르센은 말없이 오페라의 추리를 들었지만, 문득 뭔가를 떠올린 듯 얼굴이 굳어졌다.

"아앗. 설마……!"

"네. 아무리 다레카 양처럼 평소 행실에 문제가 있어도 아무 이유도 없이 승강장 외벽 통로로 나가지는 않겠죠. 바이슨 씨가 그 네 사람을 봤을 때 그들은 창문으로 승강장을 살피며 자연스럽게 합류할 기회를 엿보고 있었을 겁니다. 앞서 말씀드렸듯 그녀들은 빗자루를 타고 역까지 날아왔습니다. 발판이 무너져 있었다고 해도 빗자루 덕분에 공중에 떠 있었다면 역무원님과 대화하는 것 정도야 어렵지 않았겠죠."

"말도 안 돼……. 저기요, 역무원 씨."

안데르센이 바이슨을 불렀다.

"그때 창문 너머로 대화를 주고받을 때 그 사람들이 빗자루를 타고 허공에 떠 있었다는 게 말이 돼요? 그럴 리 없죠?"

다짜고짜 동의를 구하지만 고지식해 보이는 역무원은 쉽사리 고개를 끄덕이지 않았다.

"글쎄요. 그 창문이 그리 큰 건 아니어서 그분들의 발밑까지 보이지는 않았습니다. 게다가 사실대로 말씀드리면 조금 이상하다고는 생각했습니다. 대화 내내 그분들, 특히 앨리스 양과 다레카 양의 몸이 흔들리고 있었거든요. 마치 줄타기하듯 균형을 잡으며 서 있는 것처럼 보였다고 할까요."

"그들이 공중에 떠 있었다고 해도 납득할 수 있다. 그렇게 해석해도 되겠습니까? 바이슨 씨.”

“네. 그 네 분이 전부 마녀였다면 아예 터무니없는 이야기
는 아니라고 봅니다.”

안데르센은 더 이상 추궁하지 않았지만 동요한 기색이 역
력했다.

그때 머리 위에서 또다시 덜그럭거리는 소리가 났다. 고
개를 들자 패널 열두 개 중 하나의 패널이 바뀌어 ‘안데르센
은 마녀’ 문구가 늘었다. 이토록 논리적으로 설명해도 결국
늘어난 패널 수는 한 장. 가정에 가정을 쌓아 간 입증으로는
역시 압도할 수 없다는 뜻일까.

그래도 아직 우세한 것만은 틀림없다.

오페라가 목표에 한 걸음 다가섰다는 실감을 되새기고 있
을 때.

“엥? 잠깐. 대체 무슨 말씀을 하시는 거예요?”

쾌활하면서도 새된 목소리가 법정 안에 울려 퍼지며 한
여자가 가벼운 걸음걸이로 방청석에서 빠르게 뛰어왔다. 그
녀의 얼굴을 보고 오페라를 비롯한 여러 사람이 깜짝 놀라
신음했다. 그렇게 주목을 한 몸에 받은 그녀는 선명한 금발
을 흩날리며 깔깔 웃었다.

“여러분, 설마 지금 저 이야기를 정말 믿으시는 건가요?
그럴 리 없잖아요! 제가 창밖에 떠 있었다니!”

“배드마 스탠달……?”

오페라가 이름을 부르자 배드마는 장난스럽게 윙크로 화답했다.

◆

재판을 앞둔 고요한 저녁.

배드마는 검은 후드로 얼굴을 가리고 벨가드 요양원 2층 베란다에 숨어 있었다. 병실 안에 손님이 없는 걸 확인하고 창문을 열었다. 창문은 배드마가 전에 자물쇠를 몰래 부숴둔 덕에 쉽게 드나들 수 있었다.

그러나 병실에 발을 들이자마자 병실 문이 덜컥 열렸다. 문을 연 소녀와 배드마의 눈이 마주쳤고 소녀는 "으악!" 하고 그 자리에서 펄쩍 뛰었다.

"……뭐야, 배드마였네."

문을 연 다레카는 가슴을 쓸어내리며 안도의 한숨을 내쉬었다.

두 마녀는 침대 앞에 나란히 앉았다.

"차도가 좀 있다고 해서 와 봤는데……."

다레카가 앨리스의 얼굴을 들여다봤지만 이렇다 할 조짐은 찾아볼 수 없었다.

"……다레카. 너, 안데르센 재판에 나갈 거야?"

다레카는 "응?" 하고 입을 벌리고 배드마를 봤다.

"왜? 내가 그 사람을 도와야 할 이유는 없고, 그걸 떠나 일반 방청객 추첨도 이미 끝났잖아."

"추첨에 뽑힌 신문 기자에게 '협력'을 부탁하면 어떻게든 될 거야."

다레카는 미심쩍어하는 표정을 지었다.

"뭐, 너라면 가능할지도 모르지만 왜 그렇게까지 해야 해? 그냥 양 씨한테 맡기면 되는 거 아니야?"

배드마는 입을 다문 채 의자에서 일어섰다. 다레카에게 등을 돌리고 창가에 서서 인기척 없는 거리를 내다본다. 다레카의 말이 틀린 건 아니다. 아니, 그걸 넘어 사건과 직접 관련된 자신이 법정에 들어가는 건 컬러의 비극을 돌이켜보면 무모하다고 할 수 있다. 게다가 자신이 있어 봐야 심리에 이렇다 할 영향을 주지도 못할 것이다.

아니…… 정말 그럴까?

배드마의 마음에 죄책감 같은 감정이 서서히 늘기 시작했다. 지난 한 달간 줄곧 자신을 괴롭혀 온 감정. '정말 난 아무것도 할 수 없었을까' 하는 자책.

"응? 어라?"

돌아보니 다레카는 의자에서 허리를 숙여 침대 밑을 들여다보고 있었다.

"왜 그래?"

"아니, 여기 뭔가……."

"함부로 건드리지 마. 의료용 침대잖아. 자칫 잘못 손댔다
가 앨리스한테 안 좋을 수도 있어."

"아, 그렇지. 미안."

다레카는 고개를 들어 배드마의 얼굴을 올려다봤다.

"어쨌든 너무 심각하게 생각하지 마. 우리가 법정에 나간
다고 해서 재판 결과가 바뀌는 것도 아닐 텐데."

"글쎄."

배드마는 의미심장하게 말했다.

"내가 법정에 있었다면 네 재판 결과도 바뀌었을지 몰라."

"뭐? 에이. 그럴 리가……."

"컬러 재판 때 난 법정에서 오페라 심문관에게 줄곧 감응
마법을 걸고 있었어."

느닷없는 배드마의 고백을 듣고 다레카는 눈을 휘둥그레
떴다.

"심문관이 불리한 증거를 마주할 때마다 불안감을 증폭시
켜서 제대로 사고하지 못하게 만든 거야. 다만 대기실에 틀
어박힐 때는 방법이 없어서 결국 심문관이 진실에 다다르고
말았지만."

"그…… 그게 뭐야!"

다레카의 고함이 조용한 요양원 병실에 울려 퍼졌다.

"화형 법정에서 마법을 쓰다니, 자살 행위잖아!"

"감응은 마음의 마법이야. 내가 감응을 쓴다고 해도 아무

도 그 사실을 객관적으로 증명할 수 없어. 그러니 써도 손해 볼 건 없다는 뜻이야. 그런데도 지난번에는 난 나 자신의 안위만을 걱정해 숨어 버렸어. 그래서 한 사람이 죽었고."

다레카는 반박할 말을 찾는 듯했지만 배드마의 결의에 찬 표정을 보고 입을 다물었다.

배드마는 이미 마음을 굳힌 상태였다. 두 번 다시 비극이 되풀이되지 않게, 자신이 할 수 있는 일은 반드시 하겠다고.

◆

폐교회 법정에 나타난 배드마 스탠달은 피고인석 등받이를 여유롭게 툭툭 두드렸다.

"안녕, 피고인 씨. 지금껏 잘 버텨 줬어."

안데르센은 믿기지 않는다는 듯이 배드마를 올려다봤다.

"네가 왜 여기에? 법정에는 안 온다고……."

"그래, 맞아. 하지만 며칠 전 입원한 친구를 찾았다가 생각이 바뀌었어. 당신이 화형 법정의 불길에 휩싸이는 걸 보면 아무래도 잠자리가 뒤숭숭할 것 같더라고. 마침 아는 사람 중에 방청에 당첨된 사람이 있어서 운이 좋았지. 그런데 정말 놀랍긴 하더라. 전혀 상관도 없는 재판에서 내 이름이 나올 줄이야."

배드마는 한바탕 웃고 자신감 넘치는 눈으로 오페라를 응시했다.

"3월 3일이었던가요? 네, 똑똑히 기억하고 있어요. 그날은 로저와 다른 여자아이들과 함께 먼 도시에서 열리는 축제에 갔었죠. 그런데 돌아오는 열차에서 갑자기 폭발이 일어나 얼마나 놀랐는지요. 전 그때 마침 화장실에 있었는데, 승객들이 통로를 가득 메우는 바람에 자리에 돌아가지도 못했어요. 그리고 로저와 다시 만난 건 열차가 소드베리 크로스역에 도착하고 나서였죠. 네, 확실히 역무원님과는 창문 너머에서 몇 마디를 주고받았을지도 몰라요. 그때 전 다레카가 직원 전용 외부 통로로 가려고 하길래 말리려고 따라갔거든요. 하지만 허공에 떠 있었다는 건 말도 안 돼요."

배드마는 일부러 구두 굽 소리를 울리며 제단 쪽으로 다가갔다.

"자, 심문관님. '귀중한 증언 감사합니다'라고 하셔야죠. 아닌가요?"

"도, 돌아가십시오! 당신은 알마잭 사건 때 다레카 양의 도주를 도운 혐의가 있습니다. 이번에도 마녀를 감싸려고 거짓 증언을……."

"흥."

화려한 색상의 립스틱을 바른 배드마의 입술 끝이 도발하듯 올라갔다.

"또 누군가를 죽이고 싶으신가 보네요, 오페라 가스톨 씨."

“……네?”

“시계가 5분 빨랐다는 걸 증명만 하면 안데르센을 화형시킬 수 있겠죠. 하지만 그럴 경우 저희 넷도 다 마녀가 되는 거죠? 발판은 8시 55분에 무너졌는데 9시에 그 위에 서서 역무원과 태연히 대화할 수 있는 평범한 사람이 있을 리 없잖아요?”

그때 머리 위에서 다시 패널이 바뀌었다. ‘안데르센은 마녀’라는 일곱 장은 그대로지만 ‘배드마’, ‘다레카’, ‘앨리스’를 마녀로 판정하는 패널이 아홉 장 추가됐다.

방청석 어딘가에서 “켁” 하고 놀라는 소리가 들렸다. 귀에 익은 목소리였다.

“이런, 이런.”

배드마는 한숨을 쉬었다.

“그야말로 마녀 대잔치네요. 자, 다레카. 너도 그냥 포기하고 얼른 나와. 어차피 우리는 이 법정에서 벗어날 수 없어.”

얼마 후 방청석 맨 안쪽 어둠에서 체구가 작은 소녀가 터덜터덜 모습을 드러냈다. 배드마 옆에 나란히 서서 원망스럽게 배드마를 올려다본다.

“다레카 드 발자크…….”

“저기요, 심문관님. 이대로 가다가는 저희도 화형에 처해질 것 같은데 어떻게 좀 안 될까요? 아, 그런데 심문관님은 어차피 전과가 있죠. 역시 화형 심문관은 다르네요! 마녀를 화형에 처하기 위해서라면 상관도 없는 여자 한둘쯤은 죽여도 아무렇지 않은가 봐요. 아, 무섭다.”

오페라는 말문이 막혔다.

이 여자는 지금 자기 자신을 인질로 삼은 것이다. 오페라가 사건과 무관한 인물을 화형시키고 싶어 하지 않는 심리를 이용해서.

순간 등줄기에 오싹하는 전율이 스쳤다. 소녀가 불길에 휩싸이던 장면이 오페라의 머릿속에 생생히 재생됐다.

또다시 무관한 사람들이 화형당할 수 있다. 그런 생각이 한 번 들자 마음속에서 걷잡을 수 없이 공포가 커졌다. 그것은 마치 호러 영화를 억지로 수없이 반복해서 시청하는 듯한, 부자연스럽고 강제적인 감정이었다.

배드마는 핏기 빠진 오페라의 얼굴을 만족스러운 듯이 바라봤다. 그녀 뒤에서는 안데르센이 쓴웃음을 지으며 “아이고, 무서워라” 하고 연기하듯 몸을 부르르 떨었다.

오페라는 제단에 팔꿈치를 갖다 대고 휘청이는 몸을 지탱했다. 온몸에서 땀이 비 오듯 흐르고 숨이 가빠 왔다. 이런 상태에서는 제대로 된 사고를 할 수 있을 리…….

“증인. 이제 됐다. 방청석으로 돌아가.”

그때 바이콘 경감이 냉정하게 내뱉으며 오페라와 배드마 사이에 섰다. 배드마의 팔뚝을 붙잡고 오페라 곁에서 강제로 떼어낸다.

"자, 잠깐만요! 됐어요! 저 혼자서도 걸을 수 있어요!"

배드마가 방청석으로 사라지자 오페라의 가슴 두근거림이 조금은 가라앉았다. 속으로 경감에게 고마움을 전하며 심호흡을 반복했다.

"……증인이 무슨 말씀을 하시려는지 충분히 알겠습니다. 물론 전 피고인 외에는 그 누구도 마녀로 단죄하지 않을 것입니다."

평정심을 되찾기 위해 굳이 당연한 말을 입 밖에 꺼냈다.

그나저나 설마 배드마와 다레카가 법정에 출석할 줄이야. 안데르센 또한 그녀들의 동료인 걸까. 설령 그래도 화형당할 위험을 감수하면서까지 동료를 도울 만큼 마녀들의 유대가 굳건하다니.

아니, 잠깐. 정말 그럴까?

희미한 위화감이 오페라의 사고에 제동을 걸었다.

오페라는 배드마와 다레카를 이번 사건에 엮을 생각이 없었다. 하지만 배드마 입장에서는 확신할 수 없었을 것이다. 배드마는 충동적이고 경박한 여자를 연기하고 있지만, 실제로는 매우 지적이고 계산적인 인물이 틀림없다. 그런 그녀가 무모한 도박에 나설 리 없지 않을까.

배드마에게는 승산이 있는 것이다. 예컨대 처음부터 시계의 시간이 어긋나지 않았다는 걸 알고 있다든가…….

"처음부터 다시 생각하는 게 좋을지도 모르겠군. 시계가 정말 어긋나 있었는지를 포함해서.”

경감이 나직하게 중얼거렸다.

“그렇겠네요. 만약 시계가 정확했다면 범행 시각은 3시 10분 이후……. 경감님, 열차가 리빙스턴역에 도착한 게 3시 30분인 건 확실한가요?”

“그래. 권총이 발견된 당시 상황이 상세히 기록돼 있으니 도착 시각만큼은 틀림없네.”

“그 역에 미리 도착할 방법은 없었을까요? 피고인은 피해자를 쏘고 밖에 있는 공범에게 창문을 통해 권총을 건넸고, 그 공범이 서둘러 권총을 리빙스턴역까지 가져갔다……. 바이슨 씨, 어떻게 생각하십니까?”

“그럴 리 없습니다.”

바이슨은 단호하게 부정했다.

“리빙스턴역까지는 선로가 일직선으로 뻗어 있고 마땅한 지름길도 없습니다. 오후 3시경에는 특급 열차도 다니지 않아서 다른 열차로 따라잡는 것도 불가능할 겁니다.”

“흐음. 혹시 열차 말고 열차를 따라잡을 다른 교통수단이 있었다거나…….”

그러자 바이슨은 어이없어하는 표정을 지었다.

“그런 건 모릅니다. 차라리 화물 열차의 통과 시간이 어긋났다고 보는 게 더 현실적일지 모르겠네요. 화물 열차는 여객 열차만큼 시간을 엄격하게 지키지 않는 경우도 있으니까요.”

“네?”

“뭐라고요?”

오페라와 경감이 동시에 관심을 보였다.

“바이슨 씨, 그 말은 곧 화물 열차가 빈집 앞을 통과한 게 3시 5분보다 늦었을 수도 있다는 말일까요?”

“네. 뭐, 몇 분쯤 늦더라도 기관사가 속도를 잘만 조절하면 리빙스턴역에 도착할 때쯤 시간을 다시 만회할 수도 있었을 겁니다.”

“몇 분이나 만회할 수 있을까요? 구체적으로 말씀 부탁드립니다. 5분 정도는 어긋나도 괜찮을까요?”

오페라가 덤벼들 듯이 묻자 바이슨은 주춤하면서도 힘 있게 고개를 끄덕였다.

“그…… 그럴 겁니다. 5분 정도면 간신히 가능할지도요. 빈집 앞을 3시 10분에 지나 그 후 속도를 높였다면 3시 30분에 리빙스턴역에 도착할 수 있었을 겁니다.”

“이럴 수가. 그랬군요. 다행이네요.”

오페라는 안도의 한숨을 쉬었다. 이것으로 시간상의 모순이 해결됐다. 자신의 주장은 성립하게 됐지만 안데르센의 주장에는 여전히 모순이 남았다.

배심원의 패널이 다시 바뀌어 ‘배드마’와 ‘다레카’ 글자가 전부 사라졌다. 다레카는 안도의 숨을 내쉬며.

“대체 뭐였던 거야, 방금 건…….”

그렇게 투덜거리며 풀 죽은 채로 제자리에 돌아갔다.

그때 갑자기 법정에 종소리가 울려 퍼졌다. 맑고 청아한 음색이지만 폐교회 어디에도 종 같은 건 보이지 않았다.

"두 시간이 지났네요."

오페라는 손목시계를 보며 말했다.

법정을 휘감고 있던 열기가 차츰 식어 가는 걸 느꼈다. 이제 슬슬 휴식이 필요할 시간이다.

"좋습니다. 본 법정은 지금부터 10분간 휴정을……."

그러나 오페라의 휴정 선언은 지나치게 경쾌한 목소리 때문에 도중에 가로막혔다.

"이런! 지각이군요. 지각! 무려 두 시간이나 늦다니, 일생일대의 불찰입니다!"

방청석 뒤쪽에서 달려온 사람은 빳빳하게 풀을 먹인 연미복 차림의 남장미인이었다. 그를 보고 안데르센은 환호성을 터뜨렸고, 바이콘 경감은 이마를 짚었으며, 오페라는 씁쓸한 표정으로 얼굴을 일그러뜨렸다.

"자, 늦게나마 인사드립니다."

독양은 모자챙을 붙잡고 말했다.

"여러분, 안녕하십니까. 소인의 이름은 독양이라 하며, 이번에 안데르센 스타니스와프 양의 변호를 맡게 되…… 어라? 심문관님, 어찌 그리 이마에 핏대를 세우고 계십니까?"

"됐습니다! 변호인, 방청석 뒤쪽에서 나타난 걸 보니 처음부터 다른 사람으로 변장하고 법정 안에 숨어 있었군요!”

“흐으음.”

양은 시치미를 떼며 모자를 깊숙이 눌러썼다.

“뭐, 사실 사정이 조금 있어서 이번에는 재판의 향방을 잠시 지켜봤습니다. 하지만 이렇게 모습을 드러낸 건 모든 준비를 마쳤다는 뜻이지요. 이제 변호는 소인에게 맡겨 주십사 부탁드립니다.”

“휴정! 휴정이라고 했잖습니까! 물러나세요!”

오페라의 고함과 함께 마침내 재판이 잠시 중단됐다.

◆

법정을 나가 복도에 들어서자 공기가 한층 차갑게 식어 있었다. 심지어 복도 끝 대기실은 입김이 하얗게 피어날 만큼 냉기가 가득했다. 대기실은 법정만큼 폐허 같지는 않지만, 창문 하나 없는 음침한 공간에서 나무 탁자에 놓인 램프 불빛만이 유일하게 어둠을 밀어내고 있었다.

“으으……. 이렇게 추운 줄 알았으면 그 사람이 준 코트를 입고 오는 거였는데.”

배드마는 팔을 문지르며 나무 의자에 앉았다. 그런 그녀를 맞은편에 앉은 안데르센이 신기한 듯 바라봤다.

“……우리 앞에서도 평소 모습 그대로네. 혹시 검은 후드를 썼을 때만 인격이 바뀌는 타입인가?"

"뭐 어때. 어차피 둘 다 나고 둘 다 내가 아니야."

"원래 이런 녀석이니 신경 쓰지 마."

다레카가 옆에서 거들었다.

"뭐야, 그게."

안데르센이 가볍게 말하고 웃었지만 곧 다시 진지한 얼굴로 배드마를 똑바로 마주 봤다.

"그래서? 날 왜 도와준 거야? 난 마녀가 아니고 당신 편도 아닌데."

"뭐야, 그 태도. 그냥 고맙다고 하면 될걸."

배드마가 입을 삐죽 내밀었다.

"오페라 씨의 추리가 너무 엉뚱해서 조금 재밌더라고. 이 정도면 내가 나서도 괜찮겠다 싶었어."

"엉뚱하다고?"

"시계가 5분 빠르니 뭐니 떠들었지만, 사실 그 시계는 5분 늦었거든."

"뭐?"

배드마와 다레카는 한 달 전 사건에 대해 설명했다. 마녀 동맹이 폭발 사고 때 빗자루를 타고 열차를 쫓은 건 명백한 사실이다. 승강장 벽 바깥에서 다른 승객들과 합류할 기회를 호시탐탐 재고 있었다는 것도 오페라의 추리와 일치하지만, 그녀들이 역무원과 대화할 때 발판은 아직 무너지지 않은 상태였다.

"정확히 말하면 말이지."

다레카가 말을 이었다.

"처음에 내가 발판에 내려설 때 우지끈 소리가 나면서 발판에 금이 갔어. 그래서 깜짝 놀라 빗자루로 돌아갈 때 역무원이 말을 걸어서 빗자루에 올라탄 채로 대화한 건 사실이야. 하지만 그때 발판은 덜컹거리기는 했어도 버티고 있었어. 발판이 무너진 건 그로부터 5분 뒤, 즉 9시 5분이었던 거야."

"그리고 그때 시계는 9시를 가리키고 있었다……. 그럼 확실히 시간이 5분 늦었던 거네. 그럼 배드마가 파우치를 훔친 시간도 실제로는…… 아아, 젠장. 복잡해!"

"그 부분은 양 씨가 이미 조사해 뒀을걸."

벽에 기댄 채로 이야기를 듣던 양이 고개를 천천히 끄덕였다.

"사실관계는 대부분 파악했습니다. 그러나 지금 저희에게 중요한 건 진실이 아닙니다. 어떤 궤변을 늘어놓으며 이 재판을 헤쳐 나가느냐, 오직 그것만이 중요하죠."

"그냥 평범하게 진실을 있는 그대로 밝히면 되는 거 아니에요?"

"진실은 당신이 추측한 대로입니다. 즉, 미치루 도리노자카는 자살했습니다."

"자살이라고요?"

다레카가 놀란 것처럼 목청을 높였다.

"아까도 안데르센이 같은 말을 했지만, 자살이라면 권총을 열차에 던져 넣을 수 없었다는 경감의 주장이 설득력 있던데요? 그건 어떻게 되는 거지?"

양은 눈을 가늘게 뜨고 천천히 고개를 좌우로 흔들었다.

"속아서는 안 됩니다. 열차에 던진 금색 권총은 미치루 양의 목숨을 앗아 간 흉기가 아닙니다. 진짜 흉기는 시신 옆에 떨어져 있던 은색 권총이지요."

"말도 안 돼. 경찰은 금색 권총에서 발사된 총알이라고 했잖아요."

"네. 소인 같은 풋내기가 경찰의 수사 능력에 감히 토 달 자격은 없겠지만, 그 경찰 발표에 따르면 금색 권총은 사건 전 부인의 저택에서 도난당한 물건이라고 합니다. 절도 수법에 대한 해명은 경찰에 맡긴다고 해도 저는 그 총을 훔친 사람은 미치루 양 본인이었다고 생각합니다."

"총을 훔쳤다고요……? 대체 왜?"

"물론 스스로 목숨을 끊기 위한 준비죠. 이번 사건은 처음부터 끝까지 미치루 양이 직접 설계한 정교한 자살극입니다. 미치루 양은 먼저 금색 권총을 훔친 후 빈집 서재에서 책장을 향해 한 발을 쏴 뒀습니다. 그리고 다음으로 다시 부인의 저택에 몰래 들어가 메모를 덧붙인 권총을 파우치에 돌려놓았죠. 사건 당일 부인은 그 파우치를 요양원에 가져왔습니다. 그리고 그녀가 혼자 남은 틈을 타 복면으로 얼굴을 가린 미치루 양이 부인을 습격해 폭행하고 권총을 파우치에서 꺼냈습니다.”

“그 여자가 습격범이었다고요? 뭔가 이미지랑 다른데.”

“범인은 체구가 작은 여성이었습니다. 미치루 양이 아니라고 단정할 근거는 없습니다.”

“그럼 배드마가 파우치를 훔쳤을 때는 권총이 안에 들어 있지 않았던 거예요?”

“맞습니다. 부인 습격 역시 미치루 양이 직접 써 내려간 자살극의 한 장면이었죠. 대형 시계의 시간이 늦었으므로 부인 습격은 실제로는 3시 4분에 일어났습니다. 이후 미치루 양은 병실 창문으로 밖에 나가 사람들 눈에 띄지 않는 골목길에서 자신의 어깨를 향해 총을 쐈습니다. 강 하류에서 탄흔이 있는 쿠션이 발견됐다고 하는데, 미치루 양은 아마 그 쿠션을 어깨에 대고 총을 쐈을 겁니다. 총소리를 줄이는 동시에 총알의 위력을 떨어뜨려 맹관총상*을 남기기 위한 것이지요.”

안데르센은 양의 이야기를 재빨리 이해하고 눈을 번쩍 뜨며 말했다.

---

* 탄환이 체내를 관통하지 않고 피부에 박혀 남아 있는 총상.

"그렇구나! 미치루 씨는 자기 어깨에 총알을 박아 넣음으로써 총알만 서재에 가져온 거네요!"

"명철하십니다. 총을 쏜 직후 미치루 양은 금색 권총을 밖에서 화물 열차에 던져 넣었습니다. 열차는 3시 5분에서 10분 사이 그곳을 지났으니 충분히 가능한 일이었죠. 이후 미치루 양은 총상을 숨긴 채 애트우드 노부인 옆을 지나 서재에 들어갔습니다. 그리고 서재에서 파우치를 건네받은 당신을 덮쳐 기절시키고, 그 손에 은색 권총을 쥐인 후 발포해 화약 반응을 위장합니다. 마지막으로 그녀는 그 은색 권총으로 스스로 목을 쏴 마침내 자살을 완수했습니다. 은색 권총에서 발사된 두 발은 아마 북쪽 창문을 지나 강물로 떨어졌겠죠."

배드마는 못 미더운 것처럼 "흐음……" 하고 낮게 웅얼거렸다.

"확실히 앞뒤는 맞는 것 같은데, 왜 그렇게 번거로운 짓까지 하면서 스스로 목숨을 끊은 거죠?"

"안데르센 양이 짐작하신 대로 바로 지금과 같은 상황을 연출하기 위해서입니다. 어딘가에서 여러분의 절도 계획을 눈치채고 여러분이 마녀 범죄를 저지른 것처럼 꾸미려 한 거죠. 조금 전 '미치루 씨는 마녀를 증오하지 않았냐'라는 질문에 대한 오페라 심문관의 반응을 보면, 아무래도 그녀에게는 마녀를 증오할 만한 합당한 이유가 있었던 것으로 보입니다."

“아니, 그래도…….”

안데르센은 고개를 숙이고 구역질을 참는 것처럼 입가를 손으로 가렸다.

“아무리 증오한다고 해도 자기 목숨을 던지면서까지 마녀를 화형 법정에 세우려고 하다니……. 그건 마치 다레카를 함정에 빠뜨린…….”

안데르센이 낮게 신음하자 양은 천천히 고개를 끄덕였다.

“메이슨 부자 상회. 소인은 미치루 도리노자카 양이 바로 그 메시지를 보낸 인물이라고 봅니다.”

대기실이 정적에 휩싸였다. 안데르센은 하얀 입김을 뱉으며 골똘히 생각에 잠겼다.

“……그렇구나. 이제 어렴풋이 알겠어. 그게 정말 진실이라면 확실히 심문관 앞에서 함부로 주장할 수는 없겠네요.”

다레카가 고개를 갸웃거렸다.

“미치루가 메이슨이라고 하면 오페라 심문관이 발끈할 테니까?”

“어차피 그 사람은 믿지도 않을 테니 상관없어. 그보다 문제는 미치루 씨의 행동이 조금도 합리적이지 않다는 거야. 인간미가 전혀 없다고 해도 좋을 만큼.”

양이 두 손을 가볍게 부딪쳤다.

“옳으신 말씀입니다. 화형 법정의 배심원들은 인간 심리의 개연성도 판단 기준으로 삼습니다. 마녀를 처형할 목적으로 살인을 저지르고 스스로 목숨까지 던지는 비합리적 인간의 존재는 배심원들이 쉽사리 받아들이지 못할 가능성이 있습니다."

"하긴, 배심원이 아니라도 그런 추리를 곧이곧대로 받아들일 사람은 드물겠죠."

양은 벽에서 몸을 떼며 소매에 묻은 서리를 털어냈다.

"그러니 저희는 날조할 필요가 있습니다. 누구나 고개를 끄덕일 명확한 해석과 결코 뒤집히지 않을 물적 증거를."

◆

오페라가 대기실에서 돌아오자 휴정 중인데도 법정이 쥐 죽은 듯이 고요했다. 꼭 예배 중인 교회 같다. 실제로는 잡담할 기분도 들지 않을 만큼 교회 안이 추워서겠지만.

제단 안쪽에 바이콘 경감이 서 있었다. 경감은 조금 전까지 구석에 세워져 있던 칠판에 뭔지 모를 표를 그리고 있었다.

"경감님, 그건 뭔가요?"

오페라가 다가가서 묻자 경감은 돌아보며 분필을 받침대에 내려놨다.

"이야기가 복잡해져서 정리하려고 써 봤네."

"아, 도움이 되겠어요."

시각표

대형 시계의 시각		정확한 시각	
3/3		3/3	
21:00	역 안뜰 발판 낙하를 경감이 목격	21:00	역무원이 소녀들과 대화
4/10		4/10	
14:59	강도가 부인을 습격	14:55	커티스가 접수처로 돌아옴
15:09	고양이가 파우치를 탈취	15:05 ⟩ 10	열차가 빈집 앞을 통과
		15:30	시신 발견

경감은 갑자기 오페라의 재킷 주머니를 쳐다봤다.

"그 종이는 뭐지?"

"아, 아무것도 아니에요."

오페라는 황급히 주머니에 손을 대고 삐져나온 작은 종잇조각을 밀어 넣었다. 경감이 다시 뭔가 말을 꺼내려는 찰나.

"바이콘 경감님, 보고드립니다. 그때 시간을 정확히 기억하는 역무원은 역시 없다고 합니다."

부하 경찰이 뛰어와 보고했다. 오페라는 가슴을 쓸어내리며 주머니에서 종이를 구겨서 움켜쥐었다.

조금 전 대기실에서 쉬고 있을 때 집행관이 다가와 봉투하나를 건넸다. 오늘 아침 화형 법정 사무국에 도착한 것으로 '오페라에게 전할 것'이라고만 적혀 있었다.

봉투에서 내용물을 꺼낸 오페라는 하마터면 놀라서 비명을 지를 뻔했다. '메이슨 부자 상회'의 로고가 새겨진 편지지였다.

—친애하는 오페라 가스톨 화형 심문관님께.

메이슨에게 온 편지는 처음부터 끝까지 정중한 문체로 쓰여 있었다. 메이슨은 오페라의 복귀를 축하하고, 자신이 오페라와 같은 뜻을 가진 동지임을 강조했다.

—마녀에게 화형을 내릴 수 있게 비천한 몸이지만 힘을 보태고 싶습니다. 이에······.

이어지는 글에서 메이슨은 어떤 인물에게 증언을 확보할

것을 조언했다. 그 증언이 왜 필요한지도 구체적으로 명시돼 있었지만 오페라의 마음은 움직이지 않았다. 그걸 떠나 경찰이 지금 혈안이 돼서 쫓는 범죄자의 조언 같은 걸 순순히 받아들여서는 안 된다고 판단했다.

그렇다고 해서 이 편지를 바이콘 경감에게 보여 줄 수도 없었다. 메이슨은 범죄자지만, 마녀에게 화형을 내리겠다는 목적만큼은 자신과 같기 때문이다. 한 가지 마음에 걸리는 건 봉투에 찍힌 소인이었다. 오늘 아침 배달되도록 조치했겠지만 소인이 사건 전날로 찍혀 있었다.

메이슨은 어떻게 이렇게 일찍 사건을 예견해 조언을 보낼 수 있었을까. 그는 이 사건에 어디까지 관여했을까. 의문이 계속 꼬리를 물었지만 생각을 완벽하게 정리하기에 휴정 시간은 너무 짧았다.

재판이 재개되자마자 양은 오페라에게 발언을 요청했다.

"조금 전 논의에서 심문관님의 활약은 실로 감탄스러웠습니다. 겨우 5분의 오차를 두고 대형 시계가 빨랐다느니, 열차가 늦었다느니 진정 집요한 논증이었지요. 훌륭합니다."

평소 같으면 양의 쓸데없는 말을 제지했겠지만 오페라는 입을 열지 않았다. 배심원의 '마녀' 판정은 아직 일곱 장에 머물러 있다. 우세하다고는 하나 양의 반격 한 방에 판세가 뒤집힐 수도 있다. 다음 수를 신중하게 살필 필요가 있었다.

"하지만 그렇기에 소인은 더 가슴이 아픕니다. 제가 조금만 일찍 참여했다면 심문관님께서 공연히 고생하실 일도 없었을 테니까요."

"그 말씀은 변호인은 지금 즉시 피고인이 마녀가 아니라는 것을 증명할 수 있다는 뜻인가요?"

"아닙니다. 소인이 할 수 있는 건 피고인이 아무도 죽이지 않았다는 걸 증명하는 것뿐이지요. 파우치를 훔친 고양이가 마녀였다는 사실은 부인하기 어렵습니다. 도난당한 게 생선이라면 또 모르겠지만요. 덕트 끝에 있었던 안데르센 양이 그 마녀가 아니라는 것을 완벽히 입증하기는 어려울 겁니다. 그러니 소인은 진범의 이름을 공개함으로서 고양이로 변신한 안데르센 양이 총을 빼앗아 살인을 저질렀다는 심문관님의 고견이 개연성이 낮다는 것을 제시하고자 합니다. 외람되지만, 지금 심문관님께서 진정 바라시는 건 마녀의 화형이 아닌 범인에게 합당한 벌을 내리는 것이라고 제가 추측해도 되겠습니까?"

"……네, 맞습니다. 이 화형 법정도 범죄를 저지른 마녀를 단죄할 목적으로 존재하는 것이니까요."

그러자 양은 빙긋 웃으며 품속에서 접힌 편지를 꺼내 공손하게 펼쳤다.

"여기 진범의 자백문이 있습니다."

"뭐, 뭐라고요?"

격하게 반응한 사람은 오페라만이 아니었다. 양은 느긋하게 제단 앞으로 걸어가 고개를 숙이며 편지를 오페라에게 바쳤다.

"'오페라 가스톨 화형 심문관님과 시 경찰 여러분, 그리고 이 자리에 계신 모든 분들께 바칩니다……'."

오페라는 애써 침착한 척하며 글을 낭독했다.

"'먼저 모습을 드러내지도 않고 문서로 죄를 고백하는 저의 무례를 용서해 주시기 바랍니다. 그러나 본 자백문에는 쉬이 받아들이기 어려운 내용이 포함돼 있으므로 진위를 냉정하게 판단해 주시기를 바라는 뜻에서 부득이 이런 형식을 취했습니다. 미치루 도리노자카를 살해한 사람은 다름 아닌 바로 저, 슈농소 드 빅토고입니다……'."

법정 안이 찬물을 끼얹은 듯 고요해졌다. 모두 숨 쉬는 것조차 잊은 듯하다. 슈노가 범인이라니. '아, 그렇군요' 하고 고개를 끄덕일 사람이 한 명이라도 있을까. 그러나 자백문을 읽는 오페라만큼은 그런 터무니없는 주장을 무작정 부정할 수 없었다. 힘없이 애써 눌러쓴 듯한 가는 글씨가 얼마 전 신문에 실린 슈노의 친필과 놀라울 정도로 흡사했기 때문이다. 하지만…….

"심문관님. 이어서 읽어 주시지요."

양의 재촉에 오페라는 동요를 억누르며 낭독을 이어 갔다.

"'그 대담이 있던 날, 저는 이미 크로스패트릭 부인의 파우치에 권총이 있다는 걸 알고 있었습니다. 부인이 복도에서 괴한에게 습격당했을 때 저는 곧장 달려가 다른 이들이 오기 전에 재빨리 파우치에서 권총을 꺼냈습니다. 습격 직후 제가 1분가량 자취를 감춘 것을 해벅 기자나 체즈니 선생님은 기억하실지도 모릅니다. 그때는 습격범을 찾았다고 둘러댔지만, 사실 그 1분 동안 저는 화장실 창문에서 옆 빈집을 향해 총을 쐈습니다. 그렇게 쏜 첫 번째 총알이 미치루의 어깨에 명중했고, 두 번째 총알은 그녀의 목을 꿰뚫었습니다……'."

오페라가 낭독을 잠시 멈추자.

"아니, 잠깐…… 그게 진짜라고?"

안데르센이 솔직한 감상을 내뱉었다.

"아, 그러고 보니……."

발언을 요청하지도 않았는데 해벅이 호들갑스럽게 고개를 연신 끄덕이며 말했다.

"부인이 습격당했을 때 슈노 씨가 가장 먼저 복도로 뛰쳐나갔지. 그렇군. 그때라면 분명 총을 쏠 시간이……."

"말도 안 됩니다!"

오페라가 황급히 해벅의 말을 가로막았다.

"파우치에서 권총을 꺼냈다면 크로스패트릭 부인이 당연히 알아차렸을 테니까요! 부인, 어떻습니까?"

크로스패트릭 부인은 상황을 전혀 이해하지 못하고 우왕

좌왕할 뿐이었다. 오페라는 끈기 있게 설명하며 증언을 요구했지만 기대한 대답은 돌아오지 않았다.

"글쎄요……. 그때는 너무 무서웠던 터라 권총 같은 건 잊어버렸던 것 같아요. 하지만 말씀을 듣고 보니…… 아니, 슈노 씨가 정말 그렇게 말씀하셨다면 정말 파우치에 권총이 없었을지도……."

"그렇군요……."

오페라는 힘없이 어깨를 늘어뜨렸다.

"하, 하지만 그럼 슈노 씨는 그 권총을 대체 어떻게 버렸다는 겁니까? 열차가 집 앞을 통과한 시간은 3시 5분이고, 슈노 씨가 사라진 건 2시 59분부터 1분 남짓. 시간상 이상하잖아요……. 그렇죠?"

"그건 걱정하지 않으셔도 됩니다."

양이 조롱하듯 말했다.

"답은 단순 명쾌하니까요. 그 대형 시계가 실제로는 5분 늦었던 겁니다. 즉, 부인이 습격당한 시간이 실제로는 3시 4분이었던 거죠. 그렇다면 슈노 씨가 화장실에서 피해자를 쏘고 3시 5분에 지나가는 열차에 권총을 버리는 것도 충분히 가능합니다."

"네? 대형 시계의 시간이 늦었다뇨! 그렇게 편리한 해석이 어딨어요?"

"한 시간 전에 본인이 무슨 말씀을 하셨는지 벌써 잊으셨어요?”

안데르센의 지적이 대번에 오페라를 꼼짝 못 하게 했다. 오페라는 그 대형 시계의 시간이 5분 내외 정도 어긋났을 가능성이 있다고 주장했다. 그렇다면 5분 늦었다는 양의 주장 또한 받아들여야 한다.

“하, 하지만 화장실에서 서재에 있는 사람을 총으로 쏴 죽인다는 건 현실적으로 납득하기 어렵습니다. 소형 권총의 유효 사거리는 그보다 짧지 않나요?”

“지당하신 말씀입니다.”

양은 엷게 미소 지었다.

“실제로 첫 번째 총알은 급소를 벗어나 어깨에 맞았고, 두 번째도 보통은 겨누지 않는 목을 꿰뚫었지요. 자, 트집은 잠시 미뤄 두시고 우선 편지 내용을 끝까지 읽어 주시죠. 그 안에 범행 동기에 대해서도 적혀 있었던 것 같습니다만.”

“으음……. ‘제가 어찌하여 이토록 끔찍한 짓을 저질렀는지 여러분께서 쉽사리 이해해 주실 거라 생각하지는 않습니다. 특히 심문관님께서는 더더욱. 저는 컬러 양의 부고 소식을 접하고, 그런 비극을 초래한 메이슨에 대해 독자적으로 조사해 왔습니다. 그 결과, 미치루 도리노자카가 바로 흑막, 즉 그가 시실리 알마잭 시의원을 살해하고 메리다 카슨을 부추겨 컬러를 화형시킨 메이슨이라는 사실을 밝혀냈죠. 그런 미치루가 빈집에서 안데르센 스타니스와프를 습격하려는 장면을 저는 요양원에서 목격했습니다. 그녀가 뭘 하려고 했는지 이제 와서는 알 길이 없겠지요. 하지만 저는 마녀를 계속 위협하는 미치루의 만행을 도저히 간과할 수 없었습니다'……."

오페라는 입을 다물고 조용히 심호흡을 했다. 어차피 엉터리 자백문이니 슈노의 동기 같은 건 아무 의미도 없다. 미치루를 살인자 취급한 건 용납할 수 없지만 지금은 냉정을 되찾아야 했다.

편지 뒷부분에는 앞으로 모든 활동에서 손을 떼고 해외로 도피하겠다는 것, 그리고 자신의 모든 자산을 국가에 헌납하겠다는 등의 내용이 적혀 있었다. 편지를 끝까지 읽은 오페라는 양을 매섭게 노려봤다.

"이런 건 변호인이 날조한 게 분명합니다. 진지하게 다룰 필요가 없습니다."

"네, 네. 심문관님께서 그렇게 말씀하시리라는 건 소인, 그리고 슈노 씨도 당연히 알고 있었습니다."

양은 장갑 낀 손으로 금색 권총을 눈앞에 들어 찬찬히 관찰했다.

"앗. 자네, 그걸 언제!"

"진정하시죠, 경감님. 잠깐 빌렸을 뿐이니까요. 흐음. 경찰은 이 권총에서 지문을 채취해 관계자들의 지문과 대조해 보셨을 텐데, 결과는 어땠습니까?"

"거기서 검출된 건 크로스패트릭 부인의 지문뿐이었네."

경감은 못마땅한 얼굴로 대답했다.

"아, 그럴 만합니다. 피고인은 지문이 남지 않게 주의하며 권총을 쥐었을 테니까요."

양은 흥미롭다는 듯이 코웃음을 한 번 치고 갑자기 권총의 탄창을 분리해 경감에게 내밀었다.

"경감님, 한 번 더 지문을 확인해 주셨으면 합니다. 설마 탄창 안쪽까지 조사하시지는 않았겠죠?"

"그건 그렇지만, 누가 그런 곳에 손을……."

"에이, 에이. 그러지 마시고. 그냥 속는 셈치고 한번 봐 주세요."

경감은 마지못해 부하에게 지문 채취 준비를 지시하고 탄창에서 총알을 하나씩 빼기 시작했다. 그사이 양은 태연하게 장갑을 벗으며 입을 열었다.

"슈노 씨는 자신 말고 다른 사람에게 혐의가 쏠릴 경우에 대비해 절대 조작할 수 없는 증거를 남겼다고 소인에게 알려 주셨습니다. 경감님, 어떻습니까?"

"……응?"

탄창 안쪽을 응시하던 경감이 갑자기 눈살을 찌푸렸다. 서류 가방에서 지문 사진을 꺼내 확대경으로 대조하는 동안 눈빛이 서서히 당혹감으로 물든다.

"왜 그러시죠? 경감님. 설마……."

오페라의 말에 경감은 고개를 들어 당혹스러운 눈빛으로 오페라를 봤다.

"확실히 있네. 슈노의 검지 지문이, 탄창에."

"뭐라고요?"

청중석에서 어떻게 된 일이냐며 사람들이 웅성거리고 있을 때 양은 발소리를 뚜벅뚜벅 울리며 제단 주위를 천천히 돌았다.

"놀라운 일이지 않습니까? 심문관님. 슈노 씨가 범인이 아니라면 왜 이 권총에서 그녀의 지문이 나왔을까요? 권총이 리빙스턴역으로 옮겨지는 동안에 슈노 씨는 요양원에 있었을 터. 경찰이 권총을 압수한 이후 권총을 만지는 건 두말할 것도 없이 불가능했을 테고요."

"그, 그건 예를 들어 사건 전 권총이 도난당했을 때 만졌던 게 아닐까요? 이유는 알 수 없지만……."

그러자 양은 안쓰럽다는 듯이 오페라를 봤다.

"오페라 심문관님 정도 되는 분께서 권총을 훔친 범인을 슈노 씨라고 진심으로 믿고 계시는 걸까요? 아뇨, 그건 말도 안 되죠. 애초에 물리적으로 불가능합니다. 권총이 도난당한 건 사건이 있기 사흘 전. 그때 슈노 씨는 뉴욕 무대에서 한창 공연 중이었습니다. 그녀의 화려한 미국 순회공연은 모든 신문에서 대대적으로 보도됐던 것으로 기억하는데, 설마 모르시나요?"

그러더니 양은 손가락을 딱 튕기고 당당하게 승리를 선언했다.

"이것으로 저희는 슈노 씨야말로 이번 사건의 진범이며 안데르센 양은 무죄라는 것을 증명했습니다! 자, 오페라 심문관님. 이래도 여전히 피고인을 화형에 처하시겠습니까?"

"윽……."

때맞춰 배심원석의 창문이 덜컥거리며 여닫혔다. '안데르센은 마녀' 패널이 한 장 줄어서 숫자가 다시 균형을 찾았다.

양은 절레절레 고개를 흔들었다.

"이래도 열두 명 중 여섯은 여전히 마녀 판정인가요. 뭐, 어쩔 수 없지요. 안데르센 양이 고양이로 변신해 권총이 없는 파우치를 훔쳤을 가능성까지 부정하지는 못했으니까요. 하지만 심문관님. 저희가 진정 원망해야 할 상대는 슈노 씨이지, 이 정체도 불분명한 수상한 여자가 아니라는 것을 모쪼록 헤아려 주시길 바랍니다."

오페라는 입을 뻐끔거리기만 하고 대답하지 못했다. 방청객들도 슈노 같은 대스타가 살인을 저질렀을 리 없다고 생각할 텐데 어느새 재판의 분위기가 양 쪽으로 넘어가고 있다. 슈노의 지문을 본 경감과 오페라가 당황하는 모습도 슈노가 범인이라는 설에 힘을 실었다.

정말 안데르센은 무죄인 걸까.

이번에도 심문관은 무고한 사람을 죽이려는 걸까.

방청석에서 흘러나오는 속삭임이 오페라를 점점 더 궁지
로 몰아갔다.

—그래도 전 아가씨가 하시는 일이 숭고하고 가치 있는
일이라고 믿고 있어요.

불현듯 미치루의 목소리가 머릿속에 되살아났다.

오페라는 손으로 입을 가리고 눈을 감았다. 약해져서는
안 된다. 양은 지금 슈노 범인설을 무리하게 꾸며냈다. 범인
은 역시 안데르센이다. 여기서 심문관이 무너지면 누가 죄
인을 심판한단 말인가.

떠올려야 한다. 양은 어떻게 슈노의 지문을 만들 수 있었
을까.

경찰의 증거물 보관 체계를 믿으면 권총에 손댈 수 있었
던 사람은 크로스패트릭 부인뿐이다. 어쩌면 리빙스턴역에
서 권총을 발견한 역무원도 만졌을지 모른다. 하지만 그들
이 슈노의 지문까지 권총에 남길 수 있을 리는 없다.

……아니, 잠깐. 한 사람 더 있지 않은가. 경찰 관계자 외
에도 그 총을 만질 수 있었던 사람이. 바로 조금 전 권총을
경감에게 건넨 자.

만약 그자가 슈노와 같은 지문을 가지고 있다면.

오페라의 심장이 쿵 내려앉았다. 설마, 그런 일이.

다시 눈을 뜨고 천천히 고개를 들었다. 제단 앞에 선 양은

의미심장하게 미소 짓고 있다. 지금껏 남장한 미인이라는 인상만 있었지만 가까이서 보니 생각보다 훨씬 화장이 짙다. 변장이라고 불러야 할 수준으로.

"왜 그러시죠? 심문관님."

양이 온화하게 미소 지었다.

설마 그런 일이 있을 수 있을까.

지금 눈앞의 이 과하게 덧칠된 화장 아래에 이 나라에서 모르는 사람이 없는 대스타, '노래하는 마녀'의 맨얼굴이 숨겨져 있다니.

◆

아아, 눈치챘나 보군.

양은 어깨에서 힘을 살짝 뺐다. 정면에 있는 오페라의 두 눈이 경악한 듯 부릅뜨여 있다. 거만하고 쓸데없이 자신감이 넘치지만 그래도 올곧은 정의감과 고매한 이상을 품은 화형 심문관에게 양은 속으로 말했다.

그래. 당신 추리가 옳아.

내 이름은 슈농소 드 빅토고. 물론 이 역시 예명이지만.

슈노가 처음 마녀임을 공언했을 때 이 나라에는 아직 화형 법정이 존재하지 않았다.

마녀에 대한 소문이 조금씩 퍼지기는 했어도 대부분 엉터리 마술사나 사기꾼이 흘린 근거 없는 헛소문 정도로 치부했다. 마녀가 진정한 이능력자로 인식되기 시작한 건 슈노의 인지도가 높아져 그 힘이 진짜라고 인정받기 시작하면서부터였다.

슈노는 일종의 책임감을 느꼈다. 자신이 계속 입을 다물고 있었으면 마녀는 전설 속 존재로 남았을지 모른다. 자신의 몸을 마녀 연구를 위해 바친 것도 책임을 다하려는 자세에서였다.

그러나 시간이 흘러 화형 법정이 열리기 시작하고 슈노의 몸을 통해 얻은 마녀 연구의 성과가 재판에서 활용됐다. 슈노가 무대에서 우아하게 비상하는 동안, 그녀의 연구를 근거로 다른 마녀들이 심판받아 화형대에 올랐다. 극장에서 취객들에게 웃음을 뿌리면서도 슈노의 가슴에 스며든 이질감이 점점 커졌다.

계기는 어느 마녀재판이었다.

—'거석의 마녀' 재판에서 피고인은 억울한 누명을 쓴 게 아닐까.

—그녀는 인간이었을지도 모른다. 사건을 재조사해야 한다.

'거석의 마녀' 재판의 판결이 잘못됐을 가능성이 크다는 사실에 모두 한목소리로 비판을 쏟아냈다. 그들의 한마디 한마디에서 슈노는 어떤 공통된 가치관을 읽었다. 마녀이면 몰라도 인간을 화형에 처하는 건 결코 용납할 수 없다는 가치관이었다.

그렇구나. 그들에게 마녀는 인간이 아니구나.

인간이 아니기에 마녀가 저지른 죄는 인간의 죄와 똑같이 다뤄지지 않는다. 그래서 사람들은 화형 법정을 받아들인 것이었다.

그 사실을 깨달은 뒤부터 슈노의 마음은 오히려 가벼워졌다. 그렇다면 마녀인 자신에게는 화형 법정을 부정할 권리가 있다. 자신의 경솔한 언행이 초래한 사회적 단절에서, 이 불관용의 세계에서 마녀들을 지킬 의무가 있다. 설령 그 마녀가 정말 죄를 저질렀다고 해도.

—아, 여보세요? 독양 변호사 사무소 맞나요? 마녀재판 전문 변호사라고 들어서요.

다레카라는 다소 무례한 소녀에게서 의뢰 전화를 받았을 때 슈노는 스스로를 다잡았다. 마침내 시작된 것이다. 모든 마녀재판을 부정할 자신의 진짜 싸움이.

—지금 저희 마을에서 곧 화형 법정이 열릴 것 같은데, 괜찮으시다면 마녀를 도와주실 수 있을까요?

슈노는 수화기에 앞에서 숨을 크게 들이켰다.

—네. 기꺼이 도와드리지요.

"마…… 말도 안 돼, 설마……!"

오페라는 얼굴이 새파랗게 질린 채 양의 얼굴을 응시했다. 양은 떠올렸다. 역시 이 여자는 똑똑하다. 이 몸의 정체를 결국 간파하다니.

폐교회에 있는 방청객들은 오페라가 당황한 모습을 의아하게 지켜보고 있었다. 침묵이 길어지면 좋지 않다고 판단했는지 오페라는 억지로 말을 쥐어짰다.

"으, 으음, 그……. 가, 가령 이런 건 어떻습니까? 이 악덕 변호사가 슈노를 협박해 자백문을 쓰게 하고, 그 자리에서 슈노의 검지를 잘라 이 법정에 들여와서 조금 전 권총에 지문을 찍었다…… 같은 건."

그야말로 터무니없는 이야기에 바이콘 경감마저 얼굴을 찌푸렸다.

"그럼 확실히 지문 문제를 설명할 수는 있겠지. 그런 기색이라곤 전혀 없었지만 양은 재빠른 손놀림으로 지문을 바꿔치기한 전과도 있으니까. ……그런데 그전에 묻겠네만, 오페라 심문관, 정말 진심으로 하는 소리인가?"

양에게는 지금 오페라가 겪고 있을 심적 고통이 절절히 이해됐다. 여기서 양을 제압하고 억지로 화장을 지워서 슈노라는 걸 증명하면 지문 위조 수법을 밝힐 수 있다. 단순히 슈노 본인이 이 자리에서 권총을 만졌을 뿐이니까. 하지만 그럴 경우 슈노는 반드시 화형에 처해진다. 이미 컬러 문제로 트라우마가 생긴 오페라가 그런 짓을 할 수 있을 리 없다. 컬러의 죽음은 앞으로 오페라를 평생 옭아맬 것이다.

"……방법이 있습니다."

깊은 고민 끝에 오페라는 결심한 것처럼 정면을 보며 말했다.

"제가 주장한 안데르센 범인설은 그 대형 시계의 시간이 정확해야만 성립합니다. 반면 변호인이 주장한 슈노 범인설은 대형 시계의 시간이 5분 늦어야 하죠. 그러니 그 시계의 정확한 시간만 특정한다면 범인도 가려질 겁니다."

"오, 그 말은?"

"시계와 관련해 중단된 논의가 있었습니다. 바로 습격범의 도주 방법에 대해서입니다."

습격범은 대형 시계 시간 기준으로 2시 59분에 크로스패트릭 부인을 습격했다. 그러나 2시 55분에 접수처로 돌아온 몰도나 커티스는 현관을 통해 나간 자는 아무도 없었다고 증언했다.

"처음에는 그 시계가 5분 빨라서 습격범이 2시 54분에 부인을 습격한 후 곧장 현관으로 도주했다고 추정했지만, 배드마 씨와 바이슨 씨의 증언으로 그 가능성은 사라졌습니다. 그렇다면 습격범은 현관이 아닌 다른 출구로 나갔을 겁니다. 체즈니 선생님, 그 밖에 떠올릴 수 있는 다른 길이 있을까요?"

그러자 체즈니는 "흐음" 하고 콧수염을 쓰다듬었다.

"그런데 곰곰이 생각하니 이상하군요. 접수처에 사람이 있었다면 누군가 계단을 내려오기만 해도 눈에 띄었을 테니까요. 커티스 씨, 어떻습니까?"

"아니요, 아니요."

커티스는 호들갑스럽게 부인했다.

"그런 수상한 사람은 못 봤어요."

"즉, 습격범은 그날 1층으로 내려가지도 않았다. 그럼 2층 병실 창문으로 빠져나갔을까요."

"습격 후 해벅 기자님과 다른 분들이 습격범을 찾았다고 들었습니다. 그때 2층 병실도 조사하셨나요?"

그러자 해벅이 자리에서 일어나 습격범 수색 과정을 설명했다.

"앨리스 카슨의 병실 창문 자물쇠가 고장 나서 아마 그 창문으로 도망쳤을 거라는 이야기가 나오긴 했습니다."

"그럼 이해가 되네요. 현관은 2시 55분 이후에는 통과할 수 없고, 화장실 창문은 성인이 빠져나가기에 너무 좁으니 결국 앨리스 양의 병실만이 출구였던 거죠."

오페라는 다시 체즈니를 봤다.

"체즈니 선생님. 전에 앨리스 양의 병실을 찾았을 때 침대 옆 탁상시계가 3시 정각에 음악을 연주하더군요. 그 시계는 매일 울리나요?"

"네. 약 복용 시간을 알려 주는 오르골 시계입니다. 하지

498

만 앨리스 양의 경우 투약 시간을 전적으로 저희가 관리해서 그 시계가 특별한 의미를 갖는 건 아닙니다.”

“아뇨, 지금은 아주 중요한 의미를 가질 수 있습니다. 제 주장대로 대형 시계가 정확한 시간을 가리켰다면 습격범이 앨리스 양의 병실을 통과할 때 오르골이 울렸다는 말이니까요. 즉, 습격범이 지나간 전후 몇 분간 오르골 소리를 들었다는 증언만 확보하면 제 주장이 옳다는 걸 입증할 수 있습니다.”

체즈니는 난처한 표정으로 팔짱을 꼈다.

“그렇지만 심문관님. 그 오르골 소리는 워낙 작아서 당시 복도에 있던 저희에게는 들리지 않았습니다.”

“더 가까이서 들은 사람이 있습니다.”

“……누구를 말씀하시는 건지요?”

“바로 앨리스 양 본인입니다.”

그 말을 듣고 양은 속으로 의외라고 생각했다. 오페라가 이것까지 알아차렸을 줄이야.

“무슨 소리지?”

바이콘 경감이 의문을 표했다.

“앨리스 양은 최근 한 달 내내 혼수상태였다고 들었는데. 사건 당일에는 우연히 의식을 되찾았다는 건가?”

오페라는 확신에 찬 목소리로 “아니요”라고 부인했다.

“혹시 앨리스 양은 그저 몸만 움직일 수 없을 뿐 정신은 계속 깨어 있었던 게 아닐까요? 선생님, 어떻습니까?”

그러자 체즈니가 눈을 크게 뜨더니 "이런, 놀랍군요" 하고 감탄한 듯 말했다.

"네, 맞습니다. 앨리스 양은 지난 2주간 의식이 많이 돌아왔습니다. 몸은 움직일 수 없지만 눈꺼풀을 움직일 수 있어서 저희 질문에 눈을 깜빡이며 반응하기도 했죠. 오페라 씨 앞에서는 말씀드린 적이 없을 텐데……."

양은 슈노가 되어 요양원을 찾았을 때 앨리스의 각성에 대해 체즈니와 은밀히 상의한 바 있었다. 전신 마비 상태인데도 이렇게 또렷이 의식을 유지하는 사례는 드물기에 체즈니는 아마 이 역시 마녀의 특성일지도 모른다고 추측하는 듯했다.

그 사실을 오페라에게 밝히지 않았던 건 아직은 이르다고 판단했기 때문이다. 앨리스는 컬러를 화형으로 몰고 간 사람이 오페라라고 생각할지도 모른다. 두 사람은 앞으로 후견인과 피후견인으로 신중하게 관계를 수복해 가야 한다고 체즈니는 지적했다.

"어떻게 아신 겁니까?"

체즈니의 질문에 오페라는 "음, 그게……" 하고 말을 더듬었다.

"여러 번 병실을 찾다 보니 왠지 그런 느낌이 들었다고 할까요……. 어쨌든 사건 당일에도 앨리스 양이 깨어 있었다면 병실을 지나 습격범이 도주하는 소리를 들었을 겁니다.

그때 오르골이 울렸는지만 확인하면 이번 재판은 결론이 납니다.”

양은 신중하게 말을 골랐다.

“그렇군요. 그렇다면 지금 이 자리에 앨리스 양을 데려와 그걸 물으시려는 겁니까?”

“그건 안 됩니다!”

체즈니가 소리쳤다.

“불가능합니다. 아무리 그래도 침대에서 일어나지 못하는 중증 환자를 법정으로 데려와 신문하다니요. 터무니없는 말씀입니다.”

“요양원은 법정 바로 옆에 있으니 침대째로 옮기는 게 그리 어렵지 않을 텐데요. 또 신문이라고 해도 질문 딱 하나만 하면 됩니다. 무엇보다 지금 한 사람이 죄인이 되어 심판받을지 여부가 걸려 있습니다. 선생님, 부디 허락해 주시지 않겠습니까?”

체즈니는 또다시 반박을 시도했지만, 잠시 후 결국 오페라의 기세에 눌린 것처럼 입을 다물었다. 안데르센을 범인으로 믿는 오페라에게는 이 하나의 질문에 모든 운명이 걸려 있었다.

“……저기요, 양 씨.”

안데르센이 의자 위에서 허리를 돌려 양에게 조용히 말을 걸었다.

시간과 마녀 판정

	배드마의 주장	오페라의 주장	오페라의 주장(철회)
대형 시계 시간	늦었다	정확했다	빨랐다
마녀 판정	없음	안데르센	안데르센 다레카 배드마 앨리스 컬러

"당신 주장이 사실이면 앨리스는 오르골 소리를 못 들은 거죠?"

양은 말없이 고개를 끄덕였다. 슈노 범인설이든 미치루 자살설이든 그때 시계가 5분 늦었다는 사실만은 변하지 않는다. 앨리스는 오르골 소리를 못 들었다고 대답할 것이고, 그렇게 되면 오페라는 결국 슈노 범인설을 인정하지 않을 수 없게 된다.

안데르센은 간절한 눈빛으로 양을 봤다.

"그 가능성에 걸어 보면 안 될까요? 앨리스를 다시 화형 법정에 데려온다는 건 상식적으로 있을 수 없는 일이겠죠. 하지만 그러지 않으면 제가 살해되고 말 거예요."

체즈니가 침묵하는 것을 보고 오페라는 다시 양 쪽으로 돌아섰다.

"변호인은 어떻게 생각하십니까?"

양은 잠시 고민에 잠겼다가 마침내 결단했다.

"……알겠습니다. 소인도 앨리스 양에게 묻는 게 최선인 것 같네요."

◆

앨리스를 기다리는 동안 오페라는 칠판에 적힌 시간표를 유심히 보며 생각을 정리했다.

이번 재판에서는 대형 시계의 시간 문제가 내내 거론됐다. 가능성을 세 가지나 검토해야 해서 혼란스러운 사람도 많겠지만, 앨리스의 증언으로 시간 문제만 확정되면 단숨에 사안이 단순해진다.

잠시 후 복도 끝에서 문이 열리는 소리가 들리더니 집행관들이 앨리스의 침대를 밀며 들어왔다. 앨리스는 여전히 온몸이 붕대에 둘러싸인 처참한 모습이었다. 얼굴은 보이지 않지만 붕대 틈새로 귓가가 드러나 있다.

"지금도 의식은 있는 것 같습니다."

곁에서 앨리스를 지켜보던 체즈니가 오페라에게 다가와 보고했다.

"몸 상태는 안정된 듯하나 최대한 부담이 안 되게 배려해 주셨으면 합니다. 질문은 한두 개로 한정해 주십시오. 그리고 이곳이 화형 법정이라는 사실도 숨겨 주셨으면 합니다."

"네, 알겠습니다."

이 소녀를 다시 법정으로 부르고야 만 현실을 보며 오페라의 마음이 흔들렸지만 이제는 각오를 다질 수밖에 없다.

이것은 정의를 위한 어쩔 수 없는 선택이다. 앨리스에게 한 가지만 물어서 확인하면 미치루를 살해한 자에게 정의를 집행할 수 있다. 감상, 후회, 변명은 그다음으로 미뤄도 된다.

하지만.

또다시 메이슨의 의도대로 상황이 흘러가고 있다는 것,

그의 속삭임에 귀를 기울여 버렸다는 것에 오페라는 불안과 죄책감을 느끼지 않을 수 없었다.

―앨리스 양을 증인으로 불러서 사건 당일 무슨 일이 있었는지를 묻는다면 재판은 즉시 결론 날 겁니다.

조금 전에 받은 메이슨의 편지에는 이 모든 상황을 꿰뚫어 본 듯한 내용이 적혀 있었다.

―앨리스 양의 의식은 깨어 있습니다. 그녀는 병실에서 여러 번 감응 능력을 써서 오페라 씨와 여러분께 접촉을 시도했을 겁니다.

메이슨의 지적은 뜬금없었지만 오페라의 머리에 언뜻 떠오른 장면도 있었다. 앨리스의 병실에 있을 때 이유 없이 웃음이 터진 적이 있다. 혹시 그건 앨리스가 오페라에게 감응마법을 써서 자신이 깨어 있다는 걸 전하려 한 것일까.

메이슨이 어떻게 그걸 알았는지, 또 메이슨이 예상보다 더 가까운 곳에 있는 게 아닌지 등 의혹은 끊이지 않았다. 다만 한 가지 확실한 것은 메이슨의 목적이 마녀를 화형시키는 것이라는 점이다. 메이슨이 어떤 범죄자일지언정 그 목적 하나만큼은 오페라와 일치했다.

이번 한 번만.

안데르센 재판에서 승리하기 위해 이번 한 번만 메이슨의 지혜를 빌리기로 오페라는 스스로 허락했다.

폐교회 중앙에 놓인 침대 위에 온몸이 붕대로 칭칭 감긴 소녀가 누워 있는 광경은 왠지 신성한 분위기를 자아내고 있었다.

"우선 앨리스 양이 깨어 있는지부터 확인하겠습니다."

체즈니가 침대 옆에 서서 앨리스의 얼굴을 덮은 천을 걷었다. 앨리스는 오른쪽 눈만 뜬 채로 체즈니가 이름을 부르자 천천히 눈을 깜빡였다. 오페라는 탄성을 질렀지만 앨리스는 곧 다시 잠든 것처럼 눈을 감아 버렸다.

"청력은 거의 정상이지만 시력이 회복되지 않았습니다. 일반적으로 눈을 깜빡이는 것과 혼동될 수 있으니 대화할 때는 눈을 감습니다."

뒤이어 체즈니는 일주일 전 슈노와 크로스패트릭 부인이 병실을 찾은 것을 기억하는지 앨리스에게 물었다. 앨리스가 다시 눈을 뜨고 깜빡였다.

"긍정은 한 번, 부정은 두 번 깜빡이는 식으로 소통합니다. 자, 그럼 질문해 주십시오."

오페라는 침을 꿀꺽 삼켰다. 침대에 다가가 앨리스에게만 들릴 정도의 낮은 목소리로 말했다.

"오랜만이에요, 앨리스 양. 저예요. 오페라입니다."

반응이 없다.

"일주일 전 슈노 씨 일행이 병실을 다녀간 뒤 요양원에서 작은 사건이 일어났습니다. 앨리스 양 병실 근처에서 크로스패트릭 부인이 습격당한 사건인데요. 꽤 큰 소란이 있었던 것으로 아는데 혹시 앨리스 양도 소리를 들으셨나요?”

앨리스가 눈을 한 번 깜빡이자 의사가 고개를 끄덕였다.

“긍정입니다.”

“그 직후 누군가 앨리스 양의 병실에 들어와 창문을 열지 않았습니까? 그 창문은 열 때 귀에 거슬리는 소리가 꽤 크게 나니 앨리스 양에게도 들렸을 것 같은데.”

침묵이 흘렀다. 앨리스의 눈은 감긴 채 움직이지 않았다.

“이런.”

체즈니가 고개를 갸웃거렸다. 체즈니는 앨리스의 이름을 여러 번 부르고 입가에 귀를 가까이 댔지만 잠시 후 고개를 가로저었다.

“잠든 것 같습니다.”

“네……?”

오페라는 무심코 불만 섞인 목소리를 냈다.

“어쩔 수 없습니다. 가끔 이렇게 의식이 툭 끊기곤 합니다. 특히 지금 같은 오후 시간에는 더욱.”

“흔들어 깨울 수는 없을까요?”

그러자 체즈니는 부드럽지만 단호하게 고개를 흔들었다.

“허가할 수 없습니다. 자연스럽게 깨어나기를 기다려야 합니다. 대개 한 시간 정도면 깨어나니 지금은 조용히 쉬게 하는 게 최선입니다.”

오페라는 애타는 마음을 참으며 "그런가요"라고 했다. 재판 종료 시간까지 앨리스가 깨어나지 않으면 어떻게 될까. 현재 안데르센에게 떨어진 마녀 판정은 여섯 장. 이대로 가다가는 무죄 석방이 되고 만다.

그때 두 번째 종소리가 법정에 울려 퍼졌다. 재판 종료까지 이제 남은 시간은 두 시간.

오페라는 한숨을 쉬고 방청석을 둘러봤다.

"어쩔 수 없네요. 본 법정은 지금부터 10분간 휴정합니다."

법정을 짓누르던 팽팽한 긴장감이 서서히 풀렸다. 해벅이 앨리스의 침대 곁에 달려가 사진을 찍었고, 피고인석을 벗어난 안데르센도 앨리스의 머리맡에 서서 뭔가를 속삭였다.

"어이, 거기. 환자한테 너무 가까이 다가가시면 안 됩니다."

체즈니가 날카롭게 제지했지만 죽은 것처럼 잠든 소녀에게는 이미 법정 안의 모든 관심이 쏠려 있었다.

그때 누군가가 "읍……" 하고 숨을 삼키는 듯한 소리가 들려 오페라는 고개를 돌렸다. 제단 근처에 변호인인 양이 서서 입을 반쯤 벌린 채 뭔가 기이한 광경이라도 본 것처럼 어딘가 한 곳을 응시하고 있다. 그 눈길이 닿은 곳에는 방청석에서 묵주를 움켜쥐고 눈을 감은 크로스패트릭 부인이 있었다.

양은 조용히 부인에게 다가가 "실례합니다" 하고 말을 걸었다.

"크로스패트릭 부인. 그 묵주는 부인 것이 맞습니까?"

그러자 부인은 의아한 것처럼 양을 보고 "네, 그렇습니다만" 하고 고개를 끄덕였다.

"혹시 사건 당일에도 그걸 요양원에 가져가셨는지요?"

"네."

"아…… 실은 어떤 분께서 부인이 묵주를 파우치에 넣었다고 했는데, 파우치는 증거물로 경찰에 압수됐을 겁니다. 경찰은 그 묵주만 부인께 다시 돌려준 건가요?"

"아뇨. 습격범한테 머리를 얻어맞았을 때 너무 무서워서 파우치에서 꺼내 꽉 쥐고 있었답니다. 무슨 문제라도 있나요……?"

"아뇨…… 아닙니다."

양은 천천히 고개를 돌려 오페라를 봤다. 짙은 화장 너머로도 알아볼 수 있을 만큼 얼굴이 하얗게 질려 있다.

"오페라 심문관님."

양의 목소리가 떨리는 게 느껴졌다.

"뭐죠? 변호인. 논의는 휴정이 끝난 후에……."

"아뇨. 가볍게 세상 이야기나 하고 싶어서."

양은 그녀답지 않게 주저하듯 말을 이었다.

"사적인 질문이라 송구합니다만, 심문관님과 미치루 양은 평소에 정말 그토록 가까운 사이셨나요?"

"……네?"

"제가 보기에 심문관님께서는 지금 업무 차원이 아니라

미치루 양의 복수를 하려고 이 자리에 임하고 계신 듯합니다. 하지만 미치루 도리노자카 양은 화형 법정 사무국 소속 심문관의 수행원에 불과합니다. 화형 법정 기간에는 오페라 님을 보좌했겠지만 그것 말고 다른 사적인 교류는 없었던 것 아닌가요?"

"그건, 그렇습니다만……."

실제로 오페라는 컬러 재판 당일 아침에 미치루를 처음 만났다. 그녀는 어디까지나 화형 심문관인 오페라의 수행원일 뿐이었고, 따라서 두 사람의 교류는 화형 법정이 열리는 동안에만 한정됐다.

"이건 무례하게 들릴 수도 있는 질문이지만, 심문관님은 그 정도 관계인 분을 위해 그렇게까지 복수심을 불태우시는 건가요?"

"그건 당신이 왈가왈부할 문제가 아닙니다. 함께한 시간의 길이가 반드시 관계의 깊이와 연관되는 건……."

뒤로 갈수록 오페라의 목소리가 작아졌다. 듣고 보니 확실히 그럴지도 모른다. 미치루와 함께 보낸 시간은 사실 얼마 되지 않았다. 또 미치루의 소극적이고 얌전한 성격 탓에 함께 지내는 동안에는 거의 주인과 시녀처럼 지냈고, 오페라는 불과 얼마 전만 해도 그녀의 본명조차 몰랐다.

그런데 언제 이렇게까지…….

"흐음. 아아, 그렇군요……."

양은 혼자 고개를 끄덕이더니 오페라에게 등을 돌리고 배드마 일행을 불러 함께 대기실 쪽으로 사라졌다.

◆

"그런데 안데르센은 안 불러도 되는 거예요?"

대기실에 들어서자마자 다레카는 미심쩍은 듯이 양에게 물었다. 한겨울 바깥 공기처럼 살을 에는 듯한 냉기 속에서도 다레카는 추운 기색조차 없었다.

"잠깐 두 마녀분들께만 드릴 말씀이……."

정작 그렇게 운을 떼고는 양은 말을 잇지 않고 조용히 침묵했다.

"뭔가 이상해."

배드마가 중얼거렸다.

"아까부터 심문관이 별로 흔들리지 않고 있어. 내가 '출력'을 꽤 높였는데도."

"응? 감응이 더 안 통한다는 말이야?"

"모르겠어. 여러 번 걸리다 보니 익숙해졌는지, 아니면 단순히 내 컨디션이 안 좋은 건지 모르겠네. 혹시 누가 방해라도 하는 건가……? 양 씨, 그런 게 가능해요?"

양은 "글쎄요, 어떨지" 하고 애매하게 대답했다.

"어쩌면 감응을 여러 번 겹쳐 쓰는 게 불가능할 수도 있지

만, 유감스럽게도 지금껏 실험할 기회가 없어서 소인이 단언
하기는 어렵습니다. 그런데 배드마 양, 다른 이야기입니다만,
배드마 양이 안데르센 양에게 파우치를 건넸을 때 덕트 아래
상황은 어땠습니까?"

"아래라니, 서재를 말하는 거예요?"

"네. 그때 서재가 어땠는지 궁금합니다."

느닷없는 질문에 배드마는 당황한 듯 대답했다.

"어땠냐고 해도……. 커튼이 닫혀 있어서 어두웠던 데다
가 덕트 안에 있어서 그런지 바닥과 안데르센 정도밖에 안
보였어요. 그게 왜요?"

"그 후 배드마 양은 곧장 덕트 반대편으로 이동했고, 총소
리가 들리기 전까지 돌아오지 않으셨죠?"

"네."

양은 "흐음" 하고 짧게 신음했다. 벽에 기댄 채 손으로 입
가를 가리고 밀랍 인형처럼 굳은 모습으로 깊이 생각에 잠
겼다.

"뭐야. 표정이 왜 그리 어두워요. 앨리스가 질문에 대답만
하면 이 재판은 끝나는 거 아니었어요?"

다레카가 불안한 듯이 양의 얼굴을 들여다봤다. 양은 대
답 대신 의심 섞인 눈빛으로 다레카를 응시했다.

"……다레카 양. 다레카 양은 손놀림이 빠르시죠?"

"네?"

"만약, 그러니까 정말 만약 다레카 양이 법정에 돌아가 오 페라 님의 왼팔을 은근슬쩍 잡아당겨서 오페라 님께 들키지 않고 손목시계의 시간을 한 시간만 앞당겨 달라고 제가 부 탁하면 하실 수 있겠습니까?"

이번에는 다레카가 당황할 차례였다.

"또 시계가 빠르네 늦네 하는 소리예요? 지겨워요, 이제."

"가능한지 불가능한지만 대답해 주십시오."

"흐음. 뭐, 못 할 건 없겠죠. 사실 만약의 상황에 대비해 소매치기 연습 같은 것도 했거든요."

"바로 지금이 그 상황일지도 모릅니다. 부탁드리겠습니다."

그 말을 끝으로 양은 배드마와 다레카에게 법정으로 돌아 가라고 지시했다. 미심쩍어하며 대기실을 떠나는 두 사람을 끝까지 지켜보고 양은 낡은 의자에 앉았다.

어두운 방에서 홀로 눈을 감고 생각에 잠겼다.

지금껏 왜 이 가능성을 간과했을까.

양은 이번 사건을 철저히 조사하고 수없이 고민한 끝에 법정에 나섰다. 메이슨의 정체는 미치루 도리노자카이고, 그녀는 스스로 목숨을 끊었다. 그 밖의 다른 가능성이 없다 는 걸 면밀히 확인했다. 그러나 지금 양의 머리에는 또 다른 최악의 가능성이 떠오르고 있었다. 아직 확신은 없다. 하지 만 만약 이 우려가 사실이라면…….

메이슨은 아직 살아 있으며 지금 이 재판을 파멸로 몰고 가려고 하고 있다. 그 끝에 있는 것은 단순한 음모가 아닌 더 사악하고, 피할 수 없으며, 손쓸 도리가 없는 악몽이다.

양은 '그래도' 하고 천천히 몸을 일으켰다. 곧 휴식 시간이 끝난다.

지금부터는 최악을 피하기 위한 싸움이다. 메이슨의 사악함에 맞서려면 지금껏 쌓아 온 모든 공작을 철회해서라도 맞서야 한다.

그렇게 마음먹고 양은 문손잡이에 손을 얹었다.

양은 알아채지 못했지만 이때 문 바깥쪽 손잡이에는 검은 끈이 묶여 있었다. 그리고 끈은 벽 반대편에 붙은 소형 폭탄의 신관에 연결돼 끈이 어느 정도 당겨지면 폭발하게 돼 있었다.

그러나 양은 자신의 몸을 날려 버린 것이 폭탄인지 총알인지도 분간할 수 없었다. 문을 연 순간에 양의 의식은 뚝 끊기고 모든 것이 블랙아웃됐다.

다음으로 양의 의식을 깨운 것은 누군가의 고함 소리였다.

"……를! 어서……!"

이 목소리는 의사인 체즈니일까.

조금 전까지 보지 못한 하얀 가운을 입은 이들이 보였다. 치료를 위해 외부에서 불러온 사람들일까. 그들이 자신 주위에만 모여 있는 걸 보니 다행히 폭발에 휘말린 다른 사람은 없는 듯했다.

"서, 선…… 생님……."

입이 움직이고 자신의 것 같지 않은 목소리가 나왔다. 오른쪽 몸이 불타는 것처럼 뜨겁다. 하지만 이는 어디까지나 지상의 불에 의한 화상이다. 지금껏 수많은 마녀들을 소멸시킨 불길에 비하면 아무것도 아니다.

이런 곳에서 쓰러질 수 없다.

"양 씨, 움직이면 안 됩니다! 거기 자네, 이분을 계속 지켜보고 있어."

체즈니는 조수처럼 보이는 하얀 가운 남자에게 지시하고 심문관 쪽으로 달려갔다.

순간 양은 왼손을 체즈니의 가방으로 뻗었다. 불행 중 다행으로 몸의 왼쪽 부분은 그리 큰 손상이 없는 듯하고, 마침 손닿는 곳에 의료용 가위가 있는 것도 양에게는 뜻밖의 행운이었다.

"안 됩니다. 그 자리에 누워 계십시오!"

조수가 말렸지만 양은 억지로 상체를 일으켰다. 그리고 화상 때문에 짓무른 오른손 손가락에 가위 날을 대고 주저 없이 힘을 주었다.

◆

변호인 대기실이 폭파했을 때 오페라는 제단 위에서 사건 자료를 훑어보고 있었다. 갑자기 땅이 흔들려 칠판이 쓰러지고 어디선가 쨍그랑 유리 깨지는 소리가 들렸다.

법정 안에 있는 모든 사람이 느닷없는 폭발음을 듣고 놀랐지만, 혼란이 더 번지지 않은 것은 폭발의 위력이 예상보다 크지 않았던 데다 폭발이 발생한 대기실이 법정 안쪽 깊숙한 곳에 있어 폭음이 자동차 충돌음 정도로 작게 들렸기 때문이다.

그럼에도 불구하고 누구보다 빨리 현장으로 향한 경찰들이 돌아와 변호인이 의문에 폭발에 휘말렸다는 사실을 전할 때는 법정이 크게 술렁였다.

"심문관님, 앨리스 양을 부탁합니다."

체즈니는 오페라에게 당부하고 고령의 나이가 느껴지지 않을 만큼 빠르게 현장으로 뛰어갔다.

"이, 이봐요! 심문관!"

혼란의 한가운데에서 다레카가 화난 얼굴로 오페라에게 따져 물었다.

"재판에서 이기지 못할 것 같으니 변호인을 암살하다니, 지금 제정신이에요?"

오페라는 다레카의 팔을 뿌리치고 방청객들을 향해 진정

하라고 호소했다.

잠시 후 체즈니와 바이콘 경감이 법정으로 돌아왔다. 체즈니의 창백한 얼굴은 그대로 사태의 심각성을 알리고 있었다.

"제 조수가 응급 처치를 하고 있습니다만…… 솔직히 말씀드리면 몹시 위험한 상태입니다. 한시라도 빨리 병원으로 이송해야 합니다."

경감이 오페라에게 "어떻게 할 거지?" 하고 물었다.

"어떻게 하냐니……. 화형 법정에서는 재판이 끝날 때까지 그 누구도 법정을 나갈 수 없어요."

"그러니 지금 자네한테 묻는 거 아닌가, 심문관."

오페라는 말문이 막혔다.

만약 지금 자신이 재판 종결을 선언하면 그 즉시 판결이 내려지고 화형 법정의 문이 열려 양을 병원에 이송할 수 있게 된다. 그러나 안데르센의 마녀 판정은 아직 과반을 넘지 못했다. 지금 재판을 끝내면 그녀를 단죄할 기회는 영영 사라지고 만다.

한 장만 더 마녀 판정을 얻으면 된다. 앨리스의 증언만 확보하면 판세를 뒤집어 승리를 거머쥘 수 있다. 하지만 그러려면 앨리스가 깨어날 때까지 정처 없이 기다려야 한다.

"으으……."

오페라는 알고 있었다. 대기실 폭발이 변호인을 노린 거라면 메이슨의 사주에 따른 것일 가능성이 매우 크다는 것을. 마녀를 화형에 처하기 위해서라면 살인도 마다하지 않는 메이슨에게는 변호인을 공격하는 것도 하나의 선택지일 것이다. 하지만 그래 봐야 열세를 뒤집을 수는 없다. 오히려 앨리스의 증언을 들을 기회만 잃는 것 아닐까.

설마 메이슨은 지금 오페라에게 결단을 요구하고 있는 걸까.

양의 안위 같은 걸 신경 쓰지 않고 안데르센 유죄설만 고집해 재판을 밀어붙이면 오페라는 결국 메이슨과 같은 길을 걷게 된다. 구시대의 이단 심문관들처럼 오페라의 두 손도 피로 물들 것이다.

하지만 그래서 뭐 어쩌란 말인가. 애초에 먼저 손을 피로 물들인 사람은 오히려 안데르센 아닌가.

불현듯 복수심이 불길처럼 솟아올라 오페라는 숨을 크게 들이마셨다.

"……재판을 재개합니다."

수많은 시선이 오페라에게 꽂혔다. 그들의 비난 섞인 눈빛에도 오페라는 개의치 않았다.

"잠깐. 내 변호는 어떻게 되는 건데요?"

안데르센은 쓰러진 칠판을 다시 세우고 손에서 분필 가루를 털었다.

"직접 하시죠. 이런 상황에서는 어쩔 수 없습니다."

“저기요, 아무리 그래도 그건……”

“체즈니 선생님!”

오페라는 거의 고함에 가깝게 외쳤다.

“어떻게든 앨리스 양을 깨워 주십시오. 한 가지만 확인하면 이 재판은 끝납니다. 그리고 재판이 끝나면 화형 법정의 문이 열려 변호인을 병원으로 옮길 수 있게 됩니다.”

그러나 체즈니는 완강하게 고개를 저었다.

“안 됩니다. 앨리스 양의 몸에 무리하게 자극을 가하면 어떤 사태가 벌어질지 모릅니다. 게다가 아직 잠든 지 얼마 되지도 않았습니다.”

오페라가 속으로 ‘정말 그런가?’ 하고 손목시계를 봤을 때.

“어, 어라?”

깜짝 놀라서 목소리가 갈라졌다. 시곗바늘이 예상한 것보다 훨씬 많이 돌아가 있었다.

“오후 5시 55분? 말도 안 돼. 재판 종료까지 앞으로 5분밖에 안 남았다니……”

“뭐라고요?”

덩달아 놀란 안데르센이 고개를 든 바로 그때였다.

“앗! 오오! 반응이 있습니다!”

체즈니가 외쳤다. 침대로 시선을 향하자 그의 말대로 앨리스의 눈꺼풀이 살짝 열려 있었다. 오페라는 곧장 침대로 달려가 앨리스의 오른손에 얼굴을 바짝 들이댔다.

"앨리스 씨. 제 목소리 들리시나요? 간단한 질문 하나 드려도 괜찮겠습니까?"

방청객들이 숨죽이는 가운데 의사는 온화한 목소리로 앨리스에게 확인했다.

"괜찮을 것 같습니다. 심문관님, 진행하시지요."

"네. 조금 전 슈노 씨 일행이 요양원에 왔을 때 복도에서 크로스패트릭 부인이 습격당하는 소리를 들었다고 하셨죠. 범인은 그 직후 앨리스 양의 병실을 지났을 겁니다. 이때 혹시 협탁 위의 오르골 소리가 들렸나요?"

잠시 후 앨리스가 눈을 두 번 깜박였다.

"'아니요……'라고 하는 것 같네요."

"그럼 시계가 결국 5분 늦었다는 뜻이네요. 즉, 양 씨의 주장이 옳다는 거죠?"

안데르센이 기세등등하게 말했다.

"아직입니다! 앨리스 양, 잘 떠올려 보세요. 꼭 범인이 병실을 지나간 바로 순간이 아니고 1분 전이나 1분 후라도 상관없습니다. 어떻습니까?"

앨리스는 이번에도 눈을 두 번 깜빡였다.

"으음……. 그, 그럼 음악이 들린 건 범인이 지나가고 5분쯤 흐른 뒤였던 건가요?"

두 번. 그리고 잠시 뜸을 들인 후, 다시 두 번.

"응? 그것도 아니다……?"

대번에 혼란스러워졌다. 대형 시계 시간이 정확했거나, 늦었거나. 가능성은 둘 중 하나일 것이다. 그 둘 다 아니라는 것은 이치에 맞지 않는다.

체즈니가 고개를 들었다.

"심문관님. 이럴 경우 아마 질문이 잘못됐을 가능성이 있습니다. 엉뚱한 질문을 받았을 때 앨리스 양은 이렇게 부정을 반복합니다."

"엉뚱한 질문이라고요? 그럼 혹시…… 고장 같은 이유로 오르골 소리가 나지 않았다거나?"

두 번. 오르골 소리가 들린 건 맞다는 뜻일까. 그렇다면…….

"아니면 예를 들어 범인이 애초에 병실을 지나가지 않았다든가?"

안데르센의 질문에 앨리스는 분명하게 눈을 한 번만 깜박였다.

"뭐라고요!"

오페라의 목소리가 또다시 튀었다.

"그럴 리 없습니다! 복도에서 부인이 습격당하고 사람들이 범인을 찾으러 병실에 들어오기 전까지 아무도 병실에 들어오지 않았다는 말인가요?"

"심문관님, 목소리 낮추시지요."

체즈니가 오페라를 달래는 사이 앨리스는 다시 눈을 한 번 깜박였다.

“……맞다고 하는 것 같습니다.”

체즈니의 말과 함께 법정 안이 술렁였다.

오페라는 벌어진 입을 다물지 못했다. 앨리스의 병실을 지나가지 않았다면 습격범은 대체 어떻게 요양원에서 빠져나갔다는 말인가. 혹시 내가 뭔가를 잘못 짚은 걸까.

피고인인 안데르센도 앨리스의 그 대답에는 고개를 갸웃거렸다.

“이상하네. 그럼 습격범은 결국 그냥 요양원 현관으로 도망쳤다는 말이 되잖아요. 그때 접수처 직원은 아직 돌아오지 않았고…….”

“어, 어이!”

갑자기 방청석에서 다레카가 소리 높여 외쳤다.

“설마 그건 그 대형 시계가 역시 빨랐다는…… 그런 뜻은 아니겠지? 아니지?”

“바보! 입 다물어!”

옆에 앉은 배드마가 다급히 다레카의 입을 막았다. 하지만 그 목소리는 이미 법정 안에 퍼지고 말았다.

머리 위에서 창문이 여닫히며 패널이 교체됐다. ‘안데르센은 마녀’는 여섯 장 그대로지만, ‘다레카 드 발자크는 마녀’, ‘배드마 스탠달은 마녀’ 패널이 열 장이나 부활했다. 그 아래에는 ‘앨리스 카슨은 마녀’라는 글자까지 붙어 있다. 앨리스가 법정에 옮겨진 순간 그녀도 다레카, 배드마처럼 마녀 판정 대상에 포함된 것이다.

다레카가 "히익!" 하고 비명을 질렀다. 시계가 5분 빨랐을 경우 한 달 전 소드베리 크로스역에서 있었던 일 때문에 소녀 네 명이 한꺼번에 마녀가 된다는 사실을 오페라가 잊은 건 아니었다. 다만 그런 건 불가능하다고 이미 여러 번 확인했을 터였다.

"앨리스 양, 앨리스 양……?"

체즈니가 앨리스의 이름을 여러 번 불렀지만 침대 위 소녀는 더 이상 반응을 보이지 않았다. 이제는 할 말이 없다고 말하는 듯했다.

"어이, 심문관! 당신, 대체 무슨 짓을 하는 거야!"

다레카가 뛰쳐나와 오페라에게 소리쳤다.

"저, 저도 도무지……."

"당신이 이 법정 책임자잖아! 이제 시간도 얼마 안 남았다고! 빨리 어떻게든 해봐!"

그 말에 오페라는 정신이 번쩍 들어 손목시계를 봤다.

"……앗?"

더 큰 혼란이 오페라를 덮쳤다. 시곗바늘은 이미 오후 6시가 지나 있었다. 이번 재판은 오후 6시까지다. 제한 시간이 지나면 이유를 불문하고 재판이 종료된다.

법정이 극심한 혼돈의 구렁텅이에 빠져 있을 때.

"안심하시길. 아직, 늦지 않았습니다."

오페라의 등 뒤에서 거칠고 갈라진 목소리가 들렸다. 인간의 목소리로는 믿을 수 없을 만큼 기이하고 등골이 오싹해지는 목소리였다.

돌아보니 눈앞에 양이 서 있었다. 오페라는 '무사했나' 하고 잠시 착각했지만, 그건 오페라가 양의 오른쪽에 서 있기 때문이었다. 양은 전혀 무사하지 못했다. 자세히 보니 오른쪽 반신이 화상 때문에 짓물러 있고 붕대가 감긴 오른팔에는 힘이 아예 들어가지 않는 듯했다.

"무슨 짓입니까! 움직이시면 안 됩니다!"

체즈니가 온 힘을 다해 외쳤지만 양은 천천히 고개를 흔들었다. 불타서 오그라든 앞머리 아래로 땀인지 피인지 모를 액체가 뚝뚝 떨어졌다.

"소인은, 변호인. ……마녀를 구하는 자."

양은 당장에라도 숨이 넘어갈 듯한 모습으로 느릿느릿 제단에 올라 혼란의 극에 치달은 법정을 매섭게 노려봤다.

"걱정 마십시오, 심문관님. 아직 시간이 있습니다. 당신의…… 손목시계는 다레카 양이 시간을 조작한 겁니다. 참으로 훌륭하십니다, 다레카 양. 하하, 역시 천하의 불량소녀 아가씨답네요. 자, 심문관님. 이제는 남은 시간을 소인에게 맡겨 주시지 않겠습니까. 그러지 않으면 이 난관을 돌파하는 건 불가능합니다. ……메이슨의 계략대로 죄 없는 마녀가 죽게 될 겁니다."

양은 천천히 고개를 들어 창문에 빼곡히 나열된 '마녀' 글자들을 훑어봤다.

"메이슨이라고요⋯⋯? 아니, 그전에 슈노 씨가 범인이라는 이야기는 어떻게 된 겁니까?"

그러자 양의 입가에 자학 섞인 미소가 떠올랐다.

"그건 잊어 주십시오. 모두 제가 꾸며낸 날조였습니다."

양이 왼손으로 뭔가를 휙 던졌다. 사람 손가락만 한 그것은 포물선을 그리며 제단 쪽으로 떨어졌다.

"앗⋯⋯? 꺄아악!"

그것은 까맣게 그을려 숯처럼 변해 버린 사람의 손가락이었다.

"심문관님께서 추측하신 대로 소인은 재판 직전에 슈노 씨의 손가락을 잘라서 빌려 왔습니다. 권총에서 발견된 슈노 씨 지문은 소인이 그 손가락을 이용해 찍은 것이지요. 까맣게 타기는 했지만 지문 확인에 지장은 없을 겁니다."

오페라는 말문이 막힌 채로 조심스레 손가락을 제단 위에 올렸다.

"슈노 씨는 제게 말씀하셨습니다. 아무것도 하지 않으면 사람이 죽는다고. 그런 상황에서 손가락 한두 개가 무슨 가치 있겠습니까. 이렇게라도 하지 않으면 적, 즉 메이슨이 품은 악의에는 절대 맞설 수 없습니다⋯⋯."

"자, 잠깐! 메이슨은 미치루 씨 아니었어요?"

다레카가 당황하며 소리쳤다.

"아닙니다. 저도 참, 이렇게까지 완벽하게 속아 넘어갈 줄은……. 정말 체면이 말이 아닙니다. 크로스패트릭 부인이 묵주를 가지고 있었다는 걸 조금만 더 일찍 알아차렸더라면……."

사람들의 시선이 크로스패트릭 부인에게 쏠렸다. 부인은 어리둥절한 표정으로 묵주를 두 손에 꼭 쥐고 있었다.

양은 고개를 숙인 채 쉬고 갈라진 목소리로 설명을 이어 갔다.

"사건 당일…… 크로스패트릭 부인은 묵주를 파우치에 집어넣고 누군가에게 맞아 쓰러졌습니다. 하지만 공포에 사로잡힌 부인은 파우치에서 다시 묵주를 꺼내 이후 줄곧 쥐고 있었습니다. ……따라서 묵주가 파우치 안에 들어 있었던 건, 부인이 요양원에 오고 괴한에게 습격당하기 전까지의 극히 짧은 시간에 불과했던 겁니다. 그런데…… 파우치에 묵주가 있었다고 제 앞에서 분명하게 증언한 인물이 있습니다. 그가 파우치 안을 확인한 건 파우치가 서재로 옮겨진 뒤였는데도요. 따라서 소인은 여기서 단언하는 바입니다. 바로 그가 그날 부인을 습격한 습격범이자……."

양은 천천히 시선을 들어 올렸다.

"파우치에서 권총을 꺼내, 그 총으로 미치루 양을 쏜 살인범이며……."

피고인석에 앉은 그 여자를 내려다본다.

"오직 마녀를 화형에 처하게 할 목적 하나로 이 더없이 복잡한 범행을 치밀하게 계획한 장본인인 것입니다. 참으로 훌륭했습니다. 메이슨 님."

"……뭐?"

안데르센은 멍하니 입을 벌린 채 양의 얼굴을 올려다봤다.

"더 이상 연기하지 않아도 됩니다."

양은 오른쪽 절반이 만신창이가 된 얼굴로 으스스하게 웃었다.

"안데르센 스타니스와프. 바로 당신이 메이슨입니다. 시실리 알마잭을 칼로 찔러 죽이고, 액턴 벨 컬러를 함정에 빠뜨려 살해하고, 미치루 도리노자카를 총으로 쏴 죽인 인물. 이토록 많은 사람을 죽였으니 오죽 지치셨을까요. 이제는 부디 편히 쉬시길 바랍니다."

"무…… 무슨 소리를 하는 거예요. 내가 묵주를 봤다고 했다고요? 아, 혹시 접견 때 이야기예요? 그건 뭐랄까, 그냥 어쩌다 보니 말이 그렇게 나온 거예요. 부인이 독실한 가톨릭 신자라는 걸 어느 책에서 읽어서 알고 있었거든요. 그래서 당연히 묵주를 가지고 있었을 거라고 지레짐작해서……."

양은 안데르센의 변명을 끝까지 듣지 않고 말을 이어 갔다.

"하지만 이해할 수 없군요. 일주일이나 구금돼 있던 당신이 대체 어떻게 폭약을 법정에 들여올 수 있었을까요. 아,

아니, 그렇군요……. 앨리스 양의 침대였군요. 과연. 앨리스 양을 증인으로 부를 상황을 사전에 예상했다면…… 체포되기 전 침대 아래 같은 곳에 몰래 숨겨 둘 수도 있었겠지요. 허어, 참으로 치밀하십니다.”

오페라는 가슴이 덜컥했다. 휴정 직전 안데르센은 앨리스의 침대 앞으로 다가간 바 있다. 설마 정말 안데르센이……?

“사실 이번 재판에서 소인에게는 심문관님보다 압도적으로 유리한 요인이 하나 있었습니다. 바로 대형 시계가 5분 늦었다는 사실을 처음부터 알고 있었다는 점입니다. 3월 3일 밤, 소드베리 크로스역에서 역무원이 소녀들에게 다가가 말을 걸었을 때 발판은 아직 무너지지 않았다는 걸 저는 다레카 양을 비롯한 당사자들에게 직접 들었습니다. 그 말을 의심할 이유 같은 건 없었지요…….”

“그…… 그렇지만 시계가 5분 늦었다면 앨리스 양의 증언이…….”

양은 날카로운 눈빛으로 오페라의 반론을 단숨에 제지했다.

“아직 시간이 있다고 말씀드렸을 텐데요. 조금만 참아 주십시오, 심문관님. 자, 소인이 이번 사건을 처음에 조사하면서 내린 결론은 다음과 같았습니다. 이것은 안데르센 양과 마녀 고양이의 절도 계획을 눈치챈 미치루 양이 벌인 일종의 자살극이다, 라고.”

미치루가 부인을 습격한 후 파우치에서 권총을 꺼내 그것으로 자신의 어깨를 쐈다는 추리를 양은 간단하게 설명했다.

"하지만 이 추리는 완전히 틀렸습니다. 금색 권총을 훔친 것, 그리고 책장에 미리 총알을 박아 넣은 것도 전부 피고인의 소행입니다. 그러나 전 어리석게도 진범이 뿌린 미끼를 여지없이 물어 버렸지요. 만약 저에게 변명할 기회를 주신다면…… 미치루 양이 마녀에게 강렬한 증오를 가지고 있어도 이상하지 않을 처지였다는 것, 시계가 5분 늦었다는 전제에서는 미치루 양 외에 범행이 가능한 인물이 없었다는 것……. 뭐, 어쨌든 저의 어리석음이 이용당한 것만은 사실일 겁니다. 조금 전에야 저는 가까스로 진실에 도달했지만, 이렇게까지 선수를 빼앗겼을 줄은……. 윽!"

양이 고통 때문에 얼굴을 일그러뜨렸다. 축 늘어진 오른팔 붕대에 검붉은 얼룩이 스며들고 있다. 한동안 숨을 가쁘게 몰아쉬던 양은 잠시 후 다시 고개를 들어 안데르센을 노려봤다.

"유감이겠군요. 소인의 몸이 생각보다 튼튼해서."

"자, 잠깐만!"

안데르센은 영문을 모르겠다는 듯이 소리쳤다.

"무슨 착각을 하는지 모르겠지만 지금 살인 이야기 같은 걸 하고 있을 때가 아니잖아요! 오페라 씨는 시간을 착각한 것 같지만 어쨌든 이제 정말 시간이 없어요! 세 명이나 마녀 판정이 나왔다고요!"

그러나 양의 잔잔한 미소는 흔들리지 않았다.

"소인도 다 알고 있는 바입니다. 어차피 앨리스 양이 침묵에 잠긴 지금 앞선 증언을 취소하는 건 불가능합니다. 소인이 할 수 있는 건 어떤 일이 일어났는지 여러분께 알리고, 그걸 바탕으로 설득하는 것뿐입니다."

안데르센은 짜증스럽게 목소리를 높였다.

"대체 무슨 헛소리를 하는 거예요……! 우선 제가 메이슨이라는 그 터무니없는 발상은 일단 접어 둬요. 조금만 생각해도 그런 건 있을 수 없다는 걸 알 거예요. 열차가 집 앞을 통과한 시간은 3시 5분부터 10분 사이, 그런데 파우치가 서재에 옮겨진 건 대형 시계가 5분 늦어 있었다면 3시 15분이라고요. 제가 어떤 묘기를 부려도 권총을 버릴 수는 없어요!"

"당신이 서재에 갇혀 있었다면 그게 맞겠지요. 하지만 그렇지 않습니다. 아까 말씀드린 대로 요양원에서 부인을 습격해 쓰러뜨린 사람은 안데르센 양, 바로 당신입니다. 마녀 고양이가 덕트에 숨어든 후 당신은 곧장 서재를 나갔습니다. 애트우드 씨가 바깥 계단에 앉기도 전이지요. 변장해서 요양원에 잠입한 당신은 복도로 불러낸 크로스패트릭 부인을 3시 4분에 가격해 쓰러뜨리고 그녀의 파우치에서 권총을 꺼냅니다. 그리고 앨리스 양의 병실 창문으로 빠져나가 서재로 불러낸 미치루 양을 창밖에서 사살하고 권총은 3시 5분에 지나가는 열차에 던진 것입니다. 그야말로 과감하고 무모한 방식이지만 이렇게 하면 열차 시간에 맞출 수 있습니다.”

“모순이 있다니까요! 제발 다시 한번만 생각해 봐요. 시신이 발견됐을 때 전 서재에서 쓰러져 있었어요. 애트우드 씨가 제가 서재에 돌아가는 걸 봤나요? 아니잖아요!”

“서재에 돌아가는 건 식은 죽 먹기입니다. 애트우드 씨는 고서상 직원들이 도착할 때까지만 계단을 막고 있었지, 그들이 서재에 들어간 이후에는 무슨 일이 있었는지 전혀 모르고 계십니다. 애트우드 씨가 자리를 뜬 후 당신은 고서상 직원들을 쫓아 황급히 계단을 뛰어올랐습니다. 그 후 고서상 직원들이 시신을 발견하고 놀라는 틈을 타 책장 뒤를 지나 당신이 발견된 위치에 누워 기절한 척을 한 것입니다. 아, 물론 방금 식은 죽 먹기라고 했지만 거기까지가 그렇게 간단하지는 않았습니다. 애트우드 씨의 평소 습관이나 고서상 직원들이 찾아오는 시간을 면밀히 조사하지 않으면 그곳에 그렇게 신속하게 들어가는 것 자체가 불가능하니까요. 어쩌면 고서상 직원들의 방문 시간을 조절했을 수도 있지만, 그 부분은 경찰의 재수사에 기대하도록 하겠습니다.”

오페라는 다시 한번 서재의 도면을 확인했다. 서재에 들어서자마자 시신을 발견할 경우 안데르센이 쓰러진 위치는 책장의 사각지대가 된다. 타이밍을 맞추는 건 분명 까다롭지만 안데르센이 서재로 돌아가는 건 가능했다.

“실로 교묘하고도 대담한 계획이었습니다. 시신과 같은

공간에서 발견되는 최악의 상황을 스스로 연출해 실제로는 권총을 버리지 못했다는 철벽의 알리바이를 완성하다니요. 하지만 주제넘게도 이런 술수는 소인도 재판 전에 이미 예상하고 있었습니다. 제가 당신의 무죄를 믿었던…… 아니, 믿을 수밖에 없었던 가장 큰 이유는, 파우치를 훔친 마녀 본인에게 직접 이야기를 들었기 때문입니다. 그녀는 분명히 말했습니다. '서재에 있던 안데르센에게 파우치를 건넸다'라고. 아아, 실로 장엄합니다! 이 얼마나 우아한 기만인가요!"

양은 황홀한 표정을 지으며 하늘을 올려다봤다.

"마녀 고양이가 지나간 덕트는 당신이 직접 설치했으니 약간의 조작은 충분히 가능했을 겁니다. 당신은 고양이가 응접실로 향한 후 덕트의 주름진 부분을 꺾어서 서재 옆 공간의 천장으로 이어지도록 조작했습니다. 바로 이렇게 말이죠!"

양은 칠판지우개를 들어 칠판에 그려진 덕트를 지우더니 그 위에 거칠게 새 선을 그었다.

"당신은 건물 밖에서 미치루 양을 사살했습니다. 아마 요양원 골목 뒤에 있는 사다리를 빈집에 세워 두고 북쪽 창문에서 피해자를 겨냥했겠지요. 그 후 빈집 뒷문으로 1층에 들어가 계단을 올라 서재 옆 공간으로 이동해 그곳에서 마녀 고양이에게 파우치를 넘겨받은 것입니다. 그 마녀는 이렇게 말했습니다. 서재는 어두워서 바닥과 안데르센 정도밖에 보이지 않았다고. 이리하여 당신은 마녀에게 자신이 서재에

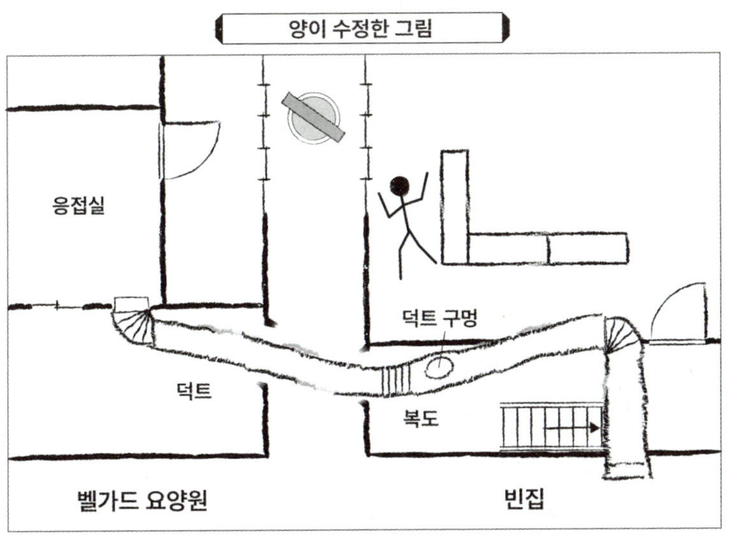

양이 수정한 그림
응접실
덕트 구멍
덕트
복도
벨가드 요양원
빈집

있었다고 믿게 하는 데 성공했습니다. 그리고 그 마녀의 이야기를 들은 저 역시 그것을 믿었지요. 이제 남은 건 밖에 나가 대형 시계를 쓰러뜨려 고장 내고, 고서상 직원들이 도착할 때까지 그늘에 숨어 기다리는 것뿐. 정말 감탄스럽습니다. 이번 일은 그야말로 메이슨다운, 극도로 정교하면서도 몹시 기괴한 살인 계획이었던 것입니다……."

갑자기 양의 말이 끊겼다. 사람들이 무슨 일인지 의아해하는 사이 양은 몸을 비틀거리다가 제단 옆에 털썩 무릎을 꿇었다.

"괜찮으세요?"

오페라가 뛰어가 양의 어깨를 부축했다. 불처럼 뜨거운 체온이 느껴져 온몸에 소름이 돋았다.

"진실을, 끝까지 밝혀야……."

양의 목 깊은 곳에서 그르렁거리는 소리가 들렸다.

체즈니가 달려와 양을 그 자리에 반듯이 눕혔다. 얼굴에 핏기가 없고 의식이 이미 흐려지고 있다.

"극도로 위험한 상태입니다. 심문관님, 제발……!"

체즈니의 간청에 오페라는 당황할 뿐이었다.

"오…… 페라, 님……."

양의 갈라진 입술에서 힘겨운 말이 흘러나왔다.

"부디…… 설득을……. 이제는…… 당신, 만이……."

그 말을 끝으로 양은 침묵에 잠겼다.

오페라는 제단 앞에 굳어 있었다. 양은 아까도 '설득'이라는 말을 입에 담았다.

설득? 대체 누구를 설득하라는 걸까.

앨리스가 깨어나지 않는 이상 증언은 뒤집히지 않는다. 그렇다면 습격범이 요양원 현관도, 병실도 거치지 않고 사라진 방법을 찾아야 한다는 걸까.

아니, 그런 식으로는 절대 재판 종료 시간까지 맞출 수 없다. 메이슨이 양의 목숨을 노린 사실이야말로 양이 진실에 가장 가까이 다가섰다는 것을 증명한다. 양의 말이 전적으로 옳다고 믿는 수밖에 없다.

즉, 흑막은 안데르센이며 대형 시계는 5분 늦었다. 그럼 앨리스의 증언은 어떻게 해석해야 할까. 양은 대체 뭘 보고 있었던 걸까.

오페라는 손목시계를 확인했다. 시계를 한 시간 늦췄다는 양의 말이 맞다면 이제 남은 시간은 약 20분. 절대 여유롭지 않다.

그러고 보니 양은 왜 다레카에게 이 손목시계의 시간을 늦추라고 지시했을까. 그 행동이 불러온 결과라고는 오페라가 남은 시간이 고작 5분이라고 착각해 허둥댄 것뿐이다. 그 직후 앨리스가 의식을 되찾아 증언을 했지만, 그건 단지 우연이었다.

만약 그때 정말 재판이 5분밖에 남지 않았다면 앨리스의 증언은 치명타가 됐을 것이다. 증언을 충분히 검증할 시간도 없이 메이슨의 의도대로 마녀들은 화형에 처해졌을 가능성이 크다.

그런 상황을 저지하기 위한 행동이었다……?

아니, 그럴 리 없다. 앨리스가 언제 의식을 되찾을지는 누구도 알 수 없으니까. 하지만 그렇다고 해도 타이밍이 너무 완벽하지 않은가. 꼭 누군가가 앨리스의 몸을 조종해서 깨어나게 한 것처럼.

조종……. 가령 안데르센이 앨리스의 눈꺼풀마저 조종할 수 있다면 앨리스의 증언이 날조됐을 가능성은 있다. '남은 시간이 5분'이라는 말을 듣고 때가 됐다고 판단했을지도 모른다. 하지만 과연 체즈니의 눈까지 속일 수 있었을까. 게다가 안데르센은 오히려 남은 시간이 5분이라는 말을 듣고 놀라지 않았나. 그럴 리 없다는 표정을 지으며. 아니, 그보다 뭔가에 겁먹은 듯한 표정을 지으며.

"아앗!"

순간 오페라의 온몸이 부르르 떨렸다. 진실이 손끝에 닿은 듯한 감각이 오페라를 엄습했다.

만약.

이 모든 게 앨리스 자신의 의지에 의한 것이었다면.

오페라가 도달한 결론은 상상할 수 있는 최악의 시나리오이자 가장 논리적인 해석이었다.

'남은 시간은 5분'이라는 말을 앨리스가 그대로 믿고, 자신의 의지로 증언을 재개했으며, 자신의 의지로 거짓말을 했다면.

"……앨리스 양……."

오페라는 떨리는 목소리로 침대에 누운 소녀에게 물었다.

"당신은 지금…… 죽음을 바라는 겁니까……?"

◆

모든 것을 잊고 계속 잠들 수 있다면 얼마나 좋을까. 하지만 무의식의 진흙탕 속에서 앨리스가 자아를 찾았을 때 그녀는 자신에게 무슨 일이 일어났는지 또렷하게 기억하고 있었다.

다레카 재판의 결말. 지옥의 업화에 둘러싸인 컬러. 마지막으로 그녀가 속삭인 말.

공허한 어둠 속에서 앨리스는 고독과 절망감 때문에 몸을 떨었다.

그로부터 하루가 지나자 서서히 통증이 찾아왔다. 통각이란 몸의 손상을 막기 위한 경종 아니었나. 죽음 직전까지 몸이 불탄 자신에게 그런 경종이 무슨 의미가 있을까.

각성과 함께 찾아오는 극심한 통증, 뒤잇는 혼수상태. 또

다시 각성, 그리고 또다시 극심한 통증. 그 끝없는 반복 속에서 앨리스의 마음은 조금씩 깎여 갔다.

견디기 힘든 고통에 시달리는 동안 청각이 점차 돌아왔다. 처음 인지한 소리는 밤낮없이 자신의 곁을 지키고 있는 듯한 의사의 목소리였다. 재판 이후 몇 주가 흘렀고, 자신이 벨가드 요양원이라는 곳에서 계속 잠들어 있었다는 걸 깨달았다. 회복 가능성이 절망에 가깝다는 사실도.

그렇구나. 이곳은 역시 지옥이었구나.

몸을 전혀 움직이지 못하고 누구와도 소통할 수 없는 상태에서 극심한 고통에 시달리는 시간만이 무한히 이어진다. 이것이 지옥이 아니면 뭐란 말인가.

얼마 후 앨리스는 하루 거의 대부분을 깨어 있는 상태로 보내게 됐다.

병실에는 가끔 오페라나 다레카가 찾아왔지만 그들은 앨리스가 처한 상황을 전혀 알지 못했다. 그들이 머리맡에서 내뱉는 혼잣말은 앨리스에게 아무런 위로도 되지 않았다.

진실을 알아차린 사람은 안데르센뿐이었다.

어느 날 저녁. 평소처럼 오페라가 병실에 와 있을 때 안데르센이 찾아왔다.

"아까 복도에서 체즈니 선생님을 뵀는데 응접실로 오라고 하시던데요. 다녀오시는 게 어때요?"

“네, 그럴게요. 고맙습니다.”

안데르센은 그렇게 오페라를 병실 밖에 내보내고는.

“들리니? 앨리스.”

나직한 목소리로 말을 걸었다.

“의식이 있겠지. 응, 내 목소리가 들릴 거야. 아니, 억지로 반응하지 않아도 돼. 손가락 하나 까딱할 수도 없을 테니.”

실제로 앨리스는 반응할 수 없었다. 그런데도 안데르센은 앨리스의 마음을 정확히 읽었다. 안데르센의 부드러운 목소리가 마치 마법처럼 앨리스의 마음을 따스하게 감쌌다.

“힘들겠지. 얼마나 괴로울까. 누가 찾아온들 도움 되는 것 하나 없는데. 다레카든 배드마든 개네한테는 각자의 삶이 있어. 머지않아 이곳에도 오지 않게 될 거고, 재판의 기억도 희미해지겠지. 오페라는 계속 찾아올지 모르지만 그 사람은 그저 죄책감을 견디지 못해서 그러는 것뿐이야. 실제로 그 사람은 네 지금 상황을 전혀 이해하지 못하고 있잖아.”

안데르센은 한없이 자비로운 목소리로 말했다.

“앨리스. 나라면, 널 그 고통에서 해방시켜 줄 수 있어.”

순간 앨리스의 마음이 한결 가벼워졌다. 자신도 의식하지 못한 소망을 안데르센은 정확히 짚었다. 그렇다. 앨리스가 바라는 건 이 고통으로부터의 해방이었다.

그러나 마음속 깊은 곳에 있는 무언가가 그것을 거부했다. 안데르센의 말에 귀 기울여선 안 된다고 속삭였다.

"사실은 말이지."

안데르센은 화제를 바꿨다.

"너한테 꼭 전할 말이 있어. 이 이야기를 시작하려면 일단 처음으로 거슬러 가야겠네. 해럴드 베너블즈의 추락사 사건부터. 그날 밤 내가 아파트 2층에 있었던 건 기억하지? 그래, 그 빈방 바로 아래에 내가 있었던 거야. 너도 알다시피 그때 빈방의 창문은 열려 있었고, 방 안의 대화 소리가 2층 창가에 있는 내 귀에도 들렸어. '네가 샬럿 리드지?'라고 묻는 소리. 성인 남자, 그러니까 해럴드의 목소리였지. 그 말에 컬러는 뭐라고 대답했지만 목소리가 너무 작아서 알아듣지 못하겠더라. '위치포드에서 도망친 건가. 앨리스와는 무슨 관계지?' 해럴드는 그렇게 흥분한 듯이 컬러를 계속 추궁했어. 그리고 잠시 후 베란다 문이 열리는 소리가 들렸지. 컬러가 하늘로 도망치려고 한 거야. 마녀인 게 들통났다면 더 이상 빗자루를 타고 날아가는 걸 주저할 이유도 없잖아. '기다려! 사진을 찍게 해 줘!' 그게 해럴드의 마지막 말이었어. 참, 뭐라고 할까. 허무하기도 하지. 소리로 상상할 수밖에 없지만, 아마 그때 해럴드는 날아오르는 컬러의 빗자루를 붙잡고 베란다 밖으로 몸을 내밀었다가 그대로 떨어졌을걸. 바로 이게 그날 빈방 안에서 일어난 사건의 전모야."

안데르센은 선생님 같은 말투로 "자, 어떻게 생각하니?" 하고 앨리스에게 물었다. 그리고 충분한 시간을 두고 이어서 말했다.

"그 후 컬러는 자기가 해럴드를 죽였다고 생각한 게 아닐까? 해럴드의 죽음은 객관적으로 보면 분명한 사고사지. 가장 잘못이 큰 사람은 해럴드 본인이라고, 내가 보기엔. 하지만 컬러에게는 달랐던 거야. 그뿐만이 아니야. 컬러, 즉 샬럿 리드를 조사하는 과정에서 난 액턴 벨이라는 청년에 대해서도 알게 됐어. 너도 알지 모르지만, 그는 컬러가 지하실을 탈출한 것을 계기로 스스로 목숨을 끊었어. 이 사실이 컬러에게 어떤 영향을 미쳤을지는 굳이 말할 것도 없겠지. 컬러 재판 때 컬러는 왠지 무기력해 보였지? 그건 자신이 벌받아야 마땅한 인간이라고 생각했기 때문일 거야. 그리고 무죄로 풀려난 이후에도 컬러는 자기 죄를 씻을 방법을 계속 궁리했어. 그래서 다레카 재판 마지막 때 그렇게 담담히 빗자루에 올라탈 수 있었던 거고. 이게 무슨 뜻인지 알겠니? 앨리스."

지금껏 앨리스를 붙잡고 있던 무언가가 안데르센의 말 때문에 조금씩 힘을 잃어 가는 게 느껴졌다.

"컬러가 불길 속에 몸을 던진 건 널 구하기 위해서가 아니야. 그때 컬러는 마침내 자신이 죽을 곳을 찾았다고 생각해 스스로 불길 속에 뛰어든 거야. 바로 그게 컬러에게는 구원이었다고. 그러니 앨리스, 넌 컬러한테 죄책감을 느낄 필요 없어. 컬러가 구해 준 목숨이니 헛되이 써서는 안 된다는 생각은 네 착각에 불과해. 넌 구원받아야 해. 컬러처럼."

안데르센은 말을 멈추고 앨리스의 대답을 기다리듯 침묵
했다. 그러나 앨리스는 눈 한 번 깜빡일 수 없었다. 하지만
앨리스가 마음을 굳혔을 때 안데르센은 그것을 분명하게 알
아차렸다.

"고마워. 약속할게. 나라면 끝까지 해낼 수 있어. 왜냐하
면……."

안데르센이 환하게 미소 짓는 얼굴이 앨리스의 눈에도 어
렴풋이 보이는 듯했다.

"난 경건하니까."

◆

오페라의 떨리는 목소리가 고요한 폐교회에 울려 퍼졌다.

"앨리스 양. 당신은……."

침대 위에 누운 앨리스에게 오페라는 말을 걸었다. 양이
입에 담은 '설득'이라는 단어의 뜻을 마침내 이해했다.

"당신은 가장 소중한 친구를 화형으로 잃고…… 자기 자
신도 큰 부상을 입어 몸을 거의 움직일 수 없게 됐지만……
그럼에도 의식만은 또렷한 상태에서 계속 화상의 고통에 시
달려 왔습니다. 그래서 결국 죽음을 바라게 된 겁니까?"

"말도 안 돼……."

안데르센이 비통한 얼굴로 중얼거렸다. 너무도 자연스러

워서 보는 이의 공감을 부르는 표정이다. 그러나 오페라는 이미 확신하고 있었다. 안데르센이라는 사람을 이루고 있는 모든 게 거짓과 위선이라는 것을.

"그래서 당신은 범인이 제안한 거래를 받아들였습니다. 범인이 당신에게 제시한 건 고통으로부터의 해방, 즉, 당신의 죽음. 그 대가로 당신이 제시한 것은 화형 법정 안에서의 위증. 당신은 범인이 병실 창문으로 도망친 사실을 알면서도 아무도 병실에 오지 않았다고 거짓말을 했습니다. 이 거짓말은 대형 시계가 5분 빨랐다는 사실을 확정 짓고, 당신이 마녀인 것을 입증하는 그야말로 치명적인 거짓말인데도요."

그뿐만이 아니다. 앨리스는 감응 마법으로 조금씩 범인에게 유리한 상황을 조성했다.

배드마는 당초 법정에 나갈 생각이 없었다고 한다. 그러나 앨리스의 병실을 다녀간 후 생각이 바뀌었다.

―그래, 맞아. 하지만 며칠 전 입원한 친구를 찾았다가 생각이 바뀌었어.

앨리스가 배드마의 마음을 조작한 게 아니냐는 의심이 드는 대목이다.

또 오페라의 부자연스러울 정도로 강렬한 복수심도 마찬가지다. 양이 지적한 것처럼 오페라와 미치루는 그렇게 깊은 사이가 아닌데도 어느덧 오페라에게 미치루는 무슨 수를 써서라도 원수를 갚아야 할 정도로 소중한 존재가 됐다. 이런 감정마저 앨리스의 감응 때문에 생긴 것이라면.

믿고 싶지 않지만 근거는 얼마든 떠오른다. 언젠가 사무실에서 오페라가 불쑥 미치루를 껴안은 적이 있었다. 그때 나 자신의 그런 행동 때문에 스스로 당황하지 않았던가. 감응은 목소리가 닿는 범위에서 작동한다. 그리고 오페라의 사무소는 앨리스의 병실 바로 코앞에 있다.

이제 와서 생각해 보니 요양원 바로 옆에 사무소를 차리라고 권한 사람도 안데르센이었다. 그때부터 안데르센은 이미 이런 재판을 맞이할 것을 알고 있었을까.

오페라는 서늘한 한기를 느끼며 입을 열었다.

"뭐라고…… 변명해야 할지 모르겠네요. 전 몇 번이나 당신의 병실에 찾아가 몇 시간이고 당신에게 말을 걸었습니다. 하지만 결국 전 아무것도 이해하지 못했습니다. 당신의 고통, 슬픔, 그리고 절망도."

오페라의 힘없는 참회가 폐교회의 차가운 공기 속에 울려 퍼졌다.

"하지만 한 번만 더 저에게 기회를 주십시오. 다레카 양과 배드마 양까지 끌어들이는 이런 방식으로 모든 걸 끝내지 말고, 당신의 미래에 대해 저에게 다시 한번 생각할 기회를 주십시오. 당신을 치료할 방법도 온 세상을 뒤지면 분명……."

"어이, 심문관 씨."

안데르센의 냉정한 목소리가 오페라의 말을 가로막았다.

"서툰 위선 집어치워. 앨리스는 이미 살아 있는 게 신기할 정도라고 체즈니 선생도 말하지 않았어?"

"당신이……!"

시의원과 미치루, 컬러까지 죽인 건 바로 너잖아.

불현듯 안데르센을 향한 증오가 끓어올랐다. 오페라는 비틀거리며 제단 앞에 무릎을 꿇었다.

"우, 으으……!"

아니다. 이제 와서 안데르센에게 증오를 퍼부어도 소용없다. 하지만 냉정을 되찾아야 한다고 생각하면서도 오페라의 머릿속은 점점 더 증오에 잠식됐다.

안데르센이 증오스럽다. 증오스럽다. 증오스럽다. 증오스럽다. 이 여자를 죽여야 한다. 당장. 당장. 당장. 지금 당장……!

이것은 내 감정이 아니다. 지금도 앨리스는 오페라에게 감응 마법을 써서 냉정한 판단을 방해하고 있다. 앨리스는 스스로 죽음을 바라고 있다. 그런 지경까지 가 버린 사람을 어느 누가 만류할 수 있을까.

그럼에도.

"앨리스 양, 앨리스 양……! 부디, 이야기를……!"

재판 종료까지 이제 얼마 남지 않았다.

◆

오페라가 수없이 자신의 이름을 부르고 있다. 나를 고통과 절망으로 가득 찬 세계에 계속 붙잡아 두려고 하고 있다.

조금씩 의식이 진흙 속으로 가라앉는 게 느껴졌다. 아아, 또 잠들겠구나. 하지만 이제 괜찮다. 남은 시간이 얼마 없다. 판결이 나오면 그 즉시 내 몸은 불길에 휩싸일 것이다.

그러면 이제 두 번 다시 깨어나지 않아도 된다.

눈앞에 그날의 광경이 되살아났다. 타오르는 불길이 컬러의 몸을 집어삼키는 광경은, 마치 수많은 붉은 벌레가 그녀의 몸 위를 기어가는 듯했다.

앨리스는 정신없이 컬러에게 달려가 그녀의 팔에 감긴 쇠사슬을 떼어내려 했다.

"울지 마, 앨리스."

맹렬히 타오르는 불길 속에서 컬러가 내뱉은 말이 앨리스의 귀에 닿았다. 울지 마, 하고 컬러는 몇 번이나 되풀이했다. 그때 내가 울고 있었을까.

쇠사슬을 움켜쥔 앨리스의 손에 불길이 스며들었다. 거대한 민달팽이 같은 화염이 살결을 훑자 피부가 타들어 갔다.

"아아, 너한테 상처 주고 싶지 않았는데."

컬러는 인간의 형체를 잃어 가면서도 앨리스에게 계속 속삭였다.

"이건 내가 원해서 내린 선택이야, 앨리스. 제발 울지 마."

검은 연기가 목에 스며들어 앨리스는 빠르게 의식을 잃어 갔다. 세상이 암전하고, 앨리스는 진흙 바다로 깊이, 깊이 가라앉았다.

그러나 컬러의 모습은 여전히 눈앞에 있었다. 자책과 회한이 담긴 슬픈 눈으로, 가라앉아 가는 앨리스를 바라보고 있었다.

"아아. 내가 무슨 짓을 저지른 걸까."

위아래도 분간할 수 없는 암흑의 진흙탕 속에서 컬러는 천천히 앨리스에게 말을 건넸다.

"그날 난 마지막에 쓸데없는 걸 떠올렸어. 내 목숨은 지금 여기서 끝나지만 네 삶은 앞으로도 이어지겠지. 하지만 내가 너 대신 죽은 거라고 네가 계속 믿는 한, 나에 대한 기억은 끊임없이 널 괴롭힐 거야. 그게 아니야. 분명 아니지만, 나에게는 이미 해명할 시간이 남아 있지 않았어. 그래서 난…… 너한테 마법을 건 거야."

컬러는 지금 대체 무슨 이야기를 하는 걸까. 흐릿해진 의식 속에서 앨리스는 컬러가 말하는 '그날'이 정확히 언제인지 알 수 없었다.

하지만 컬러가 뭔가를 뼈저리게 후회하고 있다는 것만은 분명히 전해졌다.

"난 정말 어리석었어. 이렇게 소중한 걸 너에게서 빼앗다니."

컬러는 손을 뻗어 앨리스의 가슴에 살며시 갖다 댔다.

그 손끝에서 따스한 뭔가가 앨리스의 마음에 흘러들어 결핍된 감정이 조금씩 채워져 갔다.

"너에게, 돌려줘야 해."

그 순간, 앨리스의 머릿속을 내내 뒤덮고 있던 안개가 말끔히 걷혔다. 수면 위에 고개를 내밀어 참고 있던 숨을 들이쉰 것처럼 지금까지의 기억이 선명히 되살아난다. 만찬회 날 밤, 고양이로 변신해 돌아오지 못했던 앨리스. 다레카 재판, 마녀로 지목된 컬러. 앨리스를 대신해 불길에 휩싸인 컬러의 몸.

아아, 그런 거였구나.

앨리스는 마침내 깨달았다. 컬러는 마지막 순간에 자신에게 감응 마법을 걸었던 것이다. 자신 대신 친구를 죽게 했다는 죄책감에 앨리스가 괴로워하지 않게, 컬러가 없는 세상에서도 앞을 보며 나아갈 수 있게.

컬러는 앨리스의 죄책감을 봉인해 줬다.

왜 지금껏 눈치채지 못했을까.

왜 나는 다레카와 배드마까지 불길에 휩싸이게 될 안데르센의 끔찍한 계획에 가담했을까. 그러는 동안 왜 한 조각의 죄의식도 느끼지 못했을까.

그 답을 알려 주기 위해 컬러는 이렇게 무의식의 진흙탕 속에 돌아와 준 것이다.

아니, 이건 그저 꿈이다. 컬러는 이미 세상에 없고, 앨리스의 죄책감이 되살아난 건 단지 컬러의 마법이 효과를 다했을 뿐이다.

머리로는 그렇게 이해해도 앨리스는 사라져 가는 컬러의 잔영을 향해 손을 뻗지 않을 수 없었다.

"아아. 마녀의 능력 중에……."

컬러의 목소리가 어둠 속으로 점차 멀어졌다.

"망각 마법이 있다면 좋았을 텐데."

"기…… 다…… 려……."

눈을 뜬 순간, 목을 중심으로 온몸에 극심한 통증이 밀려왔다.

"이럴 수가……!"

머리 위에서 체즈니가 놀란 듯 목소리를 높였다. 그럴 만하다. 두 번 다시 움직이지 못할 거라고 믿은 앨리스의 팔이 천천히 위로 들어 올려졌으니.

팔로 몸을 지탱하며 간신히 상체를 일으키자 얼굴을 감싼 붕대가 아래로 흘러내렸다. 붕대 틈새로 눈 부신 빛이 스며들어도 한 달 만에 움직인 눈꺼풀은 제대로 뜨이지 않았다.

"앨리…… 스……?"

흐릿한 시야가 차츰 형상을 이루더니 마침내 사람의 얼굴을 비췄다. 안데르센 스타니스와프는 몸을 일으킨 앨리스를 보며 눈을 부릅뜨고 있다. 그 경악하는 표정 너머로 티끌만큼의 원통함과 연민 같은 감정이 비친 듯했다.

"미안, 해요……."

앨리스는 무거운 혀를 간신히 움직여 말했다.

"저…… 저는, 아까, 거짓말을, 했어요……."

아무도 입을 열지 않고 숨죽인 채 앨리스의 말을 기다리고
있다.

"그, 사람은…… 제 병실을 지나서…… 나갔……어요…….
오르골이, 울리고…… 5분쯤, 뒤에……. 그러니 그 대형 시계
의 시간은…… 늦었던…… 거예요."

머리 위쪽에서 덜컥거리는 소리가 들려서 사람들이 일제
히 위를 올려다봤다. 배심원들의 판결에 변화가 생긴 걸까.
앨리스는 배심원석을 올려다볼 수 없었지만 다레카와 배드
마의 표정을 보니 아무래도 그들에게 내려진 마녀 판결이
철회된 듯했다.

"앨리스 양……."

오페라가 앨리스를 보며 입을 열었지만 결국 말을 삼키고
고개만 끄덕였다.

그렇구나. 드디어 결론이 나왔구나.

안데르센은 여전히 이해가 안 된다는 듯이 고개를 흔들고
있다. 그녀의 손에 세 명이나 되는 사람이 목숨을 잃었다는
사실을 앨리스도 여전히 믿을 수 없었다.

◆

"이것으로 평결을 내립니다!"

오페라는 목소리를 드높였다.

"지금 이 법정에 마녀는 단 한 명도 없다는 것을 저는 인정합니다! 심문관과 변호인 양측이 종결에 동의하면 그 즉시 재판이 끝납니다! 당장 이 터무니없는 법정의 문을 여세요!"

양의 상태는 지금도 시시각각 악화하고 있다. 1분이라도 빨리 화형 법정의 문을 열어 그녀에게 적절한 치료를 해야 한다.

그러나 안데르센은 히죽거리는 얼굴로 말했다.

"진정해. 여기까지 온 김에 끝까지 가 보자고. 어차피 몇 분 안 남았으니 초조해할 것 없어."

"뭐가 그리 태연한가, 안데르센."

바이콘 경감이 위압적인 목소리로 말했다.

"이 법정을 나가는 즉시 우리는 널 체포할 거다. 시실리 알마잭과 미치루 도리노자카 살해, 그리고 크로스패트릭 부인에 대한 폭행까지 경찰의 위신을 걸고 반드시 널 입건하고 말 거다."

"맞습니다. 당신은 이 나라가 오랜 역사와 함께 가꿔 온 형법의 이치에 따라 심판받을 겁니다. 당신의 모든 죄악이 낱낱이 세상에 드러날 겁니다."

오페라는 위협적인 말을 던졌지만 안데르센은 싸늘히 미소 지을 뿐이었다.

"소용없어. 어차피 난 아무것도 아닌 평범한 여자니까. 그 이상의 것은 아무리 파헤쳐도 나올 게 없을걸."

"여기까지 와서도 그런 허튼소리를. 이토록 많은 죄를 저지른 데는 어떤 동기나 신념이 있을 게 분명합니다."

안데르센은 어깨를 으쓱하며 고개를 저었다. 그러더니 대뜸 선생님이 학생에게 세상 이치를 가르치는 듯한 투로 말을 이었다.

"거꾸로 묻겠는데, 동기 같은 게 정말 있을까? 우리 인류는 지금껏 수천, 수만 명의 마녀를 사냥해 왔는데 그 하나하나에 전부 말로 명확히 표현할 만한 동기가 있을 거라고 생각해? 아니, 그럴 리 없지. DEUS VULT*, 즉 이유 따위 없다. 그저 그곳에 마녀가 있었을 뿐. 뭐, 그 할멈한테는 나도 못된 짓을 했다고 생각하지만."

안데르센의 말을 들으며 오페라는 위화감을 느꼈다. '그 할멈'이란 크로스패트릭 부인을 말하는 걸까. 시의원과 미치루를 망설임 없이 죽여 놓고, 머리만 한 대 쳤을 뿐인 크로스패트릭 부인에게는 죄책감을 느낀다는 걸까. 이런 사고방식은 대체······.

*'신의 뜻'이라는 의미의 라틴어.

아니, 동기를 따지는 건 나중에도 얼마든 할 수 있다. 이제 곧 법정 문이 열려 이 악몽의 막이 내릴 것이다. 오페라는 손목시계를 봤다. 안데르센이 "앞으로 몇 분 남았지?"라고 물었다.

"이제 곧 끝납니다. 40초 정도 남았습니다."

"좋아. 그럼 마지막으로 내 이야기를 들어줄래?"

안데르센은 휙 돌아서서 크고 또렷하게 말했다.

"난 마녀야."

모두가 귀를 의심할 만한 말이 법정에 울려 퍼졌다.

순간 오페라의 온몸에 소름이 돋았다. 컬러가 마녀라는 걸 자백한 그날의 광경이 머릿속에 생생히 되살아났다.

아니, 그럴 리 없다. 메이슨은 마녀를 화형시킬 목적으로 범죄를 저지른 범죄자다. 그런 당사자가 마녀라니, 있을 수 없는 일이다.

"30초 안에 증명해 줄게."

안데르센은 제단에 올라가 수사 자료 중 사진 한 장을 집어 들었다.

"이건 크로스패트릭 부인이 습격당한 직후 사진이야. 부인의 파우치가 앨리스의 병실 문손잡이 바로 아래에 떨어져 있는 게 보이지?"

안데르센은 칠판을 끌고 와 앨리스의 병실 문 쪽을 툭툭 두드렸다.

"보다시피 이 문은 바깥쪽으로 열리는 문이야. 그러니 파우치가 이 자리에 떨어져 있었다면 난 문을 열고 병실에 못 들어가지 않았을까? 다레카 재판 때 아레카야자 화분과 같은 논리로 말이야. 그런데 앨리스는 내가 병실로 들어가 창문을 통해 도망쳤다고 증언하고 있어. 내가 어떻게 앨리스의 병실에 들어갈 수 있었을까? 간단해. 난 부인을 습격해서 때려눕힌 후 고양이로 변신해 선반에 뛰어올라 문 위에 있는 환기창을 통과한 거야. 그것 외에는 병실에 들어갈 방법이 없으니 자동으로 난 마녀라는 결론이 나오겠지?"

안데르센은 오페라의 손목을 거칠게 잡아끌어 손목시계의 시계판을 오페라의 눈앞에 들이밀었다.

"반론해 보라고. 오페라 씨."

귓가에 속삭인다. 시계의 초침이 앞으로 열 번만 움직이면 재판 종료 시간인 오후 6시에 도달한다.

"아, 으……."

오페라는 입을 뻐끔거렸다. 재판 종료를 코앞에 두고 새로운 논쟁을 걸어오다니 비열하기 짝이 없다. 그러나 안데르센을 탓할 여유는 없었다.

안데르센의 주장은 지나치게 단순하고 명쾌하다. 실제로 파우치는 문에 바짝 붙어 있어 문을 열면 반드시 움직일 수밖에 없는 위치에 있었다. 왜 지금껏 아무도 그 사실을 이상하게 여기지 않았을까.

파우치가 떨어진 위치

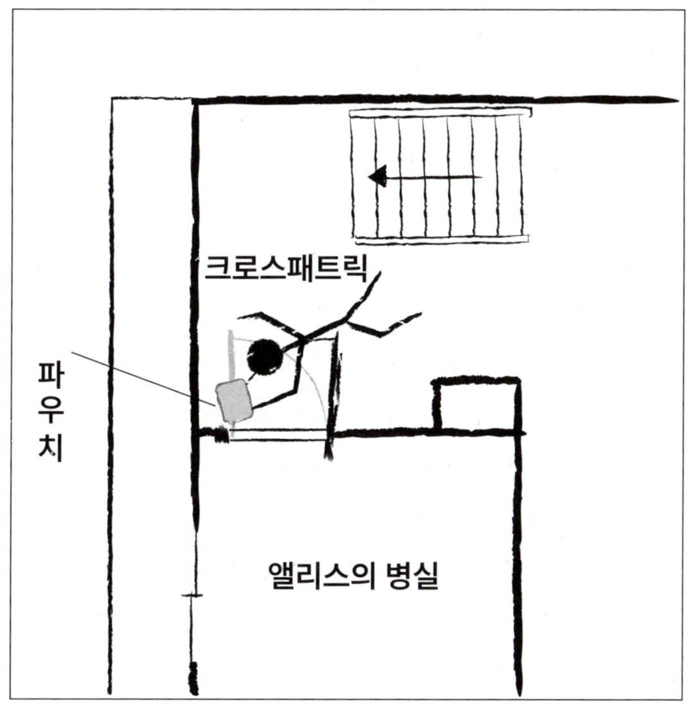

크로스패트릭
파우치
앨리스의 병실

“으……”

문 위에는 환기창이 있었다. 안데르센은 파우치를 들고 병실에 들어가 문을 닫은 후 다시 그 환기창으로 파우치를 문 앞에 떨어뜨렸을 걸까. 아니, 그럴 수는 없다. 기절한 부인의 손끝이 파우치 위에 있었으니까.

“으윽……”

그걸 떠나 부인의 비명을 들은 사람들이 현장에 도착하기까지 채 10초도 걸리지 않았다. 그 짧은 시간 동안 현장을 조작하는 건 불가능하다.

오페라의 귓가에 대고 안데르센이 속삭였다.

“유감이네.”

오랫동안 이어진 마녀재판의 끝을 알리는 종소리가 법정 안에 묵직하게 울려 퍼졌다. 안데르센이 오페라의 손목을 놓자 오페라는 힘없이 제단에 몸을 기댔다.

그때 안데르센이 배심원석을 올려다보며 “어라?” 하고 고개를 갸웃거렸다. 오페라도 조심스레 고개를 들었다. 2층 창문에는 ‘안데르센은 마녀’라는 글자가 일곱 장 나란히 걸려 있었다.

“만장일치일 줄 알았는데 의외로 깐깐하네. 뭐, 상관없지만.”

바이콘 경감이 제단에 거칠게 다가가 안데르센의 멱살을 움켜쥐었다.

"추잡한 짓을. 네 몸이 불길에 휩싸인들 죄에서 벗어날 수 있을 것 같나?"

평소와 달리 노골적으로 분노를 드러내며 위협하는 경감에게 안데르센은 공허하게 미소 지었다.

"그만둬, 경감. 당신도 앨리스 꼴 나고 싶지 않으면."

그 순간 전조도 없이 안데르센의 소매 끝에 작은 불꽃이 톡 하고 붙었다. 촛불처럼 가는 불길은 마치 벌레가 나뭇잎을 갉아 먹듯 순식간에 온몸을 타고 번졌다.

"큭……."

흠칫한 경감이 손을 놓더니 오페라의 몸을 끌어안고 안데르센에게서 거리를 벌렸다. 배심원석 앞줄에 앉아 있던 사람들도 비명을 지르며 제단에서 멀어졌다.

안데르센은 불길에 휩싸인 채 느긋하게 제단을 내려왔다. 얼굴을 집어삼키려는 불꽃을 손으로 쓸며 교회 뒤편으로 피신한 앨리스의 침대 쪽을 바라본다.

"그럼 안녕이다, 앨리스. 네 소원을 이뤄 주지 못해서 미안. 앞으로도 지옥 같은 고통이 널 기다리겠지만, 모쪼록 행복하게 살아 주기를 바랄게."

저주와 같은 그 말이 앨리스에게 닿지 않도록 오페라는 노성을 질렀다.

"닥쳐! 앨리스 양은, 내가……."

뒤이은 말은 한층 거세진 화염의 열기에 묻혀 사라졌다.

마치 폭소 같기도, 비명 같기도 한 최후의 절규를 터뜨리며 안데르센 스타니스와프의 육체는 이 세상의 것이 아닌 작열하는 불길에 삼켜졌다.

◆

방문객을 알리는 종소리가 울리자 오페라는 글을 쓰던 손을 멈췄다. 의자에서 일어나 책상에 흩어진 종이 더미를 힐끗 본다. 도저히 손님을 맞을 만한 상태가 아니지만 찾아온 사람이 모르는 사이도 아니라 어쩔 수 없다.

가스톨 법률 사무소라고 적힌 문을 열고 바이콘 경감이 들어왔다.

"개업한 지 두 달도 안 됐다고는 믿기지 않는군."

사무소에 처음 찾아온 경감은 어수선한 내부 풍경을 보며 눈살을 찌푸렸다.

"의뢰가 쉴 새 없이 들어오다 보니 정리할 시간이 없어서요."

오페라는 그렇게 둘러대며 경감에게 의자를 권했다. 실제로도 들어오는 의뢰가 늘었지만 대부분 거절하고 사무소와 앨리스의 입원비를 유지할 만큼의 일만 맡았다.

"그래서, 수사는 어떻게 돼 가고 있나요?"

경찰은 지금도 안데르센 스타니스와프의 정체를 밝히기 위해 수사 중이라고 했다. 경감이 사무소에 들를 거라고 해서 진전을 기대했지만 그녀의 얼굴빛은 어두웠다.

"전혀. 피의자 사망 사건에 많은 인력을 투입할 수 없다는 사정도 있지만 그렇다고 해도 성과가 너무 없어. 정말이지 유령 같은 여자더군. 1년 전쯤 이 도시에 나타난 것 말고는 안데르센이라는 사람에 대해 아무것도 밝히지 못하고 있는 상황이야."

오페라는 쓸쓸한 감정을 애써 감추고 "그런가요"라고만 반응했다.

세간에는 오페라가 안데르센 재판에서 화려한 승리를 거뒀다고 알려졌다. 안데르센의 살인이 입증됐고 그녀는 마녀로서 화형에 처해졌다. 온 나라를 뒤흔든 그 뉴스에 거짓은 없었다.

그러나 그날 법정에 있던 모든 사람은 오페라가 안데르센에게 패배했다는 걸 알고 있었다. 안데르센은 마녀가 아니었다. 그녀가 마지막에 선보인 '마녀 증명'은 차분히 생각하면 누구든 쉽게 간파할 수 있는, 굳이 돌아볼 가치도 단순하고 얄팍한 속임수였으니까.

"휴우……."

오페라는 창문 커튼을 젖히고 앨리스의 병실 쪽으로 시선을 향했다. 병실 문을 원망스럽게 쳐다보다가 또다시 후회

섞인 한숨을 내쉰다. 그때 자신이 눈치챘기만 했어도 안데르센을 불길 속으로 놓치지 않았을 것이다.

"이건 여기서만 하는 이야긴데."

경감이 조심스레 입을 열었다.

"경찰 내부에서도 살인범에게 자살을 허용했다며 자네를 비난하는 목소리와, 남은 시간 10초라는 절체절명의 순간에 즉각적으로 속임수를 간파하지 못한 것도 어쩔 수 없다며 자네를 옹호하는 의견이 팽팽하게 맞서고 있어."

"이제 와서 그런 평가 같은 것에는 관심 없습니다."

오페라는 담담하게 코웃음을 쳤다.

"제가 관심 있는 건 오로지 이번 사건이 인간의 악의에서 비롯됐다는 것, 그리고 제가 인간의 악행을 단죄하는 일을 선택했다는 사실뿐입니다."

경감은 눈을 가늘게 뜨며 오페라의 결연한 의지를 받아들였다. 그러더니 입가에 미소를 머금고 손을 내밀었다.

"……뭐죠?"

오페라는 어리둥절하게 경감이 내민 손을 바라봤다. 경감은 어이없다는 듯이 한숨을 쉬고 억지로 오페라의 손을 붙잡았다.

"앞으로도 잘 부탁한다는 의미의 인사야."

◆

　요양원에 들어서자 접수처 직원과 대화 중이던 체즈니가 고개를 돌렸다. 미리 연락하지 않고 와서 그런지 그는 몹시 놀란 듯했다. 재판 후 여러 도시에서 화상 전문의를 불러와 준 덕에 무사히 회복할 수 있었다고 감사를 전하자 체즈니는 여느 때처럼 온화하게 미소 지으며 몸조리 잘하라고 덕담했다.

　계단을 오르며 양은 자신의 트레이드마크였던 모자를 벗었다. 양으로 변장할 때 화장은 슈노의 무대 분장과 크게 다르지 않았지만, 이 모자 하나만 쓰면 웬만한 사람들은 변장한 걸 눈치채지 못했다.

　병실 문을 열자 침대 곁에 앉아 있던 다레카가 깜짝 놀라 벌떡 일어났다.

　"히익, 양? 아니, 지금은 슈노 씨인가. 대체 어디 갔다 온 거예요? 병원에서 사라졌다고 다들 난리였는데……."

　"병실에서 큰 소리 치지 마시죠. 이것저것 준비할 게 있어서 좀 바빴어요."

　침대 곁에 다가가 평온하게 잠든 앨리스를 내려다본다.

　"그날 이후 한 번도 의식이 돌아오지 않았다고 하던데."

　"맞아요. 이제는 손가락도 안 움직인대요. 감응을 거는 기색도 없고, 정말 계속 잠만 자는 것 같아요."

잠든 앨리스를 사이에 두고 두 사람은 가벼운 잡담을 나눴다. 다레카는 졸업 후 일자리를 찾느라 좀처럼 병문안을 올 수 없었다고 푸념했다.

"그래서? 슈노 씨는 앞으로 어떻게 할 거예요? 지금 세상에 슈노는 원인 불명의 실종으로 알려졌다던데, 언젠가 복귀할 생각이에요?"

"설마. 아무리 그래도 이 몸으로 무대에 오를 수는 없겠죠."

다레카는 슈노의 오른팔을 힐끗 봤다. 치료받았다고 해도 자유롭게 움직일 수는 없는 듯했다.

슈노는 우아하게 미소 짓고는 먼 곳을 응시하며 말했다.

"마녀를 찾아 떠나려고 해요. 바다를 건너서. 앨리스 양이 잠시 회복한 것이나, 제가 그렇게 큰 부상을 당하고도 변호를 이어 갈 수 있었던 것 모두 체즈니 선생님 말로는 기적에 가깝대요. 하지만 기적이 두 번이나 겹쳤다면 이건 필연이라고 봐야 하지 않을까요?"

다레카는 아, 하고 입을 벌렸다.

"혹시 그건, 마녀라서?"

"'그랬으면 좋겠다' 수준의 이야기죠."

비행, 변신, 감응. 마녀의 능력은 대체로 전설 속 마녀술을 재현하듯 발현된다. 그렇다면 예로부터 마녀의 기본 능력으로 여겨진 '치유의 힘'을 마법으로 쓸 수 있다고 해도 이상할 게 없다.

"마녀가 출몰한 건 이 나라뿐만이 아니에요. 지금도 세상 어딘가에 우리가 아직 쓰지 못하는 마법을 능숙하게 구사하는 마녀가 있을지도 모르죠. 그런 희망을 품는다고 해서 나쁠 건 없잖아요?"

다레카는 감탄한 것처럼 한숨을 쉬고 팔짱을 꼈다.

"생각도 못 했어요. 치유 마법을 쓸 수 있는 마녀를 찾아서 앨리스를 치료해 주려는 거군요. 과연."

"가능하다면 제 팔도 같이."

슈노는 장난스럽게 말하고 모자를 썼다. 그러자 금세 눈빛이 바뀌고 표정도 양의 표정으로 바뀌었다.

"소인은 슬슬 가봐야겠습니다. 다레카 양, 앨리스 양, 부디 몸조심하시기를."

양과 슈노를 빠르게 오가는 모습을 보며 다레카는 쓴웃음 짓고 "네, 네. 그쪽도 건강하세요" 하고 가볍게 손을 흔들었다.

병실을 떠나는 순간 양의 가슴은 따스한 감정으로 가득 찼다. 그것은 막연하고도 종잡을 수 없는 감정이지만, 수백 마디 말보다 훨씬 솔직하게 소녀의 마음을 양에게 전하고 있었다.

옮긴이의 말

불가능한 법정에서 태어난
독(毒)과 불(火)의 논리

고전 추리 소설에서 교과서처럼 여겨지는 두 작품이 있습니다. 하나는 1929년 출간된 앤서니 버클리의 『독 초콜릿 사건(*The Poisoned Chocolates Case*)』, 다른 하나는 1937년 출간된 존 딕슨 카의 『화형 법정(*The Burning Court*)』입니다. 전자는 추리 소설에서 하나의 사건을 두고 여러 탐정이 각기 다른 해결을 내놓는 '다중 해결 구조'라는 새로운 형식을 제시했고, 후자는 언뜻 어우러지기 힘들어 보이는 오컬트적 공포와 합리적 추리를 공존시켜 '이성의 논리와 비이성의 신비'가 맞부딪힐 때의 섬세한 균형을 보여 줌으로써 각각 명작 고전의 반열에 오른 작품들입니다. 한쪽은 논리의 한계를 끝까지 밀어붙였고, 다른 한쪽은 이성으로는 닿지 않는 불가사의한 영역을 탐색했다고 할 수 있는데, 그런 의미에서 보면 이 두 작품은 서로 다른 방향에서 미스터리의 본질을 비춘 두 개의 거울 같은 존재라고도 할 수 있습니다. 그리고 이 두 작품이 출간된 지 백 년이 다 되어 가는 지금, 일본의 어느 패기 넘치는 신예 작가가 상반된 두 축을 '법정'이라는 하나의 공간 안에서 결합하여 '특수 설정 리걸 미스터리'라는 완전히 새로운 형태로 재탄생시킨 작품을 완성해 냈습니다. 이 작품은 버클리의 정교한 논리 게임과 카의 불가사의한 공포를 한 무대 위에 올려놓고, 그 두 세계가 서로를 부정하면서도 동시에 성립하게 하는 영리하고 대담한 시도를 선보입니다. 여기에 매력적인 캐릭터 조형, 시종일관 긴장감을 놓지 않는 전개, 예상을 끊임없이 뒤집는 반전과 결말까지 더해져 꼭 미스터리 마니아만이 아닌 평범한 일반 독자들에게도 깊은 인상을 남기기 위해 노력한 흔적도 보입니다. 고전의 계보를 잇는 동시에 그 한계를 새로운 시대에 맞춰 확장한, 그런 '열정과 계산이 공존하는 정교한 실험정신'이 듬뿍 담긴 작품이 바로 본 작품, 사카키바야시 메이의 『독이 든 화형 법정』입니다.

『독이 든 화형 법정』의 무대는 현실과 조금 어긋난 평행 세계입니다. 이 세계에는 마녀로 지목된 자를 불로써 단죄하는, '화형 법정(火刑法廷)'이라 불리는 특수 사법기관이 존재합니다. 이 법정은 여러 면에서 일반 법정과 전혀 다릅니다. 일단 마녀의 범행이 의심되는 사건이 발생하면 화형 법정 건물은 사건 현장 인근에 저절로 출현하고, 재판이 끝나면 눈 깜짝할 사이에 사라져 버립니다. 그리고 작품 속 등장인물의 말을 빌리자면 '커다란 벌레', '거대한 종양' 같은 기괴한 형태의 이곳 법정에서는 판사 대신 정체를 알 수 없는 열두 명의 배심원이 제한된 시간 동안 주요 국면마다 패널식 간판에 'ㅇㅇ는 마녀'라는 문구를 내거는 것으로 평결을 내립니다. 재판이 시작되면 화형 심문관부터 방청객에 이르기까지 그 누구도 법정 밖으로 나갈 수 없으며, 재판 종결 시 피고인이 마녀가 아니라는 판결이 나오거나 배심원단의 '마녀' 평결 수가 결국 과반을 넘어 피고인이 업화의 불길에 휩싸이면 그제야 법정 문이 열립니다. 이 재판에서는 사건의 진상이나 피고인의 진범 여부 같은 건 중요하지 않습니다. 배심원들이 피고를 '마녀라고 생각하는가, 아닌가'만이 유일한 판단 기준인 것입니다. 그런 불합리한 제도 속에서 작품 속 등장인물은 하나둘 마녀로 의심받아 이 지옥의 법정에 서게 됩니다. 그리고 그 법정 안에서는 정의의 이름으로 그들을 불태우고자 하는 '불'의 화형 심문관과, 피고를 구하기 위해서라면 증거 조작까지 서슴지 않는 '독'한 변호인이 치열하게 맞붙습니다. 하나의 가설에 대한 해명이 끝나면, 해명을 뒤집는 다른 논리가 등장하고, 또다시 새로운 가능성이 만들어지는 과정에서는 논리만으로 규명될 수 없는 인간의 광기와 신념, 그리고 논리 자체가 독이 되어 되

돌아오는 처절한 아이러니도 펼쳐집니다. 그렇게 현실적인 법 논리와 비현실적인 마법의 규칙이 동시에 작동하는 이 '불가능한 법정' 속에서 독자는 끝없이 '독'과 '불'이 펼치는 치열한 논리의 게임 속으로 끌려 들어가게 됩니다.

 『독이 든 화형 법정』을 쓴 사카키바야시 메이는 2021년 제12회 '미스터리즈! 신인상' 입선작 「15초」가 포함된 데뷔 단편집 『15초 후에 죽는다』를 내놓으며 한일 양국에서 주목을 받았습니다. 『15초 후에 죽는다』는 '기존에 없는 새로운 미스터리'라는 평가와 함께 요네자와 호노부, 노리즈키 린타로 등 선배 작가들의 극찬을 받았고, 그 여파로 「15초」는 신인 작가의 데뷔작으로는 드물게 일본의 인기 드라마 시리즈 '기묘한 이야기'에서 영상화되기도 했습니다. 이후 작가의 두 번째 출간작이자 최초의 장편 미스터리인 본 작품 『독이 든 화형 법정』은 1989년생 젊은 작가가 데뷔작에서 보여 준 실험정신을 한층 확장한 결과물이자, 논리와 상상력의 경계를 극한까지 밀어붙인 특수 설정 본격 미스터리입니다. 본격 미스터리에는 논리적인 수수께끼 풀이, 정교한 복선 회수, 충격적인 반전, 독자에의 도전 등 독자를 즐겁게 하는 요소가 많지만, 무엇보다 사건의 양상과 건물 구조 등을 시각적으로 구현한 그림과 도면이 등장하면 마니아들은 가슴이 뛰기 마련입니다. 『독이 든 화형 법정』에는 무려 열세 장의 삽화와 도면이 삽입돼 있습니다. 이는 제가 15년간 번역해 온 추리 소설 중에서도 전례가 없을 만큼 많은 수이며, 동시에 이 작품이 얼마나 구조적으로 치밀하고 독자의 공정한 추리를 위해 노력한 작품인지 보여 주는 증거이기도 합니다. 따라서 저는 이 작품을 온전히 즐기시려면 책 속에 등장하는 그림과 도면을 따로 인쇄하거나 사진으로 찍어 함께 펼쳐 두고 읽어 보시기를 권합니다. 일본에서는 2024년 『독이 든 화형 법정』 출간 이후, 결말이 주는 강한 여운과 등장인물들의 향후 이야기가 궁금하다는 독자들의 요청이 이어지며 시리즈화를 바라는 목소리가 나오고 있습니다. 『독이 든 화형 법정』의 속편이 됐든, 완전히 새로운 작품이 됐든 기존의 틀에 안주하지 않는 작가 사카키바야시 메이의 실험은 끝나지 않을 거라고 믿습니다. 앞으로도 그의 도전적인 행보를 독자 여러분과 함께 기대하며 지켜보고 싶습니다.

2026년 초봄
이연승

독이 든 화형 법정

1판 1쇄 인쇄　2026년 2월 10일
1판 1쇄 발행　2026년 2월 23일

지은이 사카키바야시 메이　**옮긴이** 이연승

발행인 송호준　**편집장** 민현주　**총괄이사** 황인용

표지 디자인 솔트앤블루　**본문 디자인** 송재원

마케팅 소금　**제작** 송승욱　**제작처** 블루엔

발행처 블루홀식스　**출판등록** 2016년 4월 5일 제 2016-000100호

주소 경기도 파주시 회동길 483-1　**전화** 031-955-9777　**팩스** 031-955-9779

이메일 blueholesix@naver.com

ISBN　979-11-93149-68-3 03830　**정가** 19,800원